Henri Gourdin
Das Mädchen und die Nachtigall

Henri Gourdin

Das Mädchen und die Nachtigall

Aus dem Französischen
von Corinna Tramm

Verlag Urachhaus

Die französische Originalausgabe erschien 2008 unter dem Titel
La jeune fille et le rossignol
bei den Éditions du Rouergue, Rodez, Frankreich.

ISBN 978-3-8251-7847-5

Erschienen 2019 im Verlag Urachhaus
www.urachhaus.de

auch als eBook erhältlich

© 2019 Verlag Freies Geistesleben & Urachhaus GmbH, Stuttgart
© 2008 Éditions du Rouergue, Rodez
Umschlaggestaltung: Rothfos & Gabler, Hamburg
Umschlagabbildung: © imageBROKER / Alamy Stock Photo
Gesamtherstellung: CPI books GmbH, Leck

Die Geschichte spielt in den östlichen Pyrenäen, hauptsächlich in Villefranche-de-Conflent in den Jahren 1939 und 1940. Die Personen sind frei erfunden, der geografische und historische Rahmen dagegen ist ganz und gar real und so genau wie möglich aufgrund von Zeugenaussagen, die ich zusammentragen konnte, rekonstruiert. Die Stadt Villefranche gibt es immer noch; sie hat sich seit der Zeit, in welcher der Roman spielt, kaum verändert – eigentlich sogar, seit der Festungsbaumeister Sébastien Le Prestre de Vauban sie im 17. Jahrhundert anlegte. Ganz im Gegenteil, ihre Klassifizierung als Weltkulturerbe verleiht ihr eine Art Unsterblichkeit.

Argelès-sur-Mer

Das Lager von Argelès-sur-Mer war noch nicht eingerichtet, als uns die französische Armee in den ersten Februartagen des Jahres 1939 dorthin brachte. Es bestand aus einem Stück Strand, das von einem zwischen scheinbar zufällig gesetzten Holzpflöcken locker hängenden Stacheldraht begrenzt wurde. Dieser hatte nichts mit jenen zwölf Linien Stacheldraht gemein, die man später für uns errichtete und die bis zum Zerreißen zwischen vollkommen geraden und exakt aufgereihten Holzpfählen straff gezogen waren. Die Baracken waren nur in regelmäßigen Abständen aufeinandergestapelte Holzplanken, wahrscheinlich an den Orten, wo die zukünftigen Konstruktionen stehen sollten. Kein Schutz, kein Dach, am Anfang nicht einmal eine Decke: Jede Familie buddelte sich ein Loch in den Sand und schlief dort, vor dem Wind durch ihre aufgeschichteten Koffer und ihre Lumpen geschützt. Mit Kreide geschriebene Inschriften waren auf diesen Hütten zu lesen: *Tausend und eine Nacht, Winterpalast, Eldorado* ...

Die Männer waren in einem ähnlichen Areal untergebracht, die Kämpfer der Internationalen Brigaden in einem dritten, und diese nebeneinander verlaufenden Rechtecke wurden durch eine Art Korridore voneinander getrennt, durch Sandstreifen von vielleicht zwanzig Metern Breite, auf denen zunächst eher gutmütige Gendarmen zu Pferd patrouillierten, die katalanisch mit uns sprachen und Erkundigungen über uns einholten, dann aber algerische Soldaten und senegalesische Schützen, die uns an die marokkanischen Bataillone der Armee Francos und ihre schrecklichen Grausamkeiten erinnerten.

Julia, unsere Nachbarin aus Tarragona, die meine Schwester und mich seit unserer Flucht begleitete, war außerordentlich lebenstüchtig und sehr geschickt mit ihren Händen. Kaum waren wir angekommen, hatte sie schon ein wenig Röhricht in einem Hain abgeschnitten, den wir noch nicht einmal bemerkt hätten, zwei oder drei Karosserieteile von Autowracks abgerissen und ein kleines Zuhause eingerichtet. Ich sehe sie noch, wie sie sich bei Einbruch der Dunkelheit unter dem Zaun hindurchzwängte, sich auf den Weg zu den im Hinterland liegenden Villen machte und mit Holz zurückkam. Feuer war unverzichtbar: Es wärmte uns die Knochen, vereinte uns während der langen Winterabende und brachte das modrige Wasser zum Kochen, das wir von Hand mit zwei Pumpen schöpften, die von den Soldaten errichtet worden waren. Diese Pumpen brachten ein brackiges Wasser zum Vorschein und befanden sich zudem neben dem Bereich, der uns als Latrinen diente: anfangs ein großes Viereck im Sand, bald schon ein ganzes Feld der Darmentleerung, wo man zwischen hockenden Menschen watete, ehe man sich selber niederkauerte.

Alles hatte mit dem Aufstand der Faschisten im Juli 1936 begonnen. Sie besetzten eine spanische Provinz nach der anderen, mit massiver Unterstützung von Deutschland und Italien. 1938 war Katalonien an der Reihe, eines der letzten Bollwerke der Republik. Angriffe von beispielloser Gewalt. Trommelfeuer der Artillerie, Bombardierung von Städten und Dörfern, zivile Massaker. Wie in Guernica 1937. Im Mai 1938 bombardierten die Nationalisten das fünfundzwanzig Kilometer von Barcelona entfernte Granollers. Das war der Anfang vom Ende: Es folgten die Niederlage am Ebro im November und der Rückzug der Internationalen Brigaden. In der Miliz herrschte Chaos. Tarragona fiel am 15. Januar. Es war Nacht. Die Explosionen weckten mich, und es war zu spät, um hinunter in Sicherheit zu gehen. Ich erinnere mich, als wäre es gestern: Mama stürzte in unser Zimmer und schrie, wir sollten uns auf den Boden legen. Unter dem Zischen der Bomben und Granaten mühte sie sich ab, die Matratzen unserer Betten über uns zu ziehen. Dann hört meine Erinnerung auf. Als sie wieder einsetzt, befreien Teresa und ich uns von einem Stapel Schutt. Die Mauer zum Garten hin ist aufgerissen. Durch ein riesiges Loch in der Decke erkennen wir den Himmel und den Schein des Feuers. Noch heute, zwanzig Jahre später, sehe ich diese Szene vor mir, ebenso wie die leblosen und blutüberströmten Körper von Papa und Mama, dort, wo der Flur war; ich höre das Knistern der Flammen und die Rufe von Julia. Sie klettert auf allen vieren die von Schutt überhäufte Treppe hinauf, befreit uns aus den Trümmern, und schon befinden wir uns in dem Strom der Opfer, die mit verstörtem Blick aus den Häusern herauskommen und sich in einem unbeschreiblichen Durcheinander aus der Stadt hinausbegeben.

Jeden Morgen trafen Arbeiter aus Argelès ein und verbrachten den Tag damit, Baracken zu errichten. Alleine. Unter uns gab es Schreiner, Dachdecker, Ingenieure. Sie boten ihre Dienste an. Aber nein, irgendwo hatte irgendjemand entschieden, dass sich die Ausländer nicht mit den Einheimischen vermischen durften und dass die Kollaboration mit den Flüchtlingen bei der Erbauung ihrer eigenen Unterkünfte eine Einflussnahme auf die inneren Angelegenheiten Frankreichs bedeutete. Sogar uns Frauen verlangte es danach, zu helfen. Je eher diese Baracken errichtet wären, desto früher hätten wir ein Dach über unseren Köpfen und einen Schutz gegen die Kälte, den Wind und den Regen. Vor allem gegen den Regen: Wir hatten unsere Koffer und Kartons, um uns ein wenig vor Wind und Kälte zu schützen, doch waren wir schutzlos dem Regen ausgeliefert. Aber nein, es kam nicht infrage! Also blieben wir mit hängenden Armen stehen und schauten zu.

Was den Konstruktionsplan betraf, waren diese Baracken sehr einfach: Zehn oder zwölf Holzpflöcke wurden in den Sandboden gerammt, Holzplanken als Wände darangenagelt, ein Dach aus geteerten Platten daraufgesetzt, und das war alles. Auf dem Boden: nichts als Sand. Es war sehr schlicht ... und nicht gerade solide: Gegen Ende Februar stürzte eine der Baracken unter dem Gewicht des Schnees ein, und es gab einen Toten und mehrere Verletzte. Nichts, was unsere Höllenhunde erschreckte. Ein Toter, einige Verletzte, was war das schon?

Ruhr, Tuberkulose und Typhus forderten unzählige Opfer, Kälte und Hunger nicht mitgerechnet. Die Krankenschwestern gingen jeden Morgen zu Beginn ihres Dienstes durch das Lager und sammelten die Leichen ein. Zumindest diejenigen, die sie fanden: Da die Familien nicht wussten, was mit den Toten geschah, versuchten sie sie zu verstecken, um sie selber in den umliegenden Weinbergen zu beerdigen, wenn die Wachen ihnen den Rücken kehrten. Sie kennzeichneten die Stellen, um sie später wieder aufzusuchen, wenn alles vorbei wäre. Ich bin manchmal dorthin gegangen. Es war eine aufreibende Arbeit: in gefrorener Erde zu graben, voller Steine, mit einem Lumpen oder einem alten Löffel! Und die Leiche, die einen anschaute!

Die ersten Baracken waren für die Verletzten bestimmt, zumindest für die Schwerverletzten, denn es gab nicht genug Platz für alle. Dann wurde den Arbeitern die Errichtung des Stacheldrahtzauns aufgetragen, und der Stapel Holzplanken blieb wochenlang auf dem Boden liegen. In der Zwischenzeit strömten immer mehr Flüchtlinge in das Lager. Vor allem nach der Einnahme von Barcelona am 26. Januar. Sobald die Grenze von der französischen Regierung in der Nacht vom 27. auf den 28. Januar geöffnet worden war bis zur Schließung im Februar stieg die Zahl der Menschen im Lager von einigen Hundert auf ungefähr fünfzigtausend. In den kommenden Monaten sollte sie auf sechzigtausend ansteigen. Und das war nichts im Vergleich zu den anderthalb Millionen Spaniern, die durch den Sturz der Republik und aus Angst vor den Nationalisten auf die Straßen getrieben worden waren, und den fünfhunderttausend, die in Frankreich, hauptsächlich in den Ostpyrenäen, aufgenommen wurden.

Fünfzigtausend, das war eine große Stadt. Das Lager von Argelès war in der Tat eine große Stadt, jedoch eine Stadt ohne Geschäfte, ohne Kirche, ohne Schule, ohne Kino. Nur eine kleine Krankenstation und Hunderte von Holzbaracken, die ein Windstoß hätte umwerfen können.

Wenn unsere Kräfte es erlaubten, wohnten wir am Eingang des Lagers der Ankunft der Neuankömmlinge bei. Die Gendarmen begannen damit, die Familien zu trennen: die Männer in ein Lager, die Frauen und Kinder in ein anderes, manchmal in der Nähe, manchmal weit entfernt, und jedes Mal waren es herzzerreißende Szenen, Schreie, die einem das Blut in den Adern gefrieren ließen. Vor allem die Schreie der Frauen. Sie hatten ihr Heim verloren, ihre Kinder oder Eltern sterben sehen, sie waren am Ende ihrer Kräfte, krank, und nun nahm man ihnen auch noch ihre Söhne, ihre Ehemänner, ihre Brüder. Die Frauen waren verzweifelt und zeigten es auch, doch habe ich auch Männer im Augenblick der Trennung schwanken oder gar plötzlich zusammenbrechen sehen.

Nach der Trennungsprozedur verteilte ein Gendarm Decken, die er aus einem Laster zog, ein anderer notierte Namen und Alter in ein Heft. Jeder neue Flüchtling begab sich in den Bereich, den man ihm zuwies, legte sein weniges Gepäck ab, buddelte ein Loch in den Sand und kam dann zum Zaun zurück, um auf der anderen Seite einen Ehemann oder eine Ehefrau, einen Bruder oder Cousin ausfindig zu machen. Auf diese Weise war der Stacheldrahtzaun von Menschenreihen bevölkert, die von einem Lager zum anderen kommunizierten, mit wenigen Worten, die der Wind davontrug. Häufig wehte der Mistral, manchmal eine ganze Woche lang, wirbelte den Sand hoch, sodass die Augen brannten. In stürmischen Nächten donnerten die Wellen, der Wind pfiff und es herrschte eine feuchte Kälte, die einem bis in die Knochen drang.

Zweimal am Tag fuhr ein Militärlaster durch das Lager, hielt an jeder Baracke an, um einen Kochtopf abzustellen, meistens mit Topinambur, manchmal mit Kartoffeln. Ein anderer Laster folgte, ein Wächter stand im Gefährt und warf wahllos Brot herab, ohne hinzuschauen. Man musste sehr großen Hunger haben, um dieses Brot und diese Kartoffeln zu essen, die uns Bauchschmerzen bereiteten, und wirklich sehr durstig sein, um – wenn auch abgekocht – dieses Wasser zu trinken, das wir mit Konservendosen an den berüchtigten Handpumpen schöpften. Natürlich stand kein Fleisch auf dem Speiseplan, obwohl es die von den Flüchtlingen mitgebrachten Tiere gab. Sie weideten in den Gärten oder starben vor Hunger, wenn sie nicht von den Metzgern von Argelès entwendet worden waren, doch es gab eine Vorschrift, die es untersagte, sie zugunsten ihrer Besitzer zu schlachten. In unserem Sektor waren wir alle krank, und das fast immer. Die Ruhr war allgemein verbreitet, die Kinder weinten tagelang vor Hunger, und dann starben sie, vor allem am Anfang. Später begann das Rote Kreuz mit seinen Besuchen und setzte sich bei den Verantwortlichen dafür ein, die Baracken bevorzugt den Frauen mit Kindern zuzuweisen. Aber auch so sah man überall Frauen im Sand sitzen, mit ihren Babys im Schoß oder auf dem Arm, und sie mit ausgetrockneter Brust stillen. So saßen sie einige Tage an derselben Stelle, dann sah man sie nicht mehr und wusste, dass es zu Ende war, das Baby war gestorben.

In der ersten Zeit waren wir zu erschlagen, um uns für das politische Geschehen zu interessieren, geschweige denn für irgendetwas anderes. Aber später, genauer gesagt ab dem Zeitpunkt, als wir uns in den Baracken einrichten konnten, erwachten die Gewerkschaftler und die Aktivisten zu neuem Leben, und es gelang ihnen, sich zu informieren. Ende Februar erfuhren wir, dass Frankreich das nationalistische Regime anerkannt und Verhandlungen über die Rückführung der Flüchtlinge eröffnet hatte, weil diese sie viel Geld kosteten. Am 2. März wurde Marschall Pétain in Burgos zum Botschafter von Frankreich ernannt, bei seinem alten Freund Franco. Er setzte die Frage der Flüchtlinge auf die Tagesordnung, doch er hatte viel zu tun, besonders, was die Rückgabe spanischen Vermögens betraf, das von den französischen Banken zurückgehalten wurde. In Spanien verkündete El Caudillo, der Führer, ein Gesetz der politischen Verantwortlichkeit, das erlaubte, die republikanischen Anführer bei ihrer Rückkehr ins Land anzuklagen und zu inhaftieren. Das Wort ›inhaftieren‹ war im nationalistischen

Wortschatz häufig ein Synonym für ›beseitigen‹: Wenn jemand im Gefängnis landete, hörte niemand mehr von ihm, und es bestand eher die Chance, mit den Füßen voraus als auf zwei Beinen wieder herauszukommen. In den französischen Lagern war es ähnlich, doch die Schamlosigkeit der Regierung wurde durch die Fürsorge einiger Privatpersonen gelindert. Ein Beispiel? Als die Kältewelle ihren Höhepunkt erreicht hatte, führte eine englische Tierschutzgesellschaft eine Inspektion bei uns durch: Die Delegierten gingen gruppenweise an uns vorüber und fragten, ob wir Haustiere hätten und ob es ihnen an nichts fehlte!

Persönlichkeiten mieden Argelès im Allgemeinen, das als Nest von Gewerkschaftlern und militanten Republikanern betrachtet wurde, doch wir erhielten einige Besuche. Ich erinnere mich an einen Abgeordneten der Partei, der dem Empfang von Ausreißern beiwohnte, und an einen Journalisten von *La Dépêche,* der einen lobenden Artikel über die Organisation des Lagers schrieb. Laut ihm ein Paradies auf Erden. Im Juli inspizierte Pétain das mustergültige Lager von Barcarès, geplant für siebzigtausend Flüchtlinge in tausend Baracken mit jeweils siebzig Menschen! Die Zeitungen veröffentlichten Fotos und enthusiastische Artikel, in denen der Komfort in diesen Hunderten von ›Chalets‹ gerühmt wurde, die in einer Reihe angeordnet waren und deren Dächer aus Wellblech in der Sonne glänzten. Tatsächlich verhinderte das Wellblech jegliche Luftbewegung, und die Hitze darunter war grauenvoll.

Im Frühling begannen die Soldaten davon zu reden, dass wir im Land untergebracht werden sollten. Die etwas wohlhabenderen Leute suchten Mädchen für ihren Haushalt, die Bauern Helfer bei der Feldarbeit. An einem bestimmten Tag kamen einige Matronen und begutachteten die Kandidatinnen: die Zähne, die Augen, die Muskeln ... Wie Vieh. Doch es war eine Gelegenheit, aus dem Lager zu kommen und seine Haut zu retten. Meine Schwester und ich hatten uns eingeschrieben und gaben an, zusammenbleiben zu wollen: wir beide gemeinsam oder keine. Daraufhin wurde Teresa krank, und ich wollte sie nicht im Stich lassen. Die Krankheit wurde plötzlich schlimmer, und eines Nachts schreckte ich aus dem Schlaf auf: In meiner Umgebung fehlte etwas. Ich lauschte und begriff: ein Geräusch weniger. Es war Teresas Atmung.

Ein schrecklicher Augenblick. Ihr Körper, am Vorabend noch heiß vom Fieber, drückte kalt an meine Hüfte und meinen Schenkel. Einen Moment lang versuchte ich die Realität zu leugnen, dann begann ich zu zittern. Am ganzen Körper. Meine Hände, meine Beine, meine Brust waren nur noch ein Beben. Meine Zähne schlugen in der Stille der Baracke aufeinander. Ich glaube, es war dieses Klappern, das die Aufmerksamkeit meiner Nachbarinnen auf sich zog.

Was war danach geschehen? Ich erinnere mich nicht daran. Ich sehe mich mit offenen Augen liegen, ich spüre Teresas Druck an meinem Schenkel, und dann stehe ich am Eingang der Baracke, von meinen Kameradinnen umgeben. Wie jeden Morgen kommt die Gesundheitskontrolle, lädt den Leichnam auf die Bahre, bedeckt ihn wie immer mit einer Plane. Die Mädchen stehen schweigend da. Kaum ein Schluchzer oder eine Träne auf den Wangen.

Dieser Moment hat sich in mein Gedächtnis eingegraben. Ich schließe die Augen, und alles ist wieder da: die gezielten, professionellen Handgriffe der Krankenschwestern in dem grauen Licht, das durch die kleinen Fenster fällt, das Prasseln des Regens auf dem Dach, der Matsch auf dem Boden und unten an den Wänden. Ich sehe die Schweißtropfen an der Stirn eines der beiden Männer herunterlaufen, die Ratlosigkeit auf den Gesichtern der Frauen, und ich höre in dem Getöse des Regens und dem Husten einer Kranken die ersten Takte von *La maja y el ruiseñor – Das Mädchen und die Nachtigall –* in mir aufsteigen, des Klavierstücks von Granados, dem spanischen Komponisten. Ich stehe regungslos da. Ich betrachte diese Männer und wie sie mit diesem Körper umgehen, als beträfe es mich nicht, so wie ich dieselben Männer andere Körper habe aufheben sehen, fast jeden Morgen seit meiner Ankunft in Argelès, und ich höre diese Melodie, die mich wiegt und umhüllt.

Villefranche

Der Leiter des Lagers ließ mich am späten Vormittag rufen.
»Ich begleite dich«, sagte Julia und erhob sich.
»Lass nur«, entgegnete ich aus meiner tiefen Niedergeschlagenheit heraus.
Ich begab mich langsam zu dem kleinen Backsteingebäude mit den Büros und der Krankenstation. Dabei versuchte ich, auf den Holzplanken, die die Soldaten endlich über die Kloake gelegt hatten, das Gleichgewicht zu halten.
Der Leiter erwartete mich, und er war nicht allein. Er unterhielt sich in seinem Büro mit einer kleinen rundlichen Frau, von der ich durch die offen stehende Tür zunächst nur den Rücken erblickte. Als ich eintrat, drehte sie sich halb um, begutachtete mich von Kopf bis Fuß, und ihr Blick blieb erst an meinen Beinen hängen, dann an den Hüften und an dem, was von meiner Brust noch übrig geblieben war.
»Maria Soraya«, sagte der Soldat nach einem Räuspern. »Ist das dein Name?«
»Ja, das bin ich.«
»Madame ...«
»Puech, Félicie Puech.«
»Madame Puech aus ...«
»Villefranche, Villefranche-de-Conflent.«
»Madame Puech aus Villefranche-de-Conflent hat sich gemel-

det, um dich aufzunehmen. Sie braucht Hilfe in ihrer Bäckerei, so ist es doch?«

»Ja. Mein Sohn wurde eingezogen, wie ich Ihnen gesagt habe ...«

»Also ...«

Er fuhr mit seinem dicken, fettigen Finger über ein Blatt Papier.

»Du hast mehrere Angebote abgelehnt, nicht wahr? Maria Soraya. Deine Schwester und du, ihr wolltet in derselben Familie aufgenommen werden, stimmt doch, oder? Nun ...«

»Ich werde mitgehen«, sagte ich entschlossen.

»Du sprichst Französisch?«, fragte die Frau und blickte mir tief in die Augen.

»Ein wenig. Ich verstehe es«, fügte ich auf Katalanisch hinzu.

»Ein wenig!«, wiederholte sie enttäuscht.

Sie erhob sich seufzend, und ich fragte mich, ob die Anstrengung, die diese einfache Bewegung ihr abverlangte, durch ihre Korpulenz, gewöhnliche Müdigkeit oder vielmehr durch den Ekel, den ich ihr einflößte, hervorgerufen wurde. Sie drückte meine Muskeln an den Oberarmen, zog meinen Rock bis über die Knie hoch, inspizierte meine Haare und lief währenddessen unablässig mit unentschlossener Miene und Seitenblicken hin zum Lagerleiter um mich herum. Als sie ihre Inspektion beendet hatte, setzte sie sich wieder, seufzte noch einmal und schaute mich mit ihren kleinen Marderaugen einen Augenblick aus der Entfernung an.

»Marie also?«, fragte sie wiederum seufzend.

»Ja, Madame.«

»Gut. Ich nehme sie.«

Sie nickte, und ich begriff, dass ich aus dem Lager herauskommen würde, um irgendwo in einer Stadt oder einem Dorf

der Ostpyrenäen Brot zu verkaufen. Der Leiter des Lagers stempelte ein Blatt Papier und hielt es ihr hin. »Zehn Minuten«, sagte er, ohne mich anzusehen. »Du hast zehn Minuten, um deine Sachen zu holen.«
»Der Zug wartet nicht«, setzte die Frau mit einem letzten Seufzer hinzu.

Ich habe keine genaue Erinnerung an den ersten Teil unserer Reise, nur einige Bilder sind mir geblieben: Madame Puechs Bedrängnis in dem Moment, als sie auf den Lastwagen der Militärbehörde aufstieg, der Tumult am Bahnhof von Argelès, die eisernen Brücken über den Flüssen, das Grau des Meeres an der Flussmündung. Deutlich sehe ich jedoch den schwarzen Mantel und den kleinen Hut meiner Chefin unter einem großen Glasdach vor mir, das muss am Bahnhof von Perpignan gewesen sein. Und ich habe drei Trittbrettstufen und zwei sich gegenüberstehende hölzerne Sitzbänke vor Augen. Ein Reisender schickte sich an, meinen Koffer zu nehmen, um ihn auf der Gepäckablage über den Sitzplätzen zu verstauen, doch ich hinderte ihn daran und drückte den Koffer fest an mich. Ein kleines Ding aus aufgeweichtem Karton, an den Ecken eingedrückt, von Regen und Sonne verformt. Doch es war alles, was mir von meiner Vergangenheit geblieben war, das Einzige, was mich an meine Familie erinnerte.

»Nun gut!«, murmelte Madame Puech deutlich genug, dass ich es hörte. Seht euch das an!, sagte ihr Blick. Seht diese Zurückgebliebene, die sich an ein Stück Karton wie eine Bettlerin an ihre Mütze klammert! Doch sie spürte, dass ich nicht von meinem Entschluss ablassen würde, und insistierte nicht. Sie ließ sich am Ende der Sitzbank am Fenster nieder und wies mir mit einer Kinnbewegung den Platz ihr gegenüber zu.

»Setz dich dort hin«, sagte sie, als ich zu ihr kam.
Sie wiederholte es auf Katalanisch. Ich ließ mich nieder und versuchte dabei unter den Falten dessen, was von meinem Mantel übrig geblieben war, die Flecken und Risse meines Rocks zu verbergen.

»Nun, wir werden dich neu einkleiden«, sagte sie mit einem erneuten Seufzer, während sie mein Unterfangen beobachtete.

»Danke, Madame«, erwiderte ich auf gut Glück auf Französisch.

In diesem Augenblick ertönte ein Pfiff auf dem Bahnsteig, und die Dampfstöße wurden mit dem Schließen der Türen und dem Quietschen der Kuppelstange beantwortet. Es hatte aufgehört zu regnen, ein winterliches Licht glitt über die Gesichter, und die Geräusche fügten sich in einer Art Abschiedssymphonie zusammen, welche die Kulisse einhüllte und durchdrang.

Die Musik war der Mittelpunkt meines Lebens, ja, meines Seins gewesen, bevor ich Tarragona verlassen hatte. Die Bombardierung hatte sie plötzlich aus meiner Welt genommen, und nun kam sie auf diese Weise wieder zurück, ohne Vorwarnung. Warum gerade in diesem Moment? Hing es damit zusammen, dass ich das Lager verlassen hatte? Dass sich nach diesen Monaten der Zurückgezogenheit, der schieren Hoffnungslosigkeit neue Perspektiven eröffneten? Ich weiß es nicht. Ich weiß nur, dass sie da auf einem Bahnsteig im ›Zentrum der Welt‹, wie Salvador Dalí diesen Ort genannt hatte, wieder ihren Platz in mir einnahm.

Der Zug entfernte sich vom Bahnhof, dann von den Vorstädten, um durch einen Weinberg zu fahren, der sich mit seinen Hohlwegen, Mandelbäumen und Hütten unter Feigenbäumen in sanften Wellen dahinzog, so weit das Auge reichte. Es gab dort Felsen, die wie Schornsteine mit einer Haube aussahen,

Dörfer mit roten Dächern und weißen Mauern, die mich an Spanien erinnerten, linkerhand bewaldete Abhänge und darüber eine hohe, mit Schnee bedeckte Gebirgskette.

»Der Canigou«, sagte Madame Puech, als sie meinem Blick folgte.

»Der Canigou«, wiederholte ich.

»Komm näher«, murmelte sie wenig später und rutschte an den Rand ihres Sitzplatzes.

Sie zögerte, dann sagte sie leise, indem sie sich von den Mitreisenden abwandte: »Ich muss mit dir reden. Über Charles. Meinen Sohn Charles. Meinen einzigen Sohn, hörst du?«

Sie sah mich durchdringend an. Was war mit diesem Charles?

»Die Armee hat ihn uns genommen«, seufzte sie. »Die Mobilmachung, verstehst du? Das tut uns weh. Es schadet dem Geschäft«, sprach sie stirnrunzelnd weiter. »Wir können ihn nicht ersetzen, sie sind alle weg, verstehst du? Alle Männer sind fort«, wiederholte sie mit einer Handbewegung, als würde sie einen Schwarm Spatzen nachahmen, »das Backhandwerk ist Männerarbeit, und es gibt keine Männer mehr, es sind keine mehr da.«

Sie setzte sich wieder zurück auf ihren Platz und erklärte mir unter weiteren Seufzern und ohne mich anzuschauen die Organisation ihres Geschäfts und was sie von mir erwarteten, ihr Mann und sie: Ich würde im Laden arbeiten und Arlette, ihre Angestellte, in die Backstube überwechseln. Dann holte sie ein großes viereckiges Stück Stoff aus ihrer Manteltasche, schnäuzte sich und rieb sich die Nasenflügel.

»Charles ...«

Sie zögerte, dann sagte sie mit traurigem Gesicht: »Er schreibt nicht.« Und mit einem in die Ferne auf irgendein Detail der Landschaft gerichteten Blick: »Émile macht es ganz krank.«

»Émile?«

»Émile, mein Mann. Muss man dir alles erklären? Charles sollte ihn ablösen. Er hat es versprochen. Aber nun ist Krieg, er ist weg, und Émile, nein, er kann nicht, es ist zu viel für ihn. Es wird ihn umbringen«, fuhr sie fort und schnäuzte sich wieder mit einer großtuerischen Geste, bei der sie ihre Augenbrauen zusammenzog.

Den Blick noch immer abgewandt, fügte sie leise hinzu: »Deshalb haben wir dich genommen, verstehst du? Für den Verkauf.«

»Den Verkauf?«

»Für den Brotverkauf natürlich! Ach, begreifst du denn gar nichts?«

»Doch«, stammelte ich. »Für den Brotverkauf.«

»Wirst du es schaffen?«, fragte sie besorgt, nachdem eine ganze Weile Stille geherrscht hatte.

Was sollte ich schaffen? Mich an den Preis des Brotes erinnern, die Bestellungen notieren, das Kleingeld herausgeben? Das erledigen, was ich so oft die Angestellten der Bäckerei in unserem Viertel in Tarragona hatte tun sehen? Warum nicht? Ich hatte mir vorgestellt, dass ich Wäsche ausschlagen, Kartoffeln schälen und Wasser aus einem tiefen, dunklen Brunnen heraufholen musste. Letztendlich verlangte man von mir, dass ich mich hinter einen Ladentisch stellte, um Brot auszugeben, was würde das ändern? Das Einzige, was für mich in diesem Moment zählte, war, aus diesem Lager wegzukommen, zu dem man mich zurückbringen würde, wenn ich die an mich gestellten Aufgaben nicht erfüllte. Tatsächlich hätte ich an jenem Tag und auch noch geraume Zeit später alles Mögliche akzeptiert, nur aus Furcht, nach Argelès zurückgeschickt zu werden. Sagte man mir: Tu dies, mach das – ich tat es, ohne zu versuchen, es zu verstehen, oder zu widersprechen. Wie dem auch sei, ich hatte meinen Vater, meine Mutter, mein Zuhause verloren, ich hatte auf der Flucht Schreckliches gesehen, wie ich es mir nie hätte vorstellen können, und nun war Teresa tot, und ich war allein auf der Welt. Also Wäsche waschen oder Brot verkaufen ...

»Ja, Madame«, sagte ich in meinem unvollkommenen Französisch, »ich werde es schaffen.«

Und später, nachdem ich ein wenig nach den Worten gesucht hatte: »Sie können sich auf mich verlassen.«

Sie sah mich noch einen Moment lang an, mit diesem zweifelnden Ausdruck, mit dem sie mich von Anfang an im Büro gemustert und den sie seitdem beibehalten hatte, dann wandte sie den Kopf zum Fenster und versank in ihre Gedanken.

Wir fuhren in einen Bahnhof ein, der den Namen ›Prades‹ trug. Auf dem Bahnsteig erinnerte mich ein mit Kugeln und Girlanden geschmückter Weihnachtsbaum an das Datum: Es war der 24. Dezember. Ich hob den Kopf und nahm die Menschen in unserem Abteil wahr. Ich war so in meine Gedanken vertieft gewesen, von der Betrachtung der Landschaft so in Anspruch genommen, dass ich sie weder gesehen noch gehört hatte. Hätte man mich gefragt, wer von ihnen mit uns zusammen in Perpignan eingestiegen war und wer an den folgenden Haltestellen, ich wäre nicht in der Lage gewesen zu antworten.

Ich lauschte. Die Unterhaltung handelte von den Rationierungsmaßnahmen, den Schwierigkeiten, Lebensmittel zu bekommen, der drohenden allgemeinen Mobilmachung. In Kriegszeiten Weihnachten feiern – wie passt das zusammen?, bemerkte jemand. Eine Antwort blieb aus.

Dieser Halt dauerte länger als die anderen, doch der Zug setzte sich schließlich wieder in Bewegung. Die Silhouette des

Tannenbaums entfernte sich rasch, und die Kulisse verengte sich. Da waren keine großen Obstgärten und bewaldeten Hügel mehr. Wir fuhren langsam durch einen Engpass, der mich an den Anstieg des Passes von Perthus nach der Bombardierung erinnerte. Tränen stiegen mir bei dieser Erinnerung in die Augen. Würde die Kette meiner Unglücke jemals enden? Stand es irgendwo geschrieben, dass ich immer wieder auf Menschen ohne Mitleid treffen würde, die nur den Profit oder den Vorteil im Sinn hatten, den sie aus mir ziehen konnten? Wie diese Madame Puech. Sie beobachtete mein Spiegelbild in der Glasscheibe der Tür, stellte meine Bestürzung fest und tat, als ob sie nichts bemerkte, nichts sah. War das eine Angewohnheit der Leute hier? Eine besondere Sitte in dieser Gegend? Nein, seit ich das Lager verlassen hatte, war ich einige Male angelächelt worden. Am Bahnhof mit dem Tannenbaum hatten mich die Reisenden mit einer Mischung aus Neugier und Sympathie angeschaut. Sie hätten mich sicherlich angesprochen und sich meiner angenommen, wenn meine Chefin nicht da gewesen wäre.

Bei der folgenden Haltestelle, der von Ria, knöpfte diese ihren Mantel zu, nahm ihre Handtasche und machte mir ein Zeichen, mich bereitzuhalten. Die anderen Reisenden taten es ihr gleich und ich fragte mich, ob sie über alle diese Leute verfügte, ob der Himmel mich unter den Schutz einer Familie gestellt hatte, die sich gegenüber allen durchsetzte. Es gab einen kleinen Ruck, der Zug blieb stehen und die Leute folgten uns auf den Bahnsteig.

Dieser Bahnhof war weit weg von allem, er lag verlassen auf einer kleinen Hochebene, die von hohen Felsen umgeben war. Es war kaum vier Uhr nachmittags und die Dunkelheit brach über den Vorplatz herein, die Sonne erhellte nur noch ein Stück Felsen ganz oben auf den Bergen. Ein feuchter und kühler Wind wehte in der Talmulde, und ich zitterte in meinem abgenutzten Mantel. Doch es war nicht der Moment, sich gehen zu lassen: Ich umklammerte den Griff meines kleinen Koffers, biss entschlossen die Zähne aufeinander und folgte Madame Puech auf der Straße, die vor dem Bahnhof begann. Sie führte auf einer Steinbrücke über einen Fluss, den der Zug mehrere Male überquert hatte.

»Die Têt, hörst du?«, sagte Madame Puech, ohne stehen zu bleiben, und wandte sich ausschließlich der Strömung zu.

»Die Têt«, wiederholte ich und bemühte mich, mir dieses neue Wort einzuprägen.

Frauen und Männer waren vor und hinter uns auf der Brücke unterwegs, bogen am Ende rechts ab und gingen an einer Steinmauer entlang, die von der Böschung hinaufragte. Ich erkannte einige Reisende aus unserem Abteil wieder, entdeckte aber auch Frauen in Schürzen und Arbeiter in Latzhosen, die ich weder im Zug noch auf dem Bahnsteig gesehen hatte. Waren das Bauern? Oder Eisenbahner, die von ihrer Arbeit zurückkehrten?

All diese Leute redeten, pfiffen, machten Späße, grüßten meine Chefin, und ich zitterte. Vor Kälte und von der quälenden und sich immer wiederholenden Erinnerung an den Aufstieg nach Perthus unter den Schusssalven der nationalistischen Luftwaffe. Ich zitterte wegen der feuchten Kälte, die vom Fluss her aufstieg, und der Kälte, die diese Bilder in meiner Seele hervorriefen. Und zwar gegen meinen Willen. Im Gegenteil, ich bemühte mich, den Gesprächen um mich herum zu folgen, die Vorfreude an diesem Weihnachtsabend zu teilen. Aber immer tauchten dieselben Szenen wieder auf: der überstürzte Aufbruch im Feuerschein, die Leichen von Papa und Mama, das Blut an den Mauern und auf dem Straßenpflaster. Es war stärker als ich.

Ich versuchte meine Gedanken wieder auf Bilder von schönem Feuerschein in einer Küche und von warmem Brot auf Regalen in einer Bäckerei zu lenken, doch das Grauen setzte sich durch, und mir wurde langsam schlecht. Schließlich ging ich auf die Mauer zu, an der wir entlangliefen, und ließ mich an ihr hinuntersinken, mit dem Rücken gegen den Stein. In diesem Augenblick, ja, da hätte ich gewollt, dass alles aufhört und dass Gott mich zu sich nimmt, zu den meinen.

»Geht es dir nicht gut?«, fragte eine Frau und kam zu mir.

»Die Kleine hier fühlt sich nicht wohl«, sagte eine andere direkt neben mir.

»Du, misch dich da nicht ein«, entgegnete Madame Puech, ohne sich deshalb um mich zu kümmern.

Sie war vom Bahnhof an zusammen mit einer Frau ihres Alters und Ranges gelaufen, die wie sie in einen halblangen dunklen Mantel gehüllt war. Sie trat ein wenig auf der Stelle, als sie mein Unwohlsein bemerkte, machte jedoch keine Anstalten, mir zu Hilfe zu kommen, und ich konnte ihr nicht böse sein: Jeder an ihrer Stelle hätte sich dieses Schmutzfinks geschämt, der die Leute verjagen würde und vielleicht völlig unfähig war, eine Faulenzerin, eine Diebin, wer weiß, die vielleicht eher begabt dafür war, ihre Hand in die Kasse zu stecken, als Brot einzuwickeln und die Kunden freundlich zu bedienen. Ich verstand ihre Worte nicht, aber ihre verstohlenen Blicke und ungeduldigen Gesten bedurften keiner Übersetzung.

Es gelang mir, wieder aufzustehen, zu ihr zu gehen, und als ich sie eingeholt hatte, sah ich durch das Geäst, das vom Flussufer aufragte, die lange hellgraue Stadtmauer. Es war dasselbe leicht rosafarbene Hellgrau wie bei dem Felsen am Engpass, der Schutzmauer am Fluss, dem Brückenbogen unterhalb des Bahnhofs. Eine lange grau-rosa Mauer, von ihrem Schieferdach durch den schwarzen Streifen einer Galerie förmlich getrennt, von zwei Türmchen flankiert und ungefähr in der Mitte von einem Tor durchbrochen, dessen stark ausgearbeitete Details die schreckliche Nüchternheit des Ganzen noch betonten.

Mit jedem Schritt wurde das Bauwerk größer und nahm einen immer umfangreicheren Teil meines Blickfeldes ein, und im selben Maß wuchs meine Furcht. Als ein Auto über eine der Steinbrücken fuhr, fiel sein Scheinwerferlicht für kurze Zeit auf das Mauerwerk. Dein neues Gefängnis, sagte ich mir, als das Licht verschwand, von dem dunklen Loch des Tors verschluckt. Ich schaute noch eingehender hin. Die Mauer kam mir gigantisch vor, das Tor winzig klein, der Abgrund am Fuß der Bastion von einer unglaublichen Tiefe.

»Der Fluss Cady«, sagte Madame Puech und wandte sich mir ein wenig zu.

Ich folgte ihr in das Dunkel des Tores und sagte mir, dass ich nun von einem Lager in das nächste kam, das noch furchterregender war als das erste und dessen Türen sich augenblicklich hinter mir schließen würden. Wir befanden uns direkt an der Stadtmauer; ich erriet im Halbdunkel der hereinbrechenden Nacht die Einzelheiten des Mauerwerks und wurde immer mehr von einer dumpfen Angst erfüllt.

»Versuch, dich zu benehmen«, murmelte sie, als wollte sie meine Sorgen bestätigen.

Es war das erste Mal, dass ich in eine solche Festung kam, und ich fragte mich, ob sich der Zug von Perpignan nicht in der Zeit zurückbewegt hatte, um uns am Tor zu einer anderen Welt abzusetzen. Was war das für eine Stadtmauer? Fand das Leben nur innerhalb dieser Mauern statt? Aber die Menschen mussten doch auf ihre Felder. Wo brachten sie ihre Tiere und ihre Ernte unter? Fragen stürzten auf mich ein, aber ich hätte mich nie getraut, sie Madame Puech zu stellen. Denn ich wollte nicht dumm wirken und auch nicht die Bedrängnis vergrößern, in der sie sich offensichtlich seit dem Verlassen des Bahnhofs befand und die ich mir eigentlich nicht erklären konnte. Hatte ich einen Fehler begangen, ohne es zu merken? War sie, als sie mich während der Zugfahrt beobachtete, zu der Ansicht gekommen, dass ich nicht die von ihr erhofften Qualitäten besaß?

»Die Porte de France«, sagte sie, als wir in diesen Tunnel hineingingen, der auf mich wie das Maul eines Drachens wirkte.

»Die Porte de France«, wiederholte ich und betrachtete die bedrohlichen Spitzen des Fallgitters, die riesigen Glieder der Kette und die großen Holzräder des Laufwerks.

Hinter dem Tor lag ein Platz, in seiner Verlängerung eine Straße und eine weitere rechterhand ganz am Ende des Platzes. In diese Richtung wendete sich Madame Puech. Sie ging plötzlich sehr schnell und erwiderte kaum den Gruß der Leute. Es wurde immer dunkler, die Fenster in den Stockwerken der Häuser wurden erleuchtet, eine Frau verließ mit einem Baby auf dem Arm ihr Haus, schloss die Fensterläden und summte dabei unaufhaltsam vor sich hin. Madame Puech bog in die Straße am Ende des Platzes ein, stieß eine Glastür mit dem Ladenschild der Bäckerei auf, und ich begriff, dass wir angekommen waren.

»Ist alles bereit, Arlette?«, wandte sie sich ohne Begrüßung an die Person hinter dem Ladentisch.

»Es ist alles bereit, Madame. Wir haben zwei Kessel, die zusätzlich erhitzt werden können, für alle Fälle.«

Arlette gab einem kleinen Mädchen das Wechselgeld heraus. Dann waren noch zwei ältere Männer im Laden, in schwarzen

Cordhosen und dunklen Jacken. Der kleinere von ihnen hatte eine Wollmütze auf dem Kopf. Sie drehten sich zu uns um und betrachteten mich schweigend, wie man etwas Seltsames anschaut. Auch im Zug und auf dem Weg zum Bahnhof hatten mich die Menschen gemustert, jedoch flüchtig und wie im Vorbeigehen. Seit wir die Porte de France durchschritten hatten, war es anders: Die Blicke richteten sich gezielt auf mich, musterten mich von oben bis unten und wanderten dann zu Madame Puech, als forderten sie von ihr Rechenschaft. Wer war diese Fremde, dieses schmutzige Wesen, das ihr wie ein Schatten folgte? War es eine gute Idee, ein Mädchen, dessen Eltern keiner kannte, in die eigenen Mauern hereinzulassen? Ich sah mich mit ihren Blicken und schämte mich. Schämte mich meiner fleckigen Kleider, meines zerlöcherten Mantels. Schämte mich meiner nackten Füße in meinen zerschlissenen Schuhen.

Ich verstand den Sinn des Gesprächs mit Arlette erst, als ich Madame Puech auf den Fersen in das folgte, was die Backstube sein musste. An der Wand entlang standen Arbeitstische bedeckt mit Zinkplatten, ein Backtrog und ganz hinten Jutesäcke. All das war von weißem Staub bedeckt. In der Mitte des Raumes stand ein großer, dampfender Holzzuber auf dem Boden, ein Badehandtuch lag auf einem Stuhl, und über der Lehne hingen saubere Kleider.

»Komm!«, sagte sie zu mir und zog ihren Mantel aus. Sie schnürte eine große Schürze, die an einem Haken gehangen hatte, um ihre Hüften und krempelte die Ärmel ihrer Bluse bis zu den Ellenbogen hoch. Dann beugte sie sich über den Zuber und griff nach dem Schwamm darin.

»Nun!«, wandte sie sich noch einmal an mich und drehte sich dabei zu mir um.

Eine angenehme Wärme erfüllte die Backstube, und die Aussicht, mich zu waschen und saubere Kleider anzuziehen, entzückte mich. Es würde seit meiner Flucht aus Tarragona vor zehn Monaten das erste Bad sein. Doch es gab da einen Haken: Ich musste mich vor einer Fremden ausziehen, in einem Raum, den Arlette oder sonst irgendjemand jeden Moment betreten konnte.

Madame Puech war meinem Blick gefolgt. Sie zuckte mit den Schultern und ging, um die zwei Riegel an der Tür zum Laden hin zu verschließen und dann die an der Tür am anderen Ende, die nach draußen führen musste. Nun also zog ich meinen Mantel und mein Kleid aus, das ich seit meiner Flucht aus Spanien trug. Ich zögerte erneut, als ich meine Unterwäsche – das, was davon übrig war – auszog, doch Madame Puech hatte bereits die Tür des Ofens geöffnet und warf meine Lumpen nach und nach hinein.

Plötzlich erleuchtete ein wilder Schein die Wände. Ich wandte den Kopf und erstarrte: Sie hatte meinen Koffer ergriffen und schickte sich an, ihn ins Feuer zu werfen.

»Nein!«, schrie ich.

Mit einem Satz war ich am Ofen, riss den bereits brennenden Koffer aus Madame Puechs Händen und tauchte ihn in den Zuber. Weißer Rauch stieg aus dem Dampf hoch, die Flammen flackerten an die Decke, und Madame Puech stieß einen überraschten Schrei aus.

»Was tust du? Hör auf, du Unglückliche! Du wirst das Haus in Brand stecken!«

Das kümmerte mich nicht. Sie konnte schreien, so viel sie wollte, dass das ganze Viertel zusammenlief, es war mir egal. Ich warf den Koffer auf den Boden, sobald die Flammen erloschen waren, und öffnete ihn, um die einzigen Reliquien meiner

Kindheit herauszuholen: das Gebetbuch von Mama und meine Perlenkette, eine Erinnerung an mein erstes Konzert, in der hölzernen Schatulle, die Papa extra für diesen Anlass angefertigt hatte. Sie war von den Flammen geschwärzt, das Buch und die Kette aber unversehrt. Ich nahm mir die Zeit, sie auf einen in der Nähe stehenden Tisch zu legen, dann ergriff ich das, was von dem Koffer übrig war, und warf es selber in die Flammen.

Madame Puech beobachtete mein Tun mit starrem Blick, wie jemand, der seinen Augen nicht traut. Regungslos, mit leicht geöffnetem Mund und zitternden Lippen. Doch plötzlich kam sie wieder zu sich und zeigte mit einer Handbewegung auf die Kleidungsstücke über der Stuhllehne.

»Du ziehst bei dem Tausch nicht den Kürzeren.«

Ein Kleid, wie ich es mir schon immer gewünscht hatte: hellblau, mit einem Kragen und Manschetten aus weißer Baumwolle. Und dann noch ein Unterkleid mit Spitzenbordüre, weiße Kniestrümpfe und eine hübsche Mütze.

»Das müsste dir passen«, sagte sie, die Hände auf den Hüften.

Als ich mich nicht entschließen konnte, mein altes Unterkleid auszuziehen, kam sie zu mir, griff nach dem unteren Saum und zog es mir mit einem Ruck über die Schultern. Ich stieß einen Schrei aus und kreuzte die Arme über meiner Brust.

»Los, denkst du, ich habe sonst nichts zu tun?«

Ich sah ein, dass Widerstand zu nichts führen würde, zog meine letzten Lumpen aus und stieg über den Rand in den Holzzuber.

Weihnachten

Ein Duft von Weihnachten hatte auf unserer Fahrt die Luft in den Bahnhöfen erfüllt, und als ich durch die Bäckerei lief, hatte ich Zeit, auf dem Fenstersims des Schaufensters eine kleine Krippe zu bemerken, die mit falschem Schnee gepudert war. Es würde einen Weihnachtsabend und eine Mitternachtsmesse geben. Darum kreisten meine Gedanken, als ich Madame Puech in den leeren Verkaufsraum folgte, der von dem Licht, das durch eine kleine Tür links vom Ladentisch fiel, nur schwach erleuchtet wurde. Hinter dieser Tür führte eine Treppe in den ersten Stock, in eine große Küche, in deren Mitte ein massiver Tisch mit einer Wachstuchdecke stand. Rechts der Eingangstür befand sich an der Wand zwischen den beiden Fenstern ein Buffet, gegenüber ein gusseiserner Herd mit seinem Zinkrohr, auf der linken Seite ein Sofa und in der hinteren Ecke ein Spülbecken aus Stein. Die weiteren Türen führten sicher in andere Zimmer ... Das ist von nun an deine Welt, sagte ich mir.

Die Lippenbewegungen, die ich seit unserer Abreise aus Argelès bei Madame Puech beobachtet und ihrer Beunruhigung wegen der Reise zugeschrieben hatte, diese Bewegungen hatten sich, seit wir bei ihr zu Hause waren, in eine Art Murmeln verwandelt und wurden von einem Schulterzucken begleitet, das ihre Umgebung vielleicht als eine ihr eigene Art nicht mehr wahrnahm. Ich bemerkte es wieder, als sie zum Küchenschrank

ging. Sie holte eine mit Mohnblumen bestickte Leinentischdecke heraus und forderte mich auf, den Tisch für vier Personen zu decken: sie selbst und ihren Mann, ihren Sohn Charles und seine Verlobte Agnès. Arlette und ich würden in der Küche essen, zwischen den einzelnen Gängen.
»Charles? Sie haben mir doch gesagt ...«
»Was habe ich gesagt?«
»Dass er mit der Armee fortgegangen ist.«
»Ja, er ist weg, natürlich ist er fort«, erwiderte sie verwirrt, »aber man weiß ja nie.«
Dann fing sie sich wieder: »Als ob ich mich dir gegenüber rechtfertigen müsste! Tu, was man dir sagt, arbeite, statt tausend Fragen zu stellen. Und lass dir das ein für alle Mal gesagt sein: Misch dich nicht in unsere Angelegenheiten ein! Verstehst du mich? Das gilt auch für dich«, wandte sie sich an Arlette, die am Spülbecken beschäftigt war.

Sie stieß plötzlich eine der Türen auf, die von der Küche wegführten, und drehte an einem Schalter. Licht fiel von einem fünf- oder vielleicht auch sechsarmigen Leuchter in ein Esszimmer, dessen Mobiliar mich sprachlos machte. Es waren nur ein Tisch und sechs Stühle, eine Kommode und ein Buffet, die aber wie neu aussahen und in einem mir unbekannten Stil gearbeitet waren. Diese Pracht erinnerte mich an ein Möbelgeschäft in Tarragona, das ich eines Tages mit meiner Mutter betreten hatte und dessen Duft nach Wachs, dessen spiegelnder Glanz und goldene Beschläge einen lang anhaltenden Eindruck von außergewöhnlichem Komfort und unglaublicher Erhabenheit bei mir hinterließen.
»Und, worauf wartest du?«
Ich stand wie angewurzelt auf der Schwelle zu diesem Zimmer, mit der Tischdecke über dem Arm, und versuchte mich

davon zu überzeugen, dass diese Möbel ein wenig mir gehörten, dass ich sie so lange bewundern könnte, wie Madame Puech mich in ihrem Dienst haben wollte, sogar schon sehr bald, wenn ich auftragen würde.

»Soll sich die Arbeit etwa von alleine machen?«

Allerdings musste Madame Puech mich wollen, sagte ich mir. Und ich gab mir noch größere Mühe, mir den richtigen Platz des Bestecks, des Geschirrs und der schmiedeeisernen Kerzenhalter auf dem Tisch einzuprägen ...

Woher ich die Kraft nahm, den Tisch zu decken, kann ich mir nicht erklären. Die Übelkeit kam in Wellen; die Gerüche, die aus den Töpfen aufstiegen, drehten mir den Magen um. Ich konnte mich nur aufgrund meines Willens, einen guten Eindruck zu machen, aufrecht halten. Gewissermaßen ein Überlebensreflex. Zu meiner eigenen Überraschung gelang es mir, und ich führte noch weitere kleinere Arbeiten aus, die Arlette mir auftrug.

Ich saß am Küchentisch und schälte Kartoffeln, als Schritte auf der Treppe zu hören waren, die zu den Schlafzimmern führen musste. Zwei abgetragene Pantoffeln, eine braune Cordhose, eine Jacke in demselben Farbton mit Flicken an den Ellenbogen: In dieser Reihenfolge nahm ich Monsieur Puech wahr. Ein kleiner untersetzter Mann mit einem argwöhnischen Gesichtsausdruck. Er blieb auf der letzten Stufe stehen und schaute mich lange an, mit einem Blick, wie unsere Nachbarn in Tarragona mich angesehen hatten, als ich auf das Gymnasium ging und mein Po und meine Brüste sich entwickelt hatten. Eine ganze Weile taxierte er mich auf diese Weise.

»So ist das also?«, sagte er schließlich mit einer Art höhnischem Grinsen.

»So ist es, wie Sie sagen«, erwiderte Arlette, ohne den Blick von ihrer Arbeit zu heben.

»Hat dich jemand nach deiner Meinung gefragt?«, brummte er. Schließlich stieg er die letzte Stufe hinunter und wandte sich dabei schwankend um, was mir zeigte, wie gebrechlich er war. Er nahm die Zeitung, ging hinkend auf mich zu und setzte sich am Tischende ganz dicht neben mich. Er saß da und schaute mich an, ich spürte seinen Blick auf mir, auf meinem von Unterernährung gezeichneten Gesicht, auf meinen kranken Augen, meinen Musikerhänden, die so gut wie zu nichts nutze waren. Er sagte nichts, blieb völlig ausdruckslos, versenkte sich nur in die Zeitung, doch ohne zu wissen warum war ich davon überzeugt, dass er sein Urteil über mich gefällt hatte, gleich auf den ersten Blick. Und ich verlor das Bewusstsein.

Als ich meine Augen wieder aufgeschlagen hatte, brauchte ich eine ganze Weile, um den Faden wiederzufinden, der mich mit den Dingen und Geräuschen um mich herum verband. Ich war weder in unserem Haus in Tarragona noch in unserer Baracke im Flüchtlingslager. Schließlich kamen mir die Ereignisse des Tages bruchstückhaft wieder in den Sinn: die Abreise aus Argelès, das Umsteigen in den anderen Zug in Perpignan, die Befestigungsmauer ...

»Fröhliche Weihnachten!«, hörte ich eine Stimme neben mir sagen.

Auf diese Weise machte ich Bekanntschaft mit Agnès, der Verlobten von Charles. Sie beugte sich über mich, streichelte mir die Stirn, ließ ihre Finger durch meine Haare gleiten, und ich sagte mir, dass nicht alles verloren war, dass sich vielleicht einiges bessern würde.

»Die Kartoffeln ...«

»Sind gemacht, ruh dich aus«, antwortete sie auf Katalanisch mit einem lauten, hellen Lachen, das ihre schönen weißen Zähne zum Vorschein kommen und ihre Augen strahlen ließ.

»Weißt du, schon seit Ewigkeiten wissen sie sich in diesem Haus auch ohne dich zu helfen, da kommt es auf einen Tag nicht an.«

Ich lächelte, und Madame Puech entschied, dass dies ein Zeichen war: Meine Unpässlichkeit war vorbei, ich konnte den Dienst wieder aufnehmen.

»Zu Tisch!«, sagte sie mit vorgetäuschtem Schwung.

»Und Charles?«, fragte Monsieur Puech spöttisch grinsend.

»Du weißt doch, dass er niemals pünktlich ist. Wenn wir auf ihn warten müssten, würden wir niemals essen.«

»Nun, mein Mädchen«, fuhr sie fort und warf Agnès einen dieser ausweichenden Blicke zu, die ich seit Argelès beobachtet hatte. »Ich möchte nicht kalt essen.«

Agnès tat, als würde sie aufstehen, doch sobald ihre Schwiegereltern ihr den Rücken kehrten, setzte sie sich wieder neben mich.

»Ich werde dir meine Freunde vorstellen«, sagte sie zu mir halblaut auf Katalanisch. »Wir haben eine kleine Truppe zusammengetrommelt ... eine Truppe, das ist ein großes Wort. Es ist schon gut, wenn wir bei den Vorstellungen sechs Jungen und Mädchen sind. Wir singen katalanische Lieder und tanzen in traditionellen Kostümen in den Dörfern des Conflent, manchmal auch weiter weg.«

»Des Conflent?«

»Das ist der Name der Region hier. Das Tal der Têt und seine Umgebung zwischen dem Roussillon und der Cerdagne, zwischen der Ebene und den Bergen.«

»Sie ist nicht einverstanden«, sprach sie weiter mit einer Kopfbewegung in Richtung Esszimmer. »Aber das ist uns egal«, fügte sie schulterzuckend und mit einem schalkhaften Lachen hinzu.

Ich hatte in Madame Puechs Stimme eine leichte Gereiztheit bemerkt, als sie ihre zukünftige Schwiegertochter erwähnte. Wenn sie den Namen ›Agnès‹ aussprach, hörte es sich an, als hätte sie ›Schlampe‹ oder ›Flittchen‹ gesagt. Nun verstand ich.

»Und Charles?«

»Was, Charles? Er ... er hat seinen Platz am Tisch«, stammelte sie, als hätte sie einen Fehler begangen.

»Charles wird nicht kommen«, sagte sie nervös. »Er ist ... ist an der Front und ... anscheinend hat er uns vergessen. So ist es, er lässt nichts von sich hören, sagen wir es so.«

»Entschuldigung ...«

»Du konntest es nicht wissen.«

Sie schaute mich einen Augenblick lang mit leicht geneigtem Kopf an und legte ihre Hand erneut auf meine Stirn.

»Das überkommt sie manchmal«, sagte sie mit einer Handbewegung zu ihrer zukünftigen Schwiegermutter hin. »Sie tut so, als wenn nichts wäre, als ob Charles immer noch da wäre«, fuhr sie fort und tippte sich mit dem Zeigefinger an die Schläfe, als wollte sie sagen, dass die Hausherrin in dieser Hinsicht ein wenig den Verstand verlöre.

»Manchmal ...«

»Wir warten auf Sie«, schimpfte Madame Puech von der Schwelle des Esszimmers her. »Was heckt ihr aus?«

Agnès stand rasch auf; sie fürchtete sicher, dass Madame Puech unsere Unterhaltung mit angehört hatte. Wir waren beide so versunken gewesen, dass wir ihr Kommen nicht bemerkt hatten.

»Ich bin gleich da«, antwortete sie betreten. »Ich bereite nur noch einen Teller für Marie zu.«

»Kommen Sie. Arlette wird sich darum kümmern, wenn sie aufgetragen hat.«

Arlette hatte schlechte Laune. Fast schon ein dauerhafter Charakterzug von ihr, aber das wusste ich damals noch nicht und fragte mich, was ich falsch gemacht hatte, um diese Gereiztheit zu verdienen. War es wegen meines Schwächeanfalls? Weil ich ihr nicht die Hilfe zukommen ließ, die sie erwartete?

Wenn ich Arlette besser gekannt hätte, hätte ich gewusst, dass sie murrte wie andere atmeten, dass es keinen besonderen Grund für ihre Haltung mir gegenüber gab. Weil ich aber wollte, dass an jenem Abend alles vollkommen war, dass nichts diesen Heiligabend und meine Ankunft in diesem Haus trübte, setzte ich mich auf, sammelte meinen begrenzten Wortschatz zusammen und versuchte, sie in einem Gemisch aus Französisch und Katalanisch auszufragen.

Sie tat, als verstünde sie mich nicht, zwang mich aufzustehen, gab mir eine dampfende Suppenschüssel in die Hände und drängte mich zum Esszimmer hin.

Agnès war die Erste, die vom Tisch aufstand. Sie sang im Kirchenchor und hatte außerdem zugesagt, zu Beginn und am Ende der Messe Geige zu spielen. Eine Premiere in Villefranche, erklärte sie mir, als ich die Dessertteller abräumte.

»Geigenspiel in der Kirche! Das ist unglaublich«, sagte Madame Puech.

Sie sprach das Wort ›Geige‹ wie den Namen ihrer zukünftigen Schwiegertochter aus: mit einer missbilligenden, ja fast angeekelten Miene.

»Es wird doch auch Harmonium gespielt.« Zu mir gewandt fragte Agnès: »Kommst du mit?«

»O ja«, antwortete ich und trocknete mir die Hände vollends ab.

»Das ist nicht euer Ernst«, sagte Madame Puech und erhob sich so unvermittelt, dass ihr Stuhl umfiel.

»Ich kümmere mich um sie«, entgegnete Agnès. »Und ich bringe sie Ihnen zurück. Machen Sie sich keine Sorgen.«

»Kümmern Sie sich lieber um Ihre Angelegenheiten. Dieses Mädchen ist völlig erschöpft, sehen Sie das nicht? Sie muss sich ausruhen und braucht morgen all ihre Kräfte. Am Weihnachtstag mit der Arbeit zu beginnen ist nicht ohne.«

Sie ging uns mit klappernden Absätzen voran in die Küche ... und ihre Selbstsicherheit schwand, als sie sah, dass das Geschirr gespült und Schüsseln und Gedecke weggeräumt waren.

»Émile«, rief sie verzweifelt.

»Hmm«, erklang ein Murmeln aus dem Esszimmer.

»Sag du es ihnen. Du bist doch das Oberhaupt der Familie.«

»Der Familie!«, erwiderte er und lachte schallend. »Das Oberhaupt der Familie! Von welcher Familie?«

»Von der Familie eben«, sagte sie irritiert. »Du, ich ...«

»Du, ich, Charles ... ist es so?«, entgegnete er mit einem unheimlichen Hohngelächter.

»Pah«, antwortete sie nur, zuckte mit den Schultern und drehte uns den Rücken zu. Sie senkte den Blick, wandte den Kopf und machte sich plötzlich am Herd zu schaffen, als wollte sie eine Schwäche verbergen, deren Ursache ich nicht ahnte.

»Was glaubst du?«, sprach er weiter und erschien auf der Schwelle zur Küche. »Dass du eine Spanierin an Weihnachten daran hindern wirst, in die Kirche zu gehen? Es ist heute viel günstiger, denk doch mal nach. Morgen hat sie Besseres zu tun.«

»Los, geht schon«, sagte er und machte eine Handbewegung, als wollte er uns aus seinem Haus jagen. »Und grüßt den Herrn Pfarrer von Émile Puech«, fügte er mit diesem höhnischen Lachen hinzu, das zu ihm zu gehören schien.

Woraufhin Agnès ihren marineblauen Umhang von der Garderobe nahm und nach kurzem Zögern auch ein großes schwarzes Tuch, das dort hing, und es mir über die Schultern warf.

Sobald wir draußen waren, hakte sie sich bei mir unter, und es war, als würde mir das Leben wieder zulächeln. Oh, es war ein zaghaftes Lächeln, blass wie die Wintersonne und noch verschüttet von der Verzweiflung über Teresas Tod und das Schwinden der letzten Dinge, die mir im Leben einen Halt gegeben hatten. Doch da war dieser Arm auf meinem Arm, dieser Mensch an meiner Seite, die Fürsorglichkeit, die ich von den Bewohnern Villefranches erhoffen konnte. Ich blickte zu den Fenstern auf und erahnte sie am Tisch in ihren Küchen sitzend, in dem bläulichen Licht, das von der Luftschutzbehörde vorgeschrieben war. Sicherlich würden sie alle ebenso hilfsbereit sein wie Agnès, genauso offen mir gegenüber. So flogen meine Gedanken dahin, während wir wie die Hirten zur Krippe in Bethlehem zur Kirche gingen, von einem Lichtschein geleitet, der die Dunkelheit vom oberen Teil der Straße her durchbrach und der Anordnung des Ministeriums trotzte. Er kam von einer Maueröffnung im Giebel der Kirche, die von innen erleuchtet war, und erinnerte an den Stern, der die Könige zu dem Stall geführte hatte, in dem das Jesuskind lag. War ich nicht auch eine Art König? Eine Reisende, die weit entfernt von ihrem Land ihren Weg suchte?

Auf der rechten Seite tauchte ein Platz auf, der mit kleinen kahlen Bäumen bepflanzt und von großen Häusern eingerahmt war. Dort schien die Dunkelheit undurchdringlich zu sein. Ich griff nach Agnès' Arm und folgte ihr an einer Blendmauer entlang, durch ein von Steinsäulen flankiertes Tor, durch eine Tür, deren Angeln noch lange nach dem Aufstoßen quietschten, bis zu einem großen Kirchenschiff, das einige Stufen tiefer lag als der Platz und dessen Decke im Dunkel verschwand. Ein sanfter Windhauch zog durch das Bauwerk und trug Düfte von Wachs, Weihrauch und Bohnerwachs mit sich, als wolle er die Nüchternheit des nackten und massiven Steins mildern. Deine Kirche, sagte ich mir, von nun an ist das deine Kirche!

Agnès ging zu ihrem Chor, und ich setzte mich in die vierte oder fünfte Reihe, natürlich auf der Seite der Frauen. Der Chor begann sich einzusingen, und ich erkannte sofort Agnès Stimme in dem Missklang. Es hörte sich nicht wirklich falsch an, aber die Melodie war auf eine völlig ausdruckslose Reihe von Tönen reduziert, dominiert von den harten und trockenen Akkorden des Harmoniums. Das war in keiner Weise mit den professionellen Chören zu vergleichen, die ich in Konzerten und bei Proben im Verlauf meiner musikalischen Ausbildung gehört hatte.

Das Ende der Probe wurde von einem Vorfall überschattet, der mir im Gedächtnis haften blieb. Zwischen der Organistin und dem Pfarrer, der den Chor dirigierte, kam es zu einem Disput, als die beiden Sonaten für Geige und Orgel geprobt werden sollten, die für den Beginn und den Schluss der Zeremonie vorgesehen waren und den Spott Madame Puechs erregt hatten. Die Chorsänger hatten sich hingesetzt, Agnès ihre Geige ausgepackt, alle warteten ... und die Dame weigerte sich zu spielen.

»Das Gotteshaus ist kein Konzertsaal«, wiederholte sie immer wieder als Antwort auf die Aufforderungen des Pfarrers.

»Sie waren aber einverstanden. Wir haben mehrere Male darüber gesprochen.«

»Nun, dann habe ich meine Meinung geändert.«

»In letzter Minute?«

»In letzter Minute.«

Die Diskussion wurde durch das Eintreffen der ersten Gläubigen unterbrochen. Sie nahmen in den Bankreihen Platz, die Frauen rechts, die Männer links, wie bei uns zu Hause. Schließlich trat der Pfarrer begleitet von zwei Chorknaben aus der Sakristei und die Messe begann. Ich folgte ihr mit ganzer Seele. Gott hatte meine Schwester und meine Eltern zu sich gerufen, aber er hatte mich aus dem Lager herausgeholt, in dem ich letztlich gestorben wäre. Er hatte mich in dieses Dorf geführt, zu dieser Agnès, die sich so um mich bemühte. Er hatte mir eine Schwester genommen und mir eine andere gegeben. Aus tiefstem Herzen betete ich und ergab mich seinem Willen. Manchmal fragte ich mich, ob ich nicht hätte im Lager bleiben und einfach sterben sollen. Das wäre sehr viel einfacher gewesen: kein Monsieur und keine Madame Puech, keine Einsamkeit in einem fremden Dorf, keine Sorgen über die Zukunft. Doch die Menschen um mich herum machten es sich zur Aufgabe, mich – ungewollt – in die Realität zurückzubringen: Ich war am Leben, kniete in der Kirche eines Dorfes, das bald meines sein würde. Ein neues Leben tat sich vor mir auf.

Am Ende der Messe stimmte der Pfarrer das Lied *Minuit, chrétiens* an, und die Gemeinde antwortete im Chor mit einer Überzeugung, die mir andere Weihnachten in Erinnerung rief, auf der anderen Seite der Berge. Dann bekreuzigten sich alle, verließen ihre Bankreihen und strömten durch die Gänge wie die Fluten dreier Bäche zum Ausgang hin. Sie beäugten mich im Vorübergehen, und einige lächelten mir zu.

Ich war so verwundert, dass ich nicht sofort die Zeichen sah, die Agnès mir von der Abendmahlsbank her machte. Ich ging zu ihr und sie zog mich mit zur Sakristei. Sie wollte mich dem Pfarrer vorstellen.

»Marie!«, sagte sie zunächst und zeigte auf mich.

»Unser Pfarrer!«, fuhr sie dann fort und wandte sich zu dem Priester.

»Im Namen von Sankt Jakob, unserem heiligen Patron, heiße ich Sie in Villefranche willkommen«, sagte er und segnete mich.

Er war ungefähr so groß wie ich, Agnès überragte ihn fast um einen Kopf, doch die Lebhaftigkeit seiner Bewegungen und die Tiefe seines Blicks ließen eine wirkliche Persönlichkeit erkennen. Ganz gewiss ein Mann von großer Güte, der jedoch wusste, wohin er wollte und wie er es schaffen würde, auch wenn er dabei Hindernisse aus dem Weg räumen musste.

»Marie spricht Spanisch. Oder Katalanisch«, bemerkte Agnès.

»Aber nein!«, erwiderte er heftig. »Mit mir wird Französisch gesprochen. Frankreich nimmt Sie auf, Marie«, sprach er weiter und bemühte sich, die Wörter gut zu artikulieren. »Wenn Sie seine Gastfreundschaft annehmen, sollten Sie ebenso seine Sprache, seine Gesetze, seine Gebräuche annehmen ... und die Ansprüche seiner Pfarrer!«, fügte er mit Nachdruck hinzu.

Seine Sprache, seine Gebräuche, warum nicht? Ich hatte in der Schule ein wenig Französischunterricht gehabt, im Lager von Argelès ein bisschen dazugelernt, und was die Gebräuche anging, so unterschieden sich die Mitternachtsmesse, der Duft nach Kerzen und der Abendmahlswein, das Dekor der Schubladen und Schränke dieser Sakristei nicht sehr von dem, was ich bei uns gekannt hatte. Die Mädchen durften selbstverständlich nicht an den Altar, doch mein Vater hatte die Orgeln instand gehalten, sie auch öfter gespielt, und ich war ihm in alle Winkel unserer Kirche gefolgt. Sicher, Villefranche war nicht Tarragona. Mädchen in einer Sakristei zu empfangen und mit ihnen zu reden, während man die Stola und das Messgewand wegräumte, nein, das hätte es bei uns nicht gegeben. Doch die Atmosphäre war ein wenig dieselbe, die katalanische Herzlichkeit überwand alle Unterschiede.

»Ich spiele Harmonium«, sagte ich und untermalte die Worte mit einer Handbewegung.

»Sie können spielen! Aber das hätten Sie sagen sollen!«, rief der Priester aus und hob die Arme verzweifelt gen Himmel.

»Sie hätten die Brévent ersetzen können und wir hätten unsere beiden Sonaten gehabt. Warum haben Sie nichts gesagt? Erklären Sie mir nicht, dass Sie schüchtern sind!«

Das waren zu viele Fragen, zu viele komplizierte Wörter.

»Nicht so schnell«, sagte Agnès. »Sie kann Ihnen ja gar nicht folgen.«

»Ah, das ist wahr. Sehen Sie, Marie, Sie verwirren mich. Also, Sie spielen tatsächlich?«

»Mein Vater unterhielt die Orgeln in unserer Gemeinde. Ich habe einiges von ihm gelernt.«

»Wirklich?«

»Eines Tages war er krank, und ich musste für ihn einspringen, einfach so, es gab keine andere Lösung. In solchen Fällen lernt man viel.«

»Wer das Größere kann, kann auch das Kleinere. Die Orgel, das Harmonium ...«

»Er baute Cembali.«

»Aha!«, sagte der Priester und schaute mich ungläubig an.

Sie zogen mich in den Chorraum, klappten den Deckel des alten Instruments auf, und die ersten Tonleitern ließen mich mit den Zähnen knirschen.

»Nun?«, fragte er, meine Reaktion erforschend.

»Nun!«, antwortete ich mit skeptischer Miene.

Doch die Enttäuschung, die ich in seinem Gesicht las, veranlasste mich, meine Finger wieder auf die Tasten zu legen. Was dann trotz der Missklänge herauskam, ähnelte sehr einer Adaption von *La maja y el ruiseñor* – *Das Mädchen und die Nachtigall*.

»Der Herrgott schickt Sie«, rief der Priester aus, als das Echo des letzten Akkords im hintersten Winkel der Kirche verklungen war.

»Danke, mein Gott. Und danke, Marie«, fügte er hinzu und küsste mich auf die Wange.

Bei mir zu Hause hatte ich niemals gesehen, dass die Pfarrer Mädchen küssten und umarmten, vor allem nicht in der Kirche, doch ich war zu allem bereit und entschlossen, mich von nun an über nichts mehr zu wundern.

Sie wollten mehr über meine Talente wissen, aber ich wich ihren Fragen aus. Der Unterricht durch meinen Vater, mein erstes Instrument, das Konservatorium ... nein, ich war noch nicht bereit, an diese Erinnerungen zu rühren. Der Krieg hatte die musikalische Seite meines Lebens auf brutale Weise verschüttet, und ich zwang mich von nun an, sie umzublättern. Ich musste mich anderswo umsehen, mir neue Freunde suchen, andere Motivationen, andere Interessen, die sich von den vorangegangenen so stark wie möglich unterschieden. Das war die einzige Möglichkeit, nicht verrückt zu werden. Es stellte für mich eine Frage von Leben und Tod dar. Wahrscheinlich spürten sie es, denn sie bedrängten mich nicht. Der Pfarrer trieb uns aus der Sakristei, und auf dem Rückweg sprachen Agnès und ich weder von Musik noch vom Chor.

»Monsieur Puech ...«, begann ich, als wir uns wieder der Bäckerei näherten.

»Was ist mit Monsieur Puech?«

»Kennst du ihn näher?«

»Beunruhigt er dich?«

Andere hätten mich beschwichtigt, mit den Schultern gezuckt und die Frage vermieden. Nicht so Agnès. Sie kam im Weitergehen ganz dicht an mich heran und legte eine Hand auf meine Schulter, als wollte sie meine Befürchtungen bestätigen.

»Martha kommt zurück. Sie wird dich beschützen.«

»Martha?«

»Die Mutter von Félicie. Sie wohnen bei ihr, wusstest du das nicht? Émile hat nach dem Tod von Marthas Mann, dem Vater von Félicie, dessen Bäckerei übernommen, aber ihr gehört das Haus. Und sie wohnt natürlich noch dort. Im Übrigen wirst du sehen, dass sie den Haushalt führt.«

Madame Puech hatte mir Anweisungen gegeben. Die Tür des Ladens würde verschlossen sein, ich könnte durch die Hintertür hereinkommen, die ich sorgfältig zuschließen sollte, ehe ich in die Wohnung hinaufginge. Ich schob vorsichtig die Tür auf, glitt in den Raum ... und konnte einen überraschten Aufschrei nicht zurückhalten. Eine Gestalt stand regungslos da, zwei Schritte entfernt, im Dunkel der Backstube.

»Gehört es sich, um diese Uhrzeit heimzukommen?«, vernahm ich eine Stimme.

»Alles in Ordnung?«, erkundigte sich Agnès durch die offene Tür.

»Alles in Ordnung!«, antwortete Madame Puech schroff.

Sie ging zur Tür und schob die Riegel auf eine derart wütende Weise vor, dass ich es mir nicht erklären konnte.

»Du musst leise sein«, sagte sie noch und stieß mich grob zur Backstube hin.

Priester Raynal

Am nächsten Morgen brauchte ich eine ganze Weile, um wach zu werden, und suchte meine gewohnten Anhaltspunkte: das helle Kontrolllicht über der Barackentür, das Schnarchen der Mädchen, Teresas schlafenden Körper. Stattdessen ein Eisenbett, eine Matratze, nassgeschwitzte Betttücher, das Murmeln eines Flusses ... Ich stand auf, tastete mich an das Fenster, stieß den Laden auf, und kühle Nachtluft hüllte mich ein. Doch einen Moment später wurde die Tür hinter mir geöffnet, und ein grelles Licht erhellte plötzlich den Raum.
»Was treibst du?«, fragte die Stimme von Madame Puech. »Kannst du nicht wie alle anderen schlafen?«
Ein wenig später oder vielleicht auch sehr viel später fuhr ich aus dem Tiefschlaf hoch.
»Es ist Zeit!«, sagte dieselbe Stimme mit demselben harten, entschiedenen Ton.
Die Glühbirne an der Decke blendete mich erneut. Ich setzte mich am Rand der Matratze auf und versuchte vergeblich, den Raum, die Wände und Möbel zu identifizieren. Die Schritte auf der Treppe wurden leiser, und ich fand langsam den Faden meiner Geschichte wieder. Ich war bei einem Monsieur und einer Madame Puech in einer Stadtfestung namens Villefranche untergebracht. Mein Blick blieb am Bettgitter, an den Schubladen, der Kommode hängen ... Dein Bett! Deine Kommode!, sagte

ich mir. Aber nichts, nicht einmal der Komfort eines hübschen Zimmers konnte die Leere füllen, die der Tod meiner Eltern und Angehörigen, die der Tod Teresas in meinem Dasein aufgerissen hatte.

»Nun? Wir warten auf dich! Was treibst du?«, rief die Stimme von der Treppe her.

Es gelang mir aufzustehen, indem ich meinen ganzen Willen aufbrachte. Ich zog das weiße Unterkleid und das hellblaue Kleid an, die über der Stuhllehne hingen. Weihnachten! Es war Weihnachten, erinnerte ich mich plötzlich. Es war Weihnachten und ich würde weder meine Eltern noch meine Schwester noch irgendjemanden sehen, den ich kannte. In diesem Augenblick ertönte durch das Fenster eine Glocke. Eins, zwei, drei ... acht Uhr! Es läutete acht Uhr vom Glockenturm meines neuen Dorfes. Wie früher in Tarragona, doch da hörte die Ähnlichkeit schon auf: Ich war nicht zu Hause, und meine Gastgeber bemühten sich stets, mich daran zu erinnern.

»Da bist du ja«, sagte Madame Puech, als sie mich kommen sah.

Sie fegte die Küche auf eine wütende Weise, die ich auf mein spätes Aufstehen bezog. Sicher eine Art, mir zu zeigen, dass es *meine* Arbeit war und dass sie seit geraumer Zeit auf mich wartete.

»Beeil dich lieber mit dem Essen«, sagte sie mit einer ungeduldigen Handbewegung, als ich mich anschickte, ihr den Besen abzunehmen. »Weißt du, wie spät es ist?«

Die Stühle standen umgedreht auf dem Tisch, wie in einem Café, das geschlossen war, und verbargen eine weiße Schale, einen Korb mit Brotscheiben und ein Marmeladenglas. Ich nahm die Schale und füllte sie mit Kaffee aus der Eisenkanne, die auf dem Ofen in der Ecke warmgehalten wurde. Marmelade, Kaffee, große, frische Brotscheiben ... ich konnte mich gerade noch daran erinnern, dass ich früher in einer kleinen Stadt Kataloniens mit Namen Tarragona nach dem Aufstehen einen Frühstückstisch dieser Art vorgefunden hatte ... nur dass natürlich die Stühle auf dem Boden standen. Aber der Kaffee, das frische Brot und die Marmelade führten meine Gedanken zu Teresa zurück und widerten mich plötzlich an.

»Worauf wartest du?«

»Ich habe keinen Hunger«, sagte ich und schob die dampfende Schale weg.

»Keinen Hunger? Was ist los? Du musst essen, Mädchen. Essen, zu Kräften kommen, arbeiten, das ist dein Programm. Was glaubst du? Dass wir dich ernähren, damit du den Tag verträumen kannst?«

»Nein, Madame«, antwortete ich und führte die Schale an meine Lippen.

»Los! Trink das und geh Arlette helfen. Sie wartet schon eine Ewigkeit auf dich, das sag ich dir. An einem Tag wie heute ...«

Daraufhin fuhr sie mit dem Fegen fort, und während ich versuchte, eine Scheibe dunkles Brot zu essen, fragte ich mich, ob ich bei dem Tausch von Argelès gegen Villefranche wirklich gewonnen hatte.

»Nun aber los!«, forderte sie mich noch einmal auf, als ich meine Schale in das Spülbecken gestellt hatte.

»Arlette wartet auf dich, hast du das nicht verstanden?«

Die Kunden drängten sich in dem engen Ladenraum, weitere warteten auf dem Bürgersteig, und Arlette führte mechanisch die Aufträge aus, die alle an sie richteten. Sie griff nach einem Brot auf den Regalen, warf es auf die große Schale der Waage und glich diese je nach Bestellung mit den Gewichten auf der kleinen Schale aus oder auf der großen mit Brotecken aus einem Sack. Wenn die Waage im Gleichgewicht war, legte sie die Ware auf den Ladentisch, nahm das Geld entgegen, und der Nächste war dran. Nicht ein Wort, nicht ein Dankeschön. Gerade mal ein »Guten Tag« und ein »Auf Wiedersehen«. Was für ein Unterschied zu dem Lachen, den Kommentaren, dem Austausch von guten und schlechten Neuigkeiten in den Bäckereien von Tarragona! War das eine Besonderheit des französischen Handels? Aber nein! Ich bemerkte es, als ich sie an der Waage ablöste und die Leute auf mein Lächeln reagierten, mich ermutigten, sich nach mir erkundigten. Wie geht's? Woher kommen Sie? Wie war es dort? Sicher hatten sie mich bei der Mitternachtsmesse gesehen und warteten auf eine Gelegenheit, mich kennenzulernen.

Alles lief gut, und ich arbeitete mich in meiner neuen Tätigkeit ein. Als wir einmal beide den Kunden den Rücken zuwandten, ergriff Arlette die Gelegenheit, mir zuzuflüstern: »Man macht also von sich reden?«

Ihr Katalanisch unterschied sich ein wenig von unserem, doch die Wörter waren sehr nah verwandt, die Wendungen ähnlich, und ich verstand sie.

»Ich von mir reden machen?«

»Tu nicht so dumm, du weißt sehr wohl, wovon ich spreche. Die gewöhnliche Uhrzeit von Mademoiselle de Brévent ist vorbei, und keiner hat sie gesehen. Wenn wir durch dich schon an deinem ersten Tag Kunden verlieren, wirst du etwas erleben, das kann ich dir sagen.«

In diesem Augenblick wurde die Tür der Backstube aufgestoßen und ein Karren von einem mit Mehl bestäubten Gehilfen hereinmanövriert. Er öffnete die Ofentür, und eine Höllenhitze breitete sich im ganzen Geschäft aus. Er begann die Brote mit einer langen Stange herauszuholen, sodass die Kunden gezwungen waren, bis an die Wand und den Ladentisch zurückzuweichen. Für alle war es sehr unangenehm, doch niemand regte sich darüber auf, es gehörte zum Alltag, war ein Vorgang wie viele andere auch. Die Tür wurde geöffnet, der Karren angeschoben, und die Zeremonie begann von Neuem mit ihrer geräuschvollen Begleitung: dem Quietschen der Räder in ihren Achsen, dem Stampfen der Stiefel auf dem Pflaster, dem Klappern des metallenen Schlosses der Seitentür, dem dumpfen Gleiten der Stange auf dem Belag des Ofens. Alle schienen daran gewöhnt zu sein. Ich nicht.

»Was ist mit dir?«, fragte Arlette, da ich mich auf den Ladentisch zu stützen versuchte.

»Nichts«, entgegnete ich und rang nach Luft. »Es geht schon.«

Es ging überhaupt nicht: Ich spürte den Kaffee im Magen, die Wände und die Decke drehten sich um mich wie Bäume und Häuser beim Aussteigen aus einem Karussell.

»Nicht noch einmal wie gestern, ja? Das ist doch unglaublich! Mager, wie du bist, war ja von Anfang an klar, dass es mit dir nichts wird. Lass, ich mach das, geh! Ehe ich dich zwischen den Beinen habe und du nichts tust, mach ich es lieber allein.«

Im Laden war es still geworden.

»Die Kleine wird uns umkippen«, sagte jemand.

»Sie braucht Luft.«

»Diese Hitze, stimmt. Das ist nicht zum Aushalten.«

»Ich halte es gut aus«, erwiderte Arlette und griff nach einem Brot im Regal.

»Komm«, sagte da eine vertraute Stimme inmitten der Verwirrung, die mich überkommen hatte. Agnès nahm mich am Arm und bahnte uns einen Weg zum Ausgang. Die Leute wichen zur Seite, und jemand öffnete uns die Tür.

»Das ist unglaublich!«, sagte Arlette noch einmal für alle, die es hören wollten. »Die ist nur Haut und Knochen, was hat sie in einer Bäckerei zu suchen?«

Draußen war es grau und eher mild für die Jahreszeit, aber zwischen den Fassaden wehte ein leichter Wind die Straße herauf, und ich fühlte mich fast augenblicklich besser. Ich wollte wieder weiterarbeiten, doch Agnès war dagegen und zwang mich stattdessen, einige Schritte die Straße hinaufzugehen, bis zu einem kleinen Platz am Fuße eines hohen, massiven viereckigen Turms, den ich am Vorabend in der Dunkelheit nicht bemerkt hatte.

»Der Bergfried«, sagte sie, als ich den Blick nach oben wandte.
»Was ist das? Ein Haus? Wohnt dort jemand?«
»Vielleicht«, antwortete sie kopfschüttelnd und mit vor Freude glänzenden Augen.
»Das Oberhaupt oder der Verantwortliche des Dorfes? Wie nennt ihr ihn doch gleich?«
Sie schaute mich an, als käme ich von einem anderen Planeten; dann lachte sie so laut auf, dass die Leute, die aus dem gegenüberliegenden Gebäude mit der Aufschrift *Café de la Poste* kamen, sich nach uns umdrehten.
»Das Oberhaupt des Dorfes, wie du sagst, ist mein Vater. Und ich bin ziemlich froh, nicht dort zu wohnen.«
Sie erklärte mir mit einer Stimme, in der noch die Erheiterung nachklang, dass dieser Bergfried unbewohnbar war. Das Erdgeschoss war komplett mit Mauerwerk ausgefüllt, um die Laufgänge zu stützen und den Stößen der Rammböcke standzuhalten, mit der einzigen Ausnahme eines zentralen Hohlraums, der zunächst als Zisterne gedient und das Regenwasser von einer hoch oben gelegenen Terrasse gesammelt hatte und

sehr viel später als Speicher für Eisblöcke genutzt wurde, die auf dem Rücken von Eseln und Maultieren von den Gletschern des Canigou hergebracht worden waren.

»Das älteste Bauwerk von Villefranche«, sagte sie und streichelte mit ihren Augen förmlich die fast fensterlose Wand, die nur von wenigen Bögen durchbrochen war und uns mit ihrer ganzen Masse überragte.

Ich folgte ihrem Blick und fragte mich, ob die Leute um uns herum alle von den Erbauern dieses riesigen Turms abstammten. Die Passanten und die Alten vor dem Café beobachteten uns schweigend. Ein gelblicher Hund lag lang ausgestreckt auf dem Asphalt, hob ein Augenlid, stand langsam auf und streckte sich, ohne uns aus dem Blick zu verlieren.

»Gehen Sie spazieren?«, ertönte eine Stimme direkt hinter uns.

»Ah, Sie sind es!«, sagte Agnès warmherzig, schon bevor sie dem Priester den Kopf zuwandte.

Denn er war es, der Priester von der Messe und aus der Sakristei. Er war es, es war derselbe Priesterrock, dasselbe weiße Lätzchen um den Hals, und gleichzeitig war es nicht derselbe Mann. Sein Gesicht hatte im Licht des Tages einen gütigen Zug, der mir im Dunkel der Kirche am Vorabend entgangen war. Einen gütigen Zug? Ja, und in seinem Blick lag zudem eine Art schmerzliche Intensität, als er Agnès anschaute, die sich gegen seinen Willen zu zeigen schien.

Wie alt mochte er sein? Die grauen Strähnen an den Schläfen wiesen auf die vierzig hin, doch sein leichter Schritt und die fast kindliche Frische seiner Gesichtszüge zeugten von einem ganz jungen Mann, fast einem Seminaristen. Er redete, schaute Agnès und mich an, und manchmal vergaß man den Priesterrock und das Lätzchen, je nachdem, was er sagte.

»Wenn Sie zu den Ursprüngen von Villefranche zurückgehen wollen, sind Sie auf dem richtigen Weg«, sagte er und hob den Blick zu dem Bauwerk hinauf. »Ende des 11. Jahrhunderts und intakt! Na ja ... fast intakt.«

»Auf jeden Fall ist er der Turm der ersten Ringmauer«, präzisierte Agnès.

»Wozu dient er?«

»Um die Bewohner aufzunehmen, wenn die äußeren Mauern bezwungen werden. Eine große Zisterne im Erdgeschoss, ein Vorratslager aus Steinen und Pech oben auf der Terrasse, eine Ziehleiter, die eingeholt wird, wenn alle Zuflucht gefunden haben ... Wenn die Speisekammern gut gefüllt sind, kann man es Monate darin aushalten.«

Er sprach davon im Präsens, wie von einem Ereignis, das von einem Moment auf den anderen geschehen konnte, und ich fragte mich, ob die Dienstmädchen und Spanier im Falle eines Angriffs zugelassen wären oder ob die Einheimischen ihre Festung sich selbst vorbehalten würden.

»Wir haben nichts gegen Fremde«, fügte er hinzu, als hätte er meine Gedanken gelesen. »Wissen Sie«, fuhr er leise fort und kam näher zu mir, als wollte er sich vor indiskreten Ohren schützen, »wir sprechen von Fremden, aber es gibt hier nicht einen Bürger in Villefranche, der nicht wenigstens ein bisschen italienisches oder spanisches Blut hat. Sie sind vielleicht die Letzte, die eingetroffen ist, aber Sie werden es nicht lange bleiben, Sie werden sehen. In kurzer Zeit werden Sie zu den Altgedienten im Dorf gehören. Ich muss gehen, der liebe Gott wartet auf mich«, sagte er und zeigte mit dem Finger zum Himmel.

»Ich auch. Arlette wartet auf mich.«

Er drückte jede von uns am Arm und verließ uns.

»Sie können einige Minuten auch ohne dich auskommen«, sagte Agnès. »Félicie kann ruhig hinuntergehen und sich auch mal hinter den Ladentisch stellen.«

»Ich weiß nicht.«

»Nun, ich werde es dir sagen: die Messe um zehn Uhr, Klatsch und Tratsch, Besuche in den gehobenen Familien, damit beschäftigt sie sich, deine gute Chefin, während du dich für ihren Profit abmühst.«

Doch ich wollte nicht weiter über das reden, was Madame Puech an einem Weihnachtsmorgen tat oder nicht. Ich wollte die Arbeit erledigen, die sie mir aufgetragen hatte, und mich ihr gewachsen zeigen.

Für Agnès war das etwas anderes, sie hatte keine Verpflichtungen; sie konnte anscheinend den Tag damit verbringen, im Ort spazieren zu gehen.

Sie zuckte mit den Schultern, als ich sie fragte, was sie so mache, ob sie einen Beruf oder eine Arbeit hätte. Ich insistierte nicht, es war nicht der Moment dafür.

Als sie begriff, dass ich mich nicht überreden lassen würde, seufzte sie, schaute mir in die Augen und ließ mich vor diesem Turm stehen, in dem wir an dem Tag Zuflucht suchen sollten, an dem Franco seine Truppen zum Angriff auf Villefranche schicken würde.

Arlette brummte nach meiner Rückkehr noch einige Minuten vor sich hin, dann entschloss sie sich, mir die Kasse anzuvertrauen, während sie das Brot ausgeben würde, und von da an lief alles bestens. Die Geldstücke waren nicht so schwer und nicht so heiß in den Fingern wie die großen Brotlaibe, die direkt aus dem Ofen kamen, und in Argelès hatte ich Zeit gehabt, mich an den Franc und die Centimes zu gewöhnen. Alles war in Ordnung, bis zur Rückkehr von Madame Puech um elf Uhr. Eine auffallende Rückkehr: Die Tür wurde mit Schwung aufgestoßen, ihre Schritte klapperten auf dem Fliesenboden des Ladens ...

»Du, komm hierher«, schleuderte sie mir entgegen und zeigte auf die Treppe. »Ich habe mit dir zu reden.«

»Ich brauche sie hier, Madame«, sagte Arlette, ohne ihre Arbeit zu unterbrechen.

»Félicie«, sagte der geschniegelte Herr, den ich gerade bediente, »ich muss Ihnen ein Kompliment machen. Sie haben da eine Perle aufgetan, wie mir scheint. Ihr Lehrmädchen ist die Liebenswürdigkeit in Person. Und eine außergewöhnliche Musikerin, wie man hört.«

»Danke, Désiré«, antwortete sie schroff. Und an mich gewandt: »Geh hinauf, habe ich dir gesagt.«

Im Laden war es still geworden, nachdem er einige Sekunden zuvor noch von Gesprächen erfüllt gewesen war. Die Wände drehten sich wieder um mich, und ich musste mich am Handlauf festhalten, um nicht auf der Treppe umzufallen.

»So geht das nicht weiter!«, rief Madame Puech aus und schlug die Tür hinter sich zu.

Noch eine Dummheit, und sie würde mich nach Argelès zurückbringen. Argelès! Allein dieses Wort flößte mir Entsetzen ein.

»Was habe ich getan, Madame?«

»Mach nicht so ein Gesicht, du unverschämtes Ding.«

»Aber ...«

»Du hast auf dem Instrument der Brévent gespielt.«

»Auf dem Harmonium? Ja, das stimmt, ich habe auf die Bitte des Pfarrers hin Harmonium gespielt. Aber woher wissen Sie das?«

»Woher ich das weiß! In einem Dorf erfährt man alles, du dumme Gans. Vor allem hier, wo die Befestigungsmauer alles wie ein Echo zurückwirft.«

»Ist das schlimm, Madame?«

»Ist das schlimm? Ist das schlimm?«, rief sie aus, schüttelte den Kopf und hob den Blick zur Decke. »Natürlich ist es schlimm, denn auf diese Weise verlieren wir eine Kundin.«

»Was ist hier los?«, fragte Monsieur Puech und stieß die Tür auf. »Man hört euch bis in die Backstube.«

»Es ist so, dass ...«, begann seine Frau.

»Es ist so, dass die Leute auf dem Bürgersteig warten und deshalb das Abendessen nicht fertig wird, das ist los. Also an den Herd mit dir, und lass das Mädchen seine Arbeit machen. Worauf wartest du?«, wandte er sich an mich.

Er trat zur Seite, um mich hinuntergehen zu lassen.

»Da siehst du, was du angerichtet hast«, warf er seiner Frau zu, ehe er mir folgte, »mit deiner Idee, eine Republikanerin aufzunehmen. Alles Hitzköpfe, ich habe es dir gesagt.«

Dennoch schien er bei der Mahlzeit, die auf meinen Einstieg in den Beruf – in seinen Beruf – folgte, voller Elan zu sein. Er forderte mich auf, die französischen Wörter, die bei der Unterhaltung fielen, zu wiederholen: Truthahn, Esskastanien, Herd, Teig ..., und er übersetzte diejenigen, die ich nicht verstand, ins Katalanische, erklärte sie mithilfe von Gesten, sprach sie ganz deutlich aus und ermutigte mich bei meinen kleinen Fortschritten.

»Was ist mit dir los?«, fragte ihn seine Frau, als ich den Kaffee einschenkte.

»Es ist Weihnachten, und ich habe gute Laune, das ist los.«

»Es ist Weihnachten, aber es ist Krieg, und dein Sohn ist an der Front. Glaubst du vielleicht, dass er im Warmen vor einem Truthahn sitzt?«

»Ja, möglicherweise sitzt er tatsächlich im Warmen vor einem Truthahn«, erwiderte Monsieur Puech spöttisch. »Wissen wir es? Auf jeden Fall werden wir nicht vier Jahre dafür brauchen wie 1914, du wirst sehen. Dieses Mal werden wir die Deutschen über kurz oder lang wegfegen. Und dein Charles«, fügte er lachend hinzu, »wird schneller hier sein, als du glaubst.«

In diesem Moment waren auf der Treppe Schritte zu hören, und eine schwarze Gestalt tauchte im Türrahmen auf. Es war der Priester! Ein unerwarteter Besuch, den verschreckten Mienen meiner Gastgeber nach zu urteilen.

Die Stadtmauer

Monsieur Puech zog den Kopf ein und machte sich nicht einmal die Mühe, vom Stuhl aufzustehen, doch seine Frau begegnete dem Besucher mit Achtung für zwei: Sie erhob sich, nahm rasch ihre Schürze ab und verlangte eine Tasse mit Untertasse. Sie nahm die Zuckerdose mit und kam mit einigen elegant angeordneten Häppchen in einer hübschen Schale und einem Silberlöffel zurück, den sie von wo auch immer hergeholt hatte. Währenddessen murmelte sie mehr denn je vor sich hin. Man sprach über den Krieg, über diesen Winter, der keiner war, über Weihnachten. Nicht ein Wort dagegen über die Episode mit dem Harmonium, die so sehr auf Madame Puechs Seele lastete und bei der ich mich immer noch fragte, wie sie davon erfahren hatte. Es war kein Drama, einige Töne auf dem Harmonium der Gemeinde zu spielen. Bei uns zu Hause hätte niemand etwas dagegen gesagt, und niemand hätte überhaupt davon gewusst. Doch hier war alles so anders, die Reaktionen so unvorhersehbar!

Sie sprachen über Gott und die Welt, dann erhob sich der Priester plötzlich und sagte einen komplizierten Satz auf Französisch, dessen Sinn mir entging.

Die Unterhaltung geriet ins Stocken, und die Blicke richteten sich auf einmal auf mich.

»Ich entführe Sie«, sagte er und wandte sich mir zu. »Wir

werden uns auf den Weg machen, um Ihr neues Dorf zu erkunden.«

Und da ich stumm blieb und nicht wusste, was ich tun sollte, fügte er hinzu: »Warten Sie ab, Sie werden es nicht bedauern.«

Es war mir nie in den Sinn gekommen, dass ein Priester sich für etwas anderes als die Messe interessieren könnte, eventuell noch für die Unterstützung der Armen. Das war es, dem sich der Pfarrer und seine Vikare in unserer Gemeinde in den Bergen widmeten. Der Pfarrer traf mich also unvorbereitet, und die Puechs waren scheinbar nicht weniger überrascht. Konnte ein junges Mädchen allein mit einem Priester eine unbekannte Stadt erkunden? Ziemte es sich wirklich, dass sie ihm auf die Befestigungsmauer oder in die Wachräume folgte? In Spanien auf keinen Fall. Der Priester wäre zur Ordnung gerufen und das junge Mädchen in ein Kloster eingesperrt worden. Und in Frankreich? Woher sollte ich wissen, was die Barriere der Pyrenäen für Veränderungen bei den Sitten und Gebräuchen mit sich brachte? Madame und Monsieur Puech schwiegen, Arlette war geflüchtet.

»Könnte Agnès uns begleiten?«, fragte ich auf gut Glück.

»Gute Idee!«, antwortete der Pfarrer und setzte sein Birett auf. »Wir werden sie auf dem Weg abholen. Es ist allerdings nicht sicher, dass sie mitkommt«, fügte er hinzu, als wir hinausgingen. »Über die Befestigungsmauer kann ich ihr nicht mehr viel Neues erzählen, aber wir können sie auf jeden Fall fragen.«

»Die Befestigungsmauer? Kennt sie die Befestigungsmauer so genau?«

»Ja, fast genauso gut wie ich ... Ich mag Agnès sehr«, murmelte er ein wenig später so leise, dass ich es gerade noch verstehen konnte.

Wo war ich gelandet? Was war das für ein Dorf, in dem der Priester junge Mädchen in der Sakristei empfing, sie mit auf die Befestigungsmauer nahm und ganz offen die Bewunderung bekundete, die sie ihm einflößten?

Ich war gleichermaßen überrascht und verblüfft von dem, was ich seit dem Vorabend beobachtete. Die Spanier hatten zu jener Zeit eine hohe Meinung von Frankreich, als Land der Freiheit, der Demokratie und als Republik. Obwohl ich politisch nicht sehr bewandert war, kannte ich die großen Errungenschaften des Front populaire: die Vierzig-Stunden-Woche, Urlaubsgeld, Tarifverträge ... Zeitschriften, Filme und die Wochenschau im Kino zeigten uns geschminkte Frauen in kurzen Kleidern (immerhin bis unter das Knie) und elegante Männer, die in Traumautos stiegen, um mit hundert Stundenkilometern auf ganz geraden Straßen dahinzusausen, oder aber hochmoderne Fabriken, Mähdrescher, Gymnastikwettbewerbe. Natürlich passte Villefranche nicht ganz in dieses Bild: Hier gab es weder Cabriolets noch Männer in dreiteiligen Anzügen, und die Puechs waren so gekleidet wie spanische Bäcker, nicht besser und nicht schlechter.

Tatsächlich versetzten mich die Befestigungsmauer und die kleinen verwinkelten Straßen eher ins Mittelalter zurück. Und deshalb erstaunten mich Agnès und der Priester umso mehr. Sie unterschieden sich völlig von den entsprechenden Spaniern, zumindest von denjenigen, die ich kennengelernt hatte, und für mich symbolisierten sie vom ersten Tag an die französische Modernität.

Vor allem Agnès. Als sie uns an jenem Tag ankommen sah, ging ein Leuchten über ihr Gesicht. Sie lehnte mit dem Rücken an einem der kleinen Bäume auf dem Platz zwischen dem Kirchentor und dem Eingang zum *Vauban,* dem Café, das ihr gegenüberlag. Sie beobachtete zwei Jungen von ungefähr acht und zehn Jahren, vielleicht passte sie auch auf sie auf. Ihr Mantel öffnete sich über einem schönen weißen Kleid. Erst dann sah ich, dass sie ein Bein angewinkelt hatte und sich mit der Schuhsohle am Stamm abstützte. Eine ihr eigene Haltung, die ich in der kommenden Zeit noch oft sehen würde. Sie lächelte, als sie uns erblickte, machte jedoch keine Bewegung in unsere Richtung. War sie es gewohnt, dass die Leute, bis hin zum Gemeindepfarrer, sich um sie bemühten?

»Warum nicht?«, sagte sie einfach, als der Priester ihr vorschlug, uns zu begleiten.

Sie verließ ihren Platz, wechselte einige Worte mit den Kindern und ging zu einer Tür voran, die sich rechts der Kirche in der Befestigungsmauer öffnete.

»Die Pforte«, sagte sie zu mir gewandt. »Alles in Ordnung mit dir?«, fragte sie dann ganz sanft mit ihrer schönen Stimme und hakte sich bei mir wie am Abend zuvor unter.

»Es geht«, murmelte ich mit Tränen in den Augen.

Agnès, der Pfarrer, die Kunden in der Bäckerei ... da war auf einmal so viel Wohlwollen um mich herum.

An jenem Tag verstand ich nicht viel von den Erläuterungen des Priesters über die militärische Architektur des 17. Jahrhunderts, trotz Agnès' Übersetzungen mal ins Katalanische, mal ins Spanische. Kurtine, Burgwarte, Ausfallpforte, Pechnase ... Ich würde einige Zeit brauchen, um das geläufige Vokabular der Bürger von Villefranche zu beherrschen, und Monate, um zu begreifen, dass Kurtinen von Schießscharten durchbrochene Mauern sind, die die Türme miteinander verbinden, dass die Wassergräben am Fuße der Mauern dazu dienen, den Feind im Schlamm stecken bleiben oder ertrinken zu lassen, dass die Ausfallpforte eine geheime Tür im Mauerwerk ist und die Pechnase ein Vorsprung auf der Mauer, von wo aus die Verteidiger Steine, Pfeile, heißes Pech und andere Delikatessen auf die Angreifer hinunterwerfen.

Sofort entwickelte ich eine Schwäche für die Burgwarten: Wächterhäuschen, die sich an den Mauerecken befanden und ein wenig überhingen, von wo aus der Wachposten den Fuß der Befestigungsmauer nach zwei Seiten hin kontrollierte. Warum diese Zuneigung zu den Burgwarten? Weil sich das Wort so schön anhörte und die entsprechenden Bauteile so elegant waren? Wegen der Verbindung von rotem Backstein und grauem Marmor? Weil sie im Licht auf dem First des Daches wie die Vögel hoch oben in den Bäumen sangen? Vielleicht. Tatsache ist, dass ich sie in dem Grau in Grau meines ersten Weihnachtsfests in Villefranche entdeckte und inmitten der für mich fast unendlichen Vielfalt der Verteidigungsanlage unterscheiden konnte.

Die südliche Befestigungsmauer zur Bergseite hin war noch länger als die zur Ebene, die mich am Vorabend so beeindruckt hatte, und bildete mit ihren Ausfallpforten, flankierenden Türmen und drei mächtigen Bollwerken einen Mauerwerksverband von furchterregender Wirkung. Das alles war sehr beeindruckend, doch der Gedanke, hinter diesen Mauern zu leben, von dieser massiven Ringmauer eingeschlossen zu sein, erfüllte mich mit Sorge. Vor allem, als ich feststellte, dass die Befestigungsmauer wirklich in sich geschlossen war.

»Kannst du folgen?«, fragte Agnès, als sie mein nachdenkliches Gesicht sah.

»So einigermaßen«, antwortete ich und richtete meinen Blick auf die zyklopische Mauer meines Gefängnisses.

»Es macht dir Angst, nicht wahr?«

Wie erriet sie meine Gefühle?

»Man gewöhnt sich daran, du wirst sehen.«

»Was wird man tun, wenn die Nationalisten mit ihren Panzern kommen? Sie werden die Tore blockieren und uns festnehmen, niemand wird überleben. In Tarragona gab es zumindest ...«

Doch weder Agnès noch der Pfarrer glaubten, dass die Truppen jemals die Grenze überqueren würden. Falls sie es wider Erwarten doch tun würden, welchen Grund hätten sie, Villefranche anzugreifen?

»Wegen des Bahnhofs«, sagte ich.

Und ich sah, dass ich ins Schwarze getroffen hatte. Ja, der Pfarrer und sogar Agnès konnten verstehen, dass Franco oder sein Freund Hitler die Kommunikation zwischen der Ebene des Roussillon und der Cerdagne abschneiden wollten. Sie schätzten die Gefahr ab, doch es war Weihnachten, und die beiden hatten beschlossen, die Bilder vom Lager und den Bombardierungen aus meinem Kopf zu verscheuchen.

»Unmöglich!«, rief der Priester trotz der offensichtlichen Berechtigung meiner Befürchtungen aus.

»Was stellst du dir nur vor!«, bestärkte ihn Agnès schulterzuckend.

»Komm lieber her und schau dir das an!«, fuhr sie fort und zog mich in die Rue Saint-Jacques.

Sie führte uns zu dem kleinen Platz mit dem gelblichen Hund und zeigte mir dort, mit dem *Café de la Poste* im Rücken, über die Dächer der Straße hinweg die Steinmauern am Berghang auf der anderen Seite des Flusses, die Vorwerke und Schanzen des Fort Libéria. In der Tat eine großartige Festung, die in der Lage war, die schlimmsten Feinde des Sonnenkönigs aufzuhalten.

»Ich sehe keine Geschütze der Flugabwehr«, sagte ich in meiner Einfältigkeit.

Sie hatten keine Vorstellung, wie Flugabwehrgeschütze aussahen. Sie wussten nur, dass die Armee auf dieser Bergspitze, von der aus man beide Täler überblicken konnte, ein Telefon und zwei Reservisten stationiert hatte, mit dem Auftrag, den Himmel zu überwachen. Wenn sie eines Tages ein verdächtiges Flugzeug entdecken sollten, würden sie die Post in Villefranche anrufen und von dort mit dem militärischen Befehlshaber verbunden werden, der den Alarm auslösen würde. Und falls mit dem Apparat irgendetwas nicht funktionierte, könnten sie immer noch Signale in Richtung von Mont-Louis aussenden, tagsüber mit einer Art optischem Telegrafen und nachts mithilfe eines batteriebetriebenen Lampensystems. Als ob die deutsche Luftwaffe ihnen Zeit lassen würde, die Post anzurufen oder ihre Wimpel für den Signalmast hervorzuholen! Ich hatte die deutschen Geschwader gesehen, ich wusste, dass die Bomben fallen würden, ehe die Flugzeuge zu hören waren. Doch ich behielt meine Gedanken für mich und ließ mich durch eine Gasse unterhalb der Kirche zu einer Treppe leiten, die auf die Befestigungsmauer hinaufführte. Dort schob der Priester seine Mantelschöße zurück und wählte aus dem Schlüsselbund an seinem Gürtel einen übergroßen Schlüssel aus, wie man ihn an Statuen des heiligen Petrus in den Kirchen sieht.

Zunächst folgte ich ihnen in den halbkreisförmigen gewölbten Gang, der sich hinter einem Gitter auftat und durch eine Reihe kleiner gewölbter Fenster und das Spiel von Licht und Schatten auf den Steinen gegliedert war. Ganz am Ende befand sich eine Wendeltreppe, die in den überdachten Wehrgang führte, der die lange Befestigungsmauer zu beiden Seiten der Porte de France dominierte. Zur Linken wälzten sich weit unten die Fluten der Têt, der Cady floss am Fuße der Mauer entlang, und ich erkannte auch die Straße wieder, der wir vom Bahnhof aus gefolgt waren, als wir zum Dorf hinaufgingen, und die Steinbrüstung, auf die ich mich gestützt hatte.

»Die Têt, der Cady«, sagte ich und zeigte mit dem Finger auf sie.

»Na!«, sagte Agnès mit bewundernder Miene.

»Mein Wort, wir können Ihnen nichts mehr beibringen«, bekräftigte der Pfarrer. »Na ja, fast nichts.«

»Der ursprüngliche Verlauf des Conflent«, sagte er, als wolle er sich selber widersprechen, und zeigte mir den sich schlängelnden Weg tief unten in der Schlucht. »Eine der historischen Routen zur Überquerung der Pyrenäen.«

»Zur Römerzeit«, ergänzte Agnès.

Nun ging es darum, wer von beiden mir die vollkommenere Erklärung über die ›Via Confluentana‹ geben würde: über die Anordnung der Steinblöcke und ihre Markierung mit den Initialen der Steinbrucharbeiter, über den Schusswinkel und die Breite der Schießscharten, die Tiefe der Abhänge und die Anordnung der Mauerzinnen. Ich rechnete diese Rivalität dem heimlichen Einverständnis zu, das ich seit dem Vorabend zwischen den beiden beobachtete, und ich fragte mich, welcher Art ihre Beziehung war. »Ich mag Agnès sehr«, hatte der Pfarrer auf dem Weg in die Altstadt gesagt. Seine Äußerung hatte mich im ersten Augenblick nicht allzu sehr verwundert, er mochte Agnès so, wie der Hirte jedes seiner Schafe liebte, und das ›sehr‹ zeigte nur eine harmlose Zuneigung zu einem Schaf, das begabter oder liebenswürdiger als die anderen war. Doch der Glanz in seinen Augen und die Lebhaftigkeit, mit der er in Agnès' Gegenwart sprach, eröffneten andere Vermutungen.

»Nicht schlecht, finden Sie nicht auch?«, fragte er, als sie mir das Prinzip der Gräben und Aufschüttungen erklärt hatte.

»Ja, das war gut verständlich«, erwiderte ich und zeigte meine ganze Bewunderung.

»Sie glauben Agnès Levêque vor sich zu sehen«, fügte er großtuerisch hinzu. »In Wirklichkeit haben Sie die Reinkarnation eines Festungsbaumeisters der klassischen Zeit vor sich! Einen Schüler des großen Vauban.«

»Wie haben Sie das erraten?«, fragte sie ihn und schenkte ihm ein Lächeln, das ihr ganzes Gesicht zum Leuchten brachte.

»Er hat an den bekanntesten Belagerungen des Sonnenkönigs teilgenommen«, sprach der Priester mit unerwartetem Feuer weiter, »bei der Erbauung von sechs Festungen, dem Ausbau von Villefranche, dabei will ich es belassen ... ehe er einige Jahrhunderte übersprang, um sich mitten unter uns in den Zügen dieser jungen Schönheit wiederzuverkörpern.«

Ich wandte mich der Schönheit zu, und es fiel mir schwer, Agnès wiederzuerkennen. War es die Huldigung ihrer Jugend, das heimliche Einverständnis, das dieser Dialog zwischen ihr und dem Priester herstellte? Ich kannte sie erst seit gestern, und in keinem Augenblick hatte ich sie so strahlend gesehen.

»Könnte sie die Verteidigung von Villefranche gegen Francos Soldaten organisieren?«, schaltete ich mich stirnrunzelnd in das Spiel ein.

»Ohne den geringsten Zweifel«, antwortete sie schlagfertig.

»Da wäre ich mir nicht so sicher«, entgegnete der Pfarrer mit skeptischer Miene. »Einer Armee des 17. Jahrhunderts, ja, dem wäre sie gewachsen. Sie wüsste, wo ihre Leute stationiert und wann das Feuer eröffnet werden müsste, wann der richtige Zeitpunkt wäre, die Tore zu schließen und den Gegenangriff zu starten. Sie würde die Begeisterung ihrer Männer entfachen, und die schlimmsten Entbehrungen wären unter ihrer Führung ein Nichts für sie.«

»Dasselbe würde für den Kampf gegen die Faschisten des 20. Jahrhunderts gelten«, erwiderte die Schülerin von Vauban.

»Wenn ich es mir genauer überlege, gebe ich Ihnen doch recht. Ihr Erscheinen auf der Befestigungsmauer würde jeden x-beliebigen Feind, egal in welcher Epoche, entmutigen«, sagte er mit einem leisen Lächeln.

Ich folgte dem seltsamen Dialog des Gelehrten und seiner jungen Nacheiferin und fragte mich, ob ich mich in der Epoche geirrt hatte, ob der Zug von Perpignan mich nicht in die Zeit von Vauban, Louvois und den königlichen Ingenieuren zurückversetzt hatte, die diese Kanonengeschütze und Pechnasen entworfen hatten. Ich schaute nach oben, drehte den Kopf, und mein Blick traf nur Befestigungsmauern, Burgwarten und Steinbrüstungen.

»Drei Jahrhunderte, und nicht eine Falte«, sagte der Priester in diesem Moment, »und wenn es so sein soll, wird das alles in wenigen Tagen nicht mehr existieren.«

»Nicht mehr existieren?«

»Der Krieg, Sie vergessen den Krieg. Europa ist ein Pulverfass. Das ist nicht ganz neu, aber jetzt ist da ein Mann, ein gewisser Adolf Hitler, der eine Zündschnur bis zu diesen Tonnen gelegt hat und an ihrem Ende mit dem Feuerzeug in der Hand hämisch grinst.«

»Sie übertreiben«, sagte Agnès und zuckte mit den Schultern, vielleicht, um von dem Thema wegzukommen, das bei mir schlimme Erinnerungen wachrufen könnte.

»Ich glaube nicht! Wissen Sie, ich kenne die Deutschen ein bisschen. Zwei Jahre Schützengräben und ein Jahr Gefangenschaft!«

»Und?«

»Es sind Menschen wie Sie und ich. Doch es genügt, dass ein Fantast ein wenig ihren nationalen Stolz kitzelt, und auf einmal erkennt ihr sie nicht wieder, und sie sind zu allem bereit.«

Renée Levêque

Dunkelheit brach über die Rue Saint-Jacques herein, als der Rundweg auf der Befestigungsmauer uns wieder dorthin zurückführte.

»Und Sie, Marie?«, fragte der Priester, als er seinen Mantel wieder über dem Schlüsselbund zuknöpfte. »Sie haben bei sich zu Hause den Krieg erlebt. Den Krieg ... wie soll ich sagen? Den Bürgerkrieg, den schlimmsten von allen, nicht wahr?«

Eine einfache Frage im Verlauf der Unterhaltung, doch sie erinnerte mich an Teresa und die schmerzhaften Ereignisse jener letzten Stunden. Teresa! Ich sah wieder ihr Gesicht vor mir, hörte ihre Stimme. Ich spürte das eiskalte Gewicht ihres Körpers an dem meinen, auf unserem Lager in der Baracke von Argelès.

»Kommen Sie mit und wärmen Sie sich im Pfarrhaus auf«, schlug der Priester vor, als er mich zittern sah.

»Oder bei mir zu Hause«, sagte Agnès und hakte sich bei mir unter.

Bei ihr, bei ihm, das war mir gleich. In Wirklichkeit wünschte ich nur, mein Zimmer und mein Bett aufsuchen zu können, um meine Verzweiflung im Schlaf und im Alleinsein zu ertränken. Doch Agnès bestand darauf, mich zu sich nach Hause mitzunehmen, zum *Vauban,* genauer gesagt in die Wohnung ihrer Eltern im ersten Stock des Hauses über dem Café. Man durchschritt das Café und öffnete eine Tür am Ende der Bar, stieg eine Steintreppe hinauf und befand sich in einer kleinen schmucken Halle. Eine Tür auf der rechten Seite führte in die Küche, die auf der linken zum Flur mit den Schlafzimmern, eine letzte lag gegenüber, und diese öffnete Agnès für mich.

Madame Levêque saß strickend in einem kleinen Sessel vor dem Fenster, und ich war von diesem ersten Anblick ihres heiteren Gesichtsausdrucks verblüfft. Heiter? Nein, es war etwas anderes, ein Ausdruck von Glück, fast von Glückseligkeit, der mich an Julia, unsere Nachbarin in Tarragona, erinnerte. Wenn sie wie jeder hier auf Erden ihren Anteil an Trauer und Widrigkeiten erlebt hatte, so hatten diese Unglücke sie nicht berührt, oder sie ließ sich nichts davon anmerken.

Monsieur Levêque spielte an dem großen Tisch mit den beiden Kindern, auf die Agnès auf jenem Platz aufgepasst hatte, als wir sie am frühen Nachmittag aufsuchten. Seine Gesichtszüge konnte ich im Halbdunkel nicht erkennen, aber er war groß, hielt sich aufrecht und vermittelte Sicherheit und Autorität.

Insgesamt herrschte eine wirklich gemütliche Atmosphäre, ganz anders als bei den Puechs. Alle begrüßten mich, sogar die kleine Hündin zu Füßen von Madame Levêque, und diese wies mir den Sessel zu, der neben ihr vor einem Fenster stand, das zur Rue Saint-Jacques hinausgehen musste. Sie stellte mir auf Katalanisch einige Fragen, bis Agnès mit einem großen Tablett voll dampfender Schalen aus der Küche zurückkehrte.

»Ich wusste, dass du sie belästigen würdest«, sagte sie in dem leicht scharfen Ton, der ihr eigen war. »Immer musst du unseren Gästen tausend Fragen stellen. Hast du dich nicht gefragt, ob die Leute wirklich Lust haben, solchen Verhören ausgesetzt zu werden?«

»Die Neugier ...«, begann Madame Levêque.

»... ist ein schlimmer Fehler«, beendete ihre Tochter den Satz. »Was würdest du sagen, wenn Marie dich so ausfragen würde?«

»Ausfragen, ausfragen ... Soviel ich weiß, haben wir nicht unsere Folterinstrumente herausgeholt.«

»Wir würden antworten«, entgegnete Monsieur Levêque, ohne den Blick von seinem Kartenspiel zu heben.

»Du würdest antworten? Du willst doch nicht einmal, dass man weiß, dass du Bürgermeister bist.«

»Nicht Bürgermeister, Agnès, wie oft muss man es dir noch wiederholen? Ich bin nicht Bürgermeister, nur Präsident der Sonderdelegation.«

»Ja, gut ...«

»Das ist nicht das Gleiche. Ganz und gar nicht.«

In diesem Moment hob Madame Levêque den Blick von ihrem Strickzeug und berichtete mir in sehr einfachem Französisch, wie ihr Mann zum Stellvertreter des kommunistischen Bürgermeisters von Villefranche ernannt worden war. Das war für mich keine Überraschung. Die Ereignisse in Spanien hatten uns wider Willen politisiert. Die deutschen Sturzkampfflugzeuge und die Kanonen der Italiener hatten uns gelehrt, dass der Ausgang des Krieges von den internationalen geheimen Machenschaften abhing, aber ebenso – oder vielleicht sogar noch mehr – von den Auseinandersetzungen vor Ort. Und in Argelès waren wir über das Tagesgeschehen informiert, durch unsere Gewerkschaftskameraden insbesondere über die aktuelle französische Politik.

Die Unterzeichnung des deutsch-sowjetischen Nichtangriffspakts im August 1939 hatte leidenschaftliche Diskussionen ausgelöst, und wir wussten, dass die französische Regierung

Maßnahmen ergriffen hatte, um die Kommunisten und die Sympathisanten der spanischen Republik auszuschließen und durch Konservative zu ersetzen, doch all das schien sehr weit weg und blieb für uns quasi theoretisch. Die Geschichte der Absetzung des Bürgermeisters von Villefranche zeigte mir die praktische Seite dieser Frage.

»Villefranche ist eine rote Hochburg«, erklärte Madame Levêque, da ihr mein Interesse aufgefallen war. »Das freut meinen Mann nicht wirklich«, sprach sie mit leicht provozierendem Lächeln weiter, »aber es ist so.«

»Ich dachte, in Frankreich wären die Leute auf dem Land konservativ.«

»Ah! Ich sehe, dass Mademoiselle gut informiert ist«, entgegnete sie und strickte eine weitere Masche. »Nun, haben Sie sich einmal gefragt, liebe Marie, ob wir hier wirklich auf dem Land sind?«

»Villefranche ist ein Dorf, oder etwa nicht?«

»Ein Dorf sicher, wenn man die Einwohnerzahl bedenkt. Aber wie vielen Kühen und Schafen sind Sie seit Ihrer Ankunft begegnet? Keinem einzigen Tier, stimmt's? Wie vielen Bauern? Ich wette, nicht einem.«

»Was tun die Menschen dann? Wovon leben sie?«

»Eine berechtigte Frage. Außer den Geschäftsleuten, dem Lehrer und den Angestellten im Rathaus sind die Menschen in Villefranche Arbeiter.«

»Arbeiter?«

»Das wundert Sie? Oh, Sie werden in dem Ort keine Fabrik sehen, außer der Limonadenfabrik meines Mannes, aber es gibt das Elektrizitätswerk, die Eisenminen, die Gießerei, die ...«

»Die Eisenbahngesellschaft«, fiel Agnès ein und warf durch den Dampf ihrer Schale einen verstohlenen Blick zu ihrem Vater hinüber. »Der erste Arbeitgeber des Kantons. Ein Nest von Gewerkschaftlern.«

»Sehen Sie den Bahnhof vor sich, wo Sie ausgestiegen sind, den Bahnhof von Fuilla?«, fiel Renée ein, als wollte sie einen Streit im Keim ersticken.

»Ja, wir haben ihn auch oben von der Befestigungsmauer aus gesehen.«

»Das ist ein wichtiger Bahnhof. Ein Knotenpunkt des Eisenbahnnetzes zwischen den Linien der Ebene und denen der Cerdagne. Von dort aus werden diese Linien gewartet und verwaltet, mit zweihundert Angestellten. Und wo wohnen sie und ihre Familien?«

»In Villefranche?«

»Ja. Das ist für sie am nächsten. Fuilla, Ria, Corneilla ... das ist alles viel zu weit weg. Nun verstehen Sie wohl, dass die Arbeiter der Fabriken und der Eisenbahngesellschaft nicht gerade diejenigen sind, die rechts wählen werden.«

»Daher kommt die kommunistische Mehrheit?«

»Genau. Und daher die Absetzung des Bürgermeisters nach der Unterzeichnung des Nichtangriffspakts, versteht sich. Frankreich ist im Krieg mit Deutschland, Deutschland hat sich mit Russland verbündet. Wir werden nicht Leuten die Führung überlassen, die Kontakte und vielleicht sogar Beziehungen zum Feind haben.«

»Und was ist aus dem Bürgermeister geworden?«, fragte ich.

»Er war reif für das Gefängnis, oder das Arbeitslager«, antwortete René Levêque und sammelte seine Karten ein, »aber machen Sie sich um ihn keine Sorgen, die Gewerkschaft hat ihn ins Grüne gebracht, er soll bei einem kleinen Bahnhof weit abseits von allem leben und Kohl pflanzen.«

»Ich lass mich nicht davon abbringen«, sagte Agnès. »Bürgermeister oder Präsident, das ist das Gleiche, nur die Bezeichnung ist eine andere.«

»Der Bürgermeister ist gewählt worden, der Präsident amtlich bestimmt«, antwortete ihr Vater schlagfertig. »Wenn es nur das wäre ...«

Die politische Situation von Villefranche stand in jenem Augenblick wirklich nicht im Mittelpunkt unserer Sorgen, doch sie hatten versucht, mir meine Befangenheit zu nehmen und mich so auf mein neues Leben vorzubereiten. Es war ihre Art und Weise, mich zu empfangen, und deshalb berührte es mich.

Anschließend machte es sich Agnès zur Aufgabe, mir von der Geschichte ihrer Eltern zu erzählen, in ihrer Gegenwart und folglich gewissermaßen unter ihrer Kontrolle. René Levêque war in Algerien in einem Dorf bei Mostaganem geboren. Seine Eltern besaßen ein Stück Land, von dem sie nur schwer leben konnten, und so drängten sie ihren Sohn in andere Bahnen. Also studierte er ein wenig, um ihnen zu gehorchen, und von einem Tag auf den anderen hatte er sich bei der Reitertruppe der Spahis verpflichtet. Offizier im Ersten Weltkrieg, dann Jahre des Hin und Her zwischen Marokko, wo er seine Männer rekrutierte, und seiner Kaserne in Perpignan. Dann kam Renée.

»An einem 14. Juli auf dem Ball von Prades«, führte Madame Levêque die Erzählung weiter. »1921. Wir haben sofort geheiratet, und Agnès wurde neun Monate später geboren.«

»Am 23. April 1922«, warf eines der Kinder voller Stolz auf sein Wissen ein.

»Auf der Krankenstation der Kaserne«, sagte Agnès seufzend. »Wie ein Bühnenauftritt ...«

»Wie bitte? Wie ein Bühnenauftritt? Die Armee bot uns eine Unterkunft an, und wir konnten diese Annehmlichkeiten doch nicht ausschlagen. Im Übrigen war die Krankenstation sehr sauber. Und außerdem – worüber beklagst du dich? Du hast an jenem Tag sehr glücklich ausgesehen, und ich muss es ja wissen. Du wurdest nach Strich und Faden verwöhnt.«

Der Vater von Renée war ein Jahr später gestorben, und daraufhin hatte René gebeten, vorzeitig entlassen zu werden, um die Geschäfte zu übernehmen: das Café, die Abfüllfabrik, die Wohnung ... Und Renée war sozusagen in die ›Startposition‹ zurückgekehrt, in die Wohnung ihrer Mutter, in deren Sessel, sogar in ihr Bett, Lichtjahre von einem Leben des Reisens in fremde Länder entfernt, wie sie es sich erträumt hatte. Doch sie hatte die Wahl ihres Mannes bereitwillig akzeptiert. Denn Monsieur Levêque gefiel es in Villefranche. Hier fühlte er sich in Sicherheit. Die Befestigungsmauer erinnerte ihn an die Mauern seiner Kaserne und gab ihm dasselbe Gefühl von Schutz.

»Deshalb hat er mich geheiratet«, bemerkte Madame Levêque lachend, »wegen der Mauern von Villefranche.«

»Das ist nun alles vorbei«, erwiderte ihr Mann, ohne sich von seinem Tisch fortzubewegen.

»Was heißt vorbei? Was willst du damit sagen? Wir sind da und Villefranche auch.«

»Du weißt sehr wohl, was ich damit sagen will. Möchtest du, dass ich dich daran erinnere, wo ich letzte Woche war?«

Das Klappern der Stricknadeln verstummte. Die kleine Hündin seufzte in die anhaltende Stille hinein.

»René ist Reservist«, sagte Madame Levêque schließlich und warf mir einen hilflosen Blick zu. »Sie haben ihn zu einem Manöver einberufen.«

»Ich kann euch nur sagen, das ist nicht gerade einfach, gleichzeitig noch ein Unternehmen zu leiten. Also, an dem Tag, an dem ich meinen Einberufungsbescheid erhalte ...«

»Aber nein, das wird nicht geschehen«, sagte seine Frau und hantierte nervös mit ihrem Wollknäuel herum.

»Und ich sage dir, dass es passieren wird, und zwar schneller, als wir denken. Wir sollten lieber die Augen offen halten.«

»Werden Sie gehen?«

»Natürlich werde ich gehen, was soll ich denn Ihrer Meinung nach sonst tun? In meinem Alter werde ich wieder durchwachte Nächte, Gewaltmärsche und Pausen inmitten von Schlamm durchmachen müssen. Tage und Monate lang. Von den Granaten und dem Pfeifen der Kugeln ganz zu schweigen.«

»Und Sie, Marie?«, fragte Madame Levêque mit zugeschnürter Kehle. »Erzählen Sie uns ein wenig von sich, das bringt uns Abwechslung.«

»Oh, das ist schnell erzählt. Ich bin in Tarragona geboren, habe dort meine Kindheit verbracht, und ohne den Staatsstreich der Nationalisten wäre ich noch immer dort.«

»In Tarragona!«, wiederholte Monsieur Levêque mit eigenartiger Stimme. »Ihre ... Ihre Eltern waren von dort?«

»Papa, ja. Bei Mama ist es komplizierter. Ich glaube, sie ist wie Sie in Algerien geboren. Ihre Eltern hatten sich dort niedergelassen. Aber sie ist zurückgekommen, warum, weiß ich nicht genau. Sie hat nie darüber gesprochen.«

»Sie hat nie darüber gesprochen?«

»Darf ich dich daran erinnern«, fiel Agnès ihm unfreundlich ins Wort, »dass wir uns hier in einem Wohnzimmer befinden, in unserem Wohnzimmer, und nicht in einem Folterraum der 24. Kolonialtruppe?«

Monsieur Levêque ließ es sich gesagt sein, aber seine Frau wollte mehr darüber wissen und brachte mich unsensibel, mit einer Frage nach der anderen, dazu, meine Leidensgeschichte zu erzählen. Ich fürchtete diese Rückkehr zu den schwierigen

Momenten meines Lebens, doch in Wahrheit brachte es mir Erleichterung. Ich hatte das alles für mich behalten, ohne das Gewicht abzuschätzen, das dieses Schweigen meiner Seele auferlegte. Zu Beginn ließ ich mich ein wenig bitten, doch bald floss mein Bericht nur so dahin. Sie hörten mir alle zu, sogar die Kinder, und ich spürte, wie die Last im Verlauf des Erzählens immer mehr von meinen Schultern fiel.

Sie wollten, dass ich den Abend über bei ihnen blieb, doch ich fiel vor Müdigkeit fast um und fühlte mich erneut unwohl. Der Anblick dieser Familie erinnerte mich daran, dass ich die meine verloren hatte, und dieses Mal war es stärker als Granados, stärker als *Das Mädchen und die Nachtigall*. Die Verzweiflung im Herzen und die Hitzewellen, die meinen Körper durchliefen, die Anfälle von Schüttelfrost und Niedergeschlagenheit raubten mir jede Kraft. Was würden zudem die Puechs sagen, wenn ich sie vom ersten Abend an allein ließ? Es gelang mir, mich aus dem Sessel von Monsieur Levêque hochzuziehen, genau genommen aus dem Sessel seines Schwiegervaters, und Agnès begleitete mich zu meinem ›Zuhause‹.

Als wir so Arm in Arm unter den kahlen Ästen der Bäume auf dem kleinen Platz dahingingen, begriff ich durch einen Druck ihrer Hand, einen kleinen Seufzer, der ihr entfuhr, dass das Leben für sie nicht immer einfach war, entgegen allem Anschein.

»Ich wusste, dass es so enden würde«, sagte sie wütend. »In einem regelrechten Verhör.«

»Einem Verhör? Aber nein«, murmelte ich und sammelte meine Kräfte, »ich habe es nicht so empfunden. Soll ich dir etwas sagen? Ich habe so einen Empfang nicht erwartet. Im Allgemeinen sind die Franzosen sehr hart gegenüber den Flüchtlingen. Vor allem den Dienstmädchen. Sie behandeln sie wie Nichtsnutze.«

»Wie kommst du darauf?«

»Einige Kameraden in Argelès, die in französischen Familien untergebracht wurden, haben uns geschrieben und erzählt, wie es war. Nein, glaube mir, deine Eltern sind sehr gut, du ...«

»Hör auf, Marie. Mein Vater ist unerträglich, das hast du doch gesehen.«

»Unerträglich?«

»Ja. Im Übrigen reden wir kaum miteinander. Guten Tag, auf Wiedersehen, und manchmal nicht einmal das. Und du, wie war es mit dir und deinem Vater?«

»Wunderbar!«, sagte ich und trat vor Rührung auf der Stelle. »Aber das war etwas anderes, uns verband die Musik. Er war der Erste, der mich unterrichtete, verstehst du? Das hat uns einander sehr nahegebracht. Mama sagte, dass wir beide ein Clan wären, ein Clan im Clan. Ja, wir haben uns oft unterhalten. Sehr oft. Auf jeden Fall wusste er von allem, was in meinem Innern vor sich ging. Also war es auch sinnlos, ihm etwas zu verheimlichen, ebenso gut konnte ich es ihm erzählen.«

»Das gibt es, ein Vater, der seine Tochter versteht?«

»Natürlich gibt es das.«

»An dem Tag, an dem mein Vater sich die Zeit nimmt, mir zuzuhören, nichts tut, als mir zuzuhören ... und was das Verstehen angeht ...«

Der Weg vom *Vauban* zur Bäckerei der Puechs war nicht sehr weit. Der Platz vor der Kirche, eine kleine Seitenstraße, einige Schritte in der Rue Saint-Jean, dafür brauchte man nur wenige Minuten.

»Mostaganem, das sagt mir etwas«, meinte ich, als wir ankamen. »Das ist seltsam, ich kenne nur einen Städtenamen in Algerien außer Algier und Constantine, und das ist ausgerechnet die Stadt, in der dein Vater geboren ist.«

»Und was sagt es dir?«

»Nichts«, antwortete ich nach einigem Nachdenken. »Nichts. Vielleicht etwas von der Seite meiner Mutter her. Meine Mutter war wie dein Vater: Sie sagte nicht ein Wort über ihre Vergangenheit.«

Martha

Es sollte mehrere Wochen dauern, bis Agnès und ich uns wiedersahen. Hatte sie Villefranche nach Weihnachten verlassen? Verschloss Madame Puech ihre Haustür vor ihr? Ich weiß es nicht. Agnès' Verschwinden in den letzten Tagen des Jahres 1939 und den ganzen Januar 1940 über ist und bleibt für immer eine Frage ohne Antwort. Ich selber befand mich mehrere Tage zwischen Leben und Tod, direkt nach meinem Besuch im *Vauban,* und jene Tage sind meinem Gedächtnis entschwunden. Im Grunde sehe ich mich zusammen mit ihr auf der Stadtmauer, im Wohnzimmer ihrer Eltern und dann ohne Übergang auf dem Sofa liegend, wo ich den restlichen Winter verbrachte. Aber in der Zwischenzeit hatte mein Schicksal das von Martha Soulas gekreuzt. Martha hat die ganze Zeit, in der ich zwischen Leben und Tod schwebte, über mir gewacht, und ohne sie gäbe es mich heute nicht mehr und ich könnte diese Erinnerungen nicht mehr weitergeben und dabei meine Tränen unterdrücken, wenn ich an alles denke, was sie für mich getan hat.

»Ah! Da bist du ja!«, rief sie aus, als ich wieder zu Bewusstsein kam. »Mach nicht so ein Gesicht, ich habe noch nie jemanden gefressen. Ich bin die Mutter von Félicie, die Mutter deiner Chefin. Du bist zu Hause«, fuhr sie angesichts meiner Bestürzung fort, »bei Madame und Monsieur Puech, erinnerst du dich? Die Bäcker.«

Ich hob den Blick und erkannte die Decke wieder, den Kristallleuchter und die Möbel des Esszimmers, in dem ich am Tag meiner Ankunft den Tisch gedeckt hatte, in der Zitadelle ... von Villefranche, genau ... am Abend meiner Ankunft in Villefranche-de-Conflent.

»O nein!«, sagte sie entschieden und unmissverständlich, als ich Anstalten machte aufzustehen.

»Dir ist Ruhe verordnet. Das ist jetzt dein Programm: Ruhe, Ruhe und nochmals Ruhe. Heute im Verlauf des Tages oder morgen kommt der Arzt vorbei. Solange wirst du dich nicht von der Stelle rühren. Nach all den Sorgen, die du uns bereitet hast ...«

»Die Bäckerei ...«

»Die Bäckerei?«, fragte sie lachend. »Die Bäckerei kann auf dich verzichten, mach dir keine Sorgen.«

»Aber ... Madame Puech rechnet mit mir, ich muss ...«

»Madame Puech, Madame Puech ... Félicie kommt gut ohne dich klar, beruhige dich. Sie steht ein wenig früher auf, das tut ihr sehr gut.«

»Ich will nicht zurück nach Argelès«, sagte ich, griff nach ihrer Hand und drückte sie.

Das Erwachen im Esszimmer der Puechs markiert in meinem Gedächtnis den Beginn eines unüberschaubaren Zeitabschnitts, an dessen Ereignisse ich mich nicht mehr genau erinnere. Sie sind mir eher durch die Berichte von Martha und Pfarrer Raynal zu einem späteren Zeitpunkt bekannt.

Am Tag nach Weihnachten war ich nicht aufgestanden, und als Félicie nach mir schaute, hatte sie mich bewusstlos vorgefunden. Entweder hatte sie angesichts der Kosten eines Arztbesuchs gezögert, ihn zu holen, oder Dr. Durand hatte es nicht für nötig befunden, am Tag nach Weihnachten zu kommen. Jedenfalls kam er erst am folgenden Tag, nachdem er die Sprechstunde bei der Eisenbahngesellschaft in den Diensträumen des Bahnhofs absolviert hatte. Er diagnostizierte eine Lungenentzündung und verordnete Ruhe, viel Ruhe. Zu jener Zeit war es das einzige bekannte Heilmittel.

Anscheinend gab mein Zustand Anlass zur Sorge, denn Durand kam am nächsten Tag zusammen mit einem Doktor namens Puig aus Perpignan wieder, einem bekannten Arzt. Durand wollte seine Meinung hören, und ich glaube auch, dass er es war, der ihn von Prades aus mitnahm. Sie sprachen in ihrem medizinischen Kauderwelsch miteinander, doch ich verstand, dass Puig in Prades einen katalanischen Flüchtling behandelte, der ein berühmter Musiker war. War das nicht der Name dieses großen Bahnhofs, wo der Zug angehalten hatte, ehe er den Engpass ansteuerte, an dem Tag, als ich aus dem Lager kam, der Bahnhof mit dem Weihnachtsbaum? Und dieser katalanische Musiker, dieser Virtuose, um wen handelte es sich?

Auf diese Weise erfuhr ich von Pablo Casals Anwesenheit einige Kilometer von Villefranche entfernt.

»Kennen Sie ihn?«, fragte mich Dr. Puig, als er bemerkte, welche Wirkung allein der Name auf mich ausübte.

Ob ich Pau kannte? Ich hatte ihn 1934 in Barcelona spielen hören, und das hatte meine Begeisterung für die Musik ausgelöst. Ein Glücksfall. Als Instrumentenbauer und Cembalist erhielt mein Vater oft Karten für Konzerte. Dieses Mal hatte er Teresa, Mama und mich mitgenommen, als Paus Orchester spielte. Es war zudem meine erste Reise über die Grenzen von Tarragona hinaus, und alle meine Sinne waren hellwach. Pau hatte Papa und mich nach dem Konzert empfangen. Allein das! Später war er mein Lehrer am Musikkonservatorium in Barcelona. Er selbst war nur selten da, aber alle seine Unterrichtsstunden hinterließen bei uns Schülern einen bleibenden Eindruck.

»Flüchtig«, sagte ich errötend.
»Musikerin?«
»Ein wenig.«
»Instrument?«
»Klavier, Cembalo. Ein bisschen Cello«, fügte ich hinzu.
»Cello!«, murmelte er wie zu sich selbst.

Er zog seine goldene Uhr aus der Jackentasche, legte seinen Daumen an den Rand des Deckels und hob ihn mit einem Finger an, während er mit der anderen Hand die Pulsader an meinem Handgelenk suchte. Und ich dachte, dass Pablo Casals, der über sechzig Jahre alt war, ihn mehr brauchte als ich. Ich war weder zu etwas noch für jemanden nützlich. Sollte ich am nächsten Tag sterben, würden – wenn überhaupt – höchstens drei Verrückte meinem Sarg folgen. Bei ihm war das etwas anderes, die Welt brauchte ihn.

»Wie geht es ihm?«, fragte ich, als er sich endlich zu mir umdrehte.

»Sind Ihre Patienten alle so?«, fragte er Durand und lachte laut auf. »Sie wird durchkommen«, sagte er noch und wandte sich Martha zu, »aber sie braucht Ruhe, viel Ruhe, keine Anstrengung, keine Sorgen, keine Aufregung, natürlich keine Arbeit.«

Ich sollte zwei ganze Wochen lang das Bett hüten und danach nur sehr langsam wieder mit allem anfangen. Richtig gesund würde ich erst in zwei, vielleicht drei Monaten sein. Madame Puech machte ein langes Gesicht.

»Wir haben sie aufgenommen, damit sie uns hilft«, sagte sie.

»Vergessen Sie das«, entgegnete Durand schroff. »Die Kleine hat sehr gelitten. In ihrem Zustand würde die Arbeit sie umbringen. Sie würden ihren Tod auf dem Gewissen haben, lassen Sie sich das gesagt sein. Und die Polizei am Hals.«

Die Erwähnung der Polizei beschäftigte mich. War Madame Puech wirklich fähig, mich nach Argelès zurückzuschicken, in dem Zustand, in dem sie mich vor sich sah? Warum warnte dieser Dr. Durand, der sie gut zu kennen schien, sie auf so eindringliche Weise?

»Machen Sie sich keine Sorgen um Pau«, sagte Dr. Puig zu mir, als er sich verabschiedete. »Das Erstarken des Faschismus macht ihm große Sorgen, aber physisch wird er uns alle überleben. Sie werden es selber feststellen, wenn Sie ihn besuchen werden. Sobald es Ihnen besser geht. Das hängt nur von Ihnen ab, von der Ruhe, die Sie sich gönnen.«

»Spielt er?«

»Er weigert sich, öffentlich zu spielen, seit Spanien in Francos Händen ist, wissen Sie das nicht? Wohlgemerkt, manchmal macht er eine Ausnahme für Konzerte zugunsten von Flüchtlingen. Ich werde Ihnen Bescheid geben.«

Martha hätte ein Violoncello nicht von einer Viola da gamba unterscheiden können, aber sie wusste, dass Pablo Casals sich in Prades niedergelassen hatte und die Flüchtlingslager besuchte. Was den Priester anging, so sagte er, als ich mit ihm über ihn sprach: »Casals? Er ist in Prades im Grand Hôtel.«

Anscheinend war ich die einzige Person in der Region, die die Adresse von Pablo Casals *nicht* kannte.

»Haben Sie ihn spielen hören?«

Ich nickte zustimmend.

»Kennen Sie ihn?«

»Ja«, antwortete ich so ungezwungen wie möglich.

Ich kannte ihn natürlich nicht näher, aber ich verdankte ihm meine Leidenschaft für die Musik. Vor den politischen Ereignissen lasen ich und meine Kommilitonen aus dem Konservatorium alles, was über ihn erschien, zumindest alles, was uns zugänglich war. Er war für uns nicht nur ein unvergleichlicher Musiker, ein genialer Interpret, der Erneuerer des Cellos, sondern ebenso ein großer Denker und Pazifist. Auch ein Katalane: Er versäumte keine Gelegenheit, seinen Patriotismus zu beteuern, und diese Treue zu seiner Herkunft berührte uns, die Katalanen, sehr. Ich hatte immer davon geträumt, dass es, wenn ich einen Lehrer haben sollte, Pablo Casals sein würde. Lehrmeister der Musik, des Denkens, des Lebens. Er hatte sich geweigert, in Deutschland aufzutreten, als Hitler begann, Franco zu unterstützen. Ein erhebliches Opfer für ihn. Ein Land, in dem er so viele Freunde hatte! So viele Bewunderer! Das Land von Bach und Beethoven! Ich wusste noch nicht, dass er nach seiner Flucht aus Katalonien einige Konzerte bei der BBC gegeben und es sich zur Gewohnheit gemacht hatte, seine Darbietungen als Zeichen der Würdigung und Ermutigung seiner Landsleute mit einer selbst komponierten Interpretation von *El cant dels ocells* – *Der Gesang der Vögel* – zu beenden, einem alten katalanischen Volkslied.

Durand hatte zwei Wochen komplette Bettruhe verordnet; es wurden zwei Wochen fast durchgehenden Schlafens. Eines Morgens fühlte ich mich besser, einfach so, als ich aufwachte, und als hätte Martha nur darauf gewartet, verlegte sie mich aus dem Esszimmer in die Küche hinüber. Sie stattete das Sofa mit Bettzeug aus, und so wurde dies bis Februar vom ersten bis zum letzten Sonnenstrahl meine Welt. Diese Küche unterschied sich nicht sehr von der unsrigen über der Werkstatt meines Vaters. Bis hin zu dem gusseisernen Herd, der mit großen Holzkohlen betrieben wurde, dem großen Bauerntisch und dem Kommen und Gehen all der Freunde und Nachbarn. Der Katalane des Conflent ersetzte im Wortschatz den aus Tarragona, die Hauptrolle von Mama nahm Martha ein, und auch die anderen Menschen waren fast austauschbar.

Martha hatte die Fähigkeit, die Kunden der Bäckerei am Klang der Eingangstür zu identifizieren. »Monsieur Soundso«, verkündete sie beim Läuten des Glöckchens. »Was bekommen Sie, Monsieur Soundso?«, hörte man Arlettes Stimme als Echo. Eine Leistung! Auf den ersten Blick schon, aber mit der Zeit stellte ich fest, dass die Leute immer ungefähr in derselben Reihenfolge und zur selben Uhrzeit kamen, und ich bemerkte ebenso, dass Martha immer den Außenspiegel im Blick hatte – er war hinter dem Fenster wie ein Rückspiegel am Kotflügel eines Autos angebracht. So hatte sie, ohne sich von ihrem Spülbecken wegzubewegen, den kleinen Platz und einen Großteil der Rue Saint-Jean im Blick. Man konnte auch sagen, ein Drittel von Villefranche.

Sie stand vor Tagesanbruch auf, machte sich sogleich an ihre Aufgaben und blieb bis zum Abend dabei. Ein arbeitsreiches Leben. Nicht eine Minute Pause. Sie herrschte über die Küche, über einen Garten, den sie irgendwo auf der Seite der Vorstadt hatte, und sie verwaltete die Vorräte, strickte, bügelte, stopfte, bohnerte, wischte Staub und wachste. Sie überließ Arlette nur die Wäsche und das Aufwischen der Böden am Freitag.

Eines Tages rief Arlette sie vom unteren Ende der Treppe: »Lucienne bittet Sie zu kommen.«

An jenem Tag erfuhr ich, dass sie auch als Hebamme tätig war, und ich sah sie von nun an mit anderen Augen. Ich betrachtete ihre Hände und sagte mir, dass diese Hände Neugeborene in dieser Welt empfingen und diejenigen holten, die nicht von alleine kommen wollten. Ich berichtete ihr von meinen Gedanken, und wie selbstverständlich kamen wir auf die Angelegenheiten des Lebens zu sprechen. Eine Art Wunder zu jener Zeit. Niemand verlor ein Wort darüber, das Thema war tabu. Am Morgen der Hochzeit nahm die Mutter ihre Tochter beiseite und sagte ihr, dass sie sich über nichts wundern solle. Der Vater tat dasselbe mit dem zukünftigen Ehemann, und das war alles. Ich hatte dieses Privileg, das mich lange Zeit von den jungen Mädchen meines Alters unterschied, in die Geheimnisse des Kinderkriegens von einer Frau eingeweiht worden zu sein, die nicht nur aus Sachkenntnis darüber sprach, sondern mit einer Art Staunen, das ihre alten Pupillen aufleuchten ließ.

Abgesehen von den Geheimnissen des Kinderkriegens weihte mich diese Zeit der Erholung auch ins Französische ein. In die Sprache und die Literatur. Ein bisschen durch die Unterhaltungen mit Agnès, ihren Eltern und dem Priester, vor allem aber durch die Bücher. Zunächst Marthas Bücher. Liebesromane: *Le mariage de Mademoiselle Privat, La fiancée de Paul, La mariée était en rose* ... Sehr einfache Geschichten: Ein junges Mädchen läuft von zu Hause weg zu ihrem Geliebten, sie heiraten und haben viele Kinder; ein Waisenkind wird von seiner Stiefmutter geschlagen, dann in einem Schloss aufgenommen und heiratet am Ende den Sohn des Schlossherrn. Es waren auch Geschichten mit erzieherischem Aspekt darunter. In *Le tour de la France par deux enfants* lässt G. Bruno zwei kleine Brüder, die der Tod ihrer Eltern auf die Straße geworfen hat, das Land mit staunenden Augen durchstreifen und alles aufschreiben, was sie sehen. Doch bald lieh mir Agnès die Romane von Giono, die mich sehr fesselten. *Jean le bleu – Jean der Träumer, Colline – Der Hügel, Un de baumugnes – Der Berg der Stummen* ... sie hatte sie alle gelesen, und ich las sie auch. Ebenso die Manifeste gegen den Krieg: *Le grand troupeau – Die große Herde* und *Refus d'obéissance – Die Verweigerung des Gehorsams.* Er hatte die jungen Leute angestiftet, ihren Einberufungsbescheid zurückzuschicken, und war deswegen im Gefängnis gewesen. In der allgemeinen Unruhe durch die Kriegserklärung blieb dies nahezu unbeachtet, doch Agnès wusste es. Sie wusste alles über ihn: über seine antimilitaristischen Erklärungen, die Liste seiner Werke, die wichtigsten Stationen seiner Biografie. Sie rezitierte auswendig ganze Passagen aus *Le chant du monde – Das Lied der Welt, Le grand troupeau* oder *Jean le bleu:* »Die Nacht hatte sanft ihren grünen Leib auf das reglose Geriesel der Hügelkette gesenkt, sie kratzte müde und gereizt wie ein großer Vogel mit ihren Krallen noch ein wenig an der Abendröte, und dann spreitete sie ihre Schwingen über den weiten Himmel aus, bedeckte ihn ganz und lullte ihn mit dem sanften Fächeln ihres Gefieders in Schlaf.« Nach all diesen Jahren erinnere ich mich noch genau daran.

Der Winter schritt voran, die Tage wurden länger und mit ihnen die Zeit, die ich in meinem Zimmer verbrachte. Natürlich mit Lesen. Die Worte ›Schlafzimmer‹ und ›Buch‹ waren unauflöslich miteinander verbunden. Hätte ich in der Küche lesen können? Nein, unmöglich. Nur wenn Martha und ich uns ganz allein dort befanden, aber das war sehr selten. Meistens waren viele Leute da, und dann kam es nicht infrage, sich in ein Buch zu vertiefen, denn was hätten die Leute gedacht? Man musste reden, zuhören, sich wundern, einen Standpunkt darlegen, wiederholen, was man seit dem Morgen schon drei- oder viermal gesagt hatte. Also las ich in meinem Zimmer. Zunächst abends vor dem Einschlafen und morgens nach dem Aufwachen beim Schein meiner Nachttischlampe. Dann immer längere Zeit, und als Martha begriffen hatte, dass ich es brauchte, schließlich Stunde um Stunde und ganze Nachmittage lang. Nicht so lange am Vormittag, weil Martha dann da war und ich mich in ihrer Gesellschaft wohlfühlte, in der Wärme und Sicherheit ihrer Fittiche. Ihrer mütterlichen Fittiche? Nun ja. Wenn es die Rolle der Mutter ist, das Kind vor der Härte und Dummheit der Welt zu beschützen, ja, dann war Martha eine Mutter für mich. Sie beobachtete mich aus dem Augenwinkel, fragte sich, was gut für mich war, für meine Gesundheit, für meinen Trost, und wenn sie verstand, dass es das Alleinsein und Lesen in meinem Zimmer war, machte sie mir keine Vorwürfe, sondern setzte es sogar gegen ihre Tochter und ihren Schwiegersohn und alle durch, die etwas dagegen sagen wollten. Sie bat nur darum, dass ich meine Tür offen ließ. Die Tür offen lassen? Etwas Besseres konnte mir nicht passieren. Denn es bedeutete, zu den Düften und Geräuschen des Hauses Zugang zu haben.

Dieses Zimmer wurde meine Welt, vor allem wenn ich Giono einlud. Es wurde mein ganz eigener Winkel, der weiche Kokon, in dem ich nach diesen Monaten, fast schon Jahren des Hin- und Hergestoßenwerdens wieder neu auflebte. War es nicht gemütlich, ein Zimmer unter dem Dach zu haben, mitten im Winter, am Fuße des Canigou? Aber ja. Die Wärme des Ofens stieg über die Mauern, die Treppe, den Kamin zu mir herauf, gemeinsam mit dem guten Duft nach Brot, der Appetit machte und daran erinnerte, dass es einem an nichts fehlte, dass Hunger und Kälte nur unschöne Erinnerungen waren.

Im Grunde habe ich mit Jean Giono Französisch gelernt. Mit Balzac sicher auch, und mit Flaubert, Baudelaire, Mallarmé ... aber vor allem mit Giono. Giono hat mich wiederaufleben lassen. Er hat mich mit der französischen Sprache bekannt gemacht, und ich habe mich in sie verliebt. Unsterblich. Ich hörte Madame Puech nicht mehr, die mich zu den Mahlzeiten rief, trotz der offenen Tür, und wenn ich mich endlich an den Tisch setzte, wusste ich nicht, was ich aß. Ich hatte nur eines im Sinn: wieder nach oben zu gehen und die Hohlwege wiederzufinden, die Olivenhaine und Quellen in der Umgebung von Manosque. In Wahrheit verließ ich sie gar nicht, ich verbrachte drei Tage und zwei Nächte ohne Unterbrechung mit *Jean le bleu* und eine Woche mit Antonio. Eine Leidenschaft. Für *Jean le bleu*, Antonio und die anderen, für die Provence, für die von Düften erfüllte Heide, aber vor allem für die Musik der Sprache: »Er hatte den ganzen Tag beobachtet, wie der Fluss im Sonnenschein über die Muscheln strömte – diese weißen Pferdchen, die im Wasser galoppierten, mit blinkenden Schaumspritzern an den Hufen – und weiter oben den grauen Wasserrücken, am Ausgang der Schluchten, der sich hoch aufbäumte im Zorn über die Enge des eben verlassenen Felsenkorridors ...« Man muss wissen, dass es außer der gesungenen Messe am Sonntag keine Musik in Villefranche gab. Kein Konzert, keinen Liederabend. Natürlich keine Schallplatte und keinen Plattenspieler. Und ich hatte meine ganze Kindheit und Jugend mit Musik verbracht. Sie war für mich so unentbehrlich wie das Wasser, das man trinkt, wie die Luft, die man atmet. Das Leben hatte mich von ihr entfernt und mir seit meiner Flucht aus Barcelona im Jahr 1938 nicht einmal die Zeit gegeben, daran zu denken. Nun aber lag der Kampf ums Überleben hinter mir, und ich spürte, wie sehr sie mir fehlte. Also ersetzten mir in der ersten Zeit meines Aufenthalts in Villefranche die Harmonien der Sprache die Musik.

Marcel

Das Abtauchen in die Bewusstlosigkeit hat einige Bilder aus meinen ersten Stunden in Villefranche und seiner Umgebung tief in meiner Erinnerung verankert: den Verlauf der Nationalstraße vom Bahnhof an, die Rue Saint-Jean bis zum Bergfried, den Platz vor der Kirche, den Rundweg auf der Befestigungsmauer ... die Besucher, die nacheinander in Marthas Küche erschienen, kamen als Dekoration dazu. Natürlich war dieser Trubel nicht gerade ideal für eine Kranke, aber es bedeutete für mich nichts anderes als eine Wiederholung dessen, was ich in Tarragona gekannt hatte. Wir wohnten über Papas Werkstatt, und seine Kunden, meine Onkel und Tanten, ihre Kinder und die Nachbarn trafen sich bei uns, um zu reden und zu scherzen. Zu scherzen? Ja, bis die Nationalisten Katalonien angriffen. Auch dieser Bedrohung, die durch den Krieg in die Gespräche Einlass fand, begegnete ich in Villefranche wieder. Wir erlebten das, was als ›seltsamer Krieg‹ bezeichnet wurde, den Zweiten Weltkrieg vor der Invasion in Frankreich im Mai 1940. Frankreich und England hatten Deutschland nach dessen Angriff auf Polen den Krieg erklärt, doch der Schauplatz der Kampfhandlungen war weit weg, auf dem Balkan, in Finnland, in Dänemark ..., und damit hatten sie etwas Unwirkliches an sich: All das hatte nichts mit dem offenen und schrecklich nahen Krieg zu tun, den ich in Spanien erlebt hatte. In Villefranche gab es keine Gefechte und

Bombardierungen. Es herrschten lediglich einige Versorgungsengpässe, und man war verpflichtet, das Licht der Glühbirnen abzudämpfen oder diese zu bemalen, um zu vermeiden, dass man vom Feind ausfindig gemacht werden konnte.

Ende Januar bestätigte die Regierung offiziell die Absetzung der kommunistischen Abgeordneten, die den deutsch-sowjetischen Nichtangriffspakt und Moskaus Pro-Hitler-Politik nicht ausdrücklich verurteilt hatten. Die Unterzeichnung des Paktes hatte im vorangegangenen Sommer stattgefunden; inzwischen war Deutschland mit Unterstützung der Sowjetunion in Polen eingefallen und hatte es annektiert, doch die Kammer hatte sich mit der Beratung und dem Abwägen des Für und Wider Zeit gelassen. Der Präfekt der Ostpyrenäen hatte nicht gezögert und den kommunistischen Bürgermeister von Villefranche im Monat nach der Unterzeichnung des Paktes abgesetzt.

Der Krieg stand im Mittelpunkt aller Unterhaltungen, er stellte alle gewöhnlichen Themen in den Schatten. Jeden Tag wurde am Tisch der Puechs darüber gesprochen. Émile las uns die Bekanntmachungen des *L'Indépendant* vor, und jeder äußerte seine Prognose, wer als Nächstes zur Zielscheibe der Wehrmacht wurde.

Zu diesem Zeitpunkt wussten wir noch nicht, dass der Krieg der Fronten vorbei war, dass die Maginot-Linie zum Gespött der deutschen Generäle geworden war. *L'Illustration* veröffentlichte Fotos von kleinen Wägen, die zehn bis zwanzig Meter unter der Erde gelegene Gänge durchfuhren, »uneinnehmbare« Festungen, Berge von Granaten »so weit man blicken konnte«. *L'Indépendant* zeigte die Fließbandproduktion eines hochmodernen Gewehrs namens ›Le mousqueton‹. In den Briefen der Einberufenen war großspurig von der sofortigen Einnahme Berlins die Rede. Doch Deutschland verlor keine Zeit, unterirdische Gänge auszuheben oder Granaten zu stapeln; es nahm Österreich, Polen und die Tschechoslowakei ein.

Eines Morgens gegen zehn Uhr waren unbekannte Schritte auf der Treppe zu hören, und ich wusste sofort, dass es so weit war: Die Faschisten hatten mich eingeholt. Sie waren zu zweit, groß und imposant in ihren blau-roten Uniformen der nationalen Gendarmerie. Sie bauten sich auf der Türschwelle zur Küche auf, und der Regen, der von ihren Mänteln tropfte, bildete zwei kleine Lachen auf den Fliesen, die sich bald zu einer großen vereinen würden.

»Maria Soraya?«

»Was will man von ihr?«, fragte Martha.

»Nichts. Ein einfaches Verhör bei der Brigade. Reine Routine.«

»Ist sie das?«, fragte sein Kollege und zeigte auf mich. »Zieh dich an, wir nehmen dich mit.«

»Sie mitnehmen? Das würde mich wundern. Seit sechs Wochen hat sie sich nicht vom Fleck gerührt.«

»Das sagen Sie.«

»Das sage ich? Wenn Sie mir nicht glauben, fragen Sie Dr. Durand. Oder Dr. Puig. Die behandeln sie beide.«

»Das stimmt«, bekräftigte Madame Puech, die aus dem Schlafzimmer herunterkam. »Seit ihrer Ankunft hat sie das Bett nicht verlassen.«

»Wir ernähren sie bald zwei Monate dafür, dass sie keinen Finger rührt«, fiel Monsieur Puech ein, der gerade dazukam, »und jetzt trifft es uns schon wieder. Ich habe es dir gesagt, Félicie, das wird alles ein bitteres Ende nehmen.«

Doch die Gendarmen hatten einen Befehl, und über einen Befehl wird bei den Gendarmen nicht verhandelt.

Vom Esszimmer aus, in dem Martha mich anzog, verfolgten wir das Gespräch in der Küche: »Ein Handstreich von Pétain«, murmelte einer der Männer.

»Der Marschall? Was hat der damit zu tun?«, fragte Monsieur Puech.

»Franco hat Barcelona am 26. Januar eingenommen, Frankreich hat dies am 27. Februar anerkannt, und am 2. März war Pétain in Madrid. Botschafter von Frankreich in Madrid, bitte schön. Seitdem machen sie ihre kleinen Geschäfte unter Freunden, Franco und er, und wir erhalten Anweisungen.«

»Ich dachte, Franco marschiert mit Hitler, und Hitler führt Krieg gegen Frankreich.«

»Ja, für dich und mich ist es so, absolut einfach, aber in der Politik läuft alles komplizierter, als man denkt. Zu kompliziert für uns, wenn du meine Meinung hören willst.«

Wir kamen aus dem Esszimmer, und ich fühlte mich nicht wohl in meiner Haut. Diese beiden Gendarmen sahen gutmütig aus, und vielleicht hatten sie jahrelang in Villefranche die Schulbank gedrückt, doch sie würden mich anderen Gendarmen übergeben, die niemand kennen würde, und von einem Gendarm zum nächsten würde ich schließlich wieder in Argelès-sur-Mer landen oder irgendwo in Spanien in einem nationalistischen Gefängnis. Keine Sorgen, keinen Ärger, hatte Dr. Puig gesagt. Davon waren wir weit entfernt.

»Du musst nur die Dumme spielen«, flüsterte mir Arlette, die unseren Aufbruch begleitete, in der Aufregung zu.

»Das wollte ich dir auch raten«, sagte Martha, als sie mich in die Arme schloss, »spiel die Dumme, und alles wird gut, du wirst sehen.« Sie lächelte, als ich den Kopf hob und sie anschaute, doch tief in ihrem Blick schimmerte etwas Sorgenvolles.

Die Gendarmen waren mit dem Zug gekommen, also mussten wir zum Verhör bei der Brigade auch mit dem Zug nach Prades hinunterfahren. Wir verließen die Bäckerei, bogen nach links in die Rue Saint-Jean ab und gingen dann zur Place du Génie. Die Leute wichen zur Seite, als wir kamen, einige drehten sich nach uns um, andere taten so, als würden sie mich nicht kennen. Es war ein trostloser Tag: Der Himmel war verhangen, ein feiner, eisiger Regen fiel. Die Wolken zogen eilig zwischen den Dachvorsprüngen vorbei, und durch den Wind rieselte mir der Regen stoßweise ins Gesicht. Der Wind, der Regen, die kalte Luft – ich fragte mich, wie ich ohne sie hatte leben können.

Als wir die Place du Génie erreichten, erblickte ich die Gestalt von René Levêque unter der Überdachung der Porte de France. Er hatte keine Schärpe mit den Farben der Tricolore umgelegt (war der Präsident der Sonderdelegation befugt, dieses Attribut des Bürgermeisters zu tragen? Ich war mir nicht sicher), ich hatte ihn seit unserer ersten Begegnung am Weihnachtsabend nicht wiedergesehen und erinnerte mich weder an sein Gesicht noch an seine Körperhaltung, aber es fiel mir überhaupt nicht schwer, ihn zu erkennen. Groß, schlank, fast elegant in seinem beigefarbenen Gabardinemantel und seinen hellen Lederschuhen, strahlte er Autorität und Sicherheit aus. Ein Soldat auf Mission. Sein Nachrichtendienst hatte ihn über eine verdächtige Aktion in seinem Sektor informiert, er hatte den Vorfall eingeschätzt, einen strategisch günstigen Ort auf der Route des Feindes ausgewählt und wartete dort mit der Sicherheit, im Vorteil zu sein.

»Was ist los, Marcel?«, fragte er, als wir an ihm vorbeikamen. Er stand unter der Überdachung des Tores, an der äußersten Grenze des Bauwerks, sodass der Gegner den Elementen ausgesetzt war.

»Ein Verhör«, entgegnete der Gendarm zu meiner rechten Seite. »Wir bringen sie zur Brigade.«

»Kann ich mal sehen?«

»Natürlich«, antwortete der andere und suchte in den Tiefen seiner Manteltasche nach der Vorladung.

Das nahm etwas Zeit in Anspruch, die Monsieur Levêque nutzte, um den Blick in meine Richtung zu wenden. Du hast nichts zu befürchten, sagten seine Augen, ich werde mir das von diesen Tölpeln nicht gefallen lassen; ein wenig Geduld, und du wirst schon sehen. Ich erinnerte mich weder an seinen millimetergenau gestutzten Schnurrbart noch an die von seiner Person ausgehende Sicherheit, und so schaute ich ihn wie zum ersten Mal an. Er griff nach dem Stück Papier, das der Gendarm ihm hinhielt, und nahm sich die Zeit, es zu lesen und wieder zusammenzufalten.

»Nicht einverstanden«, sagte er schroff. »Dieses junge Mädchen steht unter der offiziellen Vormundschaft einer Familie von Villefranche, also unter meiner Verantwortung. Als Präsident der Sonderdelegation kann ich es nicht verantworten, eine Kranke gehen zu lassen. Vor allem nicht bei diesem Wetter. Wenn ihr etwas zustoßen sollte, wird es auf mich zurückfallen. Es gab schon Bürgermeister, die für weniger als das im Gefängnis gelandet sind, dir muss ich das nicht sagen, Marcel.«

»Na ja, aber was soll ich tun? Ich habe die Anweisung.«

»Sag mir doch, von wem die Anweisung kommt«, entgegnete Monsieur Levêque und nahm den anderen beiseite.

»Weisungen aus Paris«, antwortete er halblaut. »Innenministerium, so scheint es. Auf Vorschlag unseres Botschafters in Madrid. Der Befehl, alle Flüchtlinge mit Sympathien für die Republik an die spanischen Behörden zu übergeben.«

»Ach ja? Und ›die spanischen Behörden‹, wie du sagst, was

werden sie mit diesen Flüchtlingen machen, die Frankreich ihnen so zuvorkommend übergibt? Deiner Meinung nach?«

»Das geht mich nichts an. Jedem seine Arbeit.«

»Das geht dich vielleicht nichts an, aber ich werde es dir dennoch sagen.«

»Ich verlange nichts von dir, René.«

»Die spanischen Behörden bringen diese Unschuldigen in das erstbeste Gefängnis, und man hört nie wieder etwas von ihnen, verstehst du? Nie wieder. So läuft das. Du kannst nicht damit rechnen, dass ich das unterstütze, Marcel, das sage ich dir ganz deutlich. Dieses Mädchen bewegt sich nicht von hier fort. Wenn man dich fragt, was geschehen ist, sagst du, dass du sie krank und nicht transportfähig vorgefunden hast. Das ist sowieso die Wahrheit. Falls nötig, hätte ich zweihundert Leute, die das bezeugen. Seit ihrer Ankunft hat sie das Bett nicht verlassen, verstehst du? Das ist die Wahrheit.«

»Ich verstehe«, sagte der Gendarm seufzend.

»Jetzt werde ich dir unter uns sagen, was du nicht in deinen Bericht schreibst, aber trotz allem wissen kannst: Derjenige, der versucht, hörst du, nur versucht, dem Mädchen ein Haar zu krümmen, wird es mit mir zu tun bekommen.«

Ich stand direkt daneben. Und beobachtete die Wirkung von Renés Worten und seinem Tonfall auf Marcels Gesicht. Es ist immer seltsam, sein Schicksal aus den Gesichtern der Männer des Gesetzes zu erraten, in deren Händen es liegt. Doch ich hatte keine Angst und frage mich nur, ob ich nicht an jenem Tag im Regen vor der Porte de France gelächelt habe. Irgendetwas sagte mir, dass René sein Leben gegeben hätte, um meines zu retten, und dass dieser Elan, gestützt auf seine Autorität als Präsident und den Ruf, absolut integer zu sein, ihm so etwas wie einen kleinen Vorteil gegenüber einem Gendarmen verschaffte, der es eilig hatte, die Sache zu Ende zu bringen und nach Hause zu gehen. Abgesehen davon hatte ich bei meinem ersten Ausgang Besseres zu tun, als einer Unterhaltung zwischen einem Präsidenten und einem Polizisten zu folgen, selbst wenn es um mich ging. Die Porte de France, die Place du Génie, das Postgebäude ... mein Dorf umgab mich in Sichtweite. Natürlich hatte ich mir ein Bild davon gemacht, wenn ich die Menschen in Marthas Küche davon erzählen hörte. Aber ich wurde gewahr, dass diese Vorstellung nicht an die Realität heranreichte: Sogar im Regen und bei verhangenem Himmel, mit der Befestigungsmauer, dem Tor, dem Rauschen des Cady direkt dahinter ... sogar in diesem Moment wurde mir klar, dass das Schicksal mich wahrhaftig an einen außergewöhnlichen Ort geführt hatte.

Die Gendarmen kehrten ohne mich zurück, doch am nächsten Tag teilte der Briefträger in Villefranche drei Briefe in offiziellen Umschlägen aus. Der erste trug ganz offensichtlich den Stempel der Präfektur der Ostpyrenäen: Monsieur René Levêque, Präsident der Sonderdelegation, wurde noch am selben Tag um Punkt sechzehn Uhr von dem Präfekten erwartet. Der zweite Brief mit dem bischöflichen Wappen kündete Pfarrer Raynal, dem hauptamtlichen Priester der Gemeinde Villefranche-de-Conflent, den Besuch seines Vorgesetzten, des Priesters von Prades, für den Nachmittag an. Der letzte Brief mit dem Stempel der französischen Armee war von Charles. Sein erster Brief seit meiner Ankunft und vielleicht seit seiner Abreise an die Front. Es liefe alles gut, schrieb er. Wenn die Deutschen verrückt genug wären, anzugreifen, würden sie schneller bis Berlin zurückgedrängt werden, als man davon berichten könnte.

Bei Einbruch der Dunkelheit schaute René Levêque auf dem Rückweg von Perpignan bei uns herein. Ich war gerade hochgegangen, öffnete aber meine Zimmertür und spitzte die Ohren, sodass ich in groben Zügen dem Gespräch folgen konnte.

»Sie wollen das Mädchen ausliefern, das ist zumindest sicher. Im Moment haben sie nichts, was sie ihr vorwerfen können, aber sie werden etwas finden. Darauf kannst du dich verlassen.«

»Und was wollen sie von uns? Haben sie es dir gesagt?«

»Lagrasse ist für Franco. Das sagt alles.«

»Lagrasse?«

»Der Präfekt, der Präfekt Lagrasse.«

»Der dich zum Präsidenten der Sonderdelegation ernannt hat?«

»Das macht dich stutzig, nicht wahr? Genau das habe ich mir auch erklären lassen. Wenn man sich schon zur Präfektur begibt ... Es scheint, als hätte er sich auf mein Ansehen bei den Spahis verlassen. Ich hätte rebellische Umtriebe abgewehrt, meint er zu wissen.«

»Spahis abgewehrt, du?«

»Lagrasse steht Pétain nahe, wie es scheint. Als Franco 1938 seine Offensive gegen Katalonien startete, hat er begriffen, dass es an der Grenze brenzlig würde, und sich für Perpignan beworben. Die Elendslager, die Schließung der Grenzen vor den Augen der Flüchtlinge, die Spanier im Schnee, das ist er.«

»Verstehst du das?«

»Dass er sich für einen heißen Posten bewarb? Ja, vollkommen. Wenn es bei der Armee irgendwo heiß hergeht, ist da immer ein Offizier, der in der ersten Reihe auf sich aufmerksam macht. Für Ruhm und Ehre, weil er vorwärtskommen will, weil er ...«

»Gut, und was haben wir mit all dem zu schaffen?«

»Das ist entschieden.«

»Was ist entschieden?«
»Lagrasse wird mich absetzen und Marie zu seinem Kollegen nach Barcelona schicken.«
»Aber warum? Was hat er davon?«
»Warum? Um ein Exempel zu statuieren, um zu zeigen, wozu er fähig ist, um sich bei den Leuten in Francos Umkreis einen Namen zu machen und das Vertrauen seines Freundes Pétain zu gewinnen. Er positioniert sich für eine Stellung als Botschafter, als Minister, verstehst du?«
In diesem Moment waren Schritte auf der Treppe der Bäckerei zu hören. Auf Monsieur Puechs verlegenes Schweigen folgte die Stimme des Priesters: »Nun?«
»Nun«, erwiderte Monsieur Puech mit näselnder Stimme, die er bei Menschen annahm, die er nicht mochte. »Das Mädchen wird zur Folter geschickt und René in die Salzminen.«
»Warum muss es gerade uns treffen?«, sagte er ein wenig später, als Monsieur Levêque den Bericht von seiner Unterredung auf der Präfektur wieder aufgenommen hatte. »Es gibt zweihundert Gemeinden im Departement, sechshundert oder siebenhundert in den gesamten Pyrenäen, und es muss ausgerechnet uns treffen.«
»Villefranche liegt im Fadenkreuz der Rechten«, sagte der Pfarrer, »da erzähle ich Ihnen ja nichts Neues.«
»Nach zehn Jahren mit kommunistischer Mehrheit musste man wohl damit rechnen.«
»Das ist das eine, und zum anderen ist es das uralte Misstrauen der Mächtigen gegenüber allem Originären«, antwortete der Priester mit einem Nachdruck, als würde er eine Ansprache über die Wahrheit halten. »Bedenken Sie, dass Villefranche die einzige Siedlung des Departements ist, die noch in ihren ursprünglichen Mauern lebt, wie zu Zeiten ihrer Gründung …«

»Und was haben wir davon ...«

»Bedenken Sie, dass unsere Einwohner quasi immer nur auf der Durchreise sind. Zu Zeiten der Grenzzitadelle waren sie Soldaten, Minenarbeiter bei der Erschließung der Eisenfundstätte, Eisenbahner bei der Errichtung der Bahnlinie der Cerdagne. Ein Soldat, ein Minenarbeiter, ein Eisenbahner, die bleiben nicht. Die arbeiten eine Zeit lang, nehmen ihr Geld und gehen wieder fort.«

Ich sah die Szene natürlich nicht, aber ich stellte mir sehr wohl die Gesten des Pfarrers vor, wie er den Eisenbahner mimte, und die Faszination der Zuhörer. Die Leute waren immer wie gefesselt, wenn er sich in Erklärungen erging.

»Kennen Sie viele Dörfer in den Pyrenäen oder irgendwo anders, wo Familien keine Wurzeln gefasst haben? Nein. Nun ja, wie man weiß, ruft so etwas Beunruhigung hervor, es irritiert. Bedenken Sie auch, dass Villefranche niemals einen Vertreter im Generalrat des Departements oder einen Abgeordneten oder einen Senator hatte. Niemals. Und warum? Weil dafür große Familien nötig sind, ein Netzgeflecht, ein Beziehungsgefüge durch die Generationen hindurch, um einen Mann auf diese Stufe der Macht zu bringen. Alles in allem sind wir atypisch und deshalb auch ohne Vertretung. Das ist ungefähr die Definition eines Sündenbocks. Wenn man einen braucht, trifft es uns. Unweigerlich.«

»Na gut. Würden Sie uns vielleicht erzählen, wie es bei dem Priester von Prades war?«

»Marie ist es untersagt, im Chor mitzusingen, das Harmonium zu spielen und das Gemeindehaus zu betreten ... Es fehlte gerade noch, dass man mich gebeten hätte, ihr den Zutritt zur Kirche zu verwehren.«

»Und?«

»Was und?«

»Nun, was haben Sie gesagt, mein Gott?«

»Ich habe nichts gesagt, und außerdem: Monsignore wird es zum jetzigen Zeitpunkt wissen. Ich werde wahrscheinlich im Verlauf des morgigen Tages meine Versetzung erhalten.«

»Dann sitzen wir im selben Boot, wir beide«, murmelte Monsieur Levêque.

»Wir könnten versuchen, in dieselbe Gegend versetzt zu werden, wollen Sie?«

»Ich werde mir das nicht gefallen lassen, das sage ich Ihnen geradeheraus«, brummte Monsieur Puech. »Ich habe ganz regulär ein Lehrmädchen angenommen, habe mich bemüht, es auszubilden, und ich sehe nicht ein, mit welchem Recht man es mir wieder wegnimmt.«

»Bemüht, es auszubilden«, sagte der Priester lachend, »welch wahnsinnige Mühe haben Sie sich gegeben, Marie auszubilden. Und Sie vergessen eine Kleinigkeit: Nicht Sie sind ihr Vormund, sondern Ihre Frau.«

»Nun, du bist doch meiner Meinung, Félicie, oder?«

»Darüber muss ich erst noch nachdenken.«

»Ah, sehen Sie!«, sagte der Pfarrer. »Zählen Sie jedenfalls nicht auf die Unterstützung meines Nachfolgers. Sie werden sicherlich einen Griesgram, einen Nörgler oder einen Priester vom alten Schlag berufen, der Sie mit allem Möglichen ärgern wird.«

»Ich sehe nicht, wen sie an meiner Stelle einsetzen könnten«, warf Monsieur Levêque ein. »Als der Präfekt mich angeworben hat, gab es keine Kandidaten.«

»Eigenlob ist das beste Lob, du hast recht.«

»Das wollte ich nicht sagen, ihr habt mich schon verstanden. Und das angesichts meiner jetzigen Lage.«

»Du bist gar nicht so schlecht dran, worüber beklagst du dich?«

»Worüber ich mich beklage? Du würdest nicht so reden, wenn du Reservist wärst. Wenn es das Schicksal will, ist mein Einberufungsbefehl schon unterwegs, und morgen bin ich im Kugelhagel.«

In diesem Moment zog ein Knacken des Fußbodens meine Aufmerksamkeit auf sich, dann das Knistern von Stoff. Jemand ging an den Schlafzimmern vorbei den Flur entlang und erreichte die Treppe. Martha! Ich erkannte Marthas Schritt wieder.

»Es wäre besser, sie würde eine Zeit lang verschwinden«, sagte sie, als sie die Küche betrat. »Ehe sie sie holen kommen.«

»Was tust du hier?«, fragte Monsieur Puech überrascht.

»Was ich hier tue? Also sag mal, Émile, ich bin hier in meinem Haus, soviel ich weiß, und mit euren Diskussionen hindert ihr mich daran, zu schlafen. Seht ihr nicht, dass es um das Mädchen geschehen ist, wenn wir sie von hier fortgehen lassen?«

»Vielleicht. Aber was können wir tun?«

»Sie verstecken.«

»Sie verstecken? Und was wirst du sagen, wenn sie ihretwegen kommen?«

»Dass sie mich an ihrer Stelle mitnehmen sollen.«

»Wenn Lagrasse, so wie ich vermute, ein Exempel statuieren will und wenn wir Widerstand leisten, dann werden wir es zu spüren bekommen«, erwiderte René, ohne seine gewöhnliche Gelassenheit zu verlieren. »Wir haben Krieg, zwanzig Kilometer von der Grenze entfernt. Im Mittelalter hätte man eine Stadt für weniger als das dem Erdboden gleichgemacht.«

»Im Mittelalter? So weit müssen Sie nicht zurückgehen«, erwiderte der Pfarrer, »zur Zeit von Vauban ...«

»Und heute: Guernica, Granollers, Tarragona ...«

»Villefranche zerstören – ich kenne welche, denen das recht wäre.«

Es herrschte betretene Stille, und ich erinnerte mich, wie Agnès am Weihnachtstag berichtet hatte, dass im Zuge der Diskussion über den Verlauf der Nationalstraße Stimmen laut geworden waren, welche die vollkommene Zerstörung der Befestigungsmauer verlangt hatten.

»Wir könnten sagen, dass ihr Onkel gekommen wäre und sie zurückgefordert hätte.«

»Dass sie in der Têt ertrunken wäre.«

»Vor allem könnten wir schlafen gehen«, schloss Martha schroff. »Anstatt weiter Dummheiten von uns zu geben ...«

»Schlafen wir eine Nacht darüber«, bekräftigte der Priester und erhob sich.

»Genau, geht ihr mal alle ins Bett. Für mich ist es Zeit zu arbeiten«, sagte Monsieur Puech müde.

Die Pendeluhr in der Küche schlug gerade Mitternacht. Ich glitt aus dem Bett und schloss ganz leise meine Zimmertür. Doch ich lag noch lange wach und lauschte auf die Geräusche im Haus. Würden sie in dieser Nacht kommen und mich festnehmen, ehe Martha mich verstecken könnte?

Émile

Es gab weitere Besuche, andere Gendarmen, aber schließlich habe ich niemals erfahren, wie die Büros der Brigade aussahen. Immer fand sich jemand, der sich dazwischenstellte, wenn man kam, um mich mitzunehmen. Für mich ein Glück: Sehr viel später, nach Kriegsende, erfuhr ich, dass ich nie mehr nach Villefranche zurückgekommen wäre, wenn ich diese Gendarmerie betreten hätte. Die Tür dieses Büros hätte für mich direkt in den Hof eines Gefängnisses der Franco-Anhänger geführt.

Wie ich davon erfahren habe? Durch einen Zufall. Von einem ehemaligen Offizier der Gendarmerie, der in den Ostpyrenäen eingesetzt war und dem ich nach dem Krieg an der Rezeption eines großen Hotels begegnete. Er las meinen Namen auf dem Anmeldebogen, den ich neben ihm ausfüllte, nahm mich beiseite und sagte: »Ich kenne Sie. Sie waren 1940 in Villefranche.« Wir gingen hinaus, schritten unter den Bäumen eines Boulevards dahin, und er nannte mir Namen und Daten: Ramon Cortes am 7. November 1939, Antonio Valdez am 15. desselben Monats, Julios Galvez am 7. Dezember, Carlos Dominguez und José Cordobes am 9. Januar 1940 ... Alle nach Spanien überführt und danach verschwunden.

Zu jener Zeit wusste ich nicht, dass mein Leben an einem seidenen Faden hing. Madame Puech hatte mich im Rathaus angemeldet, ich hatte vorschriftsmäßige Papiere, und das reichte mir. Im Übrigen machte sich Priester Raynal nach seiner ersten Abmahnung keine Sorgen mehr, und als Monsieur Puech begann, mich bei seinen Rundfahrten mitzunehmen, bei denen er Brot verkaufte, überquerten wir mehr als einmal Straßensperren und begegneten Patrouillen, die stichprobenartig Kontrollen durchführten. Sie erkannten den Wagen und wichen zur Seite, um uns vorbeifahren zu lassen.

In Villefranche hatten wir zwei Bäcker: Monsieur Puech bediente die untere, Monsieur Bernard die obere Stadt. Zwei Gebiete, zwei Bäcker. Wenn ein Bewohner der oberen Stadt bei uns hereingekommen wäre, hätte Arlette ihn bedient? Ich zweifle daran. Ja, ich hätte es getan. Ich musste nicht jeden kennen, ich hatte diese Ausrede. Doch der Bürgermeister, der Priester und der Notar respektierten die ›Demarkationslinie‹. Ihre Verlängerung zog sich bis hinunter in die Täler, welche die Herren Puech und Bernard in ihren jeweiligen Autos anfuhren, mittwochs und samstags der Erstere, dienstags und donnerstags der Letztere. Autos waren noch sehr selten. In Villefranche gab es das von Dr. Durand, das er vor dem Bahnhof parkte, wenn er zur Sprechstunde der Eisenbahner kam, das des Notars und das Taxi, und schließlich die beiden Autos der Bäcker, die Lastwagen für die Limonaden von René Levêque und diejenigen von Monsieur Beaux in Fuilla.

Anfang April beschloss Monsieur Puech, dass ich ihn bei seinen Rundfahrten begleiten sollte. Eines Samstags fuhr er mit seinem Auto vor die Tür der Backstube, und Arlette lud das am Morgen gebackene Brot ein. Ich setzte mich nach meiner Mittagsruhe auf den Beifahrersitz, und los ging es. Meine erste Ausfahrt in einem Auto. Die Leute wichen überstürzt zur Seite und grüßten linkisch, wenn sie uns erkannten. Sobald er die

Brücke über die Têt am Ende der Vorstadt überquert hatte, begann Monsieur Puech mit den Pedalen zu spielen und an einem Hebel unter dem Lenkrad herumzuhantieren, und die Straße flog in hoher Geschwindigkeit nur so an uns vorbei.

»Setz dich ganz nach hinten«, rief er mir über den Motorlärm hinweg zu.

Ich gehorchte, musste aber ein Bein auf dem Sitz anwinkeln und mich ein wenig zur Seite drehen, um den anderen Fuß auf dem Boden halten zu können.

»So ist's gut«, murmelte er, als ich richtig saß.

Er lächelte mich an und legte seine Hand auf mein Knie.

Er hatte eine chaotische Kindheit gehabt, weit weg von Villefranche und den Pyrenäen. Mit acht Jahren hatte er seine Mutter, die in einer Seifenfabrik in Marseille arbeitete, verlassen, um sich so lange an der Küste und manchmal auf dem Meer herumzutreiben, bis man ihn und ein krummes Ding, das er gedreht hatte, vergaß. Das wusste ich von Martha. Sie sprach sehr selten über ihren Schwiegersohn und immer mit einer Mischung aus Furcht und Respekt, was sonst gar nicht ihre Art war. Vergehen machen auf einer gewissen Stufe der Hierarchie großen Eindruck. Doch die unbeabsichtigten Andeutungen und kleinen Vertraulichkeiten zeichnen in großen Zügen die Linien eines Schicksals. Die Karriere eines Ganoven: angefangen mit heimlichen Diebstählen, später dann Einbrüche in Luxusvillen an der Côte d'Azur. Höhen und Tiefen, einige Misserfolge, die sicher auch die Deformation seines linken Beines erklärten. Immer aber war es ihm gelungen, sich aus der Affäre zu ziehen, und für den Kauf der Bäckerei hatte er alle erforderlichen Zertifikate vorgewiesen: über gute Lebensführung, Empfehlungen, einen Erbschein …

Im Jahr 1921 war er eines Tages am Bahnhof von Fuilla-Villefranche aus dem Zwölf-Uhr-Zug gestiegen, hatte die Bahnhofsgaststätte betreten und gefragt, ob sie nicht zu verkaufen sei. Zu verkaufen, die Bahnhofsgaststätte? Als ob die Eisenbahngesellschaft Geld bräuchte! Nein, natürlich nicht. Was konnte er also in der Gegend, die ihm so gut gefiel, kaufen? Ein Café, ein Restaurant, etwas, das lief, irgendetwas. Der Wirt nannte ihm Vater Soulas, Marthas Ehemann. Er war noch jung, aber in den Schützengräben durch Gas vergiftet worden; er spürte, dass es mit ihm zu Ende ging, und suchte einen Käufer. Puech hatte in aller Ruhe sein Mittagessen beendet, seine Rechnung bezahlt und war in den Ort hochgegangen. Er hatte die Bäckerei gesehen und Félicie, blühend und rosig, wie sie war. Um sechzehn Uhr gingen sie zum Notar, und es war erledigt. Das Geschäft, das Mädchen, er hatte alles genommen. Ein ganzes Geschenkpaket. Das Mädchen war schwanger, der Vater am Ende seiner Kräfte, doch er war nicht wählerisch. Er nahm alles und nahm alles hin. Wahrscheinlich wollte er in Vergessenheit geraten, schlussfolgerte Martha am Ende ihrer Erzählung.

Er hatte das Profil und das Aussehen eines Raubvogels: klein, hager, den Kopf immer zwischen die Schultern gezogen. Zwei schwarze Augen, die stets in Bewegung waren und überall herumspähten. Fleischige Lippen unter einem Schnurrbart und immer einen Stummel oder eine Zigarette im Mundwinkel. Ein düsteres und eher misstrauisches Gesicht. Die Leute duzten ihn, doch in Wirklichkeit fürchteten sie sich vor ihm. Die Männer berührten ihre Schirmmütze, wenn sie ihm begegneten, die Frauen neigten den Kopf und behielten ihn im Auge. Nur seine ›Freunde‹ blieben stehen: der Notar, der Besitzer der Talkfabrik, der Direktor des Elektrizitätswerks flussaufwärts von Villefranche, der Chef der Eisenmine an der Straße nach Mont-Louis. Ebenso René Levêque, wenn auch widerwillig. Diese Menschen gingen zu ihm, reichten ihm die Hand. Indem ich die Verhaltensweisen meinem Chef gegenüber beobachtete, lernte ich die Schirmmützen von den Hüten, die Schals von den Tüchern zu unterscheiden.

Ein strenger Mann. Mit sich und den anderen. Bei ihm konnte man nicht anschreiben. Du bezahlst oder du kaufst woanders ein, wenn ich nicht da bin. Keine Tafel, kein Mitleid. Wenn jemand trotz allem darum bat, erst am Monatsende bezahlen zu müssen, schaute er denjenigen an, als würde er eine Fensterscheibe ansehen, als würde dieser Mann oder diese Frau nicht existieren. Er sah nur das Bild, das er sich von der menschlichen Würde machte: dass es besser wäre, hungers zu sterben, als um etwas zu betteln. Alles andere glitt an ihm ab, ohne ihn zu berühren.

Montags war die Bäckerei geschlossen. Da trödelte er bis zehn Uhr, ging dann zur Vorstadt hoch, holte sein Auto heraus und ward nicht mehr gesehen. Mont-Louis, die Cerdagne, Perpignan. Mit dem Auto, manchmal mit dem Zug, je nachdem. Je nach Wetter, den Schneeverhältnissen, Lust und Laune, der Eingebung. Vor allem aber je nach Anzahl und Größe der Barren, doch zu jener Zeit wusste ich noch nicht, dass er sich dem Goldschmuggel zwischen Spanien und dem übrigen Europa widmete. Sein ganz eigenes kleines Geschäft, das er bei seiner Ankunft in Villefranche angefangen hatte aufzubauen, wie andere mit dem Boulespiel oder dem Angeln angefangen hätten. Seine Schmuggler traf er bei den Lieferfahrten, seine Käufer bei den Müllern, das kostete ihn nur wenige Minuten. Ein florierendes Unternehmen: zuverlässige Männer, das ›Verständnis‹ der Kommandanten der Gendarmerie und der Zollbeamten, und alles lief. Was machte er mit all dem Geld, das dieses Gold und sogar die Bäckerei ihm einbrachten?

»Je weniger du weißt, umso besser ist es«, erwiderte Martha an dem Tag, als ich mit ihr darüber sprach. »Misch dich da nicht ein, mein Mädchen«, fügte sie hinzu. »Bloß nicht.«

Diese Montagsaktivitäten von Émile Puech nahmen in Prades ihr Ende, bei Cassini, dem Chef des Hotels Majestic. Hotel, Restaurant, Versteck, Café, Spielhölle ... Das Majestic war ein bisschen von all dem. Puech betrat es am Abend zur Zeit des Aperitifs und kam gegen ein Uhr morgens wieder heraus, um Brot zu kneten und es in den Ofen zu schieben. Eine durchwachte Nacht, aber niemand hätte es geahnt. Dienstags war er wie an den anderen Tagen, brummig und düster gegenüber den Menschen, behände und genau mit seinen Broten.

Der Krieg würde dem Schmuggel meines Chefs andere ›Objekte‹ hinzufügen. Vom Sommer 1940 an würde er sein kleines Netz von Übergangsmöglichkeiten nach Spanien erweitern: Polen, die vor den Massakern der Nazis flohen, Belgier, die in den Kongo wollten, Engländer, die vom Waffenstillstand in Frankreich überrascht worden waren. Von 1941 an und vor allem ab 1942 würden es Juden sein, die von den Besatzern verfolgt wurden. Das Gold war nur noch eine Tarnung, die Gewinne stiegen, aber im März und April 1940 herrschte immer noch der ›seltsame Krieg‹, der Zustand vor der Invasion in Frankreich, und niemand hätte voraussagen können, wie das alles ausgehen würde.

Der Schnee glitzerte auf dem Gipfel des Canigou über dem zarten Grün der Wälder, und ich hätte mir gewünscht, dass die Zeit stehen bliebe, dass diese Ausfahrt ewig andauern würde. Das Auto verschlang die Kurven regelrecht, im Rahmen der

Windschutzscheibe zogen die Bilder wie Blätter eines Kalenders an der Küchenwand vorbei, und ich dachte an all die Katalanen, die seit dem Höhlenzeitalter dort gewesen waren, wo ich mich nun befand, auf dieser Straße, so alt wie die Welt.

»Via Confluentana«, murmelte ich vor mich hin und erinnerte mich daran, was der Pfarrer über die romanische Straße des Conflent erzählt hatte.

»Was brummst du da vor dich hin?«

»Via Confluentana, das war der Name dieser Straße zur Römerzeit. Ganz bestimmt. Das klingt gut, finden Sie nicht?«

»Zur Römerzeit? Was weißt du darüber? Hast du damals gelebt?«

»Sehe ich so alt aus?«

»Warte, ich muss dich anschauen«, antwortete er.

In der Tat betrachtete er mich so eingehend, dass ich mich beeilte, zu einem weniger missverständlichen Thema zurückzukehren.

»Man weiß nichts Genaues darüber, aber es gibt Hinweise. Via Regia ab dem 13. Jahrhundert, Via Confluentana im 11. Jahrhundert, Strata Francisca im 9. ... Man müsste nur den Faden zurückverfolgen. Ich werde mich damit beschäftigen, wenn in der Bäckerei nichts los ist. Wissen Sie, Geschichte interessiert mich. Wenn ich die Mittel hätte, würde ich mein Studium wieder aufnehmen und mich der Geschichte widmen.«

»Mit Forschungen über die Römer?«

»Geschichte im Allgemeinen. Die Geschichte des Conflent.«

»Was bringt das?«

»Was das bringt? Erkenntnisse. Wissen Sie wenigstens, nachdem Sie schon so lange in Villefranche sind, dass sich in den Mauern der Saint-Jacques-Kirche zwei Marmorblöcke befinden, die auf römische Art behauen sind?«

»Was hat das mit mir zu tun, ein Marmorblock – oder sogar zwei Marmorblöcke? Das kommt von Raynal, stimmt's?«, fügte er hinzu und trat wütend auf das Gaspedal, »das ist Raynal, der dir so etwas in den Kopf setzt.«

Ein wenig später verließ er die Nationalstraße, um linkerhand zu einem Dorf hinaufzufahren, das man bereits von unten sehen konnte und dessen Häuser sich um eine Kirche scharten. Die ersten Kunden erwarteten uns bereits auf dem Dorfplatz, andere kamen hinzu, weil sie das Hupen gehört hatten, und es war, als sei unser Laden um einige Kilometer hierher versetzt worden: Monsieur Puech gab das Brot aus, plauderte mit den Leuten, und ich nahm das Geld entgegen und holte aus der Ledertasche, die Madame Puech mir bei der Abfahrt aus Villefranche übergeben hatte, das Wechselgeld heraus. Diese Ledertasche ersetzte die Registrierkasse, und es gab keinen Ladentisch, doch abgesehen von diesen Kleinigkeiten war es dieselbe Arbeit.

Die Frauen betrachteten mich lange, wie ich auch an meinen ersten Arbeitstagen im Bäckerladen beobachtet worden war, und Monsieur Puech nahm einige Komplimente über mein gesundes Aussehen entgegen und darüber, wie schnell ich rechnete. Die Männer schauten mich verstohlen an, die Frauen direkter, aber niemand, weder Männer noch Frauen, sprach mich an, nicht einmal ein Mädchen meines Alters, das mich von dem Augenblick an beobachtete, als ich aus dem Auto stieg, und so lange, bis ich wieder einstieg.

Von Fuilla aus fuhren wir nach Sahorre und von dort nach Escaro, Joncet, Serdinya und Olette. Nun, da ich diese Zeilen schreibe, habe ich die Gegend seit Langem verlassen, und dennoch kommen mir die Namen wieder, als wäre es gestern gewesen. Ich sehe die roten Buchstaben auf weißem Grund auf den Ortsschildern der Gemeinden wieder vor mir, höre die heiteren Klänge der Wörter in den Mündern der Bauern. Vor allem höre ich die Symphonien der Vogelgesänge, der Wasserfälle, des Plätscherns in den Bewässerungsrinnen, die uns in den Dörfern erwarteten, sobald der Schlüssel den Motor des Panhards zum Stillstand brachte.

Wie soll ich das Glück beschreiben, an jenem Tag dort zu sein? Das Wort ›Glück‹ gibt nicht die Erregung wieder, die mich übermannte, sobald die Vorstadt hinter uns lag, und mich den ganzen Nachmittag über nicht mehr verließ. Ein überwältigendes Gefühl von intensiver Freude, physisch und seelisch. Ich war von der frischen Luft und der Sonne, dem Schnee und dem Wind, den Bergen und den Gebirgsbächen wie betäubt. Wahrscheinlich lag es an meiner Erschöpfung, dass alles so stark auf mich wirkte, aber die Natur war wirklich wunderschön und Monsieur Puech sehr zuvorkommend. Insbesondere wurde mir deutlich, was für einem Leben ich durch meine Flucht aus Tarragona entkommen war, eigentlich seit den ersten Angriffen der Nationalisten auf Katalonien im Jahr 1938. Ich hatte die Bombardierung meines Viertels überlebt, den Einsturz unseres Hauses, den Beschuss der Zivilisten auf der Flucht, die Kälte und die Epidemien in den Flüchtlingslagern ... Die Vorsehung hatte mich durch all diese Gefahren geleitet, bei denen so viele ihr Leben gelassen hatten – angefangen bei meiner Schwester und meinen Eltern –, um mich in diese wunderbare Gegend am Fuße der Pyrenäen zu führen, in dieses schöne befestigte Dorf am Zusammenfluss zweier Ströme, zu dieser Familie, die mich wertzuschätzen begann. Ich war wie einer dieser Menschen, die die Ärzte aufgegeben haben und die sich dann aber wie durch ein Wunder von der

Krankheit, an der sie hätten sterben sollen, wieder erholen. So wie Papa. In seiner Jugend war er an Tuberkulose erkrankt, was ihn an den Rand des Todes brachte. Er erholte sich wieder, und diese Prüfung hatte ihn verwandelt. Probleme, um die sich andere große Sorgen machten und deshalb schlaflose Nächte verbrachten, nahm er nicht allzu schwer. Er kostete die Freuden des Lebens intensiver aus. Ich glaube, dass etwas davon in meiner Euphorie über diesen ersten Tag in den Bergen mitschwang, das Bewusstsein, einen weiten Weg zurückgelegt zu haben. Lange Monate, ja im Grunde fast zwei Jahre lang, hatte ich gegen Hürden angekämpft, die das Leben mir auf meinen Weg gelegt hatte, und auf einmal gab es keine Gefahren mehr. Ich zog den Kopf zwischen meinen Schultern hervor, streckte ein wenig den Hals, schaute mit beiden Augen um mich und sah, dass ich am Leben war, in einem komfortablen Auto, in einer wunderschönen Landschaft mit dem Gesang der Vögel und der Musik des Wassers, die mich wiegten.

Als wir von Escaro abfuhren, schlief ich ein und wachte erst beim Geräusch der Autotür wieder auf. Wir befanden uns auf dem Dorfplatz von Joncet, und Monsieur Puech war gerade dabei, wieder loszufahren. Er hatte die ganze Arbeit allein erledigt.

»Entschuldigung«, sagte ich dumpf.

Ich war ihm überhaupt keine Hilfe, und dennoch schien er froh zu sein, mich an seiner Seite zu haben.

»Sie kommen sehr gut ohne mich klar«, sagte ich, als er auf dem Platz rangierte. »Warum haben Sie mich mitgenommen?«

»Die Sonne«, sagte er und zeigte mit dem Finger zum Himmel. »Die Sonne und die frische Luft tun dir gut. Genau das fehlt dir in Villefranche«, redete er weiter, ohne sich die Mühe zu machen, die an ihn gerichteten Begrüßungen der Leute zu erwidern. »Ich sollte dich mit an die Küste nehmen. Wir starten wie zur Ausfahrt des Brotes, werfen es dann in den Graben, und – hopp – auf die Straße nach Perpignan, das merkt keiner. Was sagst du dazu? Na?«

»An die Küste? Es kommt darauf an. Wenn es der Strand von Argelès ist, danke, den kenne ich.«

»Aber nein, wer redet denn von Argelès? Die Küste, das ist Nizza, Antibes, Monte-Carlo. Du wirst es mögen, das habe ich gleich gesehen. Als ich am Tag deiner Ankunft aus meinem Schlafzimmer herunterkam, habe ich dich beim Kartoffelnschälen gesehen und wusste gleich, dass du nicht so ein Mädchen bist wie die anderen. Du bist für die große weite Welt gemacht. Die große Welt«, wiederholte er mit träumerischer Miene, »ich habe es sofort gesehen.«

»Nizza, das ist weit, man braucht viel Benzin. Und es ist verboten, zu reisen.«

»Verboten. Verboten. Nichts ist verboten für Émile Puech, merk dir das.«

Er sprach mit einer Art hämischem Grinsen, wie es seine Gewohnheit war, die ich, warum auch immer, mit seinem hinkenden Gang assoziierte. Ein Überbleibsel der Lebenseinstellung eines mitleidlosen Banditen, die er in seiner Jugend angenommen hatte und die ihm wie auf den Leib geschrieben war? Möglich. In Wahrheit kannte ich ihn kaum. Seit meiner Ankunft hatte er mich fast nie angesprochen, und ich hatte ihn stets nur eine Abfolge von sich immer wiederholenden Handbewegungen automatisch ausführen sehen: einen Stuhl heranziehen, sich hinsetzen, eine Gabel in ein Stück Fleisch spießen … ein hämisches Grinsen hier und da beim Lesen der Zeitung, eine bittere Bemerkung über die Unfähigkeit der Soldaten oder die

Faulheit der Jugend, das war alles, was ich von ihm kannte. Auf jeden Fall nichts, was Fürsorge oder irgendein Gefühl mir oder wem auch immer gegenüber verraten hätte. Und auf einmal diese Sorge um meine Gesundheit und mein Wohlbefinden.

Ich ordnete die Spritztour an die Küste der Kategorie ›Projekte ohne Zukunft‹ zu, doch in diesem Augenblick kam mir der Gedanke, dass Monsieur Puech so etwas wie ein neuer Vater für mich sein könnte. Es gab Frauen, die Kinder adoptierten, nun, ich würde einen Vater adoptieren. Ich hatte mein Zuhause, meine Eltern verloren, vielleicht würde er einwilligen, all das zu ersetzen. Wie kam es, dass ich nicht schon früher daran gedacht hatte?
»Werden Sie mich wieder mitnehmen?«
»Wenn du willst, ja. Ich werde Félicie sagen, dass du gut zurechtgekommen bist und ich nicht auf dich verzichten kann.«
»Wegen des Wechselgeldes?«
»Wegen des Wechselgeldes.«
Wir brachen in Gelächter aus, und seine Hand legte sich erneut auf mein Knie wie zu Beginn des Nachmittags. Jetzt waren wir Komplizen. Eine kleine Schwindelei aus nichts und wieder nichts, aber es war der Anfang eines heimlichen Einverständnisses. Ja, wirklich, Monsieur Puech würde einen ganz und gar akzeptablen Vater abgeben. Ich sann einen Moment lang über diese Aussicht nach und sagte mir, dass es den Émile der Lieferfahrten und den der Bäckerei gab. Es war dasselbe Individuum mit derselben Schirmmütze, derselben mürrischen Miene, der gleichen Zigarette im Mundwinkel, aber er war nicht wiederzuerkennen. Warum? Wegen der Berge? Félicies Abwesenheit? Der Sonne und der frischen Luft? Wer weiß. Auf der Rückfahrt hielt er mehrere Male an, um mir die Gipfel, die Berghänge und

die Dörfchen zu zeigen, die auf den Kuppen oder abgelegen in den Vertiefungen kleiner Talmulden lagen.

»Du hast dich sehr zu deinem Vorteil verändert«, sagte er, als er nach einem Stopp wieder losfuhr.

»Finden Sie?«

»Ob ich das finde? Am Tag deiner Ankunft sahst du aus, als könntest du kein Wässerchen trüben. Entweder hast du dich verändert oder du hast mit verdeckten Karten gespielt, entweder das eine oder das andere«, sagte er wie zu sich selbst. »Auf jeden Fall bist du nicht wiederzuerkennen.«

Als wir bei Einbruch der Dunkelheit Villefranche erreichten, fuhr er über die alte Nationalstraße in die Vorstadt, lenkte das Auto auf eine Toreinfahrt zu und öffnete die beiden Torflügel. Dann setzte er sich wieder hinter das Steuer und fuhr das Auto durch dieses Tor, das gerade breit genug war, stellte den Motor ab und streichelte mir wiederum das Knie.

»Hat dir die Ausfahrt gefallen?«

»Ja«, antwortete ich in der Dunkelheit der Garage.

Es schien mir, dass die drei Tage vor dem nächsten Mal nicht zu lang wären, um mir all die schönen Momente zu vergegenwärtigen.

»Schenk Félicies Wutausbrüchen keine Beachtung«, sagte er, als er die Tür schloss. »Sie benimmt sich gegenüber allen Leuten so. Sie mag dich«, fügte er ein wenig später hinzu, als wir über den Pont Saint-François gingen. Nach einem Moment des Schweigens legte er einen Arm um meine Schultern und sagte: »Ich auch.«

Dunkelheit hüllte die Befestigungsmauer ein, doch die Umrisse der Burgwarten zu beiden Seiten der Stadtmauer und die Lücke der Porte d'Espagne waren noch zu erkennen.

»Wo wart ihr?«, brummte Madame Puech, als wir oben an der Treppe ankamen. »Ist das eine Art, so spät nach Hause zu kommen?«

Beachte Félicies Wutausbrüche nicht! Ich warf Monsieur Puech aus den Augenwinkeln einen Blick zu und wusste, dass wir dasselbe dachten: Zieh den Kopf ein und warte, bis das Gewitter vorüber ist.

»Es ist sieben Uhr, ist dir das bewusst? Und dieses Mädchen war gerade erst sehr krank.«

»Die Sonne und die frische Luft tun mir gut, Madame ...«

»Dich fragt keiner nach deiner Meinung.«

Würde er nicht Stellung beziehen, unseren Ausflug verteidigen? Aber nein, er wusch sich prustend am Spülbecken der Küche und tat, als hörte er nichts. Danach kam er langsam zum Tisch und band sich seine Serviette um, als wenn nichts wäre. Schenk den Wutausbrüchen von Madame Puech keine Beachtung!

Wir aßen stillschweigend. Einen Eintopf, ich erinnere mich. Dann machte ich Anstalten, den Tisch abzuräumen und das Geschirr zu spülen, doch Madame Puech gab mir ein Zeichen, hochzugehen, und folgte mir auf dem Fuße. Sie kam mit mir in mein Zimmer, schloss die Tür hinter uns zu, und ich erwartete, dass sie mir aufs Neue ins Gewissen reden würde, doch sie zeigte auf das Bett und befahl mir, mich hinzulegen. Ich verstand immer noch nicht. Ich sah nur eines, einfach und unabweisbar: Madame Puech hatte mich aus dem Lager von Argelès herausgeholt, und sie konnte mich wieder dorthin zurückbringen, wenn ich sie nicht zufriedenstellte.

Nach Argelès zurückkehren zu müssen, dieser Gedanke verfolgte mich. Ich hatte eine Familie, eine Arbeit, ein Zimmer für mich. Ich hatte Agnès und Pfarrer Raynal, und die Aussicht auf weitere Ausfahrten im Auto von Monsieur Puech. Ich würde das alles nicht aus einer Laune heraus aufs Spiel setzen. Madame Puech befahl mir, mich hinzulegen, und ich gehorchte.

Von da an ging alles sehr schnell. Madame Puech zog mein Kleid mit einer heftigen Handbewegung über die Hüften hoch, ergriff mit beiden Händen den Rand meiner Unterhose und zog sie mir über die Knie. Ohne mir Zeit zu lassen, mich von meiner Verblüffung zu erholen, nahm sie mit einer Hand die Nachttischlampe, mit der anderen drückte sie meine Oberschenkel auseinander und leuchtete mit der Lampe zwischen meine Beine. Ich war wie gelähmt. Vor Angst, vor Überraschung, vor Empörung. Niemand hatte mich jemals angerührt, mich an dieser Stelle angeschaut, nicht einmal ein Arzt.

»Es ist gut«, brummte sie und zog das Kleid wieder herunter.

Ich nahm noch das Geräusch der Tür und ihre Schritte auf der Treppe wahr, dann begann ich am ganzen Körper zu zittern.

Bestandsaufnahme des Kulturguts

Die Untersuchung von Madame Puech hatte mich bis ins Mark erschüttert. Die Nacht verbrachte ich damit, den Geräuschen im Haus zu lauschen. Als Émile ungefähr um einundzwanzig Uhr hinaufging und gegen drei Uhr wieder aufstand, um das Brot zu backen, verfolgte ich jeden seiner Schritte mit klopfendem Herzen. Zwei weitere Schritte im Flur, ein Stoß mit der Schulter gegen meine Tür, und ich wäre ihm ausgeliefert. Was hätte ihn daran gehindert, das zu tun, dessen Félicie ihn verdächtigte? Nicht mein Widerstand, der seiner Kraft gegenüber unbedeutend war. Nicht die Gegenwart seiner Frau, die vor ihm zitterte. Nicht der Ruf, den ich über ihn verbreiten könnte, es war ihm so egal, was die Leute über ihn dachten. Auch die Polizei machte ihm keine Angst: Er hatte Freunde, vielleicht Schuldner auf allen Ebenen der Hierarchie, und er wusste, dass ich es nicht riskieren würde, ihn anzuzeigen und die Aufmerksamkeit auf meine republikanischen Sympathien zu lenken.

Endlich erhellte die Morgendämmerung hinter meinem Fenster den Himmel über den Bergen, und der Tag brach an. Ich stand wie immer auf, doch die Furcht blieb und die obszönen Gesten von Madame Puech verfolgten mich.

»Was ist denn jetzt schon wieder los mit dir?«, rief Arlette aus, als ich ein Brot zum zweiten Mal fallen ließ. »Ist es die Ausfahrt von gestern, die dir im Kopf herumgeht, du freche Göre?

Komm wieder zu dir, da muss man nicht so eine Sache daraus machen. Da muss man durch, früher oder später.«

»Los, raus!«, sagte sie, als ich mich mit dem Wechselgeld vertat. »Mach, dass du rauskommst, wenn ich nicht hinschaue. Du bist heute zu nichts zu gebrauchen.«

»Meinst du, es geht?«, fragte sie in einem für sie ungewöhnlichen Tonfall, als ich tatsächlich hinausging.

Ich schaute sie von der Türschwelle aus an. Ihre Stirn lag in Falten, und ihr Blick war aufmerksam, wie bei jemandem, der sich um einen anderen sorgt.

»Es geht«, antwortete ich und zog die Tür hinter mir zu.

In dem Moment erblickte ich den Priester. Er stand mit einem Notizbuch in der Hand auf dem Gehsteig der gegenüberliegenden Straßenseite. Sein Blick wanderte zwischen dem Buch und der Fassade hin und her, und er hätte mich wohl nicht bemerkt, wenn ich nicht auf ihn zugegangen wäre und ihn begrüßt hätte.

»Ah, Marie!«, sagte er, als er mich schließlich doch sah.

»Zeichnen Sie?«

»Oh«, entgegnete er schulterzuckend.

»Entschuldigen Sie, ich wollte Sie nicht stören.«

»Ich bin es, der sich entschuldigen muss«, erwiderte er und klappte sein Notizbuch zu.

Nun sah er mich wirklich an, schaute mir ins Gesicht, und ich erkannte an der Aufmerksamkeit, die er mir von jenem Moment an entgegenbrachte, dass ihm meine Not nicht entging und er sicher um ihren Grund wusste. Würde er mit mir darüber reden? Mir die Möglichkeit geben, mich ihm anzuvertrauen? Nein, Pfarrer Raynal fragte nur ganz zurückhaltend im Verborgenen der Beichte nach und auch nur, wenn er auf der anderen Seite des Gitters eine wirklich Not leidende Seele vermutete.

Er brachte das, was mich beschäftigte, nicht zur Sprache, aber er ließ sofort von seinem Tun ab, das ihn einen Moment zuvor noch beansprucht hatte, um sich dem Schäflein in Schwierigkeiten zu widmen, zu dem ich in seinen Augen wurde.

»Sie fragen sich bestimmt, was ich da tue?«

»Ja«, antwortete ich und ergriff den Strohhalm, den er mir reichte.

Er kam zu mir, hakte sich bei mir unter, wie er es immer tat, und führte mich mit wenigen, schlichten Worten in das Thema ein, das ihn, selbstverständlich außerhalb der Seelsorge, seit seiner Ankunft in Villefranche beschäftigte: der Schutz des Kulturguts.

Ich bin mir nicht sicher, ob ich an jenem Tag den genauen Sachverhalt dieser großen Angelegenheit begriff, aber ich verstand zumindest, dass der französische Staat eine Liste der bedeutenden Bauwerke des nationalen Territoriums erstellte und versuchte, ihren Schutz zu gewährleisten. Eine alte Geschichte. Die Kirche Saint-Jacques, die Porte de France und die Porte d'Espagne waren bereits 1862 in diese Liste aufgenommen worden, einige Jahre nach deren Begründung durch einen gewissen Prosper Mérimée. Seit 1920 gehörte die gesamte Befestigungsmauer dazu, doch was die Wohnhäuser innerhalb der Stadtmauer betraf, konnten die Besitzer verändern, umbauen, zerstören, wenn ihnen danach war, ganz ›legal‹, da sie vom schützenswerten Baubestand ausgenommen waren.

»Ein Drama!«, schloss der Priester mit sorgenvoller Stirn. »Hier, schauen Sie«, sagte er und zeigte auf die Mauer, die er einige Minuten vorher gezeichnet hatte. »Das Haus Llar! Eine Fassade mit schönem Mauerwerk. Drei Doppelfenster, von denen eines mit seiner kleinen Säule intakt ist. Wenn nun der Eigentümer oder auch der Mieter auf die Idee kommt … ich weiß nicht ... sagen wir, diese Fenster durch rechteckige Öffnungen zu ersetzen ... um zum Beispiel mehr Licht in seiner Wohnung zu haben ... nun, dann viel Vergnügen, nichts und niemand kann ihn daran hindern.«

Daraufhin steckte er sein Notizbuch in die unergründlichen Tiefen seiner Soutane und zog mich mit in den oberen Teil der Straße, um meine Aufmerksamkeit auf Details an Türen, Fenstern und Gesimsen zu lenken, an denen ich oft vorbeigegangen war, die ich vor Augen gehabt und trotzdem nicht gesehen hatte: das Haus der Catllar und seine beiden Portalvorbauten mit den Spitzbögen, das Haus Marsh und sein dreieckiger Türsturz, seine Portalverkleidungen und Rundbogenfenster. Als wir den kleinen Platz erreichten, zog er mich auf den Gehsteig auf der rechten Seite und betrachtete einen Augenblick lang schweigend das Haus an der Ecke, voller Respekt, ja fast mit der Ehrfurcht eines Gläubigen vor dem Allerheiligsten.

»Das Juwel unseres bürgerlichen Kulturguts«, murmelte er schließlich.

Das Juwel von Villefranche? Ich war hundertmal vorbeigegangen und hatte nichts bemerkt.

»Die Fassade stammt komplett aus dem 13. Jahrhundert. Ein mittelalterliches Mauerwerk. Ein viergliedriger Portalvorbau mit ganz leicht zugespitzten Bögen. Ein viereckiger Turm zur Linken. Schießscharten mit rau gemauerten Öffnungen. Ein großer viereckiger Turm auf der rechten Seite. Vier gewölbte Stockwerke, die durch eine Wendeltreppe verbunden sind, gekrönt mit Maschikulis ...«

»Maschikulis?«

»Schauen Sie«, sagte er und zeigte mit einem Finger auf zwei dicke gemeißelte Steine, die ein Stück weit aus der Mauer hervortraten. »Der Maschikuli oder auch Pecherker ragt aus der

Mauer heraus, sodass der Verteidiger von dort heißes Pech auf einen Angreifer schütten kann, der die Tür aufzubrechen versucht. Der Balken ist nicht mehr da, aber die Konsolen lassen keinen Zweifel zu ... Kommen Sie«, sagte er und ließ mir nicht einmal Zeit, um Luft zu holen.

Er stieß die schwere Tür auf und geleitete mich durch den zentralen Innenhof zu einer Holztreppe, die zu den Stockwerken führte. Zerstreut grüßte er Madame Bonnet, als sie in ihrer rosafarbenen Kittelschürze erschien, und zeigte mir die Gewölberäume, die Kassettendecken, die Verbindungstüren mit Rundbögen und diejenigen mit vorkragenden steinernen Türstürzen ... ganz so, als würde das alles ihm gehören.

»Ein vorbildliches Bauwerk«, sagte er, als wir hinausgingen. »Und es hat außerordentliches Glück: Das ist die Folge davon, dass seine Eigentümer blank sind.«

»Blank?«

»Bankrott, ohne Geld. Die Erhaltung eines historischen Gebäudes hängt meistens nicht von dem Willen des Besitzers, oder sagen wir: der aufeinanderfolgenden Besitzer ab, sondern von ihrer Armut. Ja, von ihrer Armut. Kein Geld, kein Schaden. Glauben Sie mir nicht? Nun, dann kommen Sie«, fügte er angesichts meiner zweifelnden Miene hinzu.

Eine Tür ein Stück weiter oben in der Straße, ein düsterer Flur hinter dieser Tür, ein Innenhof am Ende des Flurs.

»Schauen Sie«, sagte er und zeigte auf den Brunnen, die Tränke aus Stein und die Tür mit Spitzbogen, die zu den ehemaligen Pferdeställen führte. Auf die zwei Arkaden, die den Hof vor dem Schuppen für die Kutschen und der Sattlerei abgrenzten, auf die Marmortreppe und ihr Geländer aus massivem Holz.

»Ludwig XIII.!«, rief er aus und streichelte liebevoll den Handlauf.

Im ersten Stock klopfte er an eine Tür.

Sie wurde geöffnet, und eine Dame trat zurück, um uns hereinzulassen. Der Priester ging in die Küche, als wäre er bei sich zu Hause.

»Sehen Sie diese Wohnung?«, fragte er mit einer kreisenden Handbewegung. »Das ist der große herrschaftliche Speisesaal! Zerstückelt, leider! In kleine Wohnungen aufgeteilt.«

Die Mieterin hatte sicherlich anderes zu tun, als Ausführungen über die Bewahrung des Kulturguts zuzuhören, und was mich betraf, rief mich die Pflicht wieder in die Bäckerei zurück. Doch der Pfarrer beließ es nicht bei diesen Details. Er stieß eine Tür auf, drehte am Lichtschalter und zeigte mir hinter einem Durcheinander von Möbeln und Wandbespannungen verborgen einen großen Kamin aus Stein, der mit Zierleisten versehen und unter einer vanille-schokoladenfarbigen Bemalung völlig intakt war.

»Es gibt nur eine Lösung«, sagte er, als wir wieder hinunterstiegen. »Die Aufnahme in die Inventarliste.«

»Die Inventarliste?«

»Genauer: in die erweiterte Inventarliste«, präzisierte er mit erhobenem Finger und blieb auf einer Treppenstufe stehen.

Er erging sich in einem komplizierten Bericht und gab den geschichtlichen Verlauf der Bewahrung des französischen Kulturguts wieder, woraus ich den Schluss zog, dass die Regierung die Zerstörung oder auch nur die Veränderung von Bauwerken untersagte, die auf zwei Listen standen: der Inventarliste, welche die großen Bauwerke der Kunst wie den Eiffelturm oder die Kathedrale von Reims einschloss, oder der erweiterten Inventarliste, die für bescheidenere Bauwerke offen war, deren Schutz nicht so streng gehandhabt wurde.

Die Bewahrung des Kulturguts war neu für mich. Neu, unerwartet und rätselhaft. In dem doch recht kultivierten Milieu, in dem ich mich in Barcelona bewegt hatte, war nie über so etwas geredet worden, und meine Neugierde war geweckt. Oh, ich hatte auch ohne das genügend Dinge, die mich beschäftigten, und als Flüchtling hatte ich sowieso ›nichts zu sagen‹, wie der Pfarrer es auszudrücken pflegte. Doch ich hatte mein Dorf lieb gewonnen, und eine vanille- und schokoladenfarbige Bemalung auf einem schönen alten Kamin war meiner Meinung nach in der Tat nicht der beste Geschmack.

Von diesem Tag an schaute ich immer aufmerksam um mich, wenn ich durch die Straßen von Villefranche und in die Häuser ging, in die ich das Brot lieferte – vielleicht auch, weil die Sonne über die Spitzen der Dächer und Berge hinweg immer tiefer in den dichten Ortskern eindrang. Und so nahm ich das Ausmaß der Schäden wahr. Unserem Geschäft gegenüber, in dem unteren Teil der Rue Saint-Jean, sah man zwischen den Häusern Marsh und Villanova mehrere zerstörte Gebäude, teilweise regelrechte Ruinen, zur Hälfte eingerissene Vorhallen aus Quadersteinen, das Schlachthaus ganz aus Zement, moderne Werkstätten. Wenn ich zur Porte d'Espagne hinaufging, zählte ich zehn verfallene Häuser oder besser gesagt Ruinen, und der kleine Platz bewahrte noch die Spuren der Häuser, die abgerissen worden waren, damit er angelegt werden konnte. Der Pfarrer erzählte mir oft davon und immer, um mich für seinen Kampf zu gewinnen. Seiner Meinung nach verlangsamte der Krieg die Zerstörungen: weniger Geld, einberufene Maurer, beschlagnahmtes Material ... aber die Wiederherstellung des Friedens würde einen Wettlauf mit der Zeit zwischen ›Zerstörern‹ und ›Bewahrern‹ auslösen. Und da würde Villefranche junge Menschen wie mich brauchen, die ein Gespür für die

Schönheit der Dinge hatten und bereit wären, sich zu engagieren.

Ich hörte ihm zu und sagte mir: Warum nicht? Vielleicht würden die Kulturgüter mir in Zukunft dieselbe Freude bereiten wie in der Vergangenheit die Musik.

Die Zinnen und Maschikulis interessierten mich. Das war neu, das war schön, und es war rätselhaft genug, um meine Neugier zu wecken. Doch ich konnte mir nicht vorstellen, sie in einer Inventarliste zu erfassen, auch wenn es sich um eine nationale handelte. Zunächst stellte ich sie nicht alle auf dieselbe Stufe. Ich hatte meine Vorlieben. Die Burgwarten standen in meiner Wertschätzung sehr hoch, genauso wie die Mauern, auf denen sie sich befanden. Vom ersten Tag an. Die Zwillingsschwestern der Königinnen-Bastion vor allem. Sie schauten mich mit ihren quadratischen schwarzen Augen an, die in ihren Gesichtern zwischen dem Kinn in Form einer Halbkuppel und den haubenartig nach oben abschließenden Kuppeln lagen, die Haare aus Schiefer, durch die rosa Kante der Firstziegel geteilt, und ich fand sie wirklich sehr schön. Die Tore waren auch nicht schlecht, wie auch die gedrehten Säulen des Portals von Saint-Jacques und die kleine Statue des heiligen Apostels in seiner Nische auf dem kleinen Platz ... Und natürlich die Bäume. Ich habe Bäume immer geliebt, und die von Villefranche haben mir sofort gefallen. Ich meine damit die Bäume innerhalb der Stadtmauern: die Akazien auf dem Kirchplatz, die Eschen auf der Place du Génie, die große Linde oberhalb des Portalet, den Zürgelbaum am Schlachthaus.

Vor allem der Letztere hatte es mir angetan. Wie ich ihn kennengelernt habe? Ich habe ihn von der Küche der Puechs aus gesehen, als ich mich von meiner Lungenentzündung erholte. Martha nahm eine Handarbeit oder einen Almanach, zog einen

Stuhl vor das Fenster und nähte, strickte oder las, während sie hinausschaute und die Leute vorbeigehen sah. Als ich vom Sofa aufstehen konnte, nahm ich mir einen zweiten Stuhl und setzte mich vor das andere, manchmal vor dasselbe Fenster. So konnten wir ganze Nachmittage lang in dem bisschen Licht sitzen bleiben, das seinen Weg durch die aufeinanderfolgenden Schneisen der Straße und Maueröffnungen fand. Martha schaute den Menschen zu, sprach mit den Besuchern, und ich betrachtete auf dem kleinen Platz des Schlachthauses ein Stück weiter unten das Astwerk eines kleinen Baumes. Es war Liebe auf den ersten Blick zwischen mir und diesem heiligen Baum des östlichen Languedoc. Denn ein solcher war es. Martha wies mich darauf hin, als ich sie danach fragte, und ich hatte keinen Grund, ihr nicht zu glauben: Was Gräser und auch Pflanzen im Allgemeinen anging, war sie unschlagbar.

Der graue, düstere Stamm wurde im Regen schwarz, und die starken, nach oben gerichteten Äste, die ebenfalls schwarz waren, formten eine Art Sonnenschirm über einer Bank und einem Springbrunnen, die hauptsächlich an Schlachttagen benutzt wurden, also nicht sehr oft.

Ich hatte ihn an dem Tag, als die Gendarmen mich mitgenommen hatten, aus der Nähe gesehen. Wie Arlette eine Minute zuvor hatte auch er zu mir gesagt: ›Stell dich dumm, und alles wird gut werden.‹ Als ich später wieder ohne die Gendarmen zurückkam, war ich zu ihm gegangen, um ihm zu danken. Ich hatte meine Hand auf seinen dicken Stamm gelegt und den Blick zu seiner Krone gehoben. Ganz leise hatte ich zu ihm gesprochen, in meinen Gedanken, und er hatte mich verstanden.

Als ich wieder erste Schritte außerhalb des Hauses tun konnte, verbrachte ich ganze Nachmittage auf der Bank an seinem Fuß sitzend. Er bekam kleine Blätter von sehr hellem Grün, und ich sah zu, wie sie größer wurden. Schließlich wurden sie dunkler, aber es gab eine Zeit von vielleicht zwei oder drei Wochen, in der das lichte Grün die ganze Straße erhellte.

Selbstverständlich gehörte ein Baum nicht auf die Inventarliste des Kulturguts, das hatte ich von Anfang an begriffen. Aber ich liebte meinen Zürgelbaum mehr als die Portale und Doppelfenster und mindestens so sehr wie die Burgwarten der Königinnen-Bastion. Und ich sagte mir, dass es nach dem Krieg viele Dinge zu tun gäbe, angefangen bei der Aufnahme von Bäumen in die Inventarlisten.

Einige Zeit danach traf ich im Rathaus zufällig den Priester.

»Ach nein! Wen haben wir denn da! Was verschafft mir die Ehre?«, fragte er, als er gerade aus dem Zimmer kam, das als Büro des Bürgermeisters gekennzeichnet war.

»Ein Auftrag für Martha«, sagte ich. »Und Sie?«

»Und ich? Was soll das heißen? Kontrollieren Sie mich jetzt?«

Ich war verwirrt. Die Frage war mir aufgrund der Überraschung, ihn dort zu treffen, herausgerutscht, in einem Tempel, der nicht der seine war – und ich bedauerte es. Doch er fing an zu lachen.

»Nachforschungen im Gemeindearchiv. Wollen Sie es sehen?«

Ich folgte ihm in diesen Raum, dessen Wände mit großen Vitrinenschränken voller alter Bücher bedeckt waren. Einer davon stand offen, und ich stellte einen Zusammenhang zwischen den Lücken auf den Regalbrettern und den Werken auf dem Schreibtisch her.

»Das Archiv der Gemeinde«, erklärte mir der Priester als Antwort auf die Verwunderung in meinem Gesicht.

»Suchen Sie etwas?«

»Im Augenblick Informationen über die Restaurierung der Kirche Ende des 18. Jahrhunderts.«

»Steht das da drin?«, fragte ich und zeigte auf die Bücher auf dem Schreibtisch.

»Vielleicht. Die Gemeinderatssitzungen sind erst ab dem 19. Jahrhundert protokolliert worden, aber möglicherweise wurden die Restaurierungsarbeiten später im Gemeinderat noch einmal erwähnt, man weiß nie.«

Ich trat näher heran. Abgesehen von den Rändern und einigen unbeschriebenen Streifen, die die Textabschnitte voneinander trennten, waren die beiden aufgeschlagenen Seiten mit einer rundlichen Schrift in schwarzer Tinte so regelmäßig beschrieben, dass ich mich einen Augenblick lang fragte, ob das gesamte Werk nicht aus einer Druckwerkstatt kam.

»Interessiert Sie das?«

Ob es mich interessierte? Das wäre untertrieben. In Wahrheit war ich gleichermaßen überrascht und fasziniert von dieser Übung des Entzifferns, Schulter an Schulter mit dem Pfarrer und unter dem ermutigenden Blick all dieser Bücher, die uns in ihren Vitrinen zuzuhören schienen und sich wohl fragten, ob auch sie bald an der Reihe wären.

»Ich habe etwas für Sie«, sagte er halblaut.

Daraufhin ging er leisen Schrittes zur Verbindungstür, schloss sie langsam, nahm einen Schlüssel aus der Schublade auf der rechten Seite des Schreibtischs und verschwand durch eine winzig kleine Tür in der Wand dem Fenster gegenüber, die ich bis dahin gar nicht bemerkt hatte. Schlüssel- und Scharniergeräusche hinter dieser Tür. Dann kam er mit einem großen Pappkarton zurück, blies den Staub vom Deckel und stellte ihn neben dem Registerband von eben mit derselben Sorgfalt ab, die er während der Messe dem Heiligen Buch entgegenbrachte.

Aus der Schublade holte er ein Paar weiße Handschuhe, die jenen der Erstkommunionskinder ähnelten, zog sie Finger für Finger an, spielte mit den Gelenken und entschloss sich endlich, diesen Karton zu öffnen und seinen Inhalt herauszuholen. Das alles geschah vollkommen geräuschlos.
»Das Buch der ›Vier Nägel‹«, flüsterte er mir ins Ohr.
»Vier Nägel?«, fragte ich und zeigte auf die kupfernen Ziernägel an den vier Ecken des Einbands.
»Genau. Die erste Urkundensammlung von Villefranche.«
»Urkundensammlung?«
»Eine Sammlung der offiziellen Urkunden. Schauen Sie«, sagte er mit noch immer gedämpfter Stimme und berührte mit seiner behandschuhten Hand flüchtig das Leder. »Von Hand geschrieben!«, murmelte er und öffnete das Buch. »Illustriert!«, wisperte er und zeigte mit dem Finger auf die farbige Verzierung der Initiale, ohne sie zu berühren. »Pergament!«, flüsterte er und blätterte vorsichtig die Seite um. »1324! Legis divine sanctione roboratum scimus, quod donatio que non vi vel metu fuit ...«

Ich hörte dem Priester zu und folgte den Worten in diesem Buch wie einer Melodie in einer Partitur, doch mein Blick haftete vor allem an den Spiralen und Ornamenten an den oberen und seitlichen Rändern, einer ganzen Welt von Vögeln und Blättern, die sich um den Text wanden. War es wirklich möglich, dass diese Wunderwerke die Jahrhunderte überdauert hatten, die mich von ihrer Entstehung trennten? Und womit hatte ich es verdient, sie bewundern zu dürfen? Auf diesem Pergamentblatt, das ein Mönch abgeschabt, ein anderer mit Bimsstein geglättet und ein weiterer mit Kreide geweißt hatte und auf dem wieder andere Geistliche in den schlechten Lichtverhältnissen einer

Schreibstube ihre Kunst der Kalligrafie, der Buchmalerei und des Einbindens ausgeübt hatten.

»Und was weiter?«, war plötzlich eine Stimme von der Tür her zu hören.

Der Priester fuhr zusammen, seine Hand zitterte in dem weißen Handschuh. Ich hob den Kopf: Es war René Levêque.

»Was machen Sie da?«

»Nichts, eine kleine Geschichtsstunde«, entgegnete der Priester mit unsicherer Stimme. »Es ist nichts Schlimmes dabei«, sprach er weiter, als wollte er sich entschuldigen.

»Nichts Schlimmes? Was reden Sie da? Niemand darf die Urkundensammlung ohne Erlaubnis des Bürgermeisters auch nur berühren. Das wissen Sie doch. Niemand hier weiß es besser als Sie. Vor jeglicher Nutzung wird ausdrücklich gewarnt, und das ist Ihnen sehr wohl bekannt.«

»Sie machen eine große Sache daraus, dass wir die Urkunden einfach nur angeschaut haben. Sie würden besser daran tun, all das an einen sicheren Ort zu bringen, das habe ich Ihnen schon mehrmals gesagt. Wenn die Deutschen Bomben werfen, geht alles in Rauch auf.«

»Wenn die Deutschen Bomben werfen, ist Villefranche auf jeden Fall von der Karte gelöscht. Und wir auch.«

Sie redeten über die Bombardierung wie über ein Gewitter oder einen Hagelschauer, als handele es sich um ein wahrscheinliches oder sogar unvermeidbares Ereignis, das man jeden Moment erwartete.

Der Pfarrer antwortete nicht. Vorsichtig legte er die Urkundensammlung wieder zusammen und ließ sie in den Karton gleiten, wobei seine Hand noch immer zitterte.

»Wir kommen ein andermal wieder darauf zurück«, murmelte er und wandte sich mir verlegen zu.

Er zog die Handschuhe aus, legte sie zurück in die Schublade und brachte den Karton dorthin zurück, wo er ihn hergeholt hatte. Daraufhin verließ René Levêque den Raum, und als der Pfarrer ihn bei seiner Rückkehr aus dem Tabernakel nicht vorfand, bekreuzigte er sich flüchtig, als wollte er dem Himmel danken, ihm aus einer Klemme geholfen zu haben, die ihn hätte teuer zu stehen kommen können.

»Stimmt das?«, fragte ich. »Darf niemand die Urkundensammlung anrühren?«

»Der Priester darf alles in einem Dorf«, murmelte er und wich dabei meinem Blick aus.

Pau Casals

Am folgenden Mittwoch war ich wieder beim Ausfahren des Brotes mit dabei, aber unter völlig anderen Umständen. Der Winter war zurückgekehrt, bis in die bewaldeten Abhänge des Canigou hinunter war Schnee gefallen, und das Auto hatte Mühe auf den verschneiten Streckenabschnitten. Vor allem im Gebiet von Sahorre, das am höchsten gelegen war. Um die Stimmung noch zusätzlich zu ernüchtern, erklärte Monsieur Puech bei der Abfahrt, dass er den Brotpreis erhöhen würde.

»Das Benzin, das Mehl, alles wird teurer.«

»Was das Benzin betrifft, habe ich keine Ahnung, aber das Brot ...«

»Na und was, das Brot?«

»Sagen Sie mir nicht, dass es für Sie teurer wird, ich sehe es doch.«

»Oh, wo mischst du dich da ein?«

»Wissen Sie, die Leute haben sowieso schon Schwierigkeiten, es zu bezahlen.«

»Schwierigkeiten, Schwierigkeiten ... das sagt man so. Auf jeden Fall zwinge ich niemanden. Sollen sie doch ihr Brot selber backen, wenn ihnen der Preis nicht passt.«

»Ihr Brot selber backen? Das Mehl ist für die Bäcker reserviert, und das wissen Sie. Es gibt unter Ihren Kunden Familien, in denen die Kinder an manchen Tagen nichts zu essen haben.«

»Ja, und, was geht mich das deiner Meinung nach an? Das sind sowieso Taugenichtse!«

Ich antwortete nicht, es war verlorene Mühe, aber als wir Fuilla erreichten, hatte ich meine Entscheidung getroffen, ich weigerte mich, das Brot zu dem neuen Preis zu verkaufen. Émile musste es gezwungenermaßen allein machen, und ich sah an den Gesichtern der Leute, an ihren Blicken in meine Richtung, dass sie zwischen meiner Abwesenheit und der Preiserhöhung eine Verbindung herstellten.

»Was ist in dich gefahren?«, sagte er, als er mit dem Auto rangierte. »Die Leute haben sich gefragt, was du machst.«

Aber ich antwortete nicht, und der Nachmittag ging gerade so weiter, er war mit seinen Berechnungen, ich mit meinen demokratischen Gedanken beschäftigt.

Warum nahm er mich unter diesen Bedingungen mit? Nicht wegen der Sonne. Nicht wegen der frischen Luft. Vielmehr um seine Hand auf mein Knie zu legen und eine Gelegenheit für etwas anderes herbeizuführen. Einen Ausflug nach Monte-Carlo zum Beispiel oder in den erstbesten Wald. Für ihn war es ganz einfach. Er brauchte nur in einen Hohlweg abzubiegen, den Motor in einem Winkel des Waldes abzustellen – was hätte ich tun können? Im Schnee quer durch eine Landschaft fliehen, wo jeder ihn fürchtete?

Zum Glück verlief der Nachmittag ohne Zwischenfall, und Félicie gab bei der Rückkehr keinen Kommentar ab. Wird sie dich wieder inspizieren?, fragte ich mich. Doch Martha war an jenem Abend zu Hause, und ich hatte einen guten Grund, mich nicht in mein Zimmer ziehen zu lassen: Mittwochabends räumte ich den Tisch ab und ging danach zur Chorprobe in die Kirche.

Mademoiselle de Brévent hatte nach dem Vorfall in der Weihnachtsnacht ihren Platz am Harmonium behalten, und ich war in den Chor eingetreten. Eine Gelegenheit, ein wenig Abwechslung in meinen Alltag mit den Puechs zu bringen, Agnès zu treffen und ganz einfach zu singen. Um den Preis einiger musikalischer Frustrationen, aber ich hatte mit der musikalischen Seite meines Lebens abgeschlossen. Zu dieser Zeit dachte ich nur daran, das Vertrauen meiner Chefs und die Freundschaft oder wenigstens Anerkennung der Kunden der Bäckerei zu gewinnen und dass mir dieses neue Leben, das sich mir präsentierte, glücken sollte.

Oh, die Vergangenheit ließ mich nicht in Ruhe, sie stieg immer wieder in mir auf. Vor allem nachts. Ich schlief ein, sobald ich den Kopf auf das Kissen gelegt hatte, aber eine Stunde später wachte ich wieder auf, und dann verbrachte ich die Nacht im Kugelhagel und unter Bombenangriffen. Tagsüber gewann mein Tun die Oberhand über meine Gedanken und die Sorgen traten in den Hintergrund, trotzdem blieb eine latente Beunruhigung zurück, die ich in einer Überfülle von Aktivitäten zu ertränken versuchte. Der Chor war etwas von dieser Art: eine Möglichkeit, die dunklen Gedanken zu verjagen und ein wenig Zeit in Gesellschaft meiner neuen Freunde zu verbringen, im Weihrauchduft der Kirche Saint-Jacques, in ihren geschichtsträchtigen Mauern. Anschließend plauderte ich noch ein paar Minuten mit Agnès und ging dann nach Hause zu meinen Albträumen.

Es war an jenem Mittwoch nach meiner zweiten Tour mit Émile Puech. Ich erinnere mich, dass es regnete und dass Agnès, anstatt den Platz zu überqueren, um nach Hause zu gehen, den großen schwarzen Regenschirm ihres Vaters aufspannte und mich mit zur Porte d'Espagne zog, dann zu den Platanen des kleinen Vorplatzes, der unterhalb der Nationalstraße über die Têt ragte. Sie war zwei Wochen lang aus Villefranche verschwunden gewesen, und als ich mich nach ihr erkundigte, hatten ihre Eltern von einer kranken Tante in Perpignan gesprochen und von Behördengängen zur Präfektur, mit vagen Gesten, als wüssten sie es selber nicht genau.

»Was gibt es Neues?«, fragte sie mich und hakte sich bei mir unter.

Was es Neues gab? Ich erzählte ihr von Martha, der Bäckerei, meinen Ausfahrten im Auto mit Monsieur Puech, während ich durch die Wasserpfützen watete, die in der Dunkelheit nicht zu erkennen waren. Unter den Bäumen blieben wir stehen; sie starrte mich an und hörte mir mit besorgter, fast schmerzhafter Intensität zu.

»Und du?«

»Oh, ich ...«

Und dann sagte sie plötzlich, als hätte sie mir nur zugehört, um sich die Gelegenheit zu geben, von sich selbst zu reden: »Ich habe einen Kerl.«

Sie hatte das Knie angewinkelt, den Fuß hinten an den Stamm einer Platane gestützt, wie es ihre Gewohnheit war, und schaute mich an. Der Stoff ihres Kleides spannte über ihrer Brust, und ich sagte mir, ohne dass es mir ganz bewusst wurde, dass die ›Kerle‹ das mögen müssten, ein Mädchen, das sich in die Brust warf und beim Lachen den Kopf schüttelte. Ich habe einen Kerl!

Einen Kerl haben, was sollte das genau heißen? Der Gebirgsbach toste wenige Schritte weiter, der Regen prasselte auf den Stoff des Regenschirms und ein Stück weiter auf die Nationalstraße. Ein Auto kam aus der Vorstadt, fuhr auf den Pont Saint-François zu, und die zwei Schlitzblenden vor den Scheinwerfern erinnerten uns für einen Moment daran, dass Krieg herrschte.

»Ein Kerl aus Prades.«

»Aber ... und Charles?«

Sie zuckte mit den Schultern, senkte einen Augenblick lang den Kopf, hob ihn aber sogleich wieder, und ihre Augen glänzten in der Dunkelheit.

»Ich werde ihn dir vorstellen. Wir fahren zusammen hinunter. An einem Samstag. Willst du?«

»Samstags fahren wir immer das Brot aus. Mittwochs und samstags.«

»Die Brotausfahrt!«, sagte sie und lachte auf.

»Das gehört zu meiner Arbeit. Monsieur Puech rechnet mit mir.«

»Er rechnet mit dir, ja natürlich rechnet er mit dir, das ist sicher.«

»Siehst du!«

»Du musst es wissen«, entgegnete sie plötzlich. »Nächsten Samstag oder nie.«

Und sie lief in Richtung der Vorstadt, ließ mich da stehen, unter der vom Regen tropfenden Platane.

Lange Zeit schwankte mein Herz zwischen dem Wunsch nach Agnès' Gesellschaft und der Ausfahrt in die Berge im Auto von Monsieur Puech hin und her. Bis ich mich an die Unterhaltung mit Dr. Puig zu Beginn meiner Krankheit erinnerte. Ein Ausflug nach Prades war eine Gelegenheit, Pablo Casals zu treffen. Er hatte Anfang März in Perpignan ein Konzert zugunsten der Flüchtlinge gegeben, und Dr. Durand hatte angeboten, mich dorthin mitzunehmen, mich bei sich zu beherbergen und am nächsten Tag rechtzeitig vor Öffnung der Bäckerei wieder nach Villefranche zurückzubringen.

Monsieur Puech hatte abgelehnt. Was war das für ein Arzt,

der an einem Tag Ruhe verordnete und am nächsten Tag nächtliche Eskapaden vorschlug?

Ich hatte auf das Konzert in Perpignan verzichten müssen. Für den Samstag in Prades änderte er seine Argumente: Er brauche mich für seine Tour, die Kunden hätten sich an meine Anwesenheit gewöhnt und würden zur Konkurrenz gehen, wenn ich wegbliebe. Mein Ausfall wäre ihm zufolge eine Katastrophe, von der sich sein Geschäft nicht erholen würde. Adieu Brote, Brioche, Geldbeutel prall gefüllt mit großen Scheinen. Seine Unaufrichtigkeit brachte mich vollends dazu, mich zu entscheiden.

»Sie kommen sehr gut ohne mich aus. In Wirklichkeit ist diese Idee, mich auf die Touren mitzunehmen ... Ich werde nicht mehr mitkommen«, sagte ich ohne Umschweife.

»Was ist in dich gefahren? Spricht man so mit seinem Chef?«

»Monsieur Puech«, sagte ich und hielt seinem Blick stand. »Ich bedanke mich für diese Ausfahrten, es waren schöne Momente, aber es ist nicht erforderlich. Sie sehen doch, ich bin Ihnen hier im Laden viel nützlicher.«

»Du wirst deinen Spanier treffen, nicht wahr? Deinen Cellisten?«

»Wissen Sie, wie alt ›mein Cellist‹ ist? Über sechzig Jahre.«

»Na, das ist ja allerhand! Ein altes Schwein von sechzig Jahren! Aber nur zu, treffe dich mit ihm, worauf wartest du?«

Der ›Kerl‹ von Agnès erwartete uns in Prades am Bahnhofsausgang. Ein großer, sehr selbstsicherer Mann in einem weißen, frisch gebügelten Hemd und einer modischen Hose, die sehr weit war und den unteren Teil nach innen aufgeschlagen hatte, ganz nach englischer Art. Dazu schwarze Haare mit Pomade wie auf den Zeitschriften, die Agnès mir ausgeliehen hatte, als ich mich von meiner Krankheit erholte. Sie lief auf ihn zu, warf sich ihm in die Arme, und ich begriff, dass es Victor war. Er verdeckte halb einen kleineren Kameraden, ein wenig jünger und in derselben Aufmachung wie auf den Illustrierten.

»Guten Tag, ich heiße Albert«, sagte er und ging auf mich zu, um mich zu küssen.

»Marie«, sagte ich und streckte ihm in einem Überlebensreflex die Hand entgegen.

»Was machen wir?«, fragte Agnès, als sie wieder aus der Verschlingung mit Victor auftauchte.

»Kino, okay?«

»Okay! Prima! Fantastisch!«

Der Saal war zwei Minuten vom Bahnhof entfernt, die Vorführung begann um fünfzehn Uhr, und so hatten wir noch eine halbe Stunde Zeit. Die jungen Männer kannten einen Park in der Nähe, wo wir sitzen und uns unterhalten könnten.

»Ja, ja«, sagte Agnès und schüttelte ihre Haare.

Sie war sehr schön in diesem geblümten Kleid, mit diesem hellen Gesicht, diesem Lächeln, das das ganze Licht des Himmels einfing. Ihre strahlende Schönheit bildete einen fast komischen Kontrast zu der offensichtlichen Dummheit dieses Victors, der von den Falten seines Hemdes und dem Fall seines Hosenstoffes völlig in Anspruch genommen war. Als wir uns auf den Weg machten, fasste er Agnès mit einer unbeholfenen Handbewegung um die Taille. Bestimmt hatte er diese Bewegung etliche Male vor dem Spiegelschrank seiner Mutter wiederholt, und seine Schwester hatte dabei Agnès' Rolle spielen müssen. Seine Schwester oder sein Freund Albert, sagte ich mir, während ich dessen Bewegungen in meine Richtung überwachte. Ich hatte in Spanien keinen wirklichen Liebhaber gehabt. Ich war zu jung, und meine Eltern verstanden keinen Spaß in diesen Fragen.

Sich küssen, den Arm um die Taille legen, nein, das war nicht denkbar. Nicht einmal nach der Verlobung. Wenn wir nach dem Konservatorium durch die Straßen von Barcelona nach Hause gingen, waren da manchmal Jungen, die gemeinsam mit uns liefen und uns Komplimente machten. Weiter ging es nicht. Nun sah ich Victors Arm um Agnès' Taille liegen, und ich beobachtete die Anstalten von Albert, sich an meine Seite zu begeben ... und ich war völlig überrumpelt. Nichts in meinem vorherigen Leben hatte mich auf diese Situation vorbereitet.

»Geht ohne mich dorthin«, sagte ich plötzlich.

Und ich kehrte mit großen Schritten wieder um.

Die Allee dem Bahnhof gegenüber führte mich zur Nationalstraße, die auch die Hauptstraße von Prades war, mit Geschäften, stattlichen Wohnhäusern und dem Grand Hôtel. Ein massives verblasstes Gebäude, Pau Casals unwürdig, sagte ich mir, als ich es vom gegenüberliegenden Gehsteig aus betrachtete. Tatsächlich wunderte ich mich, seit ich aus dem Zug gestiegen war, dass sein Name nicht in aller Munde und Thema aller Unterhaltungen war. Diese Leute hatten den größten Cellisten aller Zeiten in unmittelbarer Nähe, und sie verbrachten ihre Tage mit Einkäufen und belanglosen Gesprächen. Das konnte nur bedeuten, dass sie nichts verstanden. Und um meiner Überraschung noch die Krone aufzusetzen, gab mir der Portier des Hotels ohne mich anzuschauen die Nummer seines Appartements!

Ich ging die Treppe hinauf in den schmalen Flur des ersten Stocks und wollte gerade bei Nummer vierzehn anklopfen.

»Treten Sie ein!«, sagte eine Stimme auf Katalanisch.

Ich öffnete die Tür, und da war er, Pau. Er saß am Tisch vor dem Fenster und drehte mir den Rücken zu, aber er war es, dessen war ich mir sicher. Seit mehreren Jahren hatte ich ihn nicht gesehen, aber ich hätte diesen Rücken und diese Stimme unter Hunderttausenden anderen wiedererkannt.

Er wandte sich schließlich halb um, schaute mich über die Schulter an, und auf seinem Gesicht zeichnete sich der Ausdruck tiefer Überraschung ab.

»Meister«, sagte ich verlegen.

»Maria!«, murmelte er mit verblüffter Miene.

»Sie … Sie erinnern sich an mich?«

»Natürlich, was glauben Sie denn? Ich erinnere mich im Allgemeinen an meine Schüler, aber an Sie ganz besonders. Wollen Sie, dass ich es Ihnen sage? Sie sind nach einem Konzert in Barcelona zusammen mit Ihrem Vater zu mir gekommen. Sie glauben mir nicht, oder? Glauben Sie mir vielleicht, wenn ich Ihnen genau sagen kann, dass es ein Sonntag im September oder in den ersten Oktobertagen 1934 war? Damals waren Sie elf, vielleicht auch zwölf Jahre alt. Wir haben das Konzert für Violine und Cello von Brahms gespielt, mit meinem Bruder Enric an der Geige«, fügte er hinzu und schloss dabei die Augen, wie um seine Erinnerungen zu sammeln, »und zwei Sonaten von Moór. Ah! Sehen Sie! Ein unvergesslicher Vormittag, nicht wahr? Aber Ihr Besuch war es nicht weniger.«

»Mein Besuch? Aber warum? Das ist lange her, und Sie begegnen so vielen Menschen!«

»Ja, aber ich habe sofort gespürt, dass Sie für die Musik bestimmt sind. Sie waren noch nicht einmal zwölf Jahre alt, das Konzert war schon seit einer Weile zu Ende, und Sie waren immer noch ganz in der Musik, ganz verzaubert von Brahms.«

Er sammelte sich einen Augenblick mit halb geschlossenen Augen, dann nahm er seine Brille ab und befleißigte sich, sie mit einem weißen Tuch zu putzen, das er aus seiner Tasche gezogen hatte. Eine Art, seinen Zustand der Besinnung in die Länge zu ziehen? Seine Erinnerungen zusammenzutragen? Schließlich setzte er seine Brille wieder auf, hob den Kopf und schien zunächst erstaunt zu sein, mich vor sich zu sehen. Dann erinnerte er sich wieder und nahm mich am Arm, räumte einen Stuhl frei und zog ihn zu seinem Schreibtisch. Ich setzte mich auf den äußersten Rand dieses Stuhls, der die Ehre hatte, zeitweise den Allerwertesten von Pau Casals zu tragen, und ich konnte nicht umhin, ein Gefühl der Schuld zu empfinden. Es fühlte sich an, als wäre ich in einem Museum über das Absperrungsseil gestiegen, um einen Sessel mit der Aufschrift ›Bitte nicht berühren‹ auszuprobieren.

Pau wollte alles wissen: was ich in Prades machte, auf welchen Umwegen mich das Leben dorthin und in sein Zimmer geführt hatte, was ich seit unserer letzten Begegnung so gemacht hatte. Ob ich immer noch spielte? Welche Stücke? Von welchem Komponisten?

Als ich in meinem Bericht bei meiner Ankunft in Villefranche angelangt war, ging die Zimmertür auf, und ich erkannte Joan Alavedra, den katalanischen Dichter, wieder. Casals, Alavedra ... die großen Persönlichkeiten der katalanischen Kultur schienen in diesem winzig kleinen, mit Papieren und Paketen überfüllten Zimmer vereint zu sein.

»Der Tee ist fertig«, sagte Joan, als Pau mich vorgestellt hatte.

»Der Tee?«, fragte Pau und schaute auf seine Uhr. Wir hatten uns mehr als eine Stunde miteinander unterhalten.

Joans Frau und seine beiden Kinder erwarteten uns auf der Terrasse des Hotels im Schatten zweier wunderschöner Palmen. Pau stellte mich erneut vor und erzählte ihnen ... von meiner Ähnlichkeit mit seiner Mutter!

»Eine sehr schöne Frau«, sagte Joan bewegt. »Und mit einer außergewöhnlichen Ausstrahlung.«

»Und Sie?«, fragte ich, indem ich all meinen Mut zusammennahm. »Was führt Sie nach Prades?«

»Er!«, antwortete Pau spontan mit einer Geste zum Mont Canigou hin.

Er erklärte, dass er sich in dieser dem spanischen Katalonien so ähnlichen Landschaft am Fuße desselben Gebirges zu Hause fühlte, oder zumindest einigermaßen zu Hause. Das Conflent sei bis zu jenen letzten Jahren Teil des spanischen Königreichs gewesen, sagte er. Er sprach von Jahren, wo die Historiker von Jahrhunderten redeten, und er hatte recht, das Königreich war verschwunden, Katalonien aber geblieben. In der Sprache, den Sitten und Gebräuchen, in der Porosität der Grenze bis zu den ersten Tagen des Bürgerkrieges. Die Farben, die Düfte, die Vögel ... alles sei auf beiden Seiten der Berge so ähnlich.

»Riechen Sie es?«, fragte Madame Alavedra.

Wir atmeten den Duft der Akazien ein und vergaßen, dass wir auf der Nordseite waren. Wir waren sechs spanische Katalanen an diesem Tisch am Fuße der Pyrenäen, wir sprachen Katalanisch und verzehrten dabei eine katalanische Cremespeise und katalanisches Gebäck – was konnten wir uns Besseres wünschen unter den gegenwärtigen Umständen? Man hätte bis zum Rathaus oder zur Unterpräfektur gehen müssen, um hier etwas wirklich Französisches zu finden.

»Spielen Sie noch, Meister?«

»Wenn ich nicht mehr spiele, bedeutet es, dass ich sechs Fuß unter der Erde liege.«

»Da bin ich mir nicht so sicher«, entgegnete Alavedra. »Ich wette, wenn es gelingen würde, dir ein Cello mit in den Sarg zu geben, würde man dich aus der Tiefe der Gruft spielen hören.«

»Ich dirigiere nicht mehr, das stimmt. Nur einige Konzerte hier in der Region zugunsten der Flüchtlinge. Aber spielen, nein, ohne das könnte ich nicht auskommen.«

Er hatte Spanien verlassen, als Franco siegte, setzte seit Hitlers Machtergreifung keinen Fuß mehr auf deutschen Boden, und seit Mussolini mied er Italien. Später würde ich erfahren, dass er exorbitante Summen – etwa eine viertel Million Dollar – ausgeschlagen hatte, die ihm für eine Reihe von Konzerten in den USA angeboten worden waren, all das, weil dieses Land nicht klar genug Position gegen den Faschismus bezog.

»Mein Platz ist hier«, sagte er mit plötzlich verschlossener Miene. »In unseren Bergen, in der Nähe der Lager, in denen meine Landsleute leiden und sterben. Maria hat fast ein Jahr in Argelès verbracht«, fügte er an seine Freunde gerichtet hinzu.

Wir alle hatten das durchgemacht. Wir alle hatten uns zu den Gebirgspässen geschleppt, bis an den Rand unserer Kräfte. Wir alle waren wie Tiere in mit Stacheldraht eingezäunten Flächen zusammengepfercht, in zerrissenen Zelten oder halb eingefallenen Baracken untergebracht worden. Alle außer Pau, der aufgrund seiner Bekanntheit verschont geblieben war, doch er hatte beschlossen, sich der Linderung dieser Leiden zu widmen, und begab sich nach Rivesaltes, Vernet, Boulou, Septfonds, Argelès ... jedes Mal, wenn sich eine Gelegenheit dazu bot.

»Kennen Sie Rivesaltes?«, fragte er mich.

Für ihn war es der Inbegriff des Grauens. Mehr als hunderttausend Flüchtlinge ohne den geringsten Schutz, im Sommer wie im Winter. Keine sanitären Einrichtungen, kein Krankenhaus, nicht einmal eine einfache Krankenstation. Wasser? Tröpfchenweise. Nahrungsmittel? Gerade genug, um dem Hungertod zu entgehen. Die Gefangenen gruben Löcher in den Boden, um sich vor Regen und Wind zu schützen. Bei Tagesanbruch wurden die Toten gezählt, manchmal waren es mehrere Dutzend. Kinder schliefen in den Armen ihrer Mütter ein und wachten nicht mehr auf, oder wenn doch, dann als Waisen. Pablo Casals hatte das alles gesehen, und sein Herz hatte gesprochen: Er schrieb an Menschen in der ganzen Welt, um von dem, was er gesehen hatte, zu berichten und Kleider, Lebensmittelkonserven und Medikamente zu erbitten. Von überallher kamen Pakete in sein Zimmer im Grand Hôtel und gingen von dort in die Lager, je nachdem, wohin der eine oder andere seiner Bekannten zufällig reiste.

»Er arbeitet zu viel«, sagte Madame Alavedra. »Er wird es Ihnen nicht sagen, aber er hat schreckliche Kopfschmerzen und leidet unter Schwindel. Er wird darüber noch sein Leben verlieren.«

»Nicht sofort«, erwiderte Pau und fuchtelte mit seinem Stock über dem Tisch herum. »Ich werde euch noch einige Jahre auf die Nerven gehen.«

Alle lachten, sogar die Kinder.

»Wir haben ihm diesen Stock geschenkt«, erklärte Madame Alavedra, »damit er an die Wand zwischen unseren Zimmern klopfen kann, wenn er sich nicht wohlfühlt.«

»Und das ist noch nie geschehen!«

»Das ist ganz typisch für dich«, sagte Joan Alavedra. »Du stirbst lieber, als jemanden zu stören. Keinerlei Rücksicht auf die Investitionen deiner Freunde. Wenn du wüsstest, was uns dieser Stock gekostet hat!«

»Wir brauchen Sie, Meister«, sagte ich meinerseits.

Er schaute mich lange an, und es war, als würde er endlich einer Wahrheit innewerden, die er schon seit Monaten, vielleicht seit Jahren vor Augen gehabt hatte.

»Wirklich?«, fragte er, ohne den Blick von mir zu wenden.

Dann betrachtete er seine Hände. »Es fällt mir sehr schwer, zu spielen. Ich spiele«, sagte er und drückte meinen Arm. »Noch im März mit André Peus in Perpignan, zugunsten der Flüchtlinge natürlich, aber es fällt mir sehr schwer.«

»Der Federhalter und das Cello kommen nicht gut miteinander aus«, bemerkte Madame Alavedra.

»Das stimmt, das stimmt«, sagte er nickend.

In der Stille, die nun eintrat, schaute er abwechselnd auf seine Hände und in mein Gesicht, und es schien ihm eine Idee zu kommen, doch er zögerte, sie auszusprechen.

»Wie lange haben Sie nicht gespielt, Maria?«, fragte er schließlich.

»Seit der Bombardierung von Tarragona. Im Januar '39.«

»Die Flugzeuge, immer wieder die Flugzeuge ...«

»Der Priester in Villefranche hat Zuneigung zu mir gefasst. Ich darf auf seinem Klavier spielen, manchmal auf dem Harmonium in der Kirche. Ich habe auch eine Freundin, die Geige spielt. Wir versuchen, für die Messe am Sonntag etwas einzuüben. Aber wir haben nicht genug Zeit.«

»So ein Talent wie Ihres, und Sie verbringen Ihre Zeit damit, Brot auszuteilen!«

»Ein Talent wie deines«, entgegnete Joan, »und du verbringst deine Zeit damit, Briefe zu schreiben!«

»Briefe für die Flüchtlinge, das ist nicht dasselbe.«

»Es ist kompliziert«, sagte ich kopfschüttelnd. »Alles ist kompliziert.«

»Kompliziert?«

Ja, kompliziert. Die Arbeit, die absurden Forderungen meiner Chefs, die Launen von Arlette, die anstrengende und seltsame Freundschaft mit Agnès, die Drohungen des Präfekten und des Bischofs ... In meinem Alter und in meiner Situation fiel es mir sehr schwer, die gegensätzlichen Zeichen, die ich um mich herum wahrnahm, zu durchschauen. Aber das war mein Problem. Jedenfalls war ich nicht dazu aufgelegt, darüber zu sprechen, sei es nun Pau Casals oder Joan Alavedra gegenüber. Nicht aufgelegt? Nicht bereit? Nicht gewillt? Ich wusste nicht genau, was mich davon abhielt, ihnen von meinem Leben in Villefranche und im Allgemeinen zu erzählen. Ich konnte es ganz einfach nicht. Etwas in mir hinderte mich daran.

»Kompliziert«, wiederholte ich mit einer vagen Handbewegung.

»Ich wette, Sie spielen bei Hochzeiten«, fuhr Alavedra fort. »Ich werde noch einmal heiraten, nur um Sie spielen zu hören, wenn ich am Arm meiner Mutter die Kirche betrete.«

»Es gibt keine Hochzeiten in Villefranche«, sagte ich. »Die Männer im heiratsfähigen Alter sind alle fort.«

Joan schwieg verlegen. Was Pablo betraf, so hörte er mir nicht zu. Er schaute mich an, als würden die anderen nicht existieren, als wären wir allein, er und ich an diesem Tisch unter den Palmen des Grand Hôtel. Sein Blick wanderte nun ziemlich schnell von meinen Lippen zu meinen Augen, von meinem Hals zu meinen Schultern. Er streichelte mich mit seinem Blick, und das verwirrte mich.

»Wir werden gemeinsam wieder anfangen«, sagte er nach einem Moment des Schweigens mit tonloser Stimme. »Die Musik fehlt mir. Und Ihnen auch, nicht wahr?«

La música! Pablo sagte das Wort ›Musik‹ mit seiner rauen Stimme in unserer Sprache. Er zögerte ein wenig zwischen dem Regen des ›mu‹ und der Sonne des ›ca‹, aber schließlich sprach er es aus, und ich fragte mich, ob ich das Wort nicht zum ersten Mal hörte. Er legte eine solche Leidenschaft hinein! Eine solche Zärtlichkeit! Er legte all das Glück hinein, das die Musik ihm gegeben hatte und immer wieder geben würde. Das ihn beseelte. Und das spürte man. Das Wort sang förmlich in seinem Mund. Es tanzte einen Moment auf seiner Zunge, wanderte an seinem Gaumen entlang, dann explodierte es zwischen seinen Lippen und seinen Augen. Fehlte auch mir die Musik?

»Ja«, sagte ich, ohne zu überlegen.

Dieses Ja war mir herausgerutscht. Ich fürchtete im selben Moment, dass Pau es wie ein Versprechen interpretieren könnte, ihn bei seiner Rückkehr auf die Bühne zu begleiten. Seine Einladung kam unverhofft, es war eine unglaubliche Chance für eine junge Künstlerin wie mich, und dennoch war ich nicht in der Verfassung, sie zu ergreifen. In diesem Moment war das Cello für mich noch nicht vom Krieg und seinen Grauen zu trennen. Ich hatte das Kapitel noch nicht abgeschlossen, und in Wirklichkeit war ich mir nicht sicher, ob ich dieses schmerzliche Kapitel meines Lebens je würde schließen können. Meine Tage mit Proben, meine Abende in Konzerten, meine Nächte in Zügen und in Hotels zu verbringen ... nein, ich brauchte das nicht. Was ich brauchte, war, zu lachen, zu tanzen, zu singen. Über das Wetter zu sprechen, Tag für Tag eine vertraute Umgebung und vertraute Gesichter wiederzufinden. Ich brauchte es, morgens vom Brausen eines Flusses aufzuwachen, in einem Haus zu wohnen, das von dem Duft von Brot erfüllt war, und in dem Wohlgeruch von Mimosen zu schlendern.

»Ja, die Musik fehlt mir«, fügte ich hinzu und blickte ihm in die Augen.

Er antwortete nicht, und die Unterhaltung wandte sich alltäglichen Themen zu: dem Krieg, dem Mangel. Hitlers Überheblichkeit beunruhigte sie. Alle Menschen machten sich deswegen Sorgen, sie aber waren schutzloser als alle anderen, zumindest fühlten sie sich so. Sie hatten in der Vergangenheit der Opposition gegen Franco angehört, sich für die Republikaner engagiert, und nun halfen sie aktiv den Vertriebenen, den Feinden der Macht in Frankreich wie in Spanien, in einem Europa, das unaufhaltsam vom Faschismus eingenommen wurde. Nach einem fröhlichen und herzlichen Empfang zeigten sich die Bewohner von Prades immer distanzierter. Einige gingen auf die andere Straßenseite oder sahen woanders hin, wenn sie einen Spanier erblickten. Das Lager der Freunde lichtete sich. Pablo war krank, durch seine unermüdlichen Aktionen zugunsten der Flüchtlinge war er völlig erschöpft. Joan machte sich fortwährend Sorgen um die Gesundheit seines Freundes und schlug deshalb einen Rückzug nach England oder Amerika vor. Pau hörte ihm zu, während sein Blick von ihm zu mir wanderte, als wären wir die beiden Pole eines unlösbaren Dilemmas.

»Ich hätte Ihnen gerne etwas vorgespielt«, sagte er, »aber der Hotelchef will es nicht, anscheinend beklagen sich die Gäste.«

»Das Cello von Pablo Casals belästigt die Gäste des Grand Hôtel? Ist es so?«

»So ist es, wie Sie es gesagt haben.«

Ich hatte es in der Tat gesagt, und diese Wahrheit auszusprechen, brachte sie mir in ihrer ganzen Gewalt zutage: Wir hatten einen Nachmittag mit und in der Musik verbracht, ohne sie zu vernehmen, nicht einmal die Farbe des Instrumentes hatten wir gesehen. Oh, das war nicht neu für mich. Außer der wöchentlichen Begleitung von Mademoiselle de Brévent, den seltenen Interpretationen von Agnès auf der Geige und den wenigen Gelegenheiten, die ich hatte, den Deckel des Klaviers anzuheben, das dem Priester gehörte, hatte ich seit meiner Flucht aus Tarragona im Januar 1939 keinen Ton eines Instruments vernommen. Aber hier war es etwas anderes: Ich hatte Pablo

Casals wiedergetroffen, und worüber hatten wir gesprochen? Natürlich über Musik. Über Musik, oder genauer gesagt über MUSIK in Großbuchstaben, so wie wir sie in dem, was wir sprachen, und in unseren Herzen ehrten. Wir hatten uns über Konzerte, Notentexte, Interpreten unterhalten. Wir hatten die Namen von Bach, Moór, Brahms und Beethoven genannt, und das, was geschehen musste, war selbstverständlich auch eingetreten: Wir hatten den Kopf voller Melodien, die Ohren waren ungeduldig, sie zu hören, und die Finger krank vor Sehnsucht, ein Griffbrett zu berühren und den Bogen über eine Saite gleiten zu lassen.

»Ich werde gehen, ohne Sie spielen gehört zu haben«, sagte ich ganz benommen vor Enttäuschung.

»Leider!«, erwiderte er mit tiefer Stimme. »Leider! Aber es ist nicht so schlimm«, fügte er sogleich hinzu, indem er sein heiteres Lächeln wiederfand. »Wissen Sie, Pablo Casals ist nicht mehr der, der er war. Was können Sie von einem alten Knochen erwarten, der von Rheumatismus und Kummer gelähmt ist? Und wir sind von Musik umgeben, vergessen Sie das nicht.«

Er hatte sich beim Sprechen zum Tisch gebeugt, seinen Löffel zwischen Daumen und Zeigefinger genommen, und nun schlug er diesen Löffel leise gegen seine Tasse, schloss die Augen und richtete seine Konzentration ganz auf den Ton, den er auf diese Weise erzeugt hatte.

»Hören Sie?«

Ja, ich hörte genau das ›f‹ des Porzellans unter dem Aufschlag des Löffels von Pablo Casals, das Rascheln der Palmen im Windhauch, das Rumoren des Hotels im Hintergrund, und mir stiegen Tränen in die Augen. Die Musik! Wie hatte ich es nur so lange Zeit ohne sie aushalten können?

»Rührt euch nicht vom Fleck!«, sagte er und erhob sich.

Einige Minuten später kam er mit einem Cellokasten, aus dem er sein Instrument herausholte, ein wunderbares Goffriller, um das ihn viele Professionelle beneideten.

»Pech für die Gäste des Grandhotels«, sagte er mit einem schelmischen Lächeln, das seine Haut an den Schläfen in Falten legte.

Er zog seinen Stuhl vom Tisch weg, setzte sich in Position, schloss die Augen und schenkte uns die Cellostimme aus der Debussy-Sonate.

»Und?«, fragte er nach dem letzten Akkord, indem er sich mir zuwandte.

Ich antwortete nicht. Ich war ebenso bewegt wie in dem Konzert in Barcelona im Jahr 1934.

Agnès

Zu jener Zeit bekam das Publikum der Kinosäle etwas für sein Geld geboten. Für eine Eintrittskarte von wenigen Francs konnte man einen Dokumentarfilm, mehrere Reportagen über aktuelle Themen und zwei Filme anschauen, jeweils mit einer Pause dazwischen. Die Nachmittagsvorstellung konnte bis zum frühen Abend dauern, und die Bahnhofsuhr zeigte gerade siebzehn Uhr, als ich dort ankam. Das ließ mir etwas Zeit. Ich entdeckte eine Bank, von der aus ich Agnès würde kommen sehen. Die beiden älteren Leute, die dort saßen, rückten ein wenig zur Seite, um mir Platz zu machen, und ich setzte mich, um auf sie zu warten.

Der Abend brach an. Die Kamelien, die eben noch in der Sonne geleuchtet hatten, lagen nun im Schatten und schlossen sich langsam. Das letzte Gezwitscher einer Schar Meisen vermischte sich mit den Stimmen meiner Nachbarn auf der Bank. Ich betrachtete den Park, ich schaute zu, wie er nach der Hektik des Tages langsam ins Dunkel fiel, und auf einmal sah ich mich in ihm wie in einem Spiegel. Die Erregung, die mich einige Stunden zuvor durch die Aussicht, Pablo Casals zu treffen, ergriffen hatte, wandelte sich langsam und unmerklich in die Sehnsucht nach den wunderbaren Momenten, die ich in seiner Gesellschaft verbracht hatte, in seinem Zimmer, das von Paketen für die Flüchtlinge überfüllt war, an seinem Tisch unter den Palmen, wo wir mal auf Spanisch, mal im Katalanisch unserer Gegend über Musik gesprochen hatten. Wie hatte ich es ohne all das nur ausgehalten? Ich wusste sehr wohl, wie ich es angestellt hatte: Ich hatte die Zähne über meinem Schmerz zusammengebissen, hatte die Erinnerungen an mein vergangenes Glück zurückgedrängt und war immer weiter und weiter vorwärtsgegangen auf dem Weg, den das Schicksal mir aufzuzeigen schien. So hatte ich es gemacht. Bis zu diesem Morgen. Doch dann, an diesem Nachmittag, war ich Pablo Casals begegnet, wir hatten über Musik gesprochen, und plötzlich war mir bewusst geworden, was ich verloren hatte.

Ich hatte bereits meine Eltern verloren. In der Melancholie, die an diesem Abend über meine Seele kam wie die Dunkelheit über den Park vor dem Bahnhof von Prades, empfand ich sehr lebhaft, so lebhaft wie noch nie, die Leere, die ihr Tod in mir hervorgerufen hatte. Wer hätte an diesem Abend besser als Papa die Bedeutung dieses Nachmittags in meinem Leben als Musikerin ermessen können? Wer konnte besser als Mama das Glück ihrer Tochter spüren, Katalanisch mit spanischen Katalanen zu sprechen? Ich sah ihre Gesichter vor mir und stellte mir ihr Lachen, ihren Stolz, ihre endlosen Fragen vor: Wie war er? Ist er gealtert? Spielt er immer noch die Bach-Suiten morgens gleich nach dem Aufstehen? Ach, was wäre es für ein Glück gewesen, mit ihnen zu reden oder ihnen wenigstens zu schreiben. Ich verlangte nicht, dass sie da wären und wie eine Klette an mir hängen sollten, und im Übrigen waren sie mir während meiner Jahre am Konservatorium auch nicht nach Barcelona gefolgt, ich wollte nur, dass sie lebendig waren, irgendwo, und wussten, dass wir im nächsten Sommer, wenn wir uns in den Ferien wiedersehen würden, über all das würden sprechen können. Doch sie waren tot. Sie waren tot, und es würde keine Sommerferien geben, keine Abende im Kreise der Familie, an denen in der Milde der spanischen Nächte Erinnerungen bewegt würden. Von nun an würde es für mich nur die Abwesenheit, die Leere, die Sehnsucht nach einem verlorenen Paradies geben.

Ich betrachtete diesen fremden Park in dieser unbekannten Stadt, und ich sagte mir, dass ich hier einer Touristin glich, einer Fremden, die nicht einmal wusste, wo sie am nächsten Tag sein würde. Es gab so viele Ungewissheiten in meinem Leben, und ich hatte niemanden, dem ich mich anvertrauen konnte, niemanden, der mich wirklich verstand. Es gab den Priester, Martha, Agnès. Sie hörten mir zu, sicher, an ihren guten Tagen zumindest, aber konnten sie meine Situation auch nur annähernd verstehen? Ich redete mit ihnen in einer Sprache, die nicht die meine war, von Situationen, die sie nicht erlebt hatten und sich in Wirklichkeit nicht einmal hätten vorstellen können. Hatten Agnès, Martha oder der Pfarrer in Tarragona in einer spanischen Familie über einer Cembalo-Werkstatt gelebt? Hatten sie im Alter von elf Jahren Pablo Casals in seiner Loge getroffen, an seinem Unterricht am Konservatorium in Barcelona teilgenommen, seiner Probe mit der Neunten von Beethoven im Montjuïc-Palast beigewohnt? Nein. Was konnten sie also verstehen?

Der Schmerz über den Tod der Meinen war so stark und stand in einem so unerträglichen Kontrast zu dem Glück an jenem Nachmittag, dass ich mich entschloss, den Blick zum blauen Himmel über dem Platz zu erheben und dort zu ihnen zu sprechen, wo sie waren.

»Hast du deine Tochter gesehen?«, sagte ich zunächst voller Stolz an Mama gewandt. »Hast du sie mit Pau zusammen gesehen? Er war es, Pablo, du hast ihn doch wohl wiedererkannt?

Und ich war es auch, Maria. Deine Maria! Er erinnert sich an dich«, sagte ich dann zu Papa, in dem Katalanisch meiner Region. »Er erinnert sich ...«

Papa hat nie erfahren, inwiefern sich Pau seiner erinnerte. Der Satz erstarb in einem Schluchzen, und unter den betretenen Blicken der beiden alten Leute begann ich zu weinen.

Agnès' Gestalt tauchte in dem Moment am Ende der Straße auf, als die ersten Achtzehn-Uhr-Schläge von den Glockentürmen von Prades zu hören waren, einige Minuten vor Abfahrt des Zuges nach Villefranche. Ich schluckte meine Tränen hinunter und winkte ihr, doch sie tat so, als sähe sie nichts, und wir hatten gerade noch Zeit, unter dem wütenden Blick des Schaffners in das Abteil zu springen.

»War der Film gut?«, fragte ich, als wir uns hingesetzt hatten. »Ist etwas nicht in Ordnung?«, wagte ich noch, als sie nicht antwortete.

»Ach du, das darf doch nicht wahr sein!«, rief sie schließlich aus.

» Bist du mir böse?«

»Dreimal darfst du raten!«

»Entschuldige bitte«, murmelte ich mit all meiner Sanftheit, die Agnès in mir weckte. »Es war, als hättest du mir eine Falle gestellt.«

»Eine Falle! Und das muss ich mir anhören. Eine Falle, was? Von wem und von was, bitte?«

»Durch diesen jungen Mann, der mich bestimmt mit seinen Händen angefasst und im Dunkeln zu küssen versucht hätte.«

»Na und, wo ist da eine Falle? Und außerdem«, fuhr sie fort, ohne mir Zeit zum Antworten zu lassen, »rede bitte nicht vom Küssen, du weißt ja gar nicht, was das ist. Und ich dachte, ich

würde dir einen Gefallen tun! Siehst du nicht, wie dumm du mit deinen sechzehn Jahren bist? Ich wette, du hast niemals einen Jungen berührt.«
»Siebzehn«, berichtigte ich.
»Siebzehn?«
»Siebzehn Jahre, natürlich. Das weißt du sehr wohl, sag mir nicht, dass du es vergessen hast.«
»Ah«, erwiderte sie und lachte schallend. »Ich dachte, du hättest schon siebzehn Jungs gehabt.«
Unsere Streitereien endeten immer so, in einem Lachkrampf, bei dem wir uns krümmten und nach Luft schnappten. Das überkam uns an den unmöglichsten Orten: in der Kirche, im Wohnzimmer des Priesters und jetzt in diesem Zugabteil unter den verblüfften Blicken der Mitreisenden. Später nahmen wir den Faden unserer Unterhaltung wieder auf, wie zwei alte Verbündete, die sich seit drei oder vier Jahrhunderten kannten.

Als wir in den Bahnhof von Ria einfuhren, setzte ich mich auf den frei gewordenen Platz neben ihr, hakte mich bei ihr unter und legte meinen Kopf auf ihre Schulter. Sie roch nach Rauch, Schweiß und hatte auch einen etwas herben Duft an sich, der mich an die Rückfahrten von den Touren mit Monsieur Puech erinnerte.

»Und du? Was hast du die ganze Zeit gemacht?«
»Das werde ich dir später erzählen.«
Es würde der Moment kommen, ihr von Pablo Casals und Joan Alavedra zu erzählen. Im Augenblick war es *meine* Geschichte, und ich behielt sie für mich. Um in den ruhigen Phasen im Laden daran zu denken, sie mir am Abend vor dem Einschlafen zu vergegenwärtigen. Irgendwann würde ich sie teilen, aber ich fürchtete, dass sie jedes Mal, wenn ich von ihr berichtete, ein wenig von ihrer Kraft verlöre und schließlich

zu einer banalen Geschichte würde, von einer Begegnung wie so viele andere zwischen einem Künstler und einer jungen Verehrerin.

»Erzähl mir lieber von Victor.«

Doch sie zuckte nur mit den Schultern, drückte sich enger an mich, und ich verstand, dass Victor, genauso wie Charles, lediglich ihren Hunger nach Liebe und Anerkennung stillte. Sie hatte das Bedürfnis, immer bewundert zu werden, was uns voneinander unterschied. Beim Chor, bei sich zu Hause, in den Straßen von Prades oder Villefranche, immer spähte sie nach den Blicken aus, erwartete Komplimente. Und davon bekam sie viele. Ihre Schönheit, ihre Stimme, ihre Freundlichkeit brachten ihr Sympathien ein ... aber es waren nie genug. Sie wollte, dass alle Menschen ihrem Lächeln antworteten, ihr unablässig Komplimente machten und sie beglückwünschten. Eine lästige Manie, doch wir hatten eine gemeinsame Leidenschaft, die uns über diese kleinen Fehler erhob und unsere Gegensätzlichkeiten verblassen ließ: die Musik.

Nichts bestimmte Agnès von Anfang an zur Musik. Ihre Mutter sang morgens, wenn sie ihre Haare kämmte, alte Schlager, ihr Vater pfiff beim Arbeiten vor sich hin, nichts weiter. Doch im Alter von fünf Jahren nahm sie an einer gesungenen Messe teil und bat sogleich, im Chor mitsingen zu dürfen. Sie beharrte so sehr darauf, dass ihre Eltern, anstatt sie davon abzubringen, in ihrer Anwesenheit mit dem Priester darüber sprachen, und da, welch eine Überraschung, sang sie ihnen ganze Passagen der Liturgie auswendig vor! Sie hatte sie ein einziges Mal gehört, und das hatte genügt, dass sie sie im Ohr hatte! Priester Raynal hatte damals gerade die Leitung der Gemeinde übernommen, und schon schmiedete er große Pläne. Er hatte sie in den Chor aufgenommen und ihre Eltern überzeugt, sie im Konservatorium von Prades anzumelden.

Später, als sie alt genug war, ein Instrument zu lernen, kauften sie ihr eine Geige, und diese Geige hatte Agnès' Leben verwandelt. Ebenso wie die Musik im Allgemeinen, und das von dem Zeitpunkt an, als sie in den Chor eintrat, kurz vor ihrem sechsten Geburtstag. Aber die Geige gab ihrer Berufung eine ganz und gar außergewöhnliche Wirkung. Denn diese Geige war die erste, die die Stadtmauern von Villefranche überwunden hatte. Sie trug dazu bei, dass ihre Besitzerin in den Augen der Mitbürger etwas Besonderes war, und hatte ihren Anteil an der Bewunderung, die ich beobachtete, wenn Agnès durch die Straßen lief. Von Anfang an hielten die Leute unter den Fenstern des *Vauban* inne, wenn sie ihre Tonleitern übte, und wichen vor ihr zur Seite, wenn sie mit ihrem Instrument den Weg zum Bahnhof einschlug. Und dann kam der Priester auf die Idee, sie in der Kirche am Ende der heiligen Messe spielen zu lassen. Ein Wagnis: Zu dieser Zeit wurden Priester für weniger als das in die Region des Gers oder an die Grenze des Departements de Constantine in Algerien verbannt. Doch Agnès hatte ihrem Spiel instinktiv den Ausdruck verliehen, der die Herzen der Menschen in Villefranche berührte und sie an die tiefe Harmonie von Wasser, Bäumen und Steinen erinnerte.

Eine Geschichte, die sich von der meinen nicht mehr hätte unterscheiden können. Ich bin in der Musik geboren. Mein Vater hatte nach seiner Lehre bei einem Möbelschreiner seine eigene Werkstatt eröffnet und sich auf die Herstellung von Instrumenten, hauptsächlich von Cembali spezialisiert. Aus Frankreich übernahm er die von Wanda Landowska erfundene doppelte Tastatur und baute sie in von ihm entworfene Gehäuse. Von

Zeit zu Zeit stellte er noch ein Möbelstück her, doch schon vor meiner Geburt bildeten die Instrumente den größten Teil seiner Produktion. Die Werkstatt war im Erdgeschoss, wir lebten eine Etage höher. Sobald ich laufen konnte, verbrachte ich mehr Zeit unten als in meinem Zimmer oder in der Küche. Künstler kamen vorbei, um nachzusehen, welche Fortschritte ihre Bestellung machte. Sie probierten ihr Instrument aus, gaben Kommentare ab, korrigierten das eine oder andere und probierten wieder. Sie konnten einen halben Tag damit verbringen, über Vibrationen oder Resonanzböden zu diskutieren. Kein einziges auch noch so technisches Detail erschöpfte meine Geduld. Ich war da, und ich hörte zu, hörte immer wieder zu. Das war mein Leben. Ich war sozusagen in der Werkstatt geboren, zwischen diesen Klavieren und Cembali, ich hatte nie etwas anderes gekannt, und das genügte für mein Glück. Ich besaß Puppen und spielte ›Himmel und Hölle‹ wie die anderen Kinder in meinem Alter, aber die Musik war mein Universum. Dort war ich bei meiner Geburt hineingefallen, und dort fühlte ich mich wohl.

Mama behauptete, dass ich die Worte ›do, re, mi‹ vor ›Mama‹ oder ›Papa‹ hatte sagen können. Sie erzählte, dass sie mich eines Tages, als sie mich unter der Obhut meines Vaters in der Werkstatt gelassen hatte, auf meinem Kinderstuhl sitzend an ein Cembalo gelehnt vorgefunden hatte, das Ohr an das Holz gedrückt. Ich hatte die ganze Zeit damit verbracht, genau zuzuhören, oder besser gesagt: das Vibrieren des Resonanzbodens zu spüren. In diesem kleinen Stuhl, den mein Vater mir gebaut hatte, konnte ich Stunden verbringen, um ganz vertieft einem Kanarienvogel zuzuhören, den Mama in seinem Käfig auf den Balkon hinausstellte und der zu singen begann, sobald die Sonne sein Gitter streichelte.

Meine am weitesten zurückreichende Erinnerung ist ebenfalls eine musikalische Szene. Mein Vater setzt meine Schwester und mich auf eine Bank vor einem Cembalo und fordert uns auf, die Töne wiederzuerkennen. Wir waren zu klein, um seine Finger zu sehen, wir konnten nur unserem Ohr vertrauen. Ganze Nachmittage und Abende verbrachten wir auf diese Weise, ohne es leid zu werden. Denn für uns war es ein Spiel.

Es ist unnötig zu erwähnen, dass ich mich von selber an ein Instrument setzte, sobald ich groß genug war, die Tastatur zu erreichen, also im Alter von ungefähr vier Jahren. Da ich im Sitzen nicht gleichzeitig die Tastatur und die Pedale erreichte, ließ mir mein Vater von seinem Schlosser spezielle erhöhte Pedale bauen, die ich mit den Zehenspitzen berühren konnte. Vom Cembalo ging ich zum Klavier über und spielte es, bis ich zwölf oder dreizehn Jahre alt war. Wie Agnès. Wir haben dieses Glück gehabt, sie und ich. Ich sage ›dieses Glück‹, weil man auf dem Klavier alles spielen kann. Mit dem Klavier anzufangen bedeutet, sich für jede Musik zu öffnen. Jedes Instrument hat seinen unnachahmlichen Zauber, sein Repertoire, seinen besonderen Klang. Das Klavier vereint alle diese Arten von Zauber, es birgt alle Arten von Repertoire.

Meine ersten genaueren Erinnerungen fallen ungefähr mit dem Eintritt Spaniens und insbesondere Kataloniens in einen bedeutenden Moment ihrer Geschichte zusammen. In der Tat wurde im Frühling 1931, kurz vor meinem achten Geburtstag, die Republik begründet. Ein großes politisches Ereignis und eine unermessliche Hoffnung für alle Katalanen. Denn die Republik war keine Theorie, sie hatte ein Programm, und was für eines! Von nun an würden die Menschen dieses Volkes Gehälter bekommen, die es ihnen ermöglichten, sich zu ernähren, ihre Kinder würden an den Schultoren nicht zurückgewiesen werden, und die Katalanen dürften ihre Sprache sprechen und ihre Region aufs Beste nach ihren Interessen verwalten. Überall herrschte Aufbruchsstimmung. Die Einsetzung des neuen Regimes wurde mit einem Konzert von unserem nationalen Musiker Pablo Casals in unserem nationalen Musiktempel gefeiert, dem Montjuïc-Palast in Barcelona. Er spielte mit seinem katalanischen Orchester die Neunte Sinfonie von Beethoven, in Gegenwart des ganz neuen Ministerpräsidenten der ganz neuen Regierung. Mein Vater hatte Himmel und Erde in Bewegung gesetzt, um Karten zu bekommen, er hatte alle seine Musikerfreunde gefragt, und Gott weiß, dass er davon eine Menge hatte. Vergeblich. Es gab hundertmal weniger Plätze im Palast als Katalanen, die an jenem Abend wünschten, dabei zu sein. Ich habe dieses Ereignis der Musikgeschichte und der Geschichte Kataloniens verpasst, aber um mich herum wurde so viel und so lange Zeit darüber gesprochen, dass ich mich manchmal frage, ob ich nicht doch dort war, aller Offenkundigkeit zum Trotz.

Einige Jahre später nahm mein Vater uns mit zu jenem Konzert, das Pau an einem Sonntagmorgen in Barcelona für die Arbeitervereinigung gab. Ein wichtiger Moment in meinem Leben, vielleicht der wichtigste. Das Programm begann mit dem Konzert für Violine und Violoncello von Brahms mit Pau am Cello und seinem Bruder Enric an der Geige. Vom ersten Ton an, den Pau von seinem Instrument erklingen ließ, wusste ich, dass es auch meines war. Meine Eltern und im Übrigen auch alle anderen Leute um uns herum waren vollkommen begeistert; ich zitterte und weinte.

Als der letzte Akkord verklungen war, erhob sich das gesamte Publikum, und es folgte minutenlanges Klatschen, Bravorufen und Füßestampfen. Ich saß zusammengesunken auf meinem Platz, vor Ergriffenheit ganz erschöpft. Musik hatte mich schon immer verzaubert, doch in diesem Moment war es etwas anderes.

Anschließend nahm Papa mich an der Hand und ging mit mir in die Loge der Künstler! Er stellte sie mir vor! Sie sprachen einige Worte mit mir, die ich nichts für sie war. Als ich meinem Vater im Zug nach Tarragona sagte, dass ich Musikerin und Cellistin werden wollte, war er nicht überrascht. Er hatte mich während des Konzerts beobachtet, und er hatte begriffen. Er fand einen Lehrer für mich, und schon nach relativ kurzer Zeit bestand ich die Aufnahmeprüfung am Konservatorium von Barcelona.

Ich begann im Herbst 1935 im Konservatorium, vier Jahre nach der Gründung der Republik. Das spanische Volk hatte sich massiv zu ihren Gunsten ausgesprochen, doch die Reaktionäre, ermutigt vom Aufstieg des Faschismus in Italien, Österreich, Deutschland und in gewissem Maße auch in Frankreich, fühlten sich immer stärker und intrigierten offen.

Im Juli 1936 erlebte ich gemeinsam mit meinen Kommilitonen einen der ersten Schocks des Erdbebens, das Spanien erschüttern sollte. Pau sollte die Neunte von Beethoven im Montjuïc-Palast dirigieren, in demselben Saal, in dem er sie auch schon fünf Jahre zuvor anlässlich der Gründung der Republik aufgeführt hatte. Das Semester neigte sich dem Ende zu, wir bereiteten uns alle darauf vor, zu unseren Familien zurückzukehren, aber wir waren zu dem Konzert eingeladen, und Pau hatte der Celloklasse erlaubt, den Proben beizuwohnen. Ein denkwürdiger Semesterabschluss! Besonders für mich, da ich mich bei meinem Vater revanchieren wollte, was seine – vergeblichen – Versuche von 1931 anbelangte. Ich hatte in der Tat eine Karte für ihn bekommen, und für ihn würde es ein Fest sein, Pau zu hören, ihn dirigieren zu sehen, ehe er gemeinsam mit mir zurück nach Tarragona fahren würde.

Das Konzert war für den 19. geplant. Am Abend des 18. ging ich zusammen mit einer Freundin ins Orfeó Català zur letzten Probe. Im Radio war am Morgen von einem Aufstand der marokkanischen Armee auf Betreiben faschistischer Generäle die Rede gewesen, und seit Mittag verbreitete die Regierung mithilfe von Lautsprechern, die auf Plätzen und in den Straßen aufgestellt worden waren, Aufrufe zur Wachsamkeit. Die Verwandten, bei denen ich wohnte, hatten mir verboten, das Haus zu verlassen, aber die Generalprobe der Neunten – nein! Ich fand eine Möglichkeit zu entwischen und bis zum Orfeó zu gelangen. Eigentlich hätte mich die Aufregung, die auf den Straßen herrschte, zur Vorsicht mahnen müssen, aber ich war dreizehn Jahre alt, meine Freunde warteten auf mich, und ich konnte mir ganz einfach nicht vorstellen, dass der Mensch dem Menschen ein Wolf sein könnte.

Wir waren dann im Orfeó nur drei von einer Klasse mit sieben Studenten, die anderen waren von ihren Eltern zurückgehalten worden. Indessen trafen die Musiker ein, die Probe begann, und wir vergaßen das Radio, die Lautsprecher und die Generäle. Es war nicht das erste Mal, dass wir einer Orchesterprobe beiwohnten, aber die Musiker und der Dirigent selber schienen so begeistert zu sein wie nie zuvor. Wir waren alle im siebten Himmel. Pau bat, einige Passagen zu wiederholen, dann ließ er den Chor dazukommen. Die Chorsänger erschienen, und ihnen folgte ein sehr aufgeregter Mann mit einer Nachricht für Pau. Dieser öffnete den Briefumschlag und unterhielt sich einen Augenblick lang mit dem Boten. Er zögerte einen Moment, dann hob er den Arm, um Stille zu erbitten. Wir dachten, er würde nun seinen Dirigentenstab heben und das Finale anstimmen, aber er bat um Aufmerksamkeit und las die Nachricht laut vor: Ventura Gassol, Kulturminister, Dichter und persönlicher Freund von Pau, informierte ihn, dass das Konzert abgesagt worden war, und riet ihm, seine Musiker eiligst nach Hause zu schicken. Die Aufständischen besetzten Madrid und bewegten sich auf Barcelona zu. Ich dachte an meine Eltern, an meinen Vater, der vielleicht schon auf dem Weg hierher war.

Meine Kommilitonen und ich wollten uns gerade zum Ausgang begeben, als unsere Aufmerksamkeit zur Bühne gelenkt wurde.

»Meine Freunde«, sagte Pau, »ich weiß nicht, wann wir uns wiedersehen werden. Also schlage ich vor, dass wir uns mit dem Finale verabschieden.«

Es folgte Stimmengewirr, dann schlugen der Chor und die Instrumentalisten wieder ihre Noten auf und spielten und sangen die außergewöhnlichen Melodien der Neunten. ›Alle Menschen werden Brüder‹ sangen sie, während eine Handvoll Generäle auf der Straße zwischen Madrid und Barcelona Terror säte.

Ich war zu jung, um die ganze Tragweite des Ereignisses zu ermessen, die Verzweiflung dieser Männer und Frauen, die vielleicht zum letzten Mal zusammen musizierten, aber ich war an den vorhergehenden Tagen bei anderen Proben dabei gewesen und kannte die Neunte fast auswendig. Deshalb begriff ich an jenem Abend, in welchem Maße Gefühle das Spiel eines Musikers, eines Orchesters, den Gesang eines Sängers verwandeln kann.

Als er am Ende des Schlussakkords seinen Taktstock sinken ließ, als die Musiker zum letzten Mal applaudierten, hob Pau die Hand und versprach ihnen mit tränenerstickter Stimme, dass sie diese Sinfonie im Montjuïc-Palast spielen würden, sobald Katalonien wieder Herr seines Schicksals wäre.

Die Musiker packten ihre Instrumente ein, die Chorsänger ihre Noten, und dann drehte sich Pau zum Saal um und erblickte uns auf den Sitzen.

»Geht nach Hause, meine Kinder«, rief er uns zu. »Beeilt euch. Und vor allem vergesst mein Versprechen nicht. Ihr seid es, die jungen Leute, die es erfüllen werden!«

Der Aufstand wurde innerhalb weniger Stunden niedergeschlagen, in Barcelona wie in vielen anderen großen Städten, mit der Unterstützung des Volkes. Die Arbeiter folgten den republikanischen Soldaten, griffen nach den Gewehren derer, die gefallen waren, und ersetzten sie sofort. Lastwagenfahrer gingen mit ihren Fahrzeugen auf die Tore der aufständischen Kasernen los. Der faschistische General, der den Putsch in Katalonien anführen sollte, wurde zusammen mit seinem Generalstab gefangen genommen und bat die Aufständischen, ihre Waffen niederzulegen. Kurz gesagt, hätte Spanien diesen letzten reaktionären Aufstand zerschlagen, wenn nicht die deutschen und italienischen Faschisten Franco massiv zu Hilfe gekommen wären. Aber sie kamen. Mit Panzern, Flugzeugen, hochmodernen Waffen, und so entstand ein Bürgerkrieg.

Es kam für mich nicht mehr infrage, in Barcelona zu bleiben. Die Anarchisten, von der Niederlage der Militärs ermutigt, nahmen Menschen nach dem Zufallsprinzip fest, verurteilten sie im Schnellverfahren und exekutierten sie. Allein in Katalonien wurden in jenem Sommer Tausende von Zivilisten ermordet. Am 30. Juli lagen in den Leichenhallen und auf den Friedhöfen von Barcelona Hunderte von nicht identifizierten Toten. Auch auf dem Land wurde man nicht geschont: Der Zug, der mich nach Tarragona brachte, wurde in einem kleinen Bahnhof angehalten. Alle Reisenden und auch die Bevölkerung wurden mit Gewalt auf dem Dorfplatz zusammengetrieben, um der

Exekution von drei Pfarrern des Bezirks beizuwohnen. Einer von ihnen war sehr jung. Ich werde es nie vergessen. Er kam gerade aus dem Seminar. Der Henker musste ihn an der Mauer festmachen, um ihn aufrecht zu halten, und er weinte und rief nach seiner Mutter. Als sich der Rauch der ersten Salve verflüchtigte, lagen die beiden älteren Priester von den Krämpfen des Todeskampfes verdreht am Boden, und er weinte immer noch, wurde von dem Nagel gehalten, und Blut rann aus seinem Mund und über sein Hemd. Szenen wie diese hinterlassen ihre Spuren in dem Gedächtnis eines jungen Mädchens.

Die Aufregung über die Begegnung im Grand Hôtel hatte sich im Laufe der Fahrt langsam gelöst. Als ich durch die Bahnhofstür schritt, war sie ganz und gar verschwunden, und der Gedanke, wieder Musik zu machen, erschien mir im Gegenteil wie ein unerreichbarer Traum. Um mit Pau zusammenzuspielen, musste ich nicht nur ein Instrument für mich finden, sondern auch die Puechs samstagnachmittags und an jedem Abend unter der Woche im Stich lassen. An jedem Abend oder vielmehr jedem Nachmittag. Ich musste fünf bis sechs Stunden täglich spielen, wenn ich ein vergleichbares Niveau wiedererlangen wollte.

Was das Cello betraf, konnte ich mit Pau reden; er würde an seine Freunde schreiben, und irgendwo in der weiten Welt würde sich irgendjemand finden, um einer Schülerin von Pablo Casals ein gutes Instrument zu leihen oder sogar zu schenken. Doch was die Puechs anging – welche Chance hatte ich, sie zu überzeugen? Keine einzige.

Jedenfalls hatte ich meine Meinung nicht geändert, ich glaubte immer noch nicht, dass es gut wäre, wieder mit der Musik anzufangen. Das Schicksal hatte mich in eine Stadtfestung des französischen Katalonien geführt, an den Ladentisch einer Bäckerei, mitten unter Menschen, die ich mochte und die gut zu mir waren; ich würde das alles nicht für ein Hirngespinst aufs Spiel setzen. Sicher, ich hatte zwei oder drei wunderbare Stunden in Gesellschaft von Pablo Casals verbracht, aber das sollte nichts heißen, man ändert sein Leben nicht einfach so, aufgrund einer Begegnung in einem Hotel.

In dieser Nacht schlief ich sehr schlecht. Bis in die frühen Morgenstunden war es mir nicht möglich, ein Auge zu schließen, und dann folgten schwere Träume. Hünenhafte Gendarmen kamen auf riesigen Pferden daher, sie zwangen mich, hinten aufzusitzen, und so ritten wir auf den Eisenbahngleisen durch einen nicht enden wollenden Tunnel nach Ria. Pau erwartete mich im Büro des Obergefreiten; er gab vor, mich nicht zu kennen, und der Obergefreite schickte mich mit einer Eskorte nach Spanien.

Am nächsten Morgen schenkte ich dem Brief, den man mir von Dr. Durand für Monsieur Puech gab, keine besondere Aufmerksamkeit.

»Hör dir das an! Das ist das Beste!«, rief er aus, nachdem er ihn beim Mittagessen überflogen hatte. Und er las uns den Brief von Pau vor:

Monsieur,

ich habe vorhin Besuch von einer meiner früheren Schülerinnen erhalten, die auch Ihre Angestellte ist, mein Freund Dr. Durand hat es mir gerade bestätigt. Maria Soraya hat sehr großes Talent und eine seltene Sensibilität. Ich bin überzeugt, dass ihr eine große Karriere bevorsteht. Die Ereignisse in Spanien haben sie einige Jahre verlieren lassen, aber sie ist dadurch gereift, was sehr wichtig für eine Künstlerin ist.

Ich habe ihr vorgeschlagen, sie wieder als Schülerin aufzunehmen. Seit Langem nehme ich keine Schüler mehr, aber Maria ist eine Ausnahme wert. Das wird auch Ihnen zweifellos einige Opfer abverlangen, aber Marias Veranlagungen rechtfertigen es, glauben Sie mir, und so gehe ich davon aus, dass Sie zustimmen werden.

Die Zeiten sind hart, Monsieur. Mehr denn je bedürfen wir der Musik. Wir haben nicht das Recht, weder Sie noch ich, der jungen Generation Freuden vorzuenthalten, die Maria ihnen geben wird, daran zweifle ich nicht.

Seien Sie versichert ...

»Verstehst du das?«, fragte er seine Frau.

»Ich verstehe, dass sie übereingekommen sind, uns unseren Lehrling wegzunehmen, ja.«

»Was werden Sie tun?«, fragte ich.

»Was denkst du?«

Da ich nicht antwortete, stand er vom Tisch auf, ging zum Ofen, hob die Eisenplatte hoch und warf den Brief von Pau hinein.

»So, das werden wir tun!«, sagte er und setzte sich wieder hin.

Lucienne

Lucienne, die Mutter von Monsieur Puech, wohnte in der Vorstadt, in dem außerhalb der Stadtmauer liegenden Viertel von Villefranche: fünfzehn oder zwanzig Häuser, die auf beiden Seiten der alten Nationalstraße in Richtung Mont-Louis standen. Ihr Haus befand sich ungefähr in der Mitte auf der linken, zur Cerdagne ansteigenden Seite, auf der Seite der Têt. Im Erdgeschoss befand sich die Garage, in der Émile seinen Wagen abstellte. Die Wohnung war im ersten Stock und darüber ein Dachboden. Kein Hof, kein Garten, an der hinteren Hausmauer fiel das Gelände senkrecht zum Fluss hinunter ab.

Sie war so alt wie Martha, doch konnte sie schlecht laufen, und wir sahen sie kaum. Venenentzündung? Rheumatismus? Niemand wusste genau, woran Lucienne Puech litt. Wenn sie zu uns kam (sonntags nach der Messe, und auch das nur manchmal), stützte sie ihr Sohn an der einen, Arlette an der anderen Seite, und es war jedes Mal ein Theater, sie bis zur Küche hinaufzubekommen.

Als Émile am Abend nach unserer ersten Tour sein Auto in der Garage abstellte, zeigte sie sich nicht, doch ich hatte die Treppe an der Mauer gesehen, die so steil wie eine Leiter war, und ich hatte mich gefragt, wie sie es anstellte, da hinunter- und hinaufzukommen. Dennoch musste sie es sonntags irgendwie schaffen, wenn sie uns besuchte.

Félicie Puech, ihre Schwiegertochter, opferte sich für sie regelrecht auf. Sie verließ jeden Vormittag gegen zehn Uhr die Bäckerei, nahm einen großen Laib Brot, den Émile beiseitegelegt hatte, Gemüse aus dem Garten oder Konserven, von Martha in einer Tragetasche vorbereitet, und ging, um Lucienne damit zu versorgen. Das war viel Brot und Gemüse für eine Person allein, doch ich hatte gelernt, keine Fragen zu stellen. Für Félicie war es eine lästige Angelegenheit, das verbarg sie nicht, trotzdem ging sie hin, und wenn etwas fehlte, machte sie sich nachmittags noch einmal auf den Weg. Das war ein guter Zug an Madame Puech, ihre Hilfsbereitschaft einer alten Frau gegenüber, die sie nicht einmal mochte. Eine unerwartete Großherzigkeit. Und anscheinend ging das noch nicht lange so. Wenn man Martha glaubte, hatte sie im September '39 damit begonnen, nachdem Charles eingezogen worden war.

Eines Tages Ende März verstauchte sich Félicie den Fuß auf der Treppe, und ich musste an ihrer Stelle sofort die Botengänge für Lucienne übernehmen. Anscheinend eine schwierige Entscheidung. Es war an einem Mittwoch, dem freien Tag von Arlette, und es schien ausgeschlossen zu sein, dass Martha die wenigen Meter zwischen ihrem Garten und Luciennes Tür zurücklegte. Monsieur und Madame Puech schauten sich eine ganze Zeit lang an, wie um die Konsequenzen abzuwägen.

»Du siehst doch, dass wir keine Wahl haben«, sagte er schließlich.

Sie zuckte mit den Schultern, humpelte zum Ladentisch, riss nervös eine Ecke vom Einwickelpapier ab und schrieb mir mit Bleistift eine Liste der Dinge auf, die ich auf dem Weg besorgen sollte. Eine Flasche Milch, zwei Dosen Sardinen in Tomatensoße, ein Stück Marseille-Seife …

»Du rufst von unten hinauf«, sagte sie mir und versicherte

sich, dass ich ihren Worten aufmerksam folgte. »Du kannst ruhig schreien, sie hört nicht immer. Und gehe nicht hinein, ehe sie dich nicht gesehen hat, hast du mich verstanden?«

»Ja, Madame.«

»Hoffen wir, dass sie dich wiedererkennt.«

»Sie hat mich mehrere Male gesehen.«

Ich verstand nicht wirklich den Grund dieser ganzen Vorsichtsmaßnahmen, aber ich wusste schon, dass es in Familien Dinge gab, die sich dem Verständnis der Bediensteten entzogen, Dinge, deren hohe Logik nur die Familienoberhäupter erfassten.

»Und bleib nicht zu lange weg. Ich leide, hörst du? Ich brauche dich.«

Nicht jeder, der zu Lucienne wollte, durfte zu ihr hinein, das fand ich an jenem Morgen heraus. Man musste sich erst zu erkennen geben, indem man von der Straße aus rief, und dann warten, immer weiter warten. Schließlich erschien sie am Fenster und musterte einen lange, wobei sie den Vorhang nur ein kleines Stück zurückzog und die Straße bis an ihre äußersten sichtbaren Enden inspizierte. Das Fenster wurde bei immer noch halb geschlossenem Vorhang einen Spalt geöffnet und ein alter Gartenhandschuh an einem Seil heruntergelassen. Darin befand sich der Schlüssel, der große Schlüssel des Einfahrtstors, den man bis zum Anschlag ins Schloss stecken und mit Kraft umdrehen musste, unter dem düsteren Blick der Gastgeberin. Denn Lucienne verfolgte das Manöver von ihrem Posten aus mit in Falten gelegter Stirn und bösem Blick. Dieses Unterfangen war kompliziert: drücken und gleichzeitig drehen, hineingehen, wieder zumachen, noch einmal diesen Schlüssel im Schloss umdrehen, ohne zu vergessen, das Tor leicht mit dem Fuß anzuheben. Wenn man einmal drinnen war, ging man um Émiles Auto herum, indem man sich von dem bisschen Licht, das von der Treppe aus hereinfiel, leiten ließ. Man fand so gut es ging die erste Stufe und stieg aufs Geratewohl hinauf. Ein Weg, der für Lucienne unmöglich zu sein schien ... und den sie dennoch an den Tagen meisterte, an denen sie bei uns erschien. Wie stellte sie das an? Ein Mysterium!

Sobald ich eingetreten war, schloss sie die Tür und drehte den Schlüssel einmal herum, und ich fragte mich, wo zum Teufel sie die Goldstücke versteckte, die sie so eifrig hütete. In einer Kommode zwischen zwei Laken? Unter dem doppelten Boden einer Schublade? In einer Ecke des Dachbodens, von dem man die Falltür sah, die bei der Treppenöffnung der Garage angebracht war?

Das ganze Leben der alten Frau spielte sich in diesem Raum ab, in dem ich mich nun befand. Ein hübsches, fast quadratisches Zimmer, das durch das große Fenster zur Straße hin erhellt würde, wenn die Vorhänge nicht immer zugezogen wären. Ein Spülbecken in der Ecke links von diesem Fenster, ein Buffet, ein Geschirrschrank, ein großer Tisch in der Mitte unter einer Hängelampe und hinten eine Tür, die sicher zu einem Schlafzimmer führte.

»Ihr Schlafzimmer liegt in Richtung des Flusses!«

Ich hoffte, dass sie die Tür öffnen würde und mich von dieser hoch über dem Ufer gelegenen Wohnung aus die Têt betrachten ließe, doch sie verstand meinen Wunsch nicht oder wollte ihn nicht verstehen.

»Ja, es geht zum Fluss hinaus«, sagte sie mit ausweichendem Blick. »Ich schlafe bei offenem Fenster. Im Winter wie im Sommer.«

»Wie ich«, entgegnete ich. »Mein Zimmer liegt auch zur Têt hinaus.«

»Ja, aber auf der anderen Seite.«

»Zum anderen Ufer hin, ja, das stimmt.«

»Der Vorwall verbirgt sie dir, nicht wahr? Du siehst sie nicht?«

»Nein. Ich höre sie nur, aber das ist auch schon gut.«

Sie zwinkerte mir zu, und ich spürte, dass sie nicht mehr so auf der Hut war.

Kam es daher, dass wir die Têt sozusagen miteinander teilten? War es die Gemeinschaft der Anrainer? Alles in allem öffneten und schlossen wir die Augen bei denselben Geräuschen. Wenn die Strömung den Fluss durch ein Gewitter oder den Bruch eines Stauwehrs anschwellen ließ, wurden wir im selben Moment wach.

»Hier, bitte, Ihre Vorräte. Ist es so recht?«

»Und der Schinken?«, fragte sie, nachdem sie alles geprüft hatte.

Ich holte die Liste aus meiner Tasche. Das Wort ›Schinken‹ stand darauf, aber Madame Puech hatte es durchgestrichen.

»Nun gut«, brummelte sie. »Sag Félicie, sie soll ihn morgen nicht vergessen. Einen schönen Schinken oder zwölf schöne Scheiben Bauchspeck, das ist egal. Wirst du es auch nicht vergessen?«

Es war mir nicht klar, was sie mit all den Fleischwaren machen würde, aber schließlich ging es mich nichts an, ich war nicht diejenige, die die Listen aufstellte.

»Ich werde es nicht vergessen, Madame.«

»Also los! Sie warten dort auf dich. Beeil dich oder sie werden dich ausschelten.«

Ich nahm denselben Weg zurück und musste das große Tor wieder zweimal abschließen, den Schlüssel in den Handschuh gleiten lassen und warten, bis sie ihn hochgeholt hatte.

»Trödle nicht«, rief sie mir zu, bevor sie das Fenster schloss. Als ich ein Stück gegangen war, drehte ich mich um. Sie war da, zwischen der Scheibe und dem Vorhang, und schaute mir nach.

Am nächsten Tag entspann sich zwischen meinen Chefs eine Diskussion. Sollte man Luciennes Versorgung bis zur Wiederherstellung von Félicie mir überlassen oder sie Arlette anvertrauen?

Arlette widerstrebte es, hinauszugehen, sie stand gerne am Ladentisch. Mir dagegen gefiel es, die Einkäufe zu erledigen, ich liebte diese Gelegenheiten, aus meinen vier Wänden herauszukommen und das Leben in meinem Dorf zu sehen, ungeachtet der neuen Wege zu Lucienne. Trotzdem wäre mir der Auftrag ohne die hartnäckige Weigerung Arlettes sicherlich entgangen.

In dieser Woche war es kalt. Es schneite ohne Unterlass, und der Weg bis zur Vorstadt war ein regelrechtes Abenteuer. Bis zur Porte d'Espagne lief alles gut, die Anwohner hatten die Rue Saint-Jean in der Mitte freigeräumt, aber danach war der Weg unter den Platanen die reinste Schlittschuhbahn. Eis und Schnee waren neu für mich. Ich wusste nicht recht, wie ich damit umzugehen hatte, und brauchte viel Zeit, um die wenigen Meter zurückzulegen. Dann kam der Pont Saint-François als Zwischenstation. Von dort aus konnte man die ganze Westmauer der Altstadt, die lange, verschneite Linie des Vorwalls am Flussufer und die Bollwerke der Nordmauer sehen. Eine halbe Drehung, und der Blick fiel über die bewaldeten Hänge von Fuilla und Sahorre zu den gänzlich weißen Gipfeln des Massivs der Dona.

Lucienne schien immer sehr ungeduldig, mich wieder gehen zu sehen.

»Sie warten auf dich«, rief sie aus, sobald ich meine Pakete abgelegt hatte, »sie brauchen dich.«

Doch am dritten oder vierten Tag war ich bei meiner Ankunft so schwach und durchgefroren, dass das Schloss mir widerstand. Es gab erst der Kraft eines Fuhrmanns nach, der gerade auf der Straße vorbeikam und sein Fuhrwerk anhielt, um mir aus der Klemme zu helfen.

Luciennes Haltung änderte sich, als sie mich sah. Schluss mit der Gereiztheit der vorangegangenen Tage. Sie zog mir meinen Mantel aus, setzte mich an den Ofen und half mir aus meinen Fäustlingen und Stiefeln. Sie kniete vor mir, goss ein wenig Öl in ihre Handflächen und begann, mir die Füße einzureiben. Einfache Gesten, aber sie kamen von Lucienne, und in diesem Moment wurde sie meine zweite Großmutter.

Später erwärmte sie ein wenig Milch in einem Topf und goss sie in eine Schale mit einem Löffel Honig und einem ganzen Glas Schnaps. Ich schaute ihr zu, sie war nicht wiederzuerkennen. Eine Sanftheit, eine Geschmeidigkeit in den Bewegungen, ein Strahlen auf dem Gesicht.

»Lass dir Zeit«, sagte sie und sah mir beim Trinken zu. »Wärme dich in aller Ruhe auf. Alles in allem kommen sie dort ganz gut ohne dich klar, niemand ist unentbehrlich.«

Beim Hinausgehen war ich so verwirrt, dass ich vergaß, den Schlüssel umzudrehen und in den Handschuh zu legen. Erst als ich die Brücke erreichte, dachte ich daran. Was war ich für ein Dummkopf! Ich ging den Weg wieder zurück, doch als ich wenige Minuten später ankam, drückte ich vergeblich gegen den Torflügel, den ich doch offen gelassen hatte, dessen war ich mir absolut sicher.

Madame Puech nahm ihre Funktion als Botin von Neuem auf, sobald ihr Knöchel wieder gesund war, sogar ein wenig eher. Sie hatte es merkwürdigerweise eilig, zu leiden und einen Rückfall zu riskieren, all das, um eine Frau zu besuchen, die sie kaum anschaute, wenn sie zu uns kam. Sie nahm mir die Freude, zur Vorstadt zu gehen und einige Worte mit Lucienne zu wechseln, aber ungefähr zur selben Zeit kündigte sich der Frühling an, und Martha entschied, dass ich sie von nun an nachmittags zum Garten begleiten würde.

Es gab keine Familie, die nicht wenigstens einen oder manchmal sogar eine ganze Reihe von Gärten besaß, meistens auf den Terrassen an den sonnigen Hängen des linken Flussufers der Têt. Unserer, genauer gesagt der von Martha, war einer der größten, in der besten Lage und am einfachsten zu erreichen. Ein langer Streifen Erde, leicht abschüssig oberhalb der Têt, direkt unterhalb des Pont Saint-François. Weniger als fünf Minuten von der Bäckerei entfernt: die Porte de France am Ende der Rue Saint-Jean, der Vorplatz entlang der Têt, der Pont Saint-François auf der rechten Seite – und da lag er, zwischen der Ufermauer, einem Werk der Franziskaner, und dem Weg der Eisenbahner.

Wie könnte ich von unserem Garten Eden erzählen, ohne seine Geschichte zu erwähnen? Der Pont Saint-François hatte seinen Namen von der Gemeinschaft der franziskanischen Mönche, welche die Brücke erbaut hatten, ebenso wie das Kloster, das im 18. Jahrhundert auf Befehl des Königs oder seiner Offiziere zerstört wurde. Die riesige Mauer, die unseren Boden stützte und vor den Fluten des Flusses beschützte, war Teil der Abtei. Die Kapelle, das Refektorium, der Schlafsaal der Mönche ... alles war verschwunden, doch wenn man die Stätte von dem Vorplatz auf dem rechten Flussufer aus betrachtete, wenn man den Spitzbogen der Brücke, die Abschlüsse ihrer Pfeiler, den gleichmäßigen Mauerwerksverband sah, konnte man sich gut die Kutten aus braunem Wollstoff und die Kapuzen zwischen unseren Tomatenstöcken und Kletterstangen mit Erbsen vorstellen.

»Der Garten meines Vaters«, sagte Martha zu mir an dem Tag, als sie mich dorthin mitnahm. »Meines Vaters, meines Großvaters, und wer weiß, wie weit es zurückgeht.«

Ihre Mutter hatte sie von klein auf, noch ehe sie laufen konnte, in den Garten mitgenommen, und sie starb an jenem Tag, als ihre Beine sich weigerten, sie dorthin zu tragen.

»Nach mir wird er dir zukommen«, fügte Martha hinzu.

»Ihr Erbe ist Charles. Ich bin nichts für Sie.«

»Oh, Charles!«, entgegnete sie mit einer Handbewegung, als würde sie eine Fliege oder eine völlig aus der Luft gegriffene Idee verjagen.

Das Gärtnern war neu für mich. Ich hatte Blicke über Hecken geworfen und Gärtner bei der Arbeit gesehen, aber die Tür zu einem Garten zu öffnen, ein Stück Erde umzugraben, zu eggen, zu säen … nein, ich hatte nicht gewusst, was das war. Es war neu, und es bereitete mir Freude. Zunächst kaum sichtbare Triebe aus der Erde herauskommen zu sehen, die so schnell größer wurden, dass man fast dabei zuschauen konnte! Auf den ersten Blick nahezu identische grüne Sprosse, von denen die einen Karotten, andere Steckrüben, wieder andere Zucchini oder Salatköpfe wurden. So war die Zukunft jeder Sorte in die winzigen, einander so ähnlichen Samen eingeschrieben, die ich in ihren kleinen Tüten und dann in Marthas Händen sah!

Durch diesen Garten wuchs mir mein Dorf sehr ans Herz. Er schenkte mir so viel Freude, so viel Glück, dass die Aussicht, mich endgültig in Villefranche niederzulassen, mir zuzulächeln begann. Woran lag das? Wahrscheinlich an der tiefen Harmonie dieses Lebens in der Natur, zwischen den Pflanzen, Seite an Seite mit Martha und den Nachbarn. Man war dort auf seinem Stück Land, den Kopf in der Sonne oder im Regen, die Hände in der Erde, mit beiden Füßen auf der Erde, zwischen einer Steinmauer und einem Gebirgsbach, und das Überleben hing davon ab, wie erfolgreich man mit seinen Samen umging. Wenn es gelang, sie zu verstehen, ihnen das zu verschaffen, was sie von einem forderten, war es gut. Sie würden einem das geben, was man wollte; man würde etwas erhalten, um es auf den Teller zu legen. Wenn nicht? Nun, dann war die Mühe vergeblich, und man würde Hunger leiden. Im Jahr 1940 mehr denn je. Denn man konnte nicht mit dem Gemüse aus dem Tal oder den Kartoffeln der Cerdagne rechnen, alles ging nach Deutschland.

Der Winter versuchte ab und zu wiederzukehren, doch dann zog er sich endgültig zurück, und die Vögel verfolgten ihn mit ihren siegreichen Gesängen. Der Schnee hielt sich noch auf den höchsten Gipfeln, doch die Knospen an den Ästen der beiden Rosskastanien am Eingang zur Vorstadt wurden größer. Ich blieb auf dem Weg zum Garten bei ihnen stehen, griff nach den niedrigen Ästen und schaute sie an. Es war eine Freude, Tag für Tag zu beobachten, wie die Säfte stiegen, wie die kleinen zartgrünen Blätter entstanden und sich entfalteten.
Eines Tages kam mir der Gedanke, ein wenig weiterzugehen und meine andere Großmutter zu besuchen. Ich rief wie gefordert von unten zwischen zwei vorbeifahrenden Karren hinauf. Sie erschien zwischen den Vorhängen, doch wirkte sie bestürzt, als sie mich wiedererkannte, und brauchte danach unendlich

viel Zeit, um ihr Fenster zu öffnen und den Handschuh herunterzulassen.

»Was führt dich her?«, brummte sie oben von der Treppe her.

»Ich kam gerade vorbei.«

Das Fenster stand weit offen, es war das erste Mal, dass ich es so sah, und ein Luftzug fegte durch das Zimmer, der jedoch den Geruch von Tabak und Schweiß nicht völlig davontrug. Sie schenkte ein wenig Mandelmilch in ein großes Glas, goss Wasser aus dem Wasserhahn dazu, und ich setzte mich hin und nahm die Zeitung, die am Rand des Tisches herumlag.

»Sie lesen jetzt die Zeitung?«

»Die Zeitung?«

»Die Zeitung«, sagte ich und wedelte damit unter ihren Augen herum.

»Oh, das ist ... das ist die Zeitung von Émile«, sagte sie schließlich und wich meinem Blick aus. »Félicie bringt sie mir mit, wenn er sie ausgelesen hat.«

»Dann sind Sie den aktuellen Nachrichten immer hinterher.«

»Pah! Was erfährt man da schon. Vom Krieg, immer nur vom Krieg.«

»Vom Krieg?«

Ich blätterte die Seiten um und las die Schlagzeilen laut vor. Außer einem Artikel auf der zweiten Seite über die Moral der Truppen ging es nur um Unfälle auf den Straßen, Urteile des Schwurgerichts, sportliche Wettkämpfe ...

Lucienne wurde immer lebendiger. Sie wollte, dass ich das Rezept des Tages vollständig vorlas, ein Hasengericht mit Senf, bei dem ihr allein vom Hören das Wasser im Mund zusammenlief.

»Lesen Sie nicht?«

»Ich sehe kaum noch.«

»Aber die Zeitung ...«

»Das ist ... Félicie liest sie mir vor«, stammelte sie, die Worte suchend. »Und Félicie interessiert sich nur für den Krieg. Das hängt mit ihrem Sohn zusammen. Charles ist dort, du erinnerst dich doch?«

Sie legte im Schatten des Tisches die Hände auf ihre Knie, doch ich hatte genug Zeit zu sehen, dass sie zitterten, und auch ihre Stimme bebte. Was war los? Warum diese Aufregung? Wegen Charles?

»Nun, dieses Rezept?«, sagte sie und hustete, um ihre Stimme freizubekommen.

»Wenn Sie möchten, komme ich jeden Nachmittag, um Ihnen das Rezept des Tages vorzulesen. Vom Garten aus ist es ein Katzensprung.«

Sie schaute mich voller Sorge an. Der Gedanke, ich könnte sie täglich besuchen, hatte etwas, das ihr nicht gefiel, ganz und gar nicht.

»Zu welcher Uhrzeit?«

»Warum? Empfangen Sie nur zu bestimmten Uhrzeiten Besuch? Wie ein Minister?«

»Natürlich. Du musst mir eine Uhrzeit sagen und dich daran halten.«

»Ich weiß nicht. Sagen wir vier Uhr?«

»Vier Uhr, das ist gut, ich werde dich erwarten.«

Es war an jenem Tag, als ich hinter einem großen Holzlaster, der vor der Tür geparkt hatte, mit dem Schloss kämpfte und Maurice Lesire erblickte. Einer unserer guten Kunden. Er kam mehrere Male in der Woche von Prades hoch, um unser Brot zu kaufen, das beste der Region, wie er sagte, und er vergaß niemals, nach Félicie Puech zu fragen. Sie erschien sofort, als würde sie seine Zeiten kennen, und sie gingen untergehakt zur Kirche oder zum Friedhof hinauf, ohne dass Monsieur Puech etwas dagegen zu sagen fand. Monsieur Lesire begegnete mir, als ich um den Laster herumgegangen war, und ich erkannte sehr wohl, dass er auf dem Weg zu Lucienne war.

»Nanu!«, sagte er, als er mich erblickte, »schön, Sie zu sehen.«

Daraufhin fing er sich wieder und ging die Straße in Richtung Mont-Louis weiter, wobei er so tat, als ginge er spazieren.

Ich blieb am Pont Saint-François stehen, ehe ich zum Garten hinunterging. Es war bedeckt. Eine Wolkenschicht verbarg die Gipfel und reichte an den Hängen weit hinunter. Die Têt führte durch die Schneeschmelze viel Wasser und donnerte zu meinen Füßen wie ein wilder Gebirgsbach. Mir kam der Gedanke, die Häuser auf der linken Uferseite abzuzählen, bis ich das von Lucienne gefunden hatte. Eine schwierige Aufgabe. Die Mauern und Höfe waren zu sehr ineinander verschachtelt, als dass man mit Sicherheit hätte sagen können, wo ein Anwesen endete und anfing. Ich versuchte es mit den Dächern, das war sehr viel einfacher. Ein Dachfenster von Luciennes Haus, eine Gestalt am Fenster direkt darunter. Die von Monsieur Lesire?

Saint-Pierre in Prades

Seit dem Brief von Pablo Casals war viel Zeit ins Land gegangen, und die Feindseligkeit meiner Chefs ihm gegenüber hatte sich abgeschwächt. Dann erhielt Dr. Durand Besuch von Félicie wegen irgendeiner Unpässlichkeit. Er legte ein gutes Wort für mich ein, und auf einmal regelte sich alles wie von selbst: Ich durfte samstags nach meinem Dienst nach Prades hinunterfahren und sogar bis Sonntag bleiben, wenn es mir passte.

Dieser Sinneswandel verblüffte mich. War er ein Zeichen des Überdrusses oder der natürlichen Autorität Dr. Durands, oder etwa des Bedürfnisses, in der Gunst des Arztes zu bleiben, der am nächsten wohnte? Ich schwor mir, der Sache bei nächster Gelegenheit nachzugehen, und unterdessen schrieb ich Pau Casals, um ihm mitzuteilen, dass sich meine Ketten gelockert hatten. Er antwortete mir postwendend und in einer Form, die typisch für ihn war: mit einem Stapel Noten. »Ich erwarte Sie in vierzehn Tagen«, schrieb er mir in einem Begleitschreiben, »in der Zwischenzeit werde ich ein passendes Cello für Sie gefunden haben, und Sie werden alle diese Stücke auswendig kennen.«

Ich hatte keine Wahl mehr. Ich verbrachte meine Abende über den Noten, und als der Tag kam, nahm ich den Zug nach Prades.

Es waren die ersten Tage im Mai, die Hügel des Conflent lagen in ihrem grünen Schmuck friedlich in der südlichen Sonne, und ich erkannte in ihnen die in Nebel eingehüllten Hänge des vergangenen 24. Dezember nicht wieder. In einer Schneise, welche die Vegetation durchbrach, tauchten auf einmal die Häuser von Ria auf, stufenförmig bis zur Spitze ihres Berges ansteigend, inmitten ihrer blumenübersäten Parklandschaft. Ich spürte, wie sehr mir diese Region ans Herz gewachsen war. Natürlich gingen mir noch immer die Bilder sehr nahe, die ich aus Tarragona und seiner Umgebung bewahrte, auch hatte ich gute Erinnerungen an Barcelona, doch die Festigung des faschistischen Regimes schob meine Rückkehr nach Spanien in weite Ferne. Dafür spannen der Empfang durch die Bewohner von Villefranche, Paus Anwesenheit und die unglaubliche Schönheit der Pyrenäen ein ganzes Netz von Fäden zwischen mir und diesem Land.

Pau erwartete mich in der Halle des Grand Hôtel. Sein Gesicht hellte sich auf, als er mich erblickte, und er ging mit ausgebreiteten Armen auf mich zu.

»Ich habe nach Ihnen ausgespäht«, sagte er und drückte meine Hände aufs Herzlichste.

Dann wies er auf zwei große schwarze Kästen, die aufrecht nebeneinander an der Rezeption lehnten.

»Ich glaube, Sie werden nicht enttäuscht sein«, sagte er und zeigte auf den ersten. Daraufhin griff er nach dem anderen und zog mich auf die Straße hinaus.

»Wohin gehen wir?«

»Sie werden sehen, Sie werden sehen«, antwortete er und drückte meinen Arm. »Eine Überraschung!«

Bei dem Wort ›Überraschung‹ zog ein schelmisches Blitzen durch seine Pupillen unter den von Erschöpfung schweren Lidern.

Bebend vor Ungeduld ging er mit weit ausholenden Schritten, die auf dem Pflaster nachklangen, als wollte er die Aufmerksamkeit auf dieses Mädchen lenken, das er unter allen ausgewählt hatte, seine Rückkehr zum Cello zu begleiten, aber die Passanten, die an uns vorüberkamen, wandten sich von uns ab. Ein Obst- und Gemüsehändler war an seinem Verkaufsstand zugange, richtete sich auf, als er uns sah, und zog sich in die Tiefen seines Ladens zurück.

»Leute, die jeden Tag mit mir gesprochen haben, meiden mich jetzt«, sagte Pau. Das war die harte Wahrheit.

Von da an ging er leise und mit verschlossener Miene weiter. Trotzdem behielt er seine Würde, führte jedes Mal, wenn er jemandem begegnete, die Hand an den Hut, ohne müde zu werden oder sich gar aufzuregen, wenn derjenige seinen Gruß nicht erwiderte.

Mit unseren riesigen Kästen nahmen wir einen großen Teil der Straße ein und bildeten sicher ein wunderliches Paar, vor allem für die Leute, denen die klassische Musik fremd war. Doch die Bewohner von Prades hatten im Mai 1940 zu viele Sorgen, um den Skurrilitäten in ihrer Umgebung Aufmerksamkeit zu schenken. Sie hatten Angst. Die deutsche Armee war gewiss weit weg und die Allianz mit England eher beruhigend, doch der deutsch-sowjetische Pakt, die Niederlage Polens im Herbst 1939 und die kürzliche Invasion Norwegens und Dänemarks brachten die alte Sicherheit ins Wanken. Auf jeden Fall war es nicht der Augenblick, eine Sympathie zu zeigen, die dazu führen konnte, dass man am nächsten Tag zur Zwangsarbeit verdammt oder einem Erschießungskommando zugeführt wurde.

So gelangten wir zu Saint-Pierre, der Hauptkirche von Prades, und mir wurde klar, dass das unser Ziel war.

»Da sind wir«, sagte Pau mit einem breiten Lächeln.

Ein kleines Arrangement mit dem Priester der Gemeinde: Der berühmte Pablo Casals spielte bei großen Anlässen die Orgel, und im Gegenzug durfte er hier proben. Ein Glücksfall für Pau ... und für die Gäste und Nachbarn des Grand Hôtel, die nicht gerade empfänglich für den Zauber der großen Musik waren. Auch ein Glück für die Frommen der Gemeinde, doch sie waren sich dessen nicht bewusst – ich war mir nicht sicher, ob sie ihr Privileg zu schätzen wussten. Nach dem Krieg würden die Menschen von weit her kommen, einige aus Japan und Amerika, um Pau in Saint-Pierre oder Saint-Michel spielen zu hören, aber 1940 und bis zur Entstehung des Festivals von Prades 1950 hätten nicht einmal die Anwohner den Platz überquert, um ihn zu hören. Sie sahen ihn mit seinem Instrument hineingehen und blieben bei sich zu Hause.

Als ich über die Schwelle trat, riss ich die Augen weit auf. Das Tageslicht warf ein weißes Rechteck auf die Fliesen vor der Tür, die Kirchenfenster brachten ein wenig Helligkeit unter die Gewölbestreben des hohen Mittelschiffs, aber die seitlichen Kapellen, das Querschiff und der Chor lagen im Dunkeln. Ich folgte Pau in den Hauptgang, als meine Augen, die sich inzwischen an das Halbdunkel gewöhnt hatten, plötzlich von goldenen Reflexen am Altar angezogen wurden. Ich hob den Kopf, und Sankt Peter, die Jungfrau und Gottvater erschienen mir in ihrer Herrlichkeit. Der große Altaraufsatz. Der Priester hatte mir davon erzählt, aber ich hatte nicht mit einem solchen Glanz gerechnet und blieb sprachlos mit meinem Blick an dem Gold hängen, den kleinen Statuen, den Engelchen, die aus dem Dunkel heraustraten, als wollten sie uns empfangen. Pau ging bereits weiter, aber ich nahm seine Existenz überhaupt nicht mehr wahr. Ich war allein mit dieser Hommage des Menschen an seinen Schöpfer und der kleinen roten Flamme, deren Zittern auf das Tabernakel verwies.

Wie lange verharrte ich so, regungslos, an diesem erlauchten Ort der Kunst und der Verehrung? Ich könnte es nicht sagen. Ich weiß nur, dass sich der Gesang eines Cellos vom rechten Flügel des Altaraufsatzes erhob, und es war mir, als würden alle Personen des Retabels sich zur Seite neigen.

»Zweite Suite«, sagte Pau, sobald ich richtig saß.

Er war dafür bekannt, den größten Teil des Repertoires auswendig zu spielen, und ich selber war mit der Zweiten Suite so vertraut, dass ich ohne Noten auskam. Ich nahm mir Zeit, mein Instrument zu entdecken, es zu stimmen, einige Tonleitern zu spielen, und gab dann Pau freie Bahn. Er sammelte sich einen Moment lang, hob den Arm und begann.

Woran dachte er in jenem Augenblick? Aus welcher Erinnerung, welchem Ereignis seines langen Lebens holte er seine Inspiration? Ich wusste es nicht. Ich stellte nur fest, dass sein Spiel ergreifend und leidenschaftlich war. Vielleicht dachte er an die Tragödie der Besetzung Kataloniens durch die Faschisten und an die täglichen Dramen seiner Landsleute. Die Mission des Interpreten, sagte er damals im Konservatorium zu uns, ist nicht, eine Folge von Tönen wiederzugeben, sondern die Schwingungen seiner Seele als Widerhall derjenigen des Komponisten. Weiter fragte er, wozu es gut sei, den Arm frei zu machen, die Hand, die Geste des Musikers, wenn man nicht ebenso den Gefühlsausdruck befreie? Seine Aussagen kamen mir wie Blitze wieder in den Sinn, und ich sah, wie der Meister sie in einer Zeit anwandte, die wahrscheinlich zu den beängstigendsten seines Lebens gehörte.

»Sie sind dran«, sagte er, als er fertig war. »Ich höre Ihnen zu.«

Wir waren bei Bach, seinen Suiten für Violoncello. Ich entschied mich, bei ihm zu bleiben, und begann mit dem Präludium der Vierten Suite. Ein wunderbares Stück, ein bewundernswerter architektonischer Plan. Der Anfang war ruhig, majestätisch und wurde plötzlich von einer Welle von Sechzehnteln abgelöst, die in einem vollen g-moll-Akkord ihren Höhepunkt erreichten. Danach wurde es langsam etwas ruhiger, und allmählich stellte sich die anfängliche Ausgeglichenheit wieder ein. Geschichtlich betrachtet handelt es sich bei diesen Kompositionen um die ersten Solostücke für mein Instrument, und die Modulationen über einer Note, vor allem in der Vierten Suite, erinnern an bestimmte Effekte der Orgelpedale, die mich zu meinen ersten musikalischen Erlebnissen in der Kirche unserer Gemeinde und in der Werkstatt meines Vaters zurückführten. Eine sehr persönliche Vorliebe, die in meinen entferntesten musikalischen Erfahrungen verankert war.

Pau wird es verstanden haben, und er wird wie ich ermessen haben, was uns alles an jenem Tag trennte: Die Zweite Suite, die er für sich ausgewählt hatte, zählte zu den düstersten und angsterfülltesten Werken von Johann Sebastian Bach und vielleicht des gesamten Repertoires für Violoncello.

Ich spielte das Präludium so, wie ich es empfand, ohne zu versuchen, ihm eine andere Richtung zu geben oder mein Spiel zu kontrollieren.

»Jetzt hören Sie sich zu«, sagte Pau. Er hob seinen Bogen und gab von diesem eher fröhlichen Musikstück eine melancholische, manchmal auch süßliche Interpretation.

»Ich übertreibe, seien Sie ganz beruhigt«, sagte er lachend. »Ich will es Ihnen nur verständlich machen.«

Ich begann wieder von vorne und bemühte mich, lebhafter zu spielen, und Pau ließ dann noch einmal seine Version folgen. Seine Erschöpfung war nur noch eine Erinnerung, Bach steigerte seine Konzentration, und jeder neue Akkord schien ihm mehr Energie zu geben. Bei mir war das nicht der Fall. Die Harmonien der Suiten trugen mich natürlich, vor allem in der wunderbaren Akustik von Saint-Pierre, aber ich war körperlich noch zu schwach, um die Anstrengung der Konzentration auszuhalten, die diese erste Stunde forderte. Um es klar zu sagen, ich war am Rande der Erschöpfung.

»Zum Abschluss die Sonate von Kodály?«

Ein schweres Stück, das über meine Kräfte ging. Ich schaute Pau an, und er verstand, dass ich es nicht würde spielen können. Er musterte mich einen Augenblick, als wollte er mich fragen, ob es mein letztes Wort wäre, ob ich nicht Opfer einer Aufwallung falscher Bescheidenheit geworden wäre, dann gab er mir eine Antwort auf seine Weise: Er begann zu spielen.

Er spielte mit halb geschlossenen Augen, ohne auf die Saiten oder die Noten zu blicken. Ein sanftes Licht fiel nun durch die Kirchenfenster hoch oben unter dem Gewölbe; es schuf im Halbdunkel der Kirche ein erleuchtetes Feld, dort, wo Pau Casals nach Monaten der Entmutigung das unsagbare Glück zu spielen wiedergefunden hatte.

Als wir herauskamen, wurde es auf dem Platz bereits dunkel, und der Himmel rechts des Canigou bereitete uns eine Ovation aus Karminrot, Dunkelorange und Abstufungen sämtlicher Blautöne.

»Wissen Sie«, sagte Pau und hielt auf dem Platz inne, »ich habe diese Sonate sehr oft mit sehr unterschiedlichen Menschen gespielt. Ich habe sie selbstverständlich mit meinem Lehrer Josep García in Barcelona gespielt, aber auch mit Bazelaire, Anton und Gérard Hekking, Cassadó, Emmanuel Feuermann und natürlich mit Maurice Maréchal. Ich habe jedes Mal etwas von ihr gelernt, nicht nur über die Persönlichkeit meines Partners, sondern auch über die besonderen Übereinstimmungen meiner Seele mit der seinen. Sie müssen daran arbeiten«, sagte er lächelnd. »Ich kann es kaum erwarten, Sie mit der Sonate von Kodály zu hören.«

Anschließend hing er seinen Gedanken nach und hätte wohl den ganzen Abend grübelnd auf diesem Platz vor der Kirche verbracht, wenn ich ihn nicht mit zu der großen Straße gezogen hätte.

»Es ist seltsam«, sagte er, als wir in der lauen Abendluft dahingingen. »Ich kann noch so sehr in meiner Erinnerung suchen, aber ich glaube, ich habe das Stück noch nie mit einer Frau interpretiert. Und noch nicht einmal von einer Frau spielen gehört«, fuhr er fort, als wir auf die Nationalstraße kamen. »Das ist noch ein Grund mehr, dass Sie sich daranmachen«, schloss er und hakte sich bei mir unter.

Montserrat Alavedra teilte mir mit, als wir uns auf der Terrasse des Grand Hôtel trafen, dass sie für mich ein Bett in das Zimmer ihrer Töchter hatte stellen lassen. Ich würde den Abend und den nächsten Tag gemeinsam mit ihnen verbringen und am Sonntag den letzten Zug zurück nehmen. Alles war arrangiert, man verlangte nur von mir, es anzunehmen. Pau klatschte laut, als er dieses Programm vernahm, und verkündete lachend, dass ich in eine Falle geraten war: Er spielte am nächsten Tag für einige Freunde im Kloster Saint-Michel-de-Cuxa; ich würde ihn begleiten, in zweierlei Hinsicht. Im Übrigen erschien genau in diesem Moment Dr. Durand, um die praktischen Einzelheiten des Tages zu regeln, und ich sah, dass alles arrangiert war und ich keinen Rückzieher machen konnte.

Die Unterhaltung drehte sich selbstredend um Musik und insbesondere um die spanischen Komponisten. Albéniz, Granados, de Falla, Turina, Esplá ... Pau kannte sie natürlich alle, es waren seine Freunde, er hatte ihre Werke gespielt, häufig uraufgeführt und gemeinsam mit ihnen an der Erneuerung des spanischen Repertoires mitgewirkt. Für mich war es – und ist es noch heute, da ich diese Zeilen zu Papier bringe – die Zeit symbolträchtiger Persönlichkeiten, Halbgötter in einem weit entfernten Olymp. Aber Pau redete von ihnen wie von alten Kameraden und erzählte sehr bodenständige Anekdoten von ihnen.

Als wir uns zu Tisch begeben wollten, nahm er meinen Arm und klagte in aller Vertraulichkeit darüber, dass er gerade sehr ermüdende Wochen erlebte. Meine Gegenwart tat ihm anscheinend wohl und ließ ihn seine Sorgen für einige Stunden vergessen.

»Sie sind so jung, Maria, so voller Leben. So schön«, sagte er und legte eine Hand auf meine Schulter.

›Ein altes Schwein von sechzig Jahren.‹ Diese Bemerkung Monsieur Puechs kam mir in den Sinn, aber nur, weil sie verdeutlichte, wie anders alles in Wirklichkeit war. Pau litt mit seiner überaus feinen Sensibilität mehr als andere an dem Unheil, das seit dem Sturz der Republik über Spanien hereingebrochen war. Er konnte deswegen nicht schlafen, dachte ständig daran. Es war wie eine offene Wunde, die nur durch die Befreiung Kataloniens vernarben könnte. Da die Befreiung auf sich warten ließ, suchte er in der Gesellschaft und Verbundenheit mit seinen Freunden und Landsleuten, die in ähnlicher Weise wie er litten, Trost für seinen Schmerz.

»Ist sie deine Verlobte?«, fragte die kleine Alavedra genau in diesem Augenblick.

»Na, endlich merkt es jemand«, antwortete Pau in das allgemeine Gelächter hinein.

»Auf jeden Fall ist es lange her, dass wir dich so entspannt gesehen haben«, bemerkte Montserrat.

»Das ist die Musik«, sagte Pau. »Nichts als die Musik.«

Saint-Michel-de-Cuxa

Joan hatte die Katalanen zusammengetrommelt und für Sonntag ein Mittagessen im Grünen in Saint-Michel-de-Cuxa, in den Ruinen des Klosters organisiert. Es war nur ein paar Kilometer, ein wenig mehr als eine Stunde zu Fuß von Prades entfernt, doch Pau bestand darauf, dass ich zusammen mit ihm im Wagen von Dr. Puig hinfuhr, und unterwegs erklärte er mir seine Beweggründe für dieses Konzert: Er wollte, dass die Felsen des Canigou das Echo einer katalanischen Musik, gespielt von Katalanen an diesem bedeutenden Ort der katalanischen Kultur und Geschichte, in die Täler warfen, auch auf der spanischen Seite.

»Eine neue Sardana«, sagte er und wedelte mit einigen Notenblättern.

Er hatte in der Nacht, inspiriert von der traditionellen Musik seiner Kindheit, komponiert.

»Der Klang der Grallas und die Lieder der Menschen vom Land«, schloss er.

Und sein Blick verlor sich zu den Bergen hin.

Ein Stück weiter tauchte ein hoher viereckiger Turm inmitten der Natur auf, und ich ahnte, dass wir am Ziel waren: Der berühmte, mit Zinnen versehene Turm machte uns, wie die Pilger zu früheren Zeiten, auf das Kloster Saint-Michel aufmerksam, den Stolz der Katalanen durch die Jahrhunderte. Er stand auf dem Grund eines Tals, das vom Canigou her abfiel, und ragte über die Feigenbäume und Platanen, sogar über die Zypressen seiner Umgebung hinaus. Ein Zeichen, eine Warte, ein Symbol der Autorität, doch dieses erste Gefühl von Macht wich dem der Bewunderung, sobald der Blick am Mauerwerk der Außenverkleidung und dann zwischen den Durchbrüchen, vom Fundament bis ganz nach oben, hängen blieb: Den ganz einfachen Öffnungen der ersten Geschosse folgten große Doppelfenster in den höheren Stockwerken, dann die ebenfalls doppelten runden Klangöffnungen für die Glocken direkt unter den Zinnen. Aus der Richtung, in der wir auf den Turm zufuhren, bot sich uns dessen Vorderseite fast frontal dar, und das Licht, das auf den Stein auftraf und ihn ganz weiß erscheinen ließ, unterstrich noch die erstaunliche Fülle der Komposition, indem es sich in den Tiefen der Fensteröffnungen verlor und die Schatten der Gesimse und Kapitele zerschnitt.

»Ein Bauwerk, von dem niemand weiß, wer es geschaffen hat«, sagte Dr. Puig. »Wie immer oder jedenfalls fast immer im Mittelalter. Unbekannter Architekt, berühmtes Bauwerk«, fuhr er fort und wandte sich zu mir. »Das Kloster hat einige Kerle beherbergt, die seinen Namen in der ganzen Christenheit verbreitet haben: den Abt Garin, den Dogen Pietro Orseolo und seinen Freund Sankt Romuald, im 11. Jahrhundert den Abt Oliba. Schon von ihnen gehört?«

»Nein«, antwortete ich geistesabwesend.

»Ein eifriger Baumeister. Mitglied der gräflichen Familie. Begründer von Saint-Martin-du-Canigou. Erneuerer der großen katalanischen Klöster: Montserrat, Ripoll … Saint-Michel«, schloss er mit einer emphatischen Geste zum Turm hin.

Er parkte den Wagen am Straßenrand, und die übrigen Teile der Abtei, oder vielmehr ihre Relikte, tauchten inmitten des Grüns auf: weiße und ockerfarbene Steine, von Efeu und Brombeeren überwuchert, zwischen wilden Pistazien und Rosmarinsträuchern. Der Turm und die Kirche der Abtei standen noch, aber in einem Feld von Ruinen und Dickicht. Wenn Abt Oliba und Doge Orseolo von dort aus, wo sie waren, sehen könnten, was die Menschen aus ihren Werken gemacht hatten ...

»Es mangelt nicht an Arbeit«, sagte Pau, als er meine Verwunderung bemerkte. »Ich werde an dem Tag, an dem diese Steine wieder einer auf dem anderen liegen, nicht mehr da sein, aber Sie, Maria, Sie werden diese Abtei wieder aufgebaut und die Rechte des katalanischen Volks wiederhergestellt sehen.«

Dann schwieg er, und ich erkannte an den Blicken, die er auf die Mauern unter den Bäumen, unter den Bergen um uns herum warf, dass er häufig hierherkam, um sich in Saint-Michel zurückzuziehen. Einen weiteren Beweis dafür erhielt ich, als ich ihn ohne das geringste Zögern einen fast nicht sichtbaren Weg im Dickicht einschlagen sah. Ich folgte ihm auf diesem Pfad, und er führte uns zu einer Art gepflastertem Hof an der Kirchenmauer.

»Der Kreuzgang«, sagte Dr. Puig.

Der Kreuzgang? Es bedurfte eines gehörigen Maßes an Vorstellungskraft, um zuzugestehen, dass dieser von Schutt überhäufte Innenhof einmal ein Ort der Andacht und des Gebets der Mönche von Saint-Michel-de-Cuxa gewesen war.

»Gott sei Dank bewahrt«, sagte er.

»Bewahrt?«

»Genauer gesagt: dank Gott und George Barnard.«

»George Barnard?«

»Ein amerikanischer Bildhauer. Er kam 1907 hier vorbei.

Und er hat sich damit gebrüstet, den Kreuzgang wieder aufzubauen. Man muss wohl Amerikaner sein, um derart extravagante Ideen zu haben. Nun! Er hat daran festgehalten. Sie wissen ja, wie sie sind: Wenn sie sich etwas in den Kopf gesetzt haben, bleiben sie dabei.«

Ich verstand es nicht. Diesem Amerikaner war es gelungen, den Kreuzgang wieder aufzubauen, und wir standen am Ort des Kreuzgangs in einem Ruinenfeld.

»Haben Sie ihn gekannt?«

»Ob ich den Kreuzgang gekannt habe? Aber natürlich. George Barnard selbstverständlich auch. In den Jahren um 1910 kannte jeder in Prades George. Fatalerweise! Er ging von Tür zu Tür und versuchte die Steine zu finden. Er hat lange dafür gebraucht. Auch das Geld ... Aber schließlich hat er es geschafft, mehr als die Hälfte der originalen Kapitele aufzuspüren und zu kaufen. Erlesene Stücke, wissen Sie! Oh, wenn Sie George gehört hätten, so waren es nur alte, wertlose Steine, und Sie hätten ihm die Ihren seiner schönen Augen wegen gegeben. Bitte schön! Nur dass diese alten Steine aus dem 11. Jahrhundert stammen und zu den ältesten Beispielen der dekorativen Bildhauerei gehören.«

»Der dekorativen Bildhauerei?«

»Bildhauerei, die nicht von einem religiösen Thema inspiriert wurde, sondern nur von dem Bemühen um schmückende Formen. Die erste weltliche Bildhauerei, wenn man so will. George Barnard hütete sich sehr, einem das zu sagen. Doch ich langweile Sie mit meinen Geschichten ...«

»Aber nein, überhaupt nicht.«

Meine Aufmerksamkeit war zwischen den Schwierigkeiten, mit dem Cellokasten in der Hand durch das Dickicht zu schreiten, und den Ausführungen von Dr. Puig über die Inspiration der mittelalterlichen Bildhauerei aufgeteilt, doch alles, was in irgendeiner Weise Katalonien betraf, fesselte mich – kurz und gut, diese Lektion in angewandter Geschichte lenkte mich von der beängstigenden Aussicht ab, öffentlich mit Pablo Casals zu spielen.

»Er hat die meisten Kapitel wiedergefunden, und diejenigen, die ihm noch fehlten, hat er nachgemeißelt. Selbstverständlich aus demselben Marmor, vor Ort gab es davon reichlich, und im selben Stil natürlich. Wenn Sie meine Meinung hören wollen, hat er mehr hergestellt als nötig und einige davon als Originale verkauft. Und wenn ich ›einige‹ sage, waren es eine Menge. Dieser verdammte George! Er hatte etwas von einem Gauner, das ist wahr! Nun, immerhin ist das Kloster Saint-Michel-de-Cuxa dank ihm wieder komplett aufgebaut worden.«

»Nein, nicht hier!«, rief er aus, da ich mich umschaute, um die Rekonstruktion von George Barnard zu suchen. »In Amerika natürlich. Sie glauben doch nicht, dass George sich für uns die Mühe gemacht hat? Er hat alles an das Metropolitan Museum in New York verkauft. 1925, wenn meine Erinnerung mich nicht täuscht. Jedenfalls ziert unser Juwel heute angeblich einen sehr schönen Park an den Ufern des Hudson River. Eine schöne Geschichte, nicht wahr?«

Eine schöne Geschichte? Nein, ich fand nicht, dass der Kauf und die Überführung eines Meisterwerks der katalanischen Kunst in ein fernes Land wirklich eine schöne Geschichte war. Für mich war dieses Kloster (und ist es immer noch) das Werk von katalanischen Architekten, Bildhauern, Steinbrucharbeitern und Maurern; es hatte die Meditationen von Generationen katalanischer Mönche und Christen inspiriert; sein Platz war hier, unter uns, am Fuß des Canigou, und nicht an den Ufern eines amerikanischen Flusses. Diese Geschichte war ganz einfach die eines Diebstahls und dieser Barnard ein niederträchtiger Betrüger. Wieso sah ein so kultivierter Mann wie Dr. Puig das nicht? Ein Ausländer entwendete in wenigen Monaten unter den Augen, ja sogar mit der freudigen Unterstützung der Nachbarn ein Juwel des katalanischen Kulturguts, und niemand unternahm etwas dagegen!

»Ich dachte, Prades lag auf französischem Gebiet.«

»Natürlich. Worauf wollen Sie hinaus?«

»Auf das Gesetz zur Bewahrung des Kulturguts. Es gilt doch in ganz Frankreich, oder?«

Dr. Puig hatte keine Zeit zu antworten. Wir kamen zu dem Hof, auf dem Pau stehen geblieben war und die Aufstellung der Notenpulte, Hocker und einiger Stühle für das Publikum dirigierte. Prades, New York, Barcelona? Wo waren wir eigentlich? Der Schutt und die zerbrochenen Ziegel erinnerten mich daran, dass wir in Cuxa waren, in den aufgehäuften Überresten eines großen Klosters, einst noch ein Ort des Gebets und der Verehrung des Schöpfers aller Dinge durch das katalanische Volk. Ich setzte mich neben den Meister, aber ein wenig in den Hintergrund, und hatte an jenem Morgen keine Mühe, mein Spiel mit dem seinen in Einklang zu bringen. Wir befanden uns beide in derselben Auflehnung gegen den Krieg und die Zerstörung, in derselben Sehnsucht nach einer Zeit, in der Katalonien unter den Augen Gottes in Frieden lebte.

Joan hatte zu seinem Fest alle Freunde Spaniens, des Frühlings und der Musik eingeladen. Sie kamen in kleinen Gruppen zu Fuß, mit dem Fahrrad, einige mit dem Auto, bahnten sich einen Weg zum Kreuzgang, indem sie der Musik folgten, und nahmen auf einem Stein oder auf den Überresten der niedrigen Mauer des Chorumgangs Platz. Pau spielte die Zweite Suite, ich die

Vierte, und ich war zu sehr von der Musik in Anspruch genommen, um die Leute wirklich wahrzunehmen. Ich war mir nur einer Präsenz unter uns bewusst.

Als ich den ersten Satz beendet hatte, hob ich den Blick, und sie waren da, junge und weniger junge Leute, Männer und Frauen, Eltern und Kinder. Pau wedelte zur Begrüßung mit seinem Bogen, dann beugte er sich wieder über sein Instrument und begann mit einer weiteren Suite, der Dritten, wenn ich mich richtig erinnere. So spielte er eine knappe Stunde allein, mit geschlossenen Augen und in seine Gedanken verloren. Danach erhob er sich, um sich zu bedanken.

»Meine Freunde«, sagte er mitten in den Beifall, »meine Freunde, es sind schwierige Zeiten. Katalonien ist ein schweres Joch auferlegt worden«, sprach er erregt in die andächtige Stille hinein. »Die Katalanen befinden sich im Gefängnis oder in den Lagern. Aber uns bleibt die Hoffnung. Das katalanische Volk hat sich stets aus den schlimmen Lagen, in die die Geschichte es verwickelt hat, befreit, es wird sich auch dieses Mal befreien. Die Macht Francos und Hitlers wird vorübergehen.«

»Und Mussolini?«, fragte jemand.

»Auch die Macht Mussolinis wird vorübergehen«, fuhr er mit einer umfassenden Handbewegung fort, als wolle er alle Tyrannen der Erde in einen Sack stecken, »und wir werden wieder zusammenkommen, Sie, ich und unsere Freunde in der ganzen Welt, um uns von Musik bezaubern zu lassen. Hier, am Fuße des Canigou.«

Tränen liefen ihm über das Gesicht, genauso wie über viele Gesichter in der kleinen Versammlung, die wir um ihn bildeten. Jeder dachte an den Bruder, die Schwester, den Nachbarn, die der Krieg ihm genommen hatte. An die Schwierigkeiten, die ihn erwarteten. Wir führten alle ein unsicheres Leben, und

Joan hatte es unter Aufbietung all seines Einfallsreichtums nur mit Mühe und Not geschafft, genug Essen für uns dreißig oder vierzig Menschen aufzutreiben.

Ich stand noch ganz unter dem Einfluss der Euphorie des Tages, als ich an jenem Abend aus dem Bahnhof trat und die Nationalstraße nach Villefranche hinaufging. Jedes Mal, wenn ich dort entlangkam, rief ich mir meinen ersten Weg zur Zitadelle am Vorabend von Weihnachten ins Gedächtnis, und mir wurde die Veränderung bewusst, die in meinem Leben stattgefunden hatte. Welcher Kontrast in jeglicher Hinsicht zwischen meinen Ängsten an jenem Tag und der Freude meines jetzigen Daseins! Ich war Martha und Agnès, dem Priester und den Levêques, Pau und Joan begegnet! Mein Herz war so erfüllt von diesem Glück, dass ich die Treppe zur Wohnung des Priesters hinaufging und seine Einladung zum Essen annahm. Er wollte alles wissen, was ich in diesen zwei Tagen in Prades erlebt hatte: wen ich gesehen hatte, wann, unter welchen Umständen ...

»Wir haben Zeit«, sagte er.

Auf diese Weise erfuhr er, dass Maria Soraya nicht nur Klavier und Cembalo spielte, sondern auch und vor allem Cello.

»Und Sie kennen Pablo Casals!«, rief er aus.

Er schaute mich an, als würde er einen seltenen Vogel sehen, den der Gegenwind bis in sein Pfarrhaus getrieben hatte.

»Aber ja«, sagte ich lachend, »ich kenne Pablo Casals.«

»Und Sie spielen wirklich Cello?«

»Wundert Sie das?«

»Das heißt ... wissen Sie ... als Landpfarrer in einer Gemeinde wie Villefranche ... Kurz und gut«, stammelte er, und indem er sich wieder fasste, fuhr er fort: »Ich bin in meiner langen

Existenz ein oder zwei Mal dem Wort ›Violoncello‹ begegnet, und ... Für mich ist es geradezu ein exotisches Wort, wissen Sie. Ein Heraufbeschwören des weit entfernten, unerreichbaren Paradieses ... Und plötzlich sehe ich mich so einem Ding gegenüber.«

»Danke für das ›Ding‹«, sagte ich lachend.

»Nun, Sie verstehen mich. Aber, haben Sie mir gerade wirklich erzählt ... Pablo Casals hat für Sie ein Instrument gefunden, oder? Habe ich das richtig verstanden?«

»Ja. Es stimmt.«

»Und wo ist es?«

»In Prades. Ich habe es bei ihm gelassen.«

»Ah, aber Sie hätten es mitnehmen sollen. Sie wissen nicht, was für eine Freude Sie mir machen würden ...«

Doch, ich verstand vollkommen die Freude, die Pfarrer Raynal und seine Gemeindemitglieder an einem Konzert hätten, selbst wenn es von den armen Fingern einer halben Anfängerin gespielt worden wäre, aber ich war mir nicht sicher, ob ich mich darauf einlassen wollte. Als ich mit Pau zusammen spielte, hatte ich mich gefragt, ob dieses Kapitel für mich nicht abgeschlossen war, und die Reaktion des Pfarrers bestätigte mir die Distanz, die dieses ungewöhnliche, geradezu ausgefallene Objekt zwischen dem Interpreten und den Menschen um ihn herum aufwarf.

Was würden die Kunden der Bäckerei sagen, wenn sie erführen, dass die kleine Spanierin so ein großes, dunkles Ding spielte, eine Art riesige Violine, aus der sie sonderbare Töne hervorlockte? Würden sie mich nicht, bewusst oder unbewusst, in die Kategorie der fremden, unbestimmbaren und unheimlichen Wesen einordnen?

»Und Sie, Herr Priester?«

Er hatte ebenfalls einen wunderbaren Tag gehabt. Nach der Messe war er in die Einsiedelei von Notre-Dame-de-Vie hinaufgestiegen, und dieser Nachmittag der Andacht in der Bergeinsamkeit hatte ihn erfüllt. Ehrlich gesagt, schien er regelrecht verklärt zu sein. Ich sagte es ihm.

»Verklärt? Wissen Sie, wovon Sie sprechen?«

»Aber ja. Die Verklärung Christi. Die Geschichte vom heiligen Petrus und den drei Hütten.«

»›Herr, wenn du willst, werde ich hier drei Hütten errichten, eine für dich, eine für Mose, eine für Elias.‹ Ich musste mich zwingen, den Rückweg wieder anzutreten. Ohne die Hoffnung, Sie heute Abend zu sehen, wäre ich dort oben geblieben.«

»Die Hoffnung, mich zu sehen? Was wussten Sie davon? Als ich den Bahnhof verließ, hätte ich genauso gut den direkten Weg zu den Puechs einschlagen können. Nichts hat mich gezwungen, hier anzuhalten.«

»Sie hätten können, Sie hätten können … natürlich hätten Sie können. Aber ich wusste, dass Sie kommen würden.«

»Ist das wahr? Hätten Sie die Nacht dort oben verbracht?«

»Natürlich! Das habe ich schon öfter getan! Wissen Sie, mein Amt ist manchmal schwer zu tragen. Die Leute haben keine Vorstellung von der Not in den Dörfern. Ich meine natürlich die moralische Not. Die materielle Not kann jeder um sich herum sehen; es genügt, die Augen aufzumachen, aber die moralische Not durch den Krieg – Sie haben keine Vorstellung.«

Die große Standuhr läutete die ersten Schläge von acht Uhr. Er bot mir an, mich bis zur Kirche zu begleiten, und ich könnte ihm beim Türenschließen helfen. Doch ich wollte lieber bleiben, ich klappte den Deckel des Klaviers auf und begann mit den *Goyescas* von Granados.

»Wunderbar!«, war eine Stimme zu hören, als ich am Schluss des ersten Teils das Stück *Quejas, o La maja y el ruiseñor* beendete.

Es war der Pfarrer. Er war von der Kirche kommend in den Salon getreten, hatte sich ins Halbdunkel gesetzt und mich von dort aus beobachtet, mir zugehört, ohne dass ich es bemerkt hatte.

»*Das Mädchen und die Nachtigall*«, sagte ich. »Gefällt es Ihnen?«

Wanda Landowska

In der Nacht von Freitag, dem 10. auf Samstag, den 11. Mai zerstörten die Sturzkampfflugzeuge der Deutschen, die Stukas, auf dem Boden den größten Teil der alliierten Luftwaffe, und die deutsche Armee fiel in Belgien ein. Als ich gegen halb sieben aufwachte, spürte ich an irgendeiner Spannung, die in der Luft lag, dass etwas geschehen war. Ich zog mich hastig an und fand in der Küche Émile, mit der Zeitung am Tisch sitzend. Mein Blick fiel auf die Schlagzeilen, und ich wusste, was ihn aufwühlte. Zehn Minuten vor sieben ging ich vor die Ladentür hinaus, und die normalerweise um diese Uhrzeit menschenleere Straße war belebt wie am helllichten Tag: Leute vor ihrer Tür, andere an den Fenstern, und alle kommentierten, was geschehen war. Woher wussten sie es? Ein Mysterium. Was wussten sie? Nicht viel, aber es war immer noch genug, um sich Sorgen zu machen und es auf dem Gehsteig weiterzuerzählen. Von sieben Uhr an befanden sich alle diese Leute in oder vor der Bäckerei, tauschten ihre Ansichten aus und stellten Hypothesen auf. Um Viertel nach acht blieb der Priester auf dem Rückweg von der Messe stehen und wurde sogleich umringt. Wegen seines Radios. Wenn jemand etwas wusste, dann war er es. Er, der Notar und der Steuereinnehmer, diese drei Bürger von Villefranche waren Besitzer eines Radioempfängers, doch die Herren Blanc und de Brévent behielten das, was die Wellen ihnen mitteilten, für sich, und so konnte man nur auf den Priester zählen, um zwischen zwei Ausgaben der Zeitungen aktuelle Nachrichten zu erhalten. Deshalb war er natürlich sehr gefragt. So sehr gefragt, dass Arlette ihn bitten musste, hinauszugehen und die Neuigkeiten auf dem Gehsteig zu erzählen.

Gegen zehn Uhr schickte mich Monsieur Puech zum Bahnhof, um weitere Zeitungen zu besorgen, die er auf seiner Lieferfahrt in den Dörfern weiterverkaufen würde. Er brauchte es mir nicht zweimal zu sagen. Jede Gelegenheit, hinauszugehen und umherzuschlendern, nahm ich gerne an, und der Weg bis zum Bahnhof, über den Pont Saint-Pierre und den Pfad an der Eisenbahnlinie entlang, gefiel mir besonders. Vor allem die Brücke. Die älteste von Villefranche. Ein sehr flacher Spitzbogen, zwei gute, dicke Mauern, das Tragwerk und eine Abdeckung aus Schieferplatten. So konnten die Verteidiger von einem Ufer zum anderen gelangen, zwischen der Zitadelle und der Bastion Saint-Pierre, ohne Pfeile oder Granaten fürchten zu müssen. Pfeile und Granaten waren aus der Mode gekommen, doch die Brücke war geblieben, sich selber treu, mit ihren Schießscharten, die einem die Gerüchte hinterhertrugen und, wenn man nahe heranging, das Spektakel der Têt zeigten, deren Fluten sich in der Tiefe der Schlucht tosend dahinwälzten.

Auf dem Rückweg setzte ich mich am Ende der Brücke auf die niedrige Mauer und schlug eine der Zeitungen so sorgsam auf, dass Monsieur Puech es nicht bemerken würde, wenn ich sie ihm gab. Was tat Franco? Würde der Angriff der Deutschen eine Welle der Solidarität mit den spanischen Republikanern hervorrufen? Würden die Haftbedingungen in den Lagern gemildert werden?

Ich hatte nicht einmal Zeit, den Namen Franco in den Spalten zu entdecken.

Kaum hatte ich die Seiten auseinandergefaltet, blieb ein Passant stehen, dann ein weiterer. Der Menschenauflauf zog die Aufmerksamkeit von Schaulustigen auf dem Wehrgang auf sich, und bald war ich von noch mehr neugierigen Männern und vor allem Frauen umringt.

Wie ein Bote zu Zeiten Vaubans, sagte ich mir. Denn seit der Erbauung der Brücke und der Festung hatte sich nichts an der Kulisse um uns herum geändert. Doch! Als ich den Kopf hob, sah ich die aufgrund der Benzinknappheit verstaubte Kühlerhaube eines parkenden Autos und die wie Notenlinien vor den Fassaden der Rue Saint-Pierre hängenden elektrischen Leitungen. Auch die Kleidung hatte sich verändert, sie war leichter geworden, und die Fortschritte der Industrie ließen eine Entwicklung hin zu noch leichteren, bequemeren und farbigeren Stoffen vorhersehen.

Alles nur Details! Entscheidend war, dass die Nationen Europas im Krieg miteinander standen, die Männer an der Front, die Frauen auf sich selbst gestellt in den Dörfern im Hintergrund. Wie zu Zeiten Vaubans.

Die Leute um mich herum wollten wissen: Was wurde gesagt? Wo waren die Deutschen? Und die Gebirgsjäger der Pyrenäen, waren sie eingesetzt worden? Ich zögerte einen Augenblick, dann räusperte ich mich und las die offizielle Bekanntmachung laut vor.

»Danke, Marie«, sagte das Publikum, als ich die Lesung beendet hatte.

Und dieses ›Danke‹ machte mir genauso viel Freude wie der Applaus am Ende eines Konzerts.

Am Nachmittag fuhr ich wie geplant nach Prades, doch Pau blies unsere Probe ab. Der Angriff der Deutschen ließ ihn verzweifeln. Er gestand mir, dass er kaum etwas aß und seit einiger Zeit sehr schlecht schlief. Er konnte sich morgens gerade einmal eine knappe Stunde am Klavier halten, eine Stunde Cello-Unterricht zu geben, ging also über seine Kräfte.

»Raten Sie, mit wem ich diese Woche gesprochen habe«, fragte er mich ohne Umschweife.

»Sie oder er?«

»Sie. Eine Cembalistin und Unterstützerin der Alten Musik, erraten Sie es nicht? Die Muse von Manuel de Falla und Francis Poulenc. Wanda Landowska!«, entfuhr es ihm, als ich vergeblich überlegte.

»Madame Landowska?«

»Ja, Wanda. Eine alte Mitstreiterin. Wir gehören derselben Generation an, sie und ich. Sie tut für das Cembalo und die Alte Musik, was ich seit fast vierzig Jahren für das Cello zu tun versuche: das Instrument von dem Geröll der falschen Traditionen und schlechten Gewohnheiten zu befreien, mit denen es nach und nach beladen wurde. Sie hat Paris aus Furcht vor den Deutschen verlassen, und der Zufall hat sie nach Banyuls geführt.«

»Banyuls?«

»Sagen Sie mir nicht, dass Sie Banyuls nicht kennen. Ein Dorf von Fischern und Weinbauern an der Côte Vermeille. Ah! Die Hänge von Banyuls im Frühling! Die fest in der Erde stehenden Weinreben, die Mäuerchen aus malvenfarbenem Stein, die blühenden Mandelbäume ... Kennen Sie die großen Maler: Derain, Braque, Matisse, Othon ...? Man sagt, dass sie sich dort ihre Inspiration geholt haben, von den Berghängen der Côte Vermeille. Ach, wie gerne würde ich Ihnen diese Naturwunder zeigen. Wenn ich nur gewusst hätte, dass Sie in Argelès gewesen sind, dann hätte ich Sie da herausgeholt, und wir hätten unvergessliche Momente zusammen erlebt. Jetzt ist Krieg, Reisen sind verboten. Monsieur Pétain wird mich sowieso von einem auf den anderen Tag verhaften und mich als Geschenkpaket zu seinem Freund Franco schicken. Mein Koffer steht bereit, wissen Sie. Ich frage mich nur, was mich erwartet.«

»Wie geht es Madame Landowska? Haben Sie sich mit ihr verabredet?«

»Noch nicht. Noch nie waren wir geografisch so nah beieinander und durch Hindernisse so weit voneinander entfernt. Von Prades nach Banyuls zu fahren, ist heutzutage ein Abenteuer. Aber ... Sie kennen sie?«

»Mein Vater hat Cembali gebaut.«

»Ah, das erklärt alles! Wissen Sie, ich erinnere mich sehr gut an Ihren Papa. Aber das habe ich Ihnen schon gesagt, glaube ich. Natürlich nicht so gut wie an Sie, aber ich sehe Sie alle beide noch vor mir in meiner Loge nach dem Konzert in Barcelona. Ein sehr sensibler Mann, nicht wahr? Ist er Wanda begegnet?«

Konnte ich ahnen, als ich über die Schwelle des Grand Hôtel schritt, dass ich an Kindheitserinnerungen rühren würde? Nein, natürlich nicht. Seit meiner Abreise aus Argelès war nicht ein Tag vergangen, an dem ich nicht an meine Eltern und Teresa gedacht hätte, aber wenn es darum ging, darüber zu sprechen – nein, das kam selten vor. Niemand in meiner Umgebung interessierte sich wirklich für meine Vergangenheit, und das Leben in Villefranche hatte mich wie ein Wirbelwind erfasst. Es war seit Langem das erste Mal, dass jemand mit mir über meinen Vater redete, und ich war dadurch ganz aufgewühlt. Pau bemerkte es, er war immer sehr aufmerksam, was das Befinden seiner Gesprächspartner anging, und er ermunterte mich, mir diese Erinnerungen ins Gedächtnis zu rufen und ihnen ins Auge zu sehen.

»Er ist ihr nicht persönlich begegnet, aber er wusste alles über sie: ihre Schule, ihre Bibliothek, der Konzertsaal, den sie in ihrem Wohnsitz gebaut hat, in ... wo war das noch?«

»In Saint-Leu, ich bin dort oft gewesen und habe in diesem wunderbaren Saal gespielt. Aber das ist alles zu Ende. Der Saal, die seltenen Bücher, die alten Instrumente, sie hat alles zurückgelassen und ist weggegangen. Jetzt lebt sie in Banyuls und weint. Zum ersten Mal in ihrem Leben verbringt Wanda Landowska ganze Tage, ohne zu spielen, können Sie sich das vorstellen?«

Ich verbrachte den Nachmittag damit, ihm zuzuhören, wie er vom Krieg und von Katalonien erzählte. Waren seine Sorgen begründet? Würden die Faschisten ihren Einfluss auf die ganze Welt ausbreiten, wie er befürchtete? Ich war zu dieser Zeit nicht gut genug informiert, um mir eine eigene Meinung zu bilden, und ich war ganz einfach nicht im Vollbesitz meiner Kräfte. Noch immer stand ich unter dem Schock des Unheils, vor dem Abgrund der Leere, den der Tod um mich herum aufgerissen hatte. Ich hörte ihm zu, das war alles, was ich für ihn tun konnte, und im Übrigen bat er nicht um mehr, er wollte lediglich einige Erinnerungen mit einer jungen Landsmännin austauschen. Allerdings nur in kleinen Portionen, denn schon nach kurzer Zeit war er erschöpft. Als ich sah, dass er ständig sein Tuch aus der Tasche zog, um seine Brille zu putzen, verabschiedete ich mich.

»Kommen Sie mich wieder besuchen«, sagte er, als er meine Hände drückte. »Ich zähle auf Sie. Wann werden Sie wieder in Prades sein?«

»Das hängt nicht von mir ab, meine Chefs lassen mir sehr wenig Freiheit. Vielleicht in vierzehn Tagen?«

»In vierzehn Tagen«, antwortete er und drehte sich um. »In vierzehn Tagen werde ich nicht mehr hier sein, sondern irgendwo in einem von Francos Gefängnissen.«

Bis zur Abfahrt meines Zuges schlenderte ich durch Prades. Eine köstliche Zeit: die Platanen mit ihren jungen Blättern, von den Balkonen herabhängende Geranien. Die Blumen in den Gärten zitterten in einem leichten Wind, der ihre Düfte miteinander mischte und in der Stadt ausbreitete. Ich setzte mich auf eine Bank vor der Kirche Saint-Pierre und betrachtete lange den Canigou in seinem Mantel aus Grün und seiner Schneehaube. Zumindest er stellte sich keine metaphysischen Fragen. Er war da, wo der Schöpfer ihn hingestellt hatte, deckte sich mal weiß, mal grün zu und machte so Tausende von Menschen, die Vögel und Eichhörnchen nicht mitgezählt, allein durch seine Präsenz in der Landschaft glücklich. Ich war auch auf dem besten Wege gewesen, einem vorgeschriebenen Pfad zu folgen: ein Musiker als Vater, eine frühe Berufung, Talent ... Doch ein finsterer General irgendwo in einer Kaserne des spanischen Marokko hatte seine Männer dazu angestachelt, zu meutern, und alles war gekippt, für mich und für Millionen von Spaniern. Die Spanier standen unter dem faschistischen Joch, und mehr als ein Jahr nach meiner Flucht hatte ich noch immer nicht die geringste Idee, was aus mir werden sollte. Was war mein Schicksal? Lag es in Prades mit Pau und Wanda Landowska? In Villefranche mit den Puechs und den Kunden der Bäckerei? In den Archiven von Perpignan, wozu mich der Priester ermuntert hatte? Wohin führte mein Weg? Zur Musik? Zur Bäckerei? Zur Geschichte? Woher sollte ich das wissen?

Langsam belebten sich die Straßen. Die Leute kamen aus ihren Häusern, und immer mehr gingen in Richtung des Platzes. Sie wogten heran wie Regenwasser, das Bäche und Flüsse anschwellen lässt und sich in einem See oder Teich sammelt. Frauen öffneten ihre Fensterläden und sprachen von Fenster zu Fenster miteinander. Männer schlenderten umher und setzten sich auf die Terrassen der Cafés. Alles war wie immer am späten Samstagnachmittag, doch es lag etwas Bedrückendes in der Luft, eine undefinierbare Bedrohung.

Eine Schar von Mauerseglern flog in rasantem Tempo dicht über den Wipfeln der Bäume über den Platz hinweg und stürzte kreischend in eine enge Straße. Wo würden wir alle in wenigen Monaten sein, wenn es Zeit für sie wäre, sich auf den Weg nach Afrika zu machen? Wo würden dann die Mauersegler sein? Würden sie nicht in der Flutwelle verschwinden, die Europa und den Planeten bedrohte?

Am darauf folgenden Mittwoch war ich im Laden, als René Levêque die Tür aufstieß und zur Theke kam.

»Émile?«

»Er ist oben. Mit Madame.«

Er verschwand auf der Treppe, und fast im selben Moment ertönte ein Schrei, der mich förmlich zur Wohnung hinaufzog.

Madame Puech saß zusammengesunken auf einem Stuhl. Ihre Lippen zitterten, ihr Gesicht war blutleer. Monsieur Puech drehte mir den Rücken zu. Er saß ebenfalls auf einem Stuhl, regungslos vor seiner Tasse Kaffee.

»Wo ist Arlette?«, fragte Monsieur Levêque zu mir gewandt.

»Bei ihrer Schwester in Vernet, Monsieur. Es ist ihr freier Tag.«

»Dann schließen Sie den Laden und holen Sie meine Frau.«

»Den Laden schließen?«, erwiderte Émile. »Da haben wir den Salat! Und was sollen wir mit dem Brot machen?«
»Nun, meine Liebe«, beharrte Monsieur Levêque. »Tun Sie, was ich Ihnen gesagt habe. Schließen Sie den Laden, gehen Sie zu mir nach Hause und sagen Sie Renée, dass ich sie hier erwarte. Danach werden Sie den Laden wieder öffnen.«
Ich schaute von Monsieur Puech zu Monsieur Levêque. Den Laden schließen? Monsieur Puech hatte recht: Was würden die Leute ohne ihr Brot machen?
»Charles ist tot«, sagte Monsieur Levêque und schaute mir in die Augen.
Ich stieg langsam die Treppe hinunter, betrachtete die Kunden, die ich gerade verlassen hatte, ohne sie zu sehen. Ich erinnerte mich an die Brote im Ofen, öffnete die Klappe und zog die Baguettes heraus. Dann bediente ich noch die wartenden Kunden, drehte das Schild mit der Aufschrift ›Geöffnet‹ und ›Geschlossen‹ an der Ladentür um und rannte zum *Vauban*.
Wie hatten sie Arlette informiert? Ich weiß es nicht. Tatsache ist, dass sie kurz vor zwölf Uhr ankam und alles in die Hand nahm. Aus den Reisekoffern holte sie das schwarze Kleid von Madame und den dunklen Anzug von Monsieur, und sie schickte Madame Favier nach Prades, um schwarzes Krepppapier zu kaufen. Madame Levêque machte sich bereit, um den Leichnam in Empfang zu nehmen und das Begräbnis zu organisieren. Es sollte am kommenden Montag stattfinden, und die Bäckerei sollte erst wieder am Mittwoch öffnen. Laut Arlette war es das erste Mal, dass der Ofen seit seiner Erbauung in den Zwanzigerjahren stillstand.

Die Armee hatte im Mai 1940 anderes zu tun, als Bestattungen im Kampf gefallener Soldaten zu organisieren. Sie schickte den Sarg, und die Familie oder die Gemeinde tat das Übrige. Charles kam mit dem Zug, so wie er abgefahren war. Wir gingen zum Bahnhof hinunter, um den Sarg zu holen, hoben ihn auf einen Karren und brachten ihn auf direktem Wege in die Kirche. So hatten es Madame und Monsieur Puech entschieden. Das bewies außergewöhnliche Tapferkeit. Nach den ersten Augenblicken der Bestürzung fanden sie sich mit dem Geschehen auf beispielhafte Weise ab. Kaum ein wenig Betretenheit während der Kondolenzbesuche. Es stellte sich die Frage, wer hier wem das Beileid aussprach, die Besucher den Besuchten oder umgekehrt. Ein anhaltender Zug von Nachbarn, Freunden, Verwandten ... und keine einzige Träne bei ihnen.

Madame Puech hatte selbst die Bänder aus schwarzem Stoff an das Fenster und die Tür der Bäckerei gehängt. Als die Näherin kam, um für einen schwarzen Rock für mich Maß zu nehmen, war sie es, die die Arbeitsgänge dirigierte, die Breite des Saums und die Anordnung der Teile auf der Stoffbahn kontrollierte. All das mit der größten Gleichgültigkeit. Eine verwunderliche Haltung. Wenn bei uns in Tarragona ein junger Mann gestorben wäre, hätte man tage- und monatelang geklagt. Ich habe vor Schmerz zusammengebrochene Mütter gesehen, verstörte Väter und Brüder. Nichts dergleichen bei den Puechs. Auch bei Martha nicht. Der Tod ihres Enkels schien sie nicht zu berühren. Es kam mir sogar vor, als würde sie künstlich Gefühle vortäuschen.

Was Agnès anging, so war sie seit der Nachricht des Todes von Charles aus Villefranche verschwunden. Und wurde erst wieder am Tag nach dem Begräbnis gesehen.

»Sie kennen sie«, sagte der Priester, als ich ihm davon erzählte. »Sie ist ... sie ist eine empfindsame Seele«, sprach er weiter, und es gelang ihm nicht, seine Befangenheit zu verbergen. »Sie findet es schrecklich, sich zur Schau zu stellen.«

»Sie braucht uns vielleicht.«

»Machen Sie sich keine Sorgen, Marie, alles wird gut, glauben Sie mir.«

Alles wird gut? Was konnte ein Priester von der Verzweiflung eines jungen ›empfindsamen‹ Mädchens wissen, dem der Tod plötzlich den Verlobten genommen hatte? Nein, ich würde meine Freundin nicht ihrem Schmerz überlassen. Ich dachte an Madame Levêque, und kaum war ich aus dem Pfarrhaus getreten, besuchte ich sie.

»Machen Sie sich keine Sorgen«, sagte sie.

»Es ist ihr Verlobter. Er ist tot.«

»Marie, versuchen Sie nicht immer alles zu verstehen. Beruhigen Sie sich. Nehmen Sie die Dinge, wie sie kommen.«

Als ich von dort zurückkehrte, fragte ich mich, ob die Pyrenäen nicht nur zwei Nationen voneinander trennten, sondern auch zwei Völker mit fast entgegengesetzten Sitten und Empfindlichkeiten. Und dieser Frage folgte eine weitere: Würde ich mich eines Tages an die Moral und die Gewohnheiten der Franzosen gewöhnen? Beim Tod des Verlobten zu verschwinden, ohne eine Adresse zu hinterlassen, einen Sohn zu begraben, ohne eine Träne zu vergießen – nein, auf meiner Seite der Berge hatte ich das nicht gesehen.

Pfarrer Raynal fragte mich bei meiner Rückkehr aus Prades am Sonntagabend, ob ich einverstanden wäre, bei der Begräbniszeremonie eine Suite oder zumindest einen Satz einer Suite für Cello zu spielen. Als passenden Zeitpunkt stellte er sich das Offertorium vor, gleich nach der Predigt.

Ich wollte ihm gern diesen Gefallen tun, aber abgesehen von

der Schwierigkeit, in kürzester Zeit ein Instrument zu finden, blieb ich bei meinem ersten Vorgefühl: Ein so seltsames Objekt würde zwischen mir und den Kunden und auch den Nachbarn, die mich spielen sehen würden, eine Distanz schaffen. Und für mich war es nach allem, was ich erlebt hatte, wichtig, mich mit den anderen im Einklang zu fühlen. Selbstverständlich konnte ich immer mal wieder ein Stück auf dem Harmonium spielen, auch wenn ich nicht glaubte, dass das eine gute Idee war.

»Fragen Sie die Puechs«, entgegnete ich ihm. »Sie werden sehen, dass sie eine möglichst konventionelle Liturgie wählen werden.«

Dabei wäre es geblieben, wenn Émile nicht ein wenig später dazugekommen wäre, um irgendeine Formalität zu regeln, und mich nicht am Klavier des Pfarrers hätte spielen hören.

»Was ist das?«, fragte er.

Der Pfarrer ließ ihn eintreten.

»Du hättest es uns sagen können«, murmelte er und drehte seine Schirmmütze zwischen den Fingern.

»Hat ... hat es Ihnen gefallen?«

»Musik ist nicht meine Stärke. Aber das, ja, was ist das?«

»*El amor y la muerte* – Die Liebe und der Tod. Ein Stück von Granados, einem spanischen Komponisten.«

»Genau«, ließ der Priester mit unschuldiger Miene verlauten, »was halten Sie davon ...«

»Nein, Herr Pfarrer«, sagte ich. »Wenn es darum geht, mich zu fragen, ob ich bei der Messe für Charles spiele ...«

»Und warum?«, fiel mir Émile ins Wort. »Solange der Priester einverstanden ist?«

»Warum?«

Aber sie konnten nicht verstehen, dass die Musik für mich nicht bei einem Stück zwischen der Epistel und dem Evangelium aufhörte. Wenn ich wieder damit beginnen würde, ließe sie keinen Platz mehr für die Bäckerei, genauso wenig wie für Marthas Garten und die Erhaltung der Kulturgüter. Die Musik würde all das aus meinem Zeitplan und meiner Aufmerksamkeit tilgen. Doch das überstieg ihr Fassungsvermögen.

»Nein«, sagte ich und klappte den Klavierdeckel zu. »Ich kann nicht. Bitte bestehen Sie nicht darauf.«

Charles Puech

Am Dienstag, den 28. Mai stieß abends gegen Ende der Mahlzeit plötzlich jemand die Tür zur Backstube im Erdgeschoss auf, durchquerte den Laden und stürmte die Treppe hinauf.
»Belgien hat kapituliert!«, sagte er atemlos.

Als wir am nächsten Tag öffneten, erschien Monsieur Puech im Laden und schob die beiden üblichen Körbe mit noch ungebackenem Brot vor sich her. Er holte die ersten heißen Brote aus dem Ofen und legte seine Teigkugeln hinein.
»Schau, dass du damit zurechtkommst«, rief er mir zu und zog seine Jacke an.
»Aber ... wo gehen Sie hin?«
»Zum Bahnhof. Eine Zeitung kaufen. Wenn es noch welche gibt.«
Ein trostloser Tag. Es regnete nicht, aber es war ziemlich kalt, der Himmel hing tief und der Nebel war sehr dicht. Monsieur Puech kehrte mit zehn Exemplaren des *L'Indépendant* zurück, das war alles, was er hatte auftreiben können. Eines davon legte er zu dem Brot für seine Mutter auf das Regal, die anderen räumte er für die Lieferfahrt weg.
»Ich werde heute keine Zeit haben, sie ihr vorzulesen«, sagte ich.
»Vorlesen? Wovon redest du?«

»Lucienne aus der Zeitung vorzulesen. Ich werde keine Zeit haben, heute ist Mittwoch, Arlettes freier Tag.«

Er runzelte die Stirn, dachte nach, dann lächelte er wie jemand, der gerade ein Rätsel gelöst hat.

»Pah!«, sagte er nur schulterzuckend.

Und dieses ›Pah‹ gab mir, ohne dass er es ahnte, den Schlüssel zu dem Rätsel.

Madame Puech überließ es mir seit einer Woche, Lucienne die Vorräte zu bringen. Wahrscheinlich die Folge eines Streits zwischen den beiden. Gegen zehn Uhr kam sie herunter und löste mich am Ladentisch für die Zeit ab, die ich benötigte, zu Lucienne in die Vorstadt zu gehen und wieder zurückzukehren.

Ich lief mit der Zeitung und dem wie immer dicken Laib Brot hinaus. Ein Halt beim Gemischtwarenhändler für einen Fliegenfänger, ein weiterer im Garten, um ein Bund Karotten, zwei Salatköpfe und ein Bund Petersilie zu holen, die Martha für mich bereitgelegt hatte, und unter ihrem Fenster angekommen, rief ich nach Lucienne. Der Handschuh, das Umdrehen des Schlüssels, das Vorantasten in der Garage ... nichts hatte sich seit meinem ersten Besuch vor zwei Monaten an diesem Ablauf verändert. Ich legte das Gemüse in den Spülstein, das Brot und den Fliegenfänger auf den Tisch.

»Werden Sie ihn an der Decke aufhängen können?«

»Das geht schon.«

»Der Krieg ist verloren«, sagte ich und hob die Stimme, um ihrer Schwerhörigkeit Rechnung zu tragen. »Die belgische Armee hat kapituliert.«

»Ah!«

Ich setzte mich an den Tisch, schlug die Zeitung auf und begann, die Mitteilungen vorzulesen.

»Das kannst du überspringen.«
»Was soll ich Ihnen dann vorlesen? Das Rezept?«
»Ja, das Rezept. Die Artikel über den Krieg sind nicht nötig, das ist immer das Gleiche.«
Aber an jenem Tag gab es kein Rezept für Lucienne Puech. Ich war aufgestanden und ging unter ihrem entsetzten Blick auf die Zimmertür zu.
»Was machst du? Wo gehst du einfach so hin?«
Die Tür gab beim ersten Stoß nach. Auf dem Bett, halb auf der Daunendecke ausgestreckt, den Ellenbogen auf Kissen gestützt, lag ein junger Mann mit rotem Gesicht.
»Charles Puech?«
Er antwortete nicht.
»Wenn Sie Ihrer Großmutter das Rezept des Tages vorlesen könnten ... Ich habe in der Bäckerei Ihrer Eltern zu tun.«

Der Zufall wollte es, dass *L'Indépendant* an jenem Tag die Statistiken der Regierung über den Verbleib der spanischen Republikaner veröffentlichte. Monsieur Puech las es uns mittags am Tisch vor. Von den 500.000 Flüchtlingen, die während der *Retirada* aus Spanien geflüchtet und von denen die meisten in Frankreich aufgenommen worden waren, hatten 350.000 die Rückkehr in ihr Heimatland angetreten. 20.000 hatten sich entschieden, nach Lateinamerika ins Exil zu gehen. So blieben 130.000 »Pfeifenköpfe« (wie Émile Puech sie nannte) übrig, die »an Frankreichs Blut saugten«. Er sagte alle Zahlen aus dem Kopf auf: Ein Flüchtling kostete 15 Francs pro Tag, ein Verletzter oder Kranker 60 Francs, um präzise zu sein. All das auf Kosten des Steuerzahlers. Allein im Jahr 1939 hatte die Regierung 841 Millionen Francs für die »spanischen Roten« aufgewandt.

Selbstverständlich zählte er mich zu den Pfeifenköpfen und Blutsaugern dazu. 20 Francs in der Woche, Kost, Logis und Wäsche frei! Ein Ruin für einen armen Dorfbäcker!

»Was wollen Sie?«, sagte ich und betrachtete ihn.

»Ich will nichts. Ich lese nur die Zahlen aus der Zeitung vor, mehr nicht.«

»Die spanischen Roten saugen an Frankreichs Blut ... sind Sie sicher, dass das in der Zeitung steht?«

»Was ist denn mit dir los? Was hast du? Spricht man so mit seinem Chef?«

»Monsieur Puech«, sagte ich und bemühte mich, Ruhe zu bewahren, »Sie sind gegen die spanische Republik, das ist Ihr gutes Recht. Bei mir sieht es ein wenig anders aus: Meine Eltern sind durch die Bomben der Nationalisten gestorben, meine Schwester in dem Lager, in dem sie ihretwegen gelandet ist, und mehrere Mitglieder meiner Familie durch ihre Kugeln. Darf ich Sie also bitten, mir Ihre Ansichten über den Krieg in Spanien zu ersparen? Das ist doch ganz normal, finden Sie nicht? Was würden Sie sagen, wenn jemand die Mörder Ihrer Familie verteidigen würde?«

»Die Mörder, die Mörder ...«

»Ja, die Mörder«, sagte ich und schluckte meine Wut hinunter. »Und wenn Sie denken, ich bin Ihnen zu viel, dann suchen Sie nicht nach tausend Schleichwegen, sondern sagen Sie es, und ich werde gehen. Das ist das Mindeste, was ich für Sie tun kann, nach allem, was Sie für mich getan haben.«

»Da du schon davon sprichst, es ist wahr«, schaltete sich Madame Puech ein, »ich weiß nicht, ob wir dich behalten können.«

»Sind Sie mit meiner Arbeit nicht zufrieden?«

»Das ist es nicht.«

»Ich dachte, dass ...«

»Stell dich nicht dumm«, sagte sie und wich meinem Blick aus. »Du weißt genauso gut wie ich, dass es harte Zeiten sind. Es ist für uns sehr schwierig, über die Runden zu kommen.«

Schwierig, über die Runden zu kommen? Émile glich den Mangel an Weizen aus, indem er seinem Teig Mehl von Kastanien und Bohnen beimischte, das ihn nur drei Francs und sechs Sous kostete, und gleichzeitig sackte er eine Preiserhöhung von zwanzig Prozent ein. Warum also auf einmal dieser Wunsch, mich loszuwerden? Fürchteten sie, dass die Anwesenheit einer Republikanerin unter ihrem Dach gegen sie verwendet würde, an dem Tag, an dem die Deutschen oder die Spanier die Ostpyrenäen besetzten?

Martha wusste sicherlich die Antwort auf diese Fragen, doch sie schwieg, wie es ihre Gewohnheit war. Würde sie mich verteidigen, wenn die Gendarmen wiederkämen, um mich mitzunehmen? Ich war mir nicht sicher.

Sie brach ihr Schweigen, aber nur, um das Thema zu wechseln, mehr nicht.

»Es scheint, das, was von der französischen Armee übrig ist, befindet sich in Dünkirchen, zusammen mit den Engländern. Dreihundertfünfzigtausend Männer Kopf an Kopf mit dem Rücken zum Meer, und die deutsche Luftwaffe bombardiert Tag und Nacht. Stimmt das?«

»Auf jeden Fall steht es in der Zeitung«, sagte Monsieur Puech, den Blick auf seinen Teller gerichtet. »Die englische Marine versucht, sie zu evakuieren, aber im Grunde ist es verloren, was sollen sie denn unter dem Bombenhagel tun? Die beste Armee der Welt, stell dir das vor! Anstatt einen Überraschungsangriff wie Hitler in Polen und der Tschechoslowakei, in Dänemark ...«

»Was kümmert dich das?«, fragte Madame Puech. »Das ist alles weit weg. Ehe sie hier ankommen ...«
»Dreihundertfünfzigtausend Männer, Félicie!«
»Und?«
»Denk doch ein wenig nach«, entgegnete Martha schroff. »Es gibt Familien in Villefranche, die dort oben einen Sohn haben.«

Als ich mit dem Geschirr fertig war, sagte ich Martha Bescheid, dass ich sie im Garten treffen würde, und ging los, um Agnès zu besuchen.

Sie saß auf der Terrasse des Cafés und trank eine Limonade unter dem großen flaschengrünen Sonnenschirm. Ihr perlgrauer Rock, der rosa Pullover über einer weißen Bluse, um den Hals eine bunte Perlenkette: Wenn man sie so sah, war klar, warum die Männer sich nach ihr umdrehten. Ihre Brüder spielten ein Stück entfernt; sie schaute ihnen geistesabwesend zu, und ich fragte mich, als ich auf sie zuging, an wen, an was sie wohl dachte. Sie war so geheimnisvoll und manchmal so weit weg ... Doch sie lächelte, als sie mich kommen sah, und sofort fielen alle Barrieren.

»Es gibt da etwas, das ich nicht verstehe«, sagte ich und setzte mich ihr gegenüber.

Sie legte eine Hand auf mein Handgelenk und streichelte wie automatisch meinen Arm. Ihre Haut war von einer unvorstellbaren Sanftheit.

»Wer war anstelle von Charles in dem Sarg?«

Ein Zögern in ihrer Bewegung, eine leichte Drehung mit dem Kopf: »Hast du ihn gesehen?«

Sie gab ihre bis dahin lässige Haltung auf, richtete sich gerade und legte ihre Hände flach auf die hölzerne Tischplatte.

»Ich verstehe jetzt«, sagte ich. »Dein Schweigen, wenn von

ihm die Rede war. Entschuldigung, ich hätte dich mit all dem in Ruhe lassen sollen.«

Sie schwieg und senkte den Kopf. Ihre Hände glitten langsam über die Tischfläche und hoben sich bis zu ihren Achseln: Sie kreuzte die Arme über ihrem rosa Pullover, wie eine ertappte Schülerin.

»Wie viele wissen davon?«

»Was ändert das?«

»Wie viele?«

»Ich weiß nicht. Zehn Menschen vielleicht. Mein Vater, die Puechs, Maurice Lesire.«

»Maurice Lesire?«

»Er war sehr eng mit Félicie befreundet, ehe sie Émile heiratete. Martha wird dir sagen, dass sie bei ihrer Hochzeit schwanger war. Charles ist vielleicht sein Sohn ... wer kann das schon wissen ...«

»Deine Eltern, die Puechs, Maurice Lesire, der Priester sicherlich auch ... also ist das ganze Dorf auf dem Laufenden.«

»Vielleicht sogar, ja.«

»Und niemand sagt etwas?«

»Niemand sagt etwas.«

»Und ... das wundert dich nicht?«

»Doch, ein wenig. Ich nehme an, niemand hat Lust, sich mit dem Bäcker anzulegen, das muss es sein. Es gibt schon keine Kartoffeln mehr, also ist es nicht der Moment, kein Brot mehr zu bekommen. Jeder ist sich selbst der Nächste. Was willst du eigentlich?«

»Jeder ist sich selbst der Nächste?«

»Jeder ist sich selbst der Nächste!«

»Da ist etwas, das ich nicht verstehe«, sagte ich, nachdem ich eine Zeit lang nachgedacht hatte. »Charles wird nicht sein ganzes Leben lang in diesem Zimmer bleiben. Er muss doch irgendwann herauskommen. Wie werden sie es anstellen? Für die Leute ist er jetzt tot, tot und begraben.«

»Sie werden ihn auferstehen lassen«, erwiderte sie lachend. »Sie werden irgendetwas erfinden: Er wird im Feuer des Kampfes verschwunden sein, die Deutschen werden ihn gefangen genommen und in einer Ecke vergessen haben ... Weißt du, an Ideen fehlt es ihnen nicht. In der Zwischenzeit werden die Leute es vergessen haben, und auf jeden Fall haben sie etwas Besseres zu tun, als ihre Nase in die Angelegenheiten von Émile Puech zu stecken.«

»Es muss doch jemand an seiner Stelle fortgegangen sein?«

»Ein Cousin. Ein Cousin aus dem Vallespir, der wegen geistiger Unzulänglichkeit ausgemustert worden war. Er ähnelte ihm ein wenig.«

»Ein wenig!«

»Das ist leicht zu durchschauen, stimmt's? Als Charles mir von ihrem Plan, vielmehr von dem seiner Mutter, erzählt hat, dachte auch ich erst, er würde scherzen, denn das konnte gar nicht klappen: Die Armee würde merken, dass der unter dem Namen Charles Puech registrierte Rekrut nicht der wirkliche Charles Puech war, der Sohn des Bäckers, und sie würden ihn holen kommen. Die Soldaten sind nicht dumm, nicht so. Und dann nichts. Ich nehme an, dass Félicie bei den Offizieren von Prades, die den Unterschied hätten sehen können, das Nötige veranlasst hat. Von Perpignan ab war die Sache gewonnen, dort kannte ihn niemand.«

Die Kirchentür wurde geöffnet, während wir miteinander sprachen, und eine schwarze Gestalt erschien auf der Schwelle, eingerahmt von den gedrehten kleinen Säulen. Es war der Priester. Er erblickte uns und kam zu uns unter den Sonnenschirm.

»Waren Sie auch auf dem Laufenden?«, fragte ich, ohne abzuwarten, bis er sich hingesetzt hatte.
»Auf dem Laufenden?«
»Wegen Charles«, sagte Agnès und schaute zu ihm auf.
»Ah, wegen Charles!«, murmelte er fast unhörbar.
Er ließ sich auf einen Stuhl fallen, und das anfängliche Lächeln erstarb auf seinem Gesicht.
»Und Sie wollten, dass ich bei der Beerdigung spiele ...?«
»Haben Sie mich gehört?«, fragte ich weiter, als er nicht antwortete.
»Ob ich Sie gehört habe, genau«, entgegnete er mit einem schüchternen Lächeln, als wollte er meine Wut testen.
»Es war keine gute Idee, ich gebe es zu«, sprach er weiter und stellte fest, dass sein Humor nicht ankam. »Entschuldigen Sie, ich weiß nicht, was über mich gekommen war. Sie haben ja keine Vorstellung, wie viel an einem Tag eines Pfarrers geschieht, wir können nicht die ganze Zeit vollkommen sein.«
»Wie viel an einem Tag geschieht! Mein Gott!«, sagte Agnès ironisch.
»Eine kleine Freude, die ich den Gläubigen machen wollte. Und mir selber, muss ich gestehen. Wissen Sie, in diesen Zeiten haben wir keine Ahnung, wo wir morgen sein werden. Es genügt, dass Hitler mit dem falschen Fuß aufsteht, und ...«
Er bemühte sich um Nachsicht, aber ich war mir nicht sicher, ob ich immer allen vergeben wollte, und auf jeden Fall waren wir noch nicht so weit, wir waren noch dabei, die Frage der fingierten Beerdigung von Charles Puech, dem falschen Sohn meines Chefs und Ex-Verlobten von Agnès, zu durchleuchten.
»Zum Glück habe ich abgelehnt. Ich hätte es Ihnen ewig vorgeworfen.«
»Ewig, ewig ... Die Ewigkeit gehört nur Gott.«

»Hört auf«, warf Agnès mit strengem Blick ein. »Verschont mich mit eurem Quatsch. Sagen Sie uns lieber, was ist, wenn ein Christ nach seiner Bestattung unter falschem Namen vor dem heiligen Petrus steht? Was wird aus ihm, dem richtigen Toten, dort oben werden, Sie wissen schon, aus dem geistig zurückgebliebenen Cousin, der getötet wurde und nicht einmal seinen Namen auf einem Grab hat? Dazu hat die Christenlehre doch bestimmt etwas zu sagen!«

Der Pfarrer antwortete nicht. Er zögerte einen Moment, erhob sich, als wollte er damit sein Bedauern zum Ausdruck bringen, schaute Agnès an, dann mich, und zögerte erneut. Schließlich ging er, seine schwarze Gestalt entfernte sich langsam in Richtung Rue Saint-Jacques, von der Sonne und der Einsamkeit förmlich erdrückt.

»Siehst du ihn manchmal?«

Sie warf einen Blick auf ihre Uhr.

»Komm!«

Sie stand auf, nahm mich wortlos mit zur Porte d'Espagne und dann in Richtung Vorstadt. Zu Lucienne? Nein. Mitten auf der Brücke blieb sie stehen, auf dem Fußweg auf der Seite der Vorstadt, wandte sich flussaufwärts und stützte sich auf die Brüstung.

»Schau«, sagte sie. »Schau gut hin.«

Ich folgte ihrem Blick, der das kleine Fenster von Luciennes Schlafzimmer fixierte. Vom Glockenturm schlug es vierzehn Uhr. Eine Gestalt erschien an diesem Fenster, und im selben Augenblick hob Agnès den Kopf ins Licht und schüttelte sich, dass ihre Haare im Wind flatterten. Dann überzeugte sie sich, dass niemand kam, und begann die Hüften zu wiegen und sogar obszöne Handbewegungen zu machen, die in einem lauten

Gelächter erstarben. Schließlich wandte sie sich unvermittelt um und zog mich mit zu den Gärten auf der anderen Seite der Brücke.

»Ich habe mit Lucienne gesprochen«, sagte sie und nahm meine Hand. »Mich auf der Brücke zu sehen, macht ihn verrückt, doch er kann es nicht lassen, es ist stärker als er. Jedes Mal ist er da.«

»Und sie?«, fragte ich, während ich Martha auf dem Eisenbahnerpfad daherkommen sah. »Weiß sie Bescheid? Sieht sie, was du machst?«

»Nicht jeden Tag, aber ja, es ist ihre Uhrzeit.«

»Und was sagt sie dazu?«

»Nichts. Das erste Mal war sie ein wenig ... ein wenig erstaunt sozusagen, aber kurz darauf hat sie gelacht, und jetzt schaut sie nicht einmal mehr auf. Man gewöhnt sich an alles.«

In der Tat zuckte Martha nicht mit der Wimper, als ich ihr verkündete, dass ich Charles gesehen hatte. Sie wunderte sich nur, dass es nicht schon viel früher passiert war.

Die Geschichte, dass man für den Einberufenen einen Ersatzmann losgeschickt hatte, empörte sie, nicht weniger und nicht mehr als Agnès.

»Eine Idee von Félicie«, sagte sie.

Ihrer Meinung nach konnte Charles nichts dafür, er war ein Waschlappen, er gehorchte seiner Mutter blind und versuchte weder zu verstehen noch nachzudenken. Er war ihr Enkel, aber sie hatte ihn, seit er bei Lucienne untergebracht worden war, nicht wiedergesehen und hatte auch nicht die Absicht, etwas daran zu ändern. Sie legte für ihn einiges Gemüse aus dem Garten beiseite, das war aber auch alles, da endete ihre Beziehung.

»Jetzt, wo er tot ist«, sagte sie, ohne ihre Arbeit zu unterbrechen, »tot und begraben«, setzte sie hinzu und sah mich von unten herauf an, »ist der Weg frei, du kannst erben.«

»Erben?«

»Das Haus gehört Émile, er hat es mit dem Geschäft zusammen gekauft, aber den Garten habe ich behalten.«

Sie hielt kurz inne: »Ich überlasse ihn dir. Du wirst etwas damit anfangen. Charles hätte alles verwahrlosen lassen. Oder aber er hätte es dem Erstbesten verkauft, um ein bisschen Geld zu machen.«

Während sie sprach, hatte sie die Eimer genommen und ging mir auf der Allee in Richtung Brunnen voran. Alles, um ihre Gefühle zu verbergen, ich sah es wohl.

Aber was hätte ich mit diesem Garten gemacht? Ich verbrachte wunderbare Stunden dort, aber die Freude war untrennbar mit Martha verbunden und würde gemeinsam mit ihr verschwinden.

»Der Garten, wissen Sie ...«, sagte ich und hängte einen Eimer an den Haken am Seil.

»Was ist mit dem Garten?«

»Gott weiß, wo ich an jenem Tag sein werde, wenn Sie sterben«, fuhr ich fort und ließ das Seil hinunter.

»Du wirst da sein, verheiratet. Mit zwei hübschen Kindern. Und der Garten wird sie ernähren.«

»Martha, überlegen Sie doch bitte!«, erwiderte ich, zog den Eimer hoch und stellte ihn auf den Brunnenrand. »Wir haben Krieg, die Männer sind fort, die Gendarmerie kann mich jederzeit festnehmen und dahin zurückschicken, wo ich hergekommen bin. Ich weiß nicht, wo ich morgen sein werde, also in einem halben Jahrhundert ...«

»Ein halbes Jahrhundert? Warum ein halbes Jahrhundert?«

»Das ist die Zeit, die Sie noch leben werden, die Zeit, die mich vom Erben trennt.«

»Du bist mir ja eine«, sagte sie, ging mit einem Eimer in jeder Hand davon, und ihre Schultern zuckten vor Lachen.

Ein schöner Frühlingstag. Martha schnitt die Tomatenpflanzen zurück; ich hatte mir vorgenommen, ein Stück Erde umzugraben, auf dem wir den Sommer über Radieschen und Lauch anpflanzen wollten.

Am Spätnachmittag stieß Agnès zu uns und machte sich daran, die Karotten und Salatköpfe auszudünnen. Der Garten war von Licht durchflutet, und ein leichter Wind trug die Feuchtigkeit des Flusses zu uns. Charles, Dünkirchen, die deutschen Bomber ... wir dachten nicht mehr daran.

Die Erinnerung daran kam am Abend zurück, in dem Augenblick, als wir uns an den Tisch setzten.

»Ich soll Sie von Charles grüßen!«, sagte ich und schaute Madame Puech direkt ins Gesicht.

»Was erzählst du da?«

»Sei nicht dumm«, entgegnete Martha, ohne die Fassung zu verlieren. »An dem Tag, als du sie zu Lucienne geschickt hast, wusstest du, dass es geschehen würde. Du wolltest es sogar so, behaupte nicht das Gegenteil. Charles wird dir gesagt haben, dass er ein Mädchen braucht, Marie war da ...«

»Ich werde nicht mehr zu Lucienne gehen«, sagte ich.

»Was soll das heißen«, rief Madame Puech aus, und ihre Lippen zitterten mehr denn je. »Was bildest du dir eigentlich ein, du unverschämtes Ding? Du wirst dort hingehen, wohin man dich schickt, und damit basta. Entweder dorthin oder in die Gendarmerie.«

»Genau«, sagte Monsieur Puech, »du hast völlig recht. Du

wirst die Gendarmerie rufen und Anzeige erstatten, dass deine Bedienstete sich weigert, sich von deinem Sohn flachlegen zu lassen, von dem Sohn, den du letzte Woche mit militärischen Ehren beerdigt hast.«

Gérard Dieudonné

Eines Tages gegen Mitte Juli stieß ein im Dorf unbekannter kleiner Junge die Tür zur Bäckerei auf, ging auf den Ladentisch zu und hielt mir ein abgestempeltes Stück Papier hin.
›Lebensmittelkarte‹ stand darauf. Und darunter: ›Brot. Zwei Kilo.‹
Auf diese Weise machte Villefranche Bekanntschaft mit den Flüchtlingen. Jede Gemeinde bekam eine bestimmte Quote zugeteilt und kümmerte sich darum, leere Häuser, Lebensmittel und Kleider für sie zu beschlagnahmen.
»Nimm die Karten«, sagte Monsieur Puech zu mir, »und gib die Hälfte von dem aus, was daraufsteht. Die andere Hälfte ist für das Risiko, dass wir die Kosten nicht erstattet bekommen.«
»Ja, Monsieur Puech«, erwiderte ich.
Und ich gab mir Mühe, diesen Bedürftigen nicht nur all das zu geben, was ihnen zustand, sondern noch ein zusätzliches Stück Brot. Es war mein erster Akt der Gehorsamsverweigerung.
Der Ankunft dieser ersten Evakuierten folgte eine Flut von Ereignissen: der Einmarsch der Deutschen in Paris am 14. Juni, das Überschreiten der Loire durch die Wehrmacht am 16., der Antrag auf einen Waffenstillstand am 17. Am 23. Juni sprach Marschall Pétain, eine Art französischer Franco, wenn ich es recht verstand, im Radio. Der Priester war am Vorabend infor-

miert worden und stellte seinen Apparat am Fenster auf, und ganz Villefranche war da, um zuzuhören.

Der Krieg hatte hunderttausend französische Tote gefordert und dreißig- oder vierzigtausend deutsche, aber der Waffenstillstand hatte es ermöglicht, noch Schlimmeres zu vermeiden. Die Wehrmacht besetzte den Norden des Landes, der Süden blieb unter Pétains Leitung frei. Alles war gut, die Evakuierten konnten nach Hause zurückkehren und ihre Arbeit wieder aufnehmen. Selbstverständlich würde es einige Einschränkungen geben, aber nichts Dramatisches.

Der Tag des 27. Juni wurde von einem Ereignis gezeichnet, das ich niemals vergessen werde. Im hintersten Winkel des Ladens mischte sich ein fremder Mann in eine Unterhaltung über Pétain ein.

»Der Waffenstillstand ist eine Schande«, sagte er. »Die Regierung redet von Frieden, von verschontem Leben, von der Heimkehr der Soldaten ... Aber von welchem Frieden? Von welchem Leben? Von welcher Rückkehr? Haben Sie sich das schon einmal gefragt? Ich werde es Ihnen sagen: von einem Frieden unter der Diktatur, von einem Leben unter den Spitzen der Bajonette und von der Rückkehr nach Deutschland.«

Zunächst waren die Kunden sprachlos, dann fingen sie sich wieder.

»Wer sind Sie denn, dass Sie uns hier Lektionen erteilen?«

»Gérard Dieudonné. Luftwaffe.«

Ich wog die elf Kilo Brot ab, die auf seiner Lebensmittelkarte standen, und als ich ihn aus dem Augenwinkel beobachtete, kam mir der Gedanke, mich als Pilotin bei der Royal Air Force zu bewerben und Deutschland und Francos Kasernen zu bombardieren. Anschließend ging ich um den Ladentisch herum, um ihm zu helfen, die Brote in seiner Einkaufstasche zu verstauen. Das war eine Gelegenheit, ihn aus der Nähe zu betrachten. Er war groß, hatte klare blaue Augen, und seine Haare waren nach hinten gekämmt. Jean Gabin in dem Film *Hafen im Nebel.*

Als er fort war, lauschte ich den Gesprächen im Laden. Eine Patrouille der Luftwaffe war von der Front zurück und hatte am Abend zuvor in den Lagerhallen der Talkfabrik zwischen dem Bahnhof und der Zitadelle Quartier bezogen.

Sofort stellte ich einen Zusammenhang her.

Es sind neun, sagte mir Agnès am Abend, als ich sie darüber informieren wollte, dass Soldaten der Luftwaffe in der Gegend waren. Neun Männer, vier Laster und Munition, um eine Stadt zu belagern und bis zum Ende des Jahres zu verpflegen. Mit reichlich Schokolade und Zigaretten, präzisierte sie.

»Genau, ich gehe hin. Kommst du mit?«

Eine alltägliche Situation zwischen Agnès und mir. Ich nahm sie beiseite, um ihr ein Geheimnis anzuvertrauen, und sie gab mir zu eben diesem Gcheimnis Details, die ich selber nicht gekannt hatte. Sie wusste immer ein wenig mehr, reagierte immer ein wenig schneller.

»Wie machst du das?«, fragte ich und folgte ihr zum Pont Saint-Pierre.

»Wie mache ich was?«

»Über alles auf dem Laufenden zu sein.«

»Ach!«, erwiderte sie schulmeisterlich und machte einen Tanzschritt auf dem Pflaster.

Am Nachmittag hatte es geregnet, und auf dem Bahndamm glänzten drei Linien: zwei Gleise und eine elektrische Leitung. Eine Besonderheit der Strecken in der Cerdagne. ›Achtung. Gefahr eines tödlichen Stromschlags‹ besagte ein Schild mit großen roten Buchstaben. Doch das Gleis war in Reichweite, man brauchte nur die Hand auszustrecken, um die zwölftausend Volt zu erhalten.

»Was tust du?«, fragte Agnès und hielt die Sperre aus Eisen fest, die zu den Gleisen führte.

»Nichts, nichts«, entgegnete ich und machte größere Schritte, um sie einzuholen.

Sie hakte sich bei mir unter, als ich sie erreichte, und so folgten wir in unseren Regenmänteln hüpfend dem Pfad, der am Gelände der Eisenbahngesellschaft entlangführte, dem Weg der Eisenbahner, wie die Leute aus Villefranche ihn nannten, da die meisten Leute der Gesellschaft ihn morgens und abends nahmen, um zu ihrer Arbeit zu gehen oder wieder zurückzukehren.

Ich hatte mich nicht gefragt, wie wir es anstellen würden, in die Fabrik zu gelangen und die Soldaten zu finden. Dann war alles ganz einfach: In einer Hecke befand sich ein hölzernes Tor, das ich bis dahin nicht bemerkt hatte. Agnès drückte die Klinke herunter, und im nächsten Moment waren wir im Park des Anwesens. Ein traumhafter Ort: Die von Bäumen gesäumten Wege waren mit rosa Kiessand bedeckt, eine Trauerweide stand am Rand eines angelegten Teichs, die Blumenbeete boten Kompositionen von erlesenem Geschmack dar ... Alles war so schön, so perfekt angelegt, dass mich im selben Augenblick, als ich Agnès über die Wege folgte, die sich vor uns auftaten, Skrupel überkamen: Würden wir nicht die so glückliche Gestaltung des Ortes stören, und sei es auch nur ein wenig?

Doch sie war ungeduldig.

»Kommst du?«

»Wir sind hier nicht bei uns zu Hause.«

»Ach, wie dumm du bist!«

Ich traf endlich eine Entscheidung, zog aber meine Schuhe aus und behielt sie bis ans Ende dieser Dornröschen-Allee in den Händen.

Unser Eindringen in die Halle blieb nicht unbemerkt. ›Unser‹ Eindringen? In Wirklichkeit hatte ich nichts mit dem Triumph zu tun, es war Agnès, die von diesen Herren jubelnd begrüßt wurde. Es überraschte mich nicht. Sie machte immer einen großen Eindruck auf die Männer, denen sie begegnete, und wenn wir in Prades oder Villefranche zusammen unterwegs waren, kam es häufig vor, dass wir von Leuten wie alte Bekannte begrüßt wurden, an die wir keinerlei Erinnerung hatten. Sie antwortete ihnen dann mit einem Lächeln und fragte mich, wer dieser Bewunderer war, den ich vor ihr verbarg.

An jenem Abend hatte ich gerade einmal Zeit, über die metallene Türschwelle des Schuppens zu treten. Sobald Agnès erschien, ertönten Hurra- und Bravorufe, die von den Wänden und dem Metalldach widerhallten wie ein Halleluja von dem Gewölbe und den Mauern einer Kathedrale. Ein wenig verwundert über die Begeisterung und die Ovationen schaute ich sie an und erkannte die Agnès wieder, wie sie in ihren besten Tagen war. Seit dem Morgen fiel immer wieder ein feiner Regen, wir hatten auf dem Eisenbahnerweg etwas davon abbekommen, und diese Feuchtigkeit bauschte die blonde, immer prächtige Masse ihrer Haare auf und kräuselte sie leicht über der Stirn und den Ohren. Ich glaube nicht, dass ich sie je so schön gesehen habe, so strahlend wie an jenem Abend zwischen den Mauern und unter dem Dach, die vom Talk der Firma Keller bestäubt waren.

Einer der Männer stand auf und kam auf uns zu.

»Étienne«, sagte er und küsste mich zur Begrüßung.

Er legte einen Arm um Agnès' Taille und nahm sie stolz mit zu den anderen. Ich folgte ihnen einfach so. Er setzte sie an seine linke Seite, mich an seine rechte.

»Marie«, sagte Agnès für alle hörbar und zeigte auf mich.

»Auf Maries Gesundheit«, rief jemand.

Sie stießen alle an, dann stimmten sie ein Lied zu meinen Ehren an, das mich an unser Viertel in Tarragona erinnerte und dazu führte, dass all mein Kummer verflog. Zu Hause hatte Papa fast in jedem Haus eine Tür oder einen Tisch repariert, wir gingen mit den anderen Kindern zusammen in die Klasse und bildeten gemeinsam mit all unseren Nachbarn eine große Familie. Hier kannte ich außer Agnès niemanden.

»Kommen Sie«, sagte in diesem Augenblick eine Stimme neben mir.

Ich sah auf und erkannte den Kunden vom Vormittag wieder, den jungen Mann mit den elf Broten. Er war über die Bank gestiegen und um den Tisch herumgegangen, ohne dass ich es gemerkt hatte, und beugte sich zu mir.

»Ich bringe Sie zurück«, sagte er und zog sich seine Jacke an.

Unser Abgang wurde von anhaltendem Pfeifen begleitet, einer Art Höhepunkt in der allgemeinen Aufregung um unseren Tisch herum. Der helle Klang eines schlagenden Türflügels, das tiefere Vibrato eines Eisenschildes unter dieser kleinen Erschütterung. Das Spiel der Becken im Gewitter von Beethovens Neunter Sinfonie, sagte ich mir.

»Alles in Ordnung?«, fragte er und neigte sich wieder zu mir.

Er hakte sich bei mir unter, führte mich zum Haus des Direktors und von dort über die Alleen des Parks zu einem kleinen grauen Kieselstrand, wo das Gemurmel des Flusses und der Gesang der Grillen das Stimmengewirr des Festes in der Halle überdeckten. Von dem zunächst undefinierbaren Rumoren der

Nacht hob sich hier das Glissando der Flut auf einem Felsen ab, dort das Glucksen eines kleinen Wasserfalls und weiter hinten das dumpfere Brausen am Wehr flussaufwärts von der Fabrik oder das Plätschern an der Uferböschung zu unseren Füßen.

»Hören Sie die Musik des Wassers?«, fragte mein Kavalier.

Er begann einfach so, ohne dass ich ihn danach gefragt hatte, von sich zu sprechen, von seiner Kindheit in einer großen Stadt an der Einmündung zweier Flüsse, deren Namen mir nichts sagten. Was für eine Chance hatte ich damals, Lyon zu kennen oder zu wissen, wo es lag, ich, die ich gerade einmal wusste, wo sich Madrid und Valencia befanden?

»In Tarragona hatten wir nur einen Fluss.«

»Tarragona?«

»Meine Stadt in Katalonien«, entgegnete ich stolz.

»Wie sieht Ihre Stadt aus?«, murmelte er mit einem leichten Lächeln. »Liegt sie um eine Kirche und einen kleinen Platz herum? Mit einer Straße, die zwischen weißen Häusern hindurchführt?«

»Tarragona ist kein kleines Dorf«, erwiderte ich ebenfalls mit einem Lächeln.

Erneut trat Stille zwischen uns ein, jedoch eine Stille voller Bilder. Bilder von Flüssen, Kirchen und kleinen Plätzen in der Sommerhitze.

Als ich ihn fragte, wie er Flieger geworden war, erklärte er mir in einfachen Worten, dass es bei ihm zu Hause in der Nähe einen Flugplatz gab und sein Vater ihn von klein auf mit dorthin genommen hatte, um die Flugzeuge anzuschauen. Dort hatte seine Berufung ihren Ursprung. Der Moment, in dem er gesehen hatte, wie sich dieses weiße und schwarze Ding vom Rasen löste, auf dem es entlangfuhr, um wie eine Fliege in den

Himmel abzuheben, dieser Moment hatte über sein Leben entschieden. Danach kam die Luftfahrtschule, der Pilotenschein, die Verpflichtung in der Fluggesellschaft ... all das folgte wie ganz natürlich aus einem Sonntagsspaziergang am Rande eines Flugfeldes. Dann kamen die Mobilmachung, die Monate der Untätigkeit auf einem belgischen Luftwaffenstützpunkt, die zerstörten Maschinen am Boden im Morgengrauen des 19. Mai. Mangels Flugzeugen waren seine Kameraden und er auf Laster gesprungen, und innerhalb von zwölf Tagen hatten sie über Umwege Montpellier erreicht. Von dort aus hatte die Militärbehörde sie nach Perpignan geschickt, dann nach Villefranche, und nun warteten sie.

»Worauf warten Sie?«

»Auf ein Schiff, ein Flugzeug, auf irgendetwas, das uns nach England bringt.«

»Nach England?«

»Frankreich hat kapituliert, aber England leistet Widerstand. Die englische Industrie ist umgestellt worden, dort gehen Panzer und Flugzeuge vom Fließband ... sie haben keine Piloten für die Hunderte von Flugzeugen.«

»Sie nehmen Sie?«

»Natürlich. Der Krieg wird sich zwischen der deutschen Luftwaffe und der Royal Air Force abspielen.«

»Nach Monsieur Puech ist der Krieg für Frankreich zu Ende.«

»Zu Ende?«

»Das sagt er. Er sagt, dass Frankreich einen Anführer hat, Marschall Pétain, dass dieser kapituliert hat und dass diese Kapitulation für alle Franzosen gilt. Er sagt, das Militär solle seine Waffen zurückgeben und nach Hause gehen.«

»Nach Hause gehen! Um festgenommen und nach Deutschland geschickt zu werden!«

»Er hat gesagt, dass ich den Soldaten das Brot verweigern soll«, sprach ich nach kurzem Zögern weiter. »Seiner Meinung nach sind Soldaten, die ohne Befehl herumbummeln, nicht normal. Ein Chaotenhaufen, wie er es nennt. Wenn alle Ladenbesitzer es so machen würden, bliebe ihnen nur noch eines übrig: die Waffen abzugeben und nach Hause zu gehen.«

»Sie haben mir heute Morgen aber das Brot gegeben, um das ich Sie bat.«

»Ich habe es nicht groß weitererzählt.«

»Und wenn er Sie zur Rechenschaft zieht? Wenn jemand Sie verrät?«

»Er kann sich bei der Gendarmerie beklagen und mich nach Spanien zurückschicken, das ist wahr. Ich bin ein Flüchtling, wissen Sie.«

»Das habe ich mir gedacht. Ich ...«

»Ich weiß, was Sie mir sagen wollen: das Freiheitsgesetz, die Republikaner, die ins Gefängnis geworfen wurden, die Gefangenen, von denen man nie mehr etwas hört ...«

»Das ist keine Theorie, Marie. Wir haben in der Fliegerstaffel einen Ehemaligen von den Internationalen Brigaden. Er hat Nachrichten von dort.«

»Ja und?«

»Ja und? Das Freiheitsgesetz, die inhaftierten Republikaner, die Gefangenen, von denen man nichts mehr hört ... wie Sie es sagen.«

»Machen Sie sich keine Sorgen um mich. Die Puechs brauchen mich zu sehr, und ...«

»Und?«

»Ich weiß um bestimmte Dinge. Ich kann sie auch denunzieren.«

»Das ist es«, sagte er und lachte laut auf. »Und wie stellen Sie sich das vor? Warten Sie, lassen Sie mich raten. Sie werden bei der Gendarmerie vorstellig, in Prades, nehme ich an, und bitten, den Kommandanten sprechen zu dürfen. Was werden Sie ihm sagen? Monsieur, ich komme, um meinen Chef anzuzeigen, Monsieur Puech aus Villefranche. Ist es das?«

»Warum nicht?«

»Warum nicht? Warum nicht? Denken Sie doch mal nach, mein Gott! Weil der andere sein Telefon nehmen wird, auf der Stelle Puech anruft und ihm erzählt, dass da jemand in seinem Büro sitzt, der ihn denunzieren will. ›Wer ist dieser Jemand?‹ – ›Das wirst du nie erraten.‹ – ›Wer?‹ – ›Deine Angestellte, mein Lieber, deine Spanierin!‹ Das ist kein Spaß!«

»Ich habe Angst«, sagte ich mit zugeschnürter Kehle. »All das wird ein böses Ende nehmen. Wir, die Zivilisten, kommen immer irgendwie davon, aber ihr, die Soldaten, was wird aus euch werden?«

»Was aus uns werden wird? Gute Frage. Wenn Sie morgen früh von Explosionen aus der Richtung der Talkfabrik geweckt werden, wissen Sie, dass es für uns zu Ende ist.«

»Wieso?«

»Mussolini ist in Nizza, und Pétain meldet der Wehrmacht die Fahnenflüchtigen unter uns. Gut möglich, dass er Franco gebeten hat zu kommen, um auf dieser Seite der Pyrenäen Ordnung zu schaffen. Wir sind immerhin nur eine Stunde Fahrtzeit von der Grenze entfernt ...«

Ich fröstelte.

»Sie zittern!«

»Ich habe Angst.«

»Das sollen Sie nicht.«

Er zog seine Militärjacke aus, hängte sie mir um die Schultern und begann von einem französischen General zu erzählen, der auf Dienstreise nach England geschickt worden und aus der Regierung ausgeschieden war, um sich Churchill anzuschließen und den Kampf gegen Deutschland fortzusetzen. Er hatte im Radio gesprochen und die Franzosen zum Ungehorsam aufgerufen.

»Das ist merkwürdig«, sagte ich, »weder der Priester noch Pau haben mir etwas davon berichtet.«

»Pau?«

»Ein katalanischer Musiker«, antwortete ich geistesabwesend.

»Ich kenne keinen katalanischen Musiker. Außer Pablo Casals natürlich.«

»Sie kennen ihn also doch?«

»Wer ihn nicht kennt, hat zumindest von Pablo Casals gehört, oder? Aber er ist tot, nicht wahr? Warum haben Sie ihn erwähnt?«

»Pau ist nicht tot«, erwiderte ich empört. »Er weigert sich zu spielen, solange Spanien von den Faschisten besetzt wird, und die Zeitungen haben ihn vergessen, mehr oder weniger absichtlich, aber er ist da, ganz lebendig. Er widmet sich den spanischen Flüchtlingen.«

»Was wollen Sie damit sagen: Er ist da?«

»Hier. In Prades.«

»In Prades? Wirklich?«

»Glauben Sie mir nicht?«

»Doch, doch, aber ... Das ist ja fabelhaft. Ich habe ihn vor einigen Jahren in Lyon gehört. Es war ein unvergesslicher Abend.«

»Ist das wahr, Sie haben Pau gehört?«, fragte ich und richtete mich auf.

»Drei Suiten von Bach und die Sonate für Violoncello solo von Kodály. Ach! Das werde ich nie vergessen.«

»Sie also auch! Ich habe ihn 1934 in Barcelona gehört und ... wie soll ich sagen? Es gibt zwei Phasen in meinem Leben: eine vor und eine nach diesem Konzert.«

»Spielen Sie auch selbst?«

»Klavier und Cello. Vor all diesen Ereignissen habe ich einige Jahre am Konservatorium studiert.«

»Etwa bei Casals?«

»Ein bisschen. Wissen Sie, er war zu dieser Zeit sehr beschäftigt: die Konzerte, die Aufnahmen, die Tourneen im Ausland ... Er hat uns einige Stunden gegeben, das stimmt. Aber nun habe ich ihn hier in Prades wiedergetroffen, und ich sehe ihn sehr viel öfter als in Barcelona. Er möchte, dass ich wieder zu spielen anfange«, sagte ich noch, indem ich meine Worte abwog. »Er spricht von einem Konzert zugunsten der Flüchtlinge. Ich weiß nicht so recht.« Und zu ihm gewandt fügte ich hinzu: »Es ist kompliziert.«

Er antwortete nicht, und der Gesang der Erde erfüllte wieder die Nacht: das Plätschern der Têt und das Zirpen einer Zikade als Kontrapunkt dazu.

»Ich muss gehen«, sagte ich endlich.

»Wo gehen Sie hin?«

»Nach Hause. Na ja, zu den Puechs. Zur Bäckerei.«

»Zur Bäckerei?«, fragte er und schaute auf seine Uhr. »Aber um diese Zeit ...«

»Aber nein, Sie haben mich falsch verstanden«, entgegnete ich und brach in Gelächter aus. »Ich wohne in der Bäckerei. Genauer gesagt darüber, bei den Bäckersleuten, Madame und Monsieur Puech. Sie haben mich aus dem Lager herausgeholt.«

Die Bombardierung, das Lager, der Besuch von Madame Puech ... ich gab eine knappe Zusammenfassung meiner Geschichte, während wir dem Weg folgten, der uns beide ins Zentrum der Festung führte.

»Hier ist es«, sagte ich leise und blieb vor der Tür zur Backstube stehen.

Er sah mich an, dann die Tür, wandte den Kopf nach rechts und nach links, und mir wurde klar, dass er keinerlei Ahnung hatte, wo wir waren. Er hatte mir auf dem Weg die ganze Zeit zugehört, und meine Geschichte hatte seine gesamte Aufmerksamkeit beansprucht.

»Kommen Sie«, sagte ich und führte ihn durch die schmale Rue du-Mess zur Rue Saint-Jean.

Da stand mein Zürgelbaum und sah uns wie überrascht an. Ich war nahe daran, ihn regelrecht vorzustellen, doch die Worte blieben auf meinen Lippen hängen, ehe ich sie aussprach – eine Freundschaft mit einem Baum, was würde er von mir denken?

»Die Bäckerei. Erinnern Sie sich?«, murmelte ich und zeigte auf das Schaufenster.

»Ja«, antwortete er und nahm meine Hände in die seinen. »Und Ihr Zimmer? Wo schlafen Sie?«

Ich nahm ihn mit zum Rundweg, wies mit dem Finger auf mein Fenster und machte ihm ein Zeichen, leise zu sein. Martha hatte ein feines Gehör, ihr Zimmer befand sich ebenfalls auf dieser Seite, und es lag mir nicht wirklich etwas daran, dass sie mich in Begleitung eines Unbekannten überraschte.

Der Unbekannte hob den Kopf und betrachtete aufmerksam mein Fenster und die Berge gegenüber, als wollte er sich die Aussicht einprägen, die ich von dort oben hatte, und in diese Parzelle meines Universums eindringen. Er schaute mich lange und eingehend an, dann neigte er plötzlich den Kopf zu mir herab, und seine Lippen legten sich auf meine.

Danach ... ich weiß nicht, was danach hatte geschehen können. Als ich mich von meiner Überraschung erholt hatte, befand ich mich auf dem Rundweg, vor der Tür zur Backstube der Puechs, und Gérard war verschwunden.

Charles de Gaulle

Am nächsten Morgen wachte ich mit dem Sechs-Uhr-Glockenschlag auf. Wie gewöhnlich, würde ich sagen. Als hätten die Ereignisse des Vorabends meine Gewohnheiten durcheinanderbringen können ... Villefranche war immer noch an Ort und Stelle, die Glocken des Turms läuteten nach wie vor zu den vollen Stunden, und mein Tagesplan würde sich auch nicht ändern: vormittags die Bäckerei, nachmittags mit Martha im Garten, abends ein wenig Zeit mit Agnès oder dem Pfarrer. Doch Gérards Bild begleitete mich überall hin. Sein Bild, die Erinnerung, sein Gesicht ... als ich an jenem Morgen aufstand, wusste ich noch nicht recht, welcher Art Gérards Präsenz an meiner Seite sein würde, aber ich wusste, dass er da sein würde, in meinen Gedanken, und dass er dort bleiben würde. Verliebt?, fragte ich mein Bild im Spiegel. Ich antwortete nicht.

Alles ging sehr gut bis zum gewohnten Aufatmen etwa um neun Uhr, zwischen dem Andrang der Schüler und dem Eintreffen der ersten Hausfrauen. Für Arlette war es der Zeitpunkt, durchzufegen, für mich, die Hauslieferungen zu erledigen. Ich hatte den Tragekorb wie immer vorbereitet, fand jedoch nicht die Kraft, ihn auf die Schultern zu ziehen.

»Was ist mit dir los?«, fragte Arlette besorgt und kam mir zu Hilfe.

Nichts, nichts war mit mir los. Ich war nur in die Arme eines Fliegers gefallen, er hatte mich am Wasser umarmt, wir waren langsam zurückgekommen und hatten dabei den Lauten der Nacht gelauscht und ihre Düfte eingesogen.

»Ich habe wohl schlecht geschlafen«, sagte ich und rückte den dicken Lederriemen auf meiner Schulter zurecht.

»Ist heute wohl nicht dein Tag.«

Nein, Arlette, dachte ich, es ist nicht mein Tag, ich bin nicht krank, ich habe nur die Nacht draußen verbracht, zumindest einen Teil davon, mit einem ›Kerl‹, der Pablo Casals bewundert, der Franco verabscheut und es ablehnt, sich Hitler zu beugen. Ein Flieger, zärtlich und entschlossen zugleich ... aber das werde ich dir nicht sagen. Weder dir noch jemand anderem. Nicht einmal Agnès.

Ich schwankte unter dem Gewicht des Tragekorbs wie an meinen ersten Arbeitstagen, doch ich sammelte mein bisschen Mut zusammen und ging leichten Herzens hinaus.

Es regnete immer noch, der Himmel hing tief, und nichts hatte sich seit dem Vorabend auf der Straße verändert. Als ich die Bäckerei in Richtung der Porte d'Espagne verließ, waren auf der rechten Seite immer noch die Fassade mit dem schönen Mauerwerk und den drei Doppelfenstern des Hauses Llar, die zwei Portalvorbauten mit Spitzbögen des Hauses der Catllar, das Haus Marsh und die Fassade aus dem 13. Jahrhundert. Auf der linken Seite, an der Ecke des kleinen Platzes, stand immer noch das besonders schöne Hotel mit seinen viereckigen Türmen zu beiden Seiten. Aber jedes dieser Bauwerke offenbarte mir ein Detail seiner Architektur, das mir bis dahin nicht aufgefallen war, und selbst mein Zürgelbaum erschien mir strahlender als je zuvor. Ein merkwürdiges Gefühl. Ich vergaß, den Gruß der Leute zu erwidern, und erst als ich an dem kleinen

Platz oben an der Steige angelangt war, wurde mir das Ereignis bewusst: Es hatte bei Tagesanbruch keine Explosion auf der Seite der Talkfabrik gegeben.

Ich verbrachte den Vormittag damit, nach Gérard Ausschau zu halten, oder wenigstens nach einem seiner Kameraden. Vielleicht besaßen sie Konserven für den ganzen Winter, aber Brot brauchten sie auf jeden Fall.

In Wirklichkeit kamen die Flieger sehr gut ohne uns klar: Sie konnten auch mal einen Tag ohne Brot auskommen, es selber backen, sich in Prades eindecken ... doch ich hoffte entgegen aller Logik, dass sie kommen würden, um bei uns etwas zu kaufen, und mir so die Gelegenheit gaben, sie wiederzusehen, mit ihnen zu sprechen. Zum ersten Mal, seit ich bei den Puechs zu arbeiten angefangen hatte, beobachtete ich die Kunden heimlich durch das Fenster und hob beim Geräusch der Tür den Kopf. Ich ertappte mich dabei, wie ich auf die Türschwelle hinaustrat und die Straße absuchte. Wenn Madame Puech mich nicht von der obersten Treppenstufe her gerufen hätte, hätte ich vor lauter Warten das Mittagessen verpasst.

»Da gibt es einen General, der im englischen Radio spricht«, sagte ich und setzte mich an meinen Platz am Tisch. »Er meint, die Franzosen sollten den Waffenstillstand ablehnen.«

»Was weißt du darüber?«, fragte Monsieur Puech und faltete plötzlich seine Zeitung zusammen.

»Die Leute reden davon.«

»Wer, die Leute?«

»Die Leute.«

»Machst du dich über mich lustig? Ich frage dich, wer dir das erzählt hat, und du wirst mir antworten. Ich will wissen, wer diesen Verräter bei uns verteidigt, hörst du?«

»Was ist denn los?«, fragte Madame Puech schulterzuckend. »Was ist in euch gefahren?«

»Nun?«, insistierte er, ohne sich um seine Frau zu kümmern. »Ich kann mir nicht merken, wer was erzählt.«

»Du weißt es sehr wohl, du kleine Schlampe.«

»Émile!«

»Du hältst die Klappe! Wir betreiben einen Laden, und ich muss dir nicht beibringen, dass die Politik der Tod des Geschäfts ist, hast du verstanden? Ich will wissen, wer in meiner Bäckerei Politik macht, und dieses kleine Luder wird es mir sagen, darauf kannst du dich verlassen.«

»Der Waffenstillstand ist doch bereits unterzeichnet, oder?«

»Natürlich ist der Waffenstillstand unterzeichnet.«

»Dann beruhige dich. Nur weil irgendein Unbekannter im Radio spricht ...«

Meine Fragen nach dem General von London brachten den Pfarrer in dieselbe Bedrängnis wie Monsieur Puech. Er hatte dessen Aufruf an die Franzosen gehört, doch eine Störung hatte den Empfang erschwert, und wer wusste schon, ob das nicht alles eine Erfindung der englischen Propaganda war.

»Die Flieger ...«

»Die Flieger?«

»Die Flieger in der Talkfabrik.«

»Aha, Sie sind also auf dem Laufenden! Nun?«

»Sie sprechen davon, sich ihm anzuschließen. Sie sagen, dass er Frankreich den Deutschen wieder abnehmen will.«

»Waren sie es, die Ihnen von ihm erzählt haben?«

»Ja.«

Er erhob sich von seinem Sessel, schaute in den Flur, als würde er sich vergewissern, dass niemand da war, der uns belauschen konnte, schloss die Tür und drehte den Schlüssel herum.

Alles nahm eine sehr merkwürdige Wendung, sobald der General in einem Gespräch auftauchte.

»Seien Sie vorsichtig, Marie«, murmelte er und beugte sich zu mir. »Sie sind Ausländerin, vergessen Sie das nicht. Ihre Eltern hegten Sympathien für die Republik. Das ist alles bekannt und registriert. Ich möchte nicht, dass die Gendarmen sich eines Tages mit dem Befehl bei Ihren Chefs einfinden, Sie an die Grenze zurückzubringen. Sie auch nicht, oder?«

Da ich nicht antwortete und ihn einfach nur anschaute, erwiderte er meinen Blick eine ganze Weile wortlos, und diese Stille lastete auf uns. Schließlich wies er mit einer Bewegung seines Kinns auf das Klavier.

»Seien Sie so nett«, sagte er, »spielen Sie etwas für mich. Eine Suite. Oder was Ihnen gefällt. Ja, genau, spielen Sie etwas, das mir von Ihnen erzählt, mir ein wenig Ihr Herz öffnet.«

Ich wählte ein Stück aus der *Iberia* von Albéniz, wenn ich mich recht erinnere, und als ich beim letzten Akkord den Kopf hob, sah ich im Dunkel des Salons eine Träne auf der Wange des Pfarrers glänzen.

»Marie«, murmelte er, als ich mich erhob.

»Ja.«

»Komm, kommen Sie zu mir, mein Mädchen, ich muss mit Ihnen reden. Sie müssen damit aufhören, die Katalanen zu treffen«, sagte er leise, als ich neben ihm auf dem Rand seines alten Sofas saß. »Wenigstens für eine gewisse Zeit. Ich kann Ihnen nicht mehr sagen«, sprach er weiter, nahm meine Hand und drückte sie. »Das Geheimnis der Beichte, verstehen Sie. Aber glauben Sie mir, mein Kind. Gehen Sie nicht mehr dorthin. Tun Sie es für Ihre Freunde, wenn es nicht für Sie selbst und für uns ist. Sie werden ihnen hier nützlicher sein als dort, wo man Sie hinbringt, wenn Sie sich jetzt mit ihnen einlassen.«

»Wenn ich mich mit ihnen einlasse?«

»Wenn Sie sie treffen«, korrigierte er und richtete sich auf. »Ich weiß, was Sie mir sagen werden: Es sind Freunde, Landsleute. Aber wir haben Krieg, Marie, vergessen Sie das nicht. Es gibt Momente, in denen man die Gefühle dämpfen muss. Wenn die Todesstrafe droht. Sie wissen, niemand möchte sehen, dass Sie verschwinden. Weder hier noch in Prades noch sonst irgendwo. Wir brauchen Sie viel zu sehr.«

»Mich brauchen?«

»Ja, wir werden Leute wie Sie brauchen, die Katalanen und wir alle, wenn das Gewitter vorüber ist und alles wieder aufgebaut werden muss. Also, tun Sie es für uns. Bitte«, schloss er und segnete mich.

Als die Bäckerei geschlossen hatte, lief ich zu Agnès, doch sie war nicht da, und niemand, weder ihre Mutter noch ihr Vater noch sonst irgendjemand im *Vauban,* hatte sie den Tag über gesehen.

»Sie ist volljährig und geimpft«, antwortete Monsieur Levêque lachend. »Sie braucht uns keine Rechenschaft über ihren Tagesablauf abzulegen.«

»Sei still«, entgegnete seine Frau heftig.

Sie hatte sich für ihre Tochter etwas anderes erträumt als dieses Nektarsammeln von einem Mann zum nächsten und den Ruf eines leichten Mädchens. Sie bestand darauf, mich zu begleiten, und es war nicht leicht, es ihr abzuschlagen.

»Sie redet mit dir. Was erzählt sie dir? Was will sie von all diesen Männern? Kann sie nicht ein für alle Mal einen auswählen und heiraten wie alle Leute? Was denkst du darüber, Marie?«

»Ich weiß nicht. Man erwartet mich, ich muss gehen.«

Doch sie ließ nicht locker. Ich konnte mich dem nur entziehen, indem ich versprach, mit Agnès zu reden und sie zur Vernunft zu bringen. Zur Vernunft! Die Erwachsenen töten, bombardieren und erschießen sich gegenseitig, sie sind nicht einmal in der Lage, sich unter Nachbarn zu verstehen, und reden zu einem von Vernunft!

Über all das kam ich zu spät zum Abendessen, und Monsieur Puech nahm es sehr schlecht auf: Ich bekam keine Vorspeise und musste anstelle von Arlette bedienen. Ich servierte das Essen, räumte den Tisch ab, spülte das Geschirr und stellte es sorgfältiger, aber auch schneller denn je an seinen Platz.

»Was hast du es denn so eilig?«

Und als ich meine Jacke anzog, nachdem alle Pflichten erfüllt waren, kam prompt: »Wo gehst du schon wieder hin? Kannst du nicht ab und an zu Hause bleiben?«

Das Tor der Talkfabrik war geschlossen, die Dunkelheit brach herein.

»Was willst du?«, rief der Hausmeister, ohne sich in seinem Sessel auf dem Weg vor der Pförtnerloge zu rühren.

»Eine Bestellung für die Flieger.«

»Eine Bestellung, wie? Eine Bestellung?«, sagte er mit einem feisten Lachen, das seinen Bauch wackeln ließ.

»Was ist?«, fragte seine Frau und trat mit dem Besen in der Hand auf die Türschwelle.

»Eine Bestellung für die Flieger!«, wiederholte er hämisch lachend.

»Es gibt keine Flieger mehr«, sagte sie barsch.

»Weggeflogen«, fügte er hinzu und breitete seine Arme aus, um das Abheben nachzuahmen. Er imitierte das Brummen der Motoren und lachte wieder so, dass das Fett auf seiner Brust bebte.

»Weggeflogen, weggeflogen«, sagte er immer wieder, unter schallendem Gelächter in seinem kaputten Sessel sitzend.

»Wohin?«, fragte ich und hielt mich an den Stäben des Gitters fest. »Weggeflogen wohin?«

»Was weiß ich?«, entgegnete er im Atemholen. »Fragt man dich, wo du morgen sein wirst?«

»Haben sie Ihnen nichts gesagt?«

Nun erhob er sich unter Schwierigkeiten; er stützte sein ganzes Gewicht auf den Armlehnen ab, kam zu mir ans Tor und umfasste zwei Stäbe mit seinen dicken Wurstfingern.

»Du stellst zu viele Fragen, Mädchen, das wird dir Unglück bringen. In diesen Zeiten muss man den Mund halten können, merk dir das.«

»Können Sie ...«

»Du wirst mir noch dankbar sein«, fügte er hinzu und fing wieder an zu lachen.

Er drehte sich um und verschwand in seiner Pförtnerloge.

Ich konnte mich nicht entschließen zu gehen. Die Flieger sollten auf und davon sein? Nein, das war unmöglich. Irgendetwas würde passieren, und sie würden wieder da sein, wie am Vorabend, ein Mann würde sich aus ihrer Gruppe lösen, zu mir kommen, und es würde Gérard sein. Er würde mich mit in den Park der Keller-Werke nehmen, unter den Pfiffen seiner Kameraden, und ...

»Du bist ja immer noch da«, sagte der Hausmeister von der Türschwelle aus.

»Was ist?«, fragte seine Frau noch einmal.

»Die Bestellung«, antwortete er ihr halb zugewandt, »es geht um den Einkauf für die Flieger.« Dann kam er auf seinen dicken, deformierten Beinen schwankend zu mir. »Was muss man sagen, damit du es verstehst?«

Er sah mich durch das Gitter hindurch an, mit seinem Atem, der nach Knoblauch und schlechtem Wein roch.

Auf einmal besann er sich und beugte sich brummend vor. Ein Schlüssel knarrte im Schloss, der Türflügel drehte sich in seinen Angeln.

»Los, komm«, sagte er plötzlich sehr ruhig, fast zärtlich.

Ich folgte ihm bis zu den Hallen in einer Stille, die zu dem Lachen und Singen am Vorabend in einem eigenartigen Kontrast stand.

»Schau«, sagte er und zog die kleine Metalltür auf, wie Agnès am Abend zuvor fast genau zur selben Zeit.

Es war derselbe Ort, ich erkannte ihn wieder, aber ohne die Anwesenheit der jungen Leute wirkte er trübselig, ein großer verlassener Raum, der mich erschauern ließ.

»Wo sind sie?«, fragte ich einfältig.

»Wer sie? Hier war nie irgendjemand, Mädchen, schreib dir das hinter die Ohren. Ist das ein Ort für Menschen, eine Halle, vollgestopft mit Talksäcken?«

Als er mich zurückbegleitete, sagte er noch: »Glaub mir, vergiss das alles. Und ich will dich hier nicht mehr sehen, hörst du? Nie mehr.« Dann murmelte er noch: »Das wird besser für dich sein.«

Da begannen sich die Halle, der Mann und die schönen Bäume des Parks um mich zu drehen, um die Leere, die Gérards Verschwinden in mir aufgerissen hatte. Es war, als würde der Boden nachgeben und meine Beine sich weigern, mich zu tragen. Dieser Mann hatte vielleicht recht: Es hatte niemals Flieger in dieser Fabrik gegeben, ich hatte mir diese ganze Geschichte nur eingebildet.

»Was ist mit dir los?«, brummte der Hausmeister und schaute mich von unten herauf mit fragendem Blick an.

»Nichts«, sagte ich und fing mich wieder. »Nichts.«

Ich ging über die Nationalstraße zurück und blieb auf der Brücke stehen, von der aus man das Haus der Kellers und den Park auf der anderen Uferseite sehen konnte. Der kleine Strand lag im Dunkeln, doch ich erkannte die Pappel wieder, deren Rauschen Gérards Stimme untermalt hatte. Wo war er in diesem Augenblick? Welcher Gefahr setzte er sich aus? Welche Chance hatte er, nach England zu gelangen und dieses verrückte Abenteuer zu überleben?

Die Têt floss zu meinen Füßen, fünfzehn oder zwanzig Meter tiefer. Ein Rippenstoß und ich wäre für immer aller Sorgen und schwarzen Gedanken enthoben, befreit von falschen Hoffnungen und endlosen Schwierigkeiten des Lebens. »Komm, komm«, flüsterten die Fluten. Aber ich erinnerte mich an ihr Gemurmel im Hintergrund in der Nacht unserer Vertraulichkeiten. Also entfernte ich mich von der Brüstung und beschloss, wieder zurückzugehen, den Weg in die Altstadt einzuschlagen, den ich am Vorabend in Gesellschaft eines Phantoms namens Gérard genommen hatte.

Eine Pilgerwanderung. Die Nacht war noch nicht weit fortgeschritten, die Silhouetten der Bäume, der Pfosten, der Spalierstangen in den Gärten hoben sich vor dem hellen Hintergrund des Sommerhimmels ab. Als ich die Sperre bei den Bahngleisen aufstieß, quietschte sie ein wenig höher als in meiner Erinnerung, und ich fragte mich, worin dieser Unterschied liegen konnte. Ich drehte sie mehrere Male in ihren Angeln, ohne den

Klang wiederzufinden. Denn ich erinnerte mich genau daran. Die Details dieser Nacht waren lauter Reliquien, die ich als solche bewahrte.

Am Ende der Brücke nahm ich den Rundweg und erreichte die Tür zur Backstube der Puechs. Ich brauchte nur noch die Klinke herunterzudrücken und diese Tür aufzustoßen, die immer offen gelassen wurde, aber ich konnte mich nicht dazu entschließen. Stattdessen lehnte ich mich an die Mauer, wo Gérard mich umarmt hatte; ich schloss die Augen, seine Hände glitten wieder an meinen Schultern herunter, und seine Lippen legten sich auf die meinen. Wie am Abend zuvor.

Die Flucht nach Bordeaux

Bis dahin hatte ich mich nicht für den genaueren Verlauf des Krieges interessiert. Ich kannte keinen einzigen Minister oder General, von denen in den Zeitungen die Rede war, und die Regierungswechsel, die Verlegung der Hauptstadt, die Verhandlungen, die Verpflichtungszahlungen ... all das war zu kompliziert für mich. Von dem Tag an, als ich Gérard begegnet war, wollte ich alles wissen, alles verstehen. Das war durchaus möglich. Es gab Zeitungen wie *L'Indépendant,* das Radio des Priesters, die Gespräche im Laden ... Ich erfuhr also alles oder jedenfalls fast alles über das politische und militärische Tagesgeschehen: die Niederlassung der Regierung in Vichy am 2. Juli, die Katastrophe von Mers-el-Kébir am 3., die Eröffnung der Parlamentssitzung im Grand Casino von Vichy am 10. Die Zeitungen sprachen noch nicht von General de Gaulle, mit Ausnahme der Meldung, dass er wegen Landesverrats verurteilt und ein Kopfgeld auf ihn ausgesetzt worden war. Es wurde gesagt, er missbillige Admiral Darlan, der verdächtigt wurde, die Übergabe der Flotte an die Deutschen geplant zu haben, und er habe die Zerstörung der französischen Kriegsschiffe durch die englische Marine gutgeheißen. Der Priester sah darin eine mutige Tat, Monsieur Puech einen Dolchstoß in den Rücken, ich wusste es nicht. Ich war nicht mehr ganz spanisch, aber auch nicht französisch, noch nicht, und in die Streitkeiten unter Franzosen sollte ich mich besser nicht einmischen, das spürte ich.

Eines Tages verkündete die Angestellte der Kellers eine Neuigkeit in der Bäckerei, die mir die Knie weich werden ließ, und ich kam in meinen Berechnungen des Wechselgeldes völlig aus dem Konzept: Die Flieger waren zurückgekommen.

»Zurückgekommen?«

»Ja, eine Sache von Befehl und Gegenbefehl.«

Ich verzichtete auf den Nachtisch, und um dreizehn Uhr stand ich vor dem kleinen Tor in der Hecke der Kellers. Um dreizehn Uhr fünf verbarg ich mich hinter den Bäumen des Parks, um dem Hausmeister und seiner Xanthippe aus dem Weg zu gehen. Die Laster waren da, die Männer auch, aber ich sah weder Gérard noch Étienne.

»Die Reihen lichten sich«, sagte mir der Wachposten. »Solange wir darauf warten, dass Pétain uns nach Deutschland schickt, können wir ebenso gut nach Hause gehen und uns erst einmal in Sicherheit bringen.«

»Und Gérard?«

Auch Gérard war fortgegangen. Eines Morgens hatte er nicht geantwortet, als er aufgerufen wurde, und die anderen hatten begriffen.

»Das läuft immer so: Sie schlafen neben einem Kameraden ein, und am nächsten Morgen, pfffft, ausgeflogen.«

Von dort aus ging ich zum Bahnhof, und Durand informierte mich, dass Pau das Grand Hôtel verlassen hatte, ohne eine Adresse zu hinterlegen. War er nach Amerika geflohen, wie er es vorgehabt hatte? Durand gab vor, nichts zu wissen, und ich schloss daraus, dass Pablo Casals in dem Moment, in dem wir über ihn sprachen, bereits auf dem Weg nach Boston oder

Buenos Aires war und mich vergessen hatte. Was war ich denn im Grunde für Pablo Casals? Nichts. Ich war nicht einmal eine Postkarte wert oder eine kleine Nachricht zum Abschied. Wenn ich Neuigkeiten erfahren wollte, musste ich die Zeitschriften mit den aktuellen Meldungen aus der Musikwelt kaufen, wie alle Leute.

Ich hatte voreilige Schlüsse gezogen. Eine Woche später, es war Anfang Juli, wurde unsere Verbindung wiederhergestellt, wie sie von einem Tag auf den anderen unterbrochen worden war. Von nun an erfolgte sie auf quasi rituelle Art: Der Eisenbahner, der jeden Vormittag in die Bäckerei kam, legte mir um zwölf Uhr zwanzig eine Nachricht von Dr. Durand auf den Ladentisch. Pau ist in Prades, schrieb er mir sinngemäß. Sein Fluchtversuch ist gescheitert, und er ist wieder zurückgekommen. Das Grand Hôtel wollte ihn nicht mehr aufnehmen, und nun hat er eine kleine Wohnung direkt nebenan gemietet, Route Nationale Nr. 110. »Er erwartet Sie«, schloss Durand.

Pablo Casals war in Prades! Er wartete auf meinen Besuch! Als ich mich um zwölf Uhr vierzig an den Mittagstisch setzte, informierte ich meine Chefs, dass ich am Wochenende nicht da sein würde, am Samstag und am Sonntag.

»Ist es also so weit«, brummte Monsieur Puech, »es geht wieder los. Und dein Chef? Fragst du dich, was er über die Nummern denkt, die du schiebst?«

»Émile!«

»Na, was, Émile? Reicht es nicht, sich von dem Priester flachlegen zu lassen, muss sie auch noch bei den Republikanern von Prades die Beine breit machen? Findest du das normal?«

»Émile!«

»Émile? Der hat genug, wenn du es genau wissen willst. Genug davon, sich bei der Arbeit kaputtzumachen, um Schlampen zu ernähren, die ihm einfach so verkünden, dass ihnen der Samstag nicht genügt, dass sie von nun an nicht nur am Samstag in der Stadt auf den Strich gehen, während ihr Chef ganz allein die Lieferfahrt macht, sondern auch noch am Sonntag. Und sicher den ganzen Tag, stimmt's? Du wirst uns einfach so mitteilen, dass du erst mit dem letzten Zug zurückkommst, nicht wahr?«

Er hatte sich erhoben und kam nun von der anderen Seite des Tisches auf mich zu.

»Antworte, wenn man mit dir redet, du Schlampe!«

Er beugte sich über den Tisch zu mir herüber.

»Antworte!«

Ich sah, wie sich seine Hand auf mich zubewegte, und fand mich auf dem Boden wieder, in die Beine meines Stuhls verstrickt. Er kam um den Tisch herum und ging mit irrem Blick auf mich zu. Was dann folgte, verliert sich in meiner Erinnerung. Ich nehme an, dass es mir gelang, den Stuhl zu ergreifen und wie einen Schild vor mich zu halten, dann aufzustehen und die Treppe hinab wegzulaufen.

Der Priester versorgte meine Blutergüsse und brachte mich in den Salon. Er würde nach Ladenschluss zu den Puechs gehen, wenn das Gewitter vorüber wäre, und sehen, was er tun könnte. In der Zwischenzeit wäre es besser, ich ruhte mich aus und würde schlafen, falls ich könnte. Ich legte mich auf das kleine Sofa, zog die Decke über meine Schulter, und das Zittern ließ nach.

Als ich wach wurde, war Agnès da. Sie saß an mich gelehnt auf dem Sofa und schaute mich an.

»Geht's?«, fragte sie und rückte auf meiner Stirn einen kühlen und duftenden Lappen zurecht.

Sie neigte sich ein wenig zu mir, beugte den Kopf, und diese geringfügigen Bewegungen zeigten mir einen Kern von heimlicher Zärtlichkeit, den sie normalerweise hinter dem rauen Äußeren einer entschlossenen Frau ohne Skrupel verbarg.

»Émile ist gefährlich«, sagte sie, als ich ihr den Vorfall schilderte. »Er würde in einem solchen Moment der Wut sogar töten.«

Es war nicht das erste Mal, dass sie mich warnte, aber ich hatte immer gedacht, sie würde aus irgendwelchen Gründen schwarzmalen.

Vergewaltigung, Folter, Mord ... das kannte ich. Der Bürgerkrieg hatte diese Erfahrungen in unseren Alltag in Spanien eingeführt. Doch Villefranche war nicht im Kriegszustand, und ich dachte wie vielleicht jeder, dass so etwas in Friedenszeiten nicht stattfindet oder zumindest nicht einem selbst passiert. Von nun an sah ich das mit anderen Augen. Ein Schimmer in Émiles Blick hatte mir Angst eingeflößt.

Wir dachten eine Weile beide darüber nach, was wir tun konnten, und Agnès bot mir an, mich einer Familie in Perpignan vorzustellen, die froh wäre, mich aufzunehmen. Sie hatten ein Textilgeschäft. Es waren sehr nette Menschen, ruhig und kultiviert. Sie suchten eine Hilfe für die Damenabteilung, ein junges, pfiffiges Mädchen, das gut aussah. Eine Arbeit wie für mich gemacht, sagte sie, ich sollte es versuchen, es konnte jedenfalls nicht schlimmer sein als bei den Puechs.

Ich war gerührt, dass Agnès sich um mich sorgte, doch Villefranche zu verlassen, mein Zimmer aufzugeben, die Bäckerei ... nein, das wollte oder vielmehr konnte ich nicht, noch nicht.

»Martha wird mich beschützen«, sagte ich.

In Wirklichkeit war Martha oft nicht da, manchmal blieb sie mehrere Tage und Nächte lang bei einer Gebärenden, aber es war stärker als ich; mein Herz hing an dem Zufluchtsort, der mich nach dem Abschied von Argelès-sur-Mer aufgenommen hatte.

In diesem Augenblick trat der Pfarrer ein. Die Puechs hatten zugestimmt, mich wieder aufzunehmen, und erlaubten mir, ausnahmsweise natürlich, dass ich am Samstagnachmittag wegging! An diesem Tag würde kein Teller für mich auf dem Tisch stehen; keine Arbeit, keine Mahlzeit; ich würde mich bei Ladenschluss ›aus dem Staub machen‹.

»Und am Sonntag?«

»Sonntag ist der Tag des Herrn«, entgegnete der Pfarrer lächelnd. »Niemand kann Sie an diesem Tag zu irgendetwas zwingen.«

»Haben Sie ihnen das gesagt?«

»Natürlich.«

»Und?«

»Nun, ich habe weder Monsieur noch Madame Puech gefragt, was sie von der Ruhe am siebten Tag halten. Ich habe mich damit begnügt, sie daran zu erinnern, dass ihre Rechte am Samstag um zwölf Uhr enden und erst wieder ab sieben Uhr am Montag gelten, und sie haben verstanden. Ich werde sie noch einmal daran erinnern, wenn es nötig ist. Ich oder die Gendarmerie.«

»Die Gendarmerie!«, sagte Agnès schulterzuckend.

Ich teilte ihre Skepsis. Émile hatte bestimmte Voraussetzungen erfüllt, um mich wiederzubekommen, doch der Priester würde nicht da sein, wenn er wieder seine Hand gegen mich erheben oder in meinem Zimmer auf mich warten würde.

»Muss ich wirklich dorthin zurückgehen?«

»Wovor fürchten Sie sich?«

»Wovor sie sich fürchtet?«, entfuhr es Agnès mit einer vor Wut vibrierenden Stimme. »Dass das Schwein die Tür ihres

Zimmers mit Gewalt öffnet und sie unter den Augen seiner Frau schändet, davor fürchtet sie sich. Sie ist nicht diejenige, die ihn davon abhalten wird, glauben Sie mir. In der Öffentlichkeit kuscht er vor ihr, aber zu Hause hat er das Sagen; sie würde es nicht wagen, sich ihm entgegenzustellen.«

»Was wissen Sie darüber?«

»Was ich darüber weiß? Ich bin Charles' Verlobte, daran muss ich Sie wohl nicht erinnern. Émile Puech habe ich oft ›in Aktion‹ gesehen, und zwar aus der Nähe. Aus nächster Nähe sogar. Näher, als ich es gewollt habe, wenn Sie verstehen, was ich meine.«

»Ach! Sie übertreiben, meine Kleine.«

»Ich bin nicht ›Ihre Kleine‹«, schrie sie und sprang auf. »Ich bin nicht ›Ihre Kleine‹, ich übertreibe nicht, und Sie wissen das ganz genau. Sie wissen es, aber Sie dürfen es nicht sagen, so ist es. Das Beichtgeheimnis oder ein ähnlicher Unsinn.«

»Agnès!«

»Was, Agnès!? Ist das die Wahrheit, ja oder nein? Die Leute würgen sich gegenseitig, die Männer schlagen ihre Frauen, vergewaltigen ihre Töchter, verprügeln ihre Kinder. Die Pfarrer wissen um all das und kommen mit einer auf die Nerven gehenden ewigen Leier wie ›meine Kleine‹ und ›Sie übertreiben‹ davon. Finden Sie das normal? Ist das die Brüderlichkeit von Christus, unserem Herrn?«

Die Bewunderung, die Agnès und der Pfarrer einander entgegenbrachten und die mich bei unseren ersten Begegnungen verzückt hatte, verbarg eine latente Feindseligkeit, die manchmal zutage trat. Sie äußerte sich in Streitigkeiten, der Ton wurde lauter, und immer wieder weigerten sie sich, einander zuzuhören oder sich auf die Ansichten des anderen einzulassen. Diese Aggressivität hatte sicher einen Grund, irgendwann musste etwas geschehen sein, aber niemand, nicht einmal sie selber hätten es mir anvertraut, obwohl sie meine nächsten Freunde waren. Ich war jedoch nicht erstaunt, jedenfalls nicht wirklich. Mir war klar, dass es in den Dörfern Ungesagtes, Geheimnisse gab, innerhalb der Familien oder der Viertel, Themen, über die man nur in Andeutungen sprach oder überhaupt nicht und die allein dadurch unverhältnismäßige Dimensionen annahmen. So etwas in der Art gab es zwischen Agnès und dem Pfarrer, irgendetwas Schändliches.

Sprachen sie untereinander darüber? Das wusste wohl keiner so genau. Würde es eines Tages vorübergehen? Wenn man mich gefragt hätte, hätte ich mit Ja geantwortet, da ich in den Blicken, die sie sich zuwarfen, oft Freude und gegenseitige Bewunderung aufblitzen sah, wie sie mich bei der Mitternachtsmesse und am Tag danach auf der Festungsmauer verblüfft hatten. Aber im Augenblick trat etwas Exzessives in ihre Zuneigung, das sie gegeneinander aufbrachte und sie leiden ließ. An jenem Tag im Pfarrhaus war es offensichtlich. Agnès schaute aus dem Fenster und wandte uns den Rücken zu, der Pfarrer zog den Kopf ein wie ein Vogel bei einem Regenguss. Er war einige Sekunden still, dann verlangte er eine Tasse Tee, den seine Schwester uns zubereitet hatte. Agnès schenkte ein. Er trank geistesabwesend in kleinen Schlucken, seufzte, nahm seinen Hut und ging ohne uns anzusehen hinaus.

Zwanzig Minuten später war er wieder zurück.

»Es ist in Ordnung, Sie werden einige Tage hier übernachten«, sagte er lächelnd. »Danach sehen wir weiter.«

»Hier? Auf dem Sofa aus den Zeiten von Methusalem? Kommt nicht infrage«, entgegnete Agnès prompt. »Sie wird bei mir schlafen.«

»Bei dir? Und deine Eltern?«

»Das stimmt, Sie sagen das einfach so und wissen nicht einmal, was Ihre Eltern darüber denken. Sie könnten sie fragen, ihnen zumindest Bescheid geben, ehe Sie Ihre Einladung aussprechen. Wer sagt Ihnen ...«

»Ihnen Bescheid sagen? Weshalb? Ihr Zuhause ist auch mein Zuhause, oder? Komm«, fügte sie schulterzuckend hinzu.

So ließ ich mich in Agnès' Zimmer und in ihrem Bett nieder. Das Zimmer war klein, das Bett ein wenig schmal, aber die Matratze war gut, die Leintücher immer sauber und gestärkt. Wenn wir abends schlafen gingen, plauderten wir miteinander und schliefen wie Zwillingsschwestern eng aneinandergeschmiegt ein.

Am folgenden Samstag nahmen wir gemeinsam den Zug nach Prades. Ich ging Pau besuchen, und sie hatte eine Verabredung in Perpignan mit einem dreißig- oder fünfunddreißigjährigen Mann – sie wusste es nicht genau – aus Saint-Cyprien. Ein Unternehmer aus der Tiefbau-Branche, der sie zu den Empfängen der Präfektur mitnahm. Das war alles, was sie mir darüber erzählte.

Und Victor? Und Étienne? Sie lächelte, fuhr sich mit der Hand durch das Haar, wandte den Kopf zum Fenster, und nun war ich es, die sich Sorgen um *sie* machte. Was konnte sie von diesen Männern erwarten, die sie wegen ihrer weißen Zähne nahmen, danach ihren eigenen Weg weiterverfolgten und sie am Straßenrand zurückließen?

In Wahrheit war Agnès sich selbst ein Rätsel. Es gab da einen Teil ihres Lebens, der im Dunkel blieb, nicht nur für mich, sondern auch für ihre Familie und sicher auch für den Priester. Was konnte sie denn unter den Leuchtern der Präfektur mit

Männern in Dreiteilern und vom Champagner angeheitert tun? Was erwartete sie von diesem Umgang? Das politische und wirtschaftliche Leben war vor dem Krieg Männersache. Man sah Lehrerinnen, Krankenschwestern, einige Sekretärinnen – wenn überhaupt! Keine Anwältin, natürlich keine Ärztin, keine Pharmazeutin. Selbstverständlich auch keinen Rock in der Politik, die Frauen hatten nicht einmal das Recht, zu wählen. Man traf sie weder im Tiefbau oder Bauwesen an noch in der Wirtschaft im Allgemeinen.

Dennoch hätte ich es nicht gewagt, Agnès zu verurteilen. Es war da dieses Geheimnis, das sich um ihre Person rankte, und so hatte sie sicher ihre Gründe, die ich vielleicht eines Tages erkennen würde. Im Moment war ich naiver als sie und wusste kaum etwas über das Funktionieren einer Gesellschaft oder über sogenannte ›offene Karten‹, wie ihr Vater es nannte. Wer konnte schon wissen, ob sie mit ihrer Intelligenz und ihrer Dreistigkeit nicht in komplizierte Geschichten verstrickt war, von denen ich ja doch nichts verstanden hätte.

Ich wollte gerade bei der Route Nationale Nr. 110 läuten, als Montserrat Alavedra die Tür öffnete, mich umarmte, als würden wir uns schon immer kennen, und mir in der Küche einen Platz anbot. Pau erwartete meinen Besuch, er hatte gebeten, dass man ihn bei meiner Ankunft wecken möge, doch sie entschied sich für den ›zivilen Ungehorsam‹. Er war so schwach und erschöpft!

Und hatte ich wenigstens gegessen? Nein? Wie war das möglich? Für Bäcker arbeiten und mit leerem Magen losgehen, das überstieg ihr Verständnis. Sie hängte sich ihre Schürze um und machte mir im Nu einen Salat aus Tomaten und Paprika, der mich an Tarragona, an die Mahlzeiten mit meiner Familie vor dem offenen Fenster erinnerte. Ein Tröpfchen Olivenöl, zerkrümelter Ziegenkäse, in Knoblauch gewälzte Croûtons ... Das war eine Abwechslung zu den Erbsensuppen und Ragouts von Martha.

Montserrats Bericht auf Katalanisch über ihre Flucht fehlte es ebenfalls nicht an Würze. Das Katalanische von Barcelona war die offizielle Sprache in diesem Haus und gab den Wörtern, Gesten und Bemerkungen eine Anmutung, die mich an Mama und Teresa erinnerte. Mama! Teresa! Es war immer so: Jeder Besuch bei den Katalanen von Prades belebte die Erinnerung an meine Familie derart, dass ich den Tränen nahe war. Ich fühlte mich zu Hause, nahe meinen Wurzeln, und gleichzeitig litt ich daran, nicht bei meiner Familie zu sein, diese Momente der katalanischen Brüderlichkeit nicht mit ihr teilen zu können.

Als die Deutschen in Paris einmarschiert waren, hatten sie sich zur Flucht entschlossen. Wenn Hitler in einem Monat Paris erreicht hatte, würde er in vierzehn Tagen in Prades sein. Es sei denn, Franco würde die Pyrenäen überqueren, unter dem Vorwand, das französische Katalonien zu befreien, und alle Katalanen unter seiner Herrschaft vereinen, wie zu den glorreichen Zeiten Karls V. oder Philipps II. Joan hatte Telefonate geführt, Telegramme versendet, und es war ihm gelungen, Karten für ihn, seine Familie, Pau und einige andere auf dem *Champlain* zu reservieren, einem Ozeandampfer, der in Bordeaux für die Abreise in die USA bereitlag. Er fand auch zwei Taxifahrer, die einwilligten, das Abenteuer einer Reise von Prades nach Bordeaux zu wagen, zu einem sehr hohen Preis, merkte Montserrat an. Denn um ein Abenteuer handelte es sich dabei sehr wohl! Die Unterkünfte waren überfüllt, der Treibstoff beschlagnahmt ... Aber all das war nichts im Vergleich zu den Schwierigkeiten, die sie bei ihrer Ankunft erwarteten. Bordeaux war nicht nur der Sitz der Regierung und des Generalstabs, nach der Niederlage zusammengelegt, sondern auch sämtlicher Bürger – Franzosen, Belgier, Holländer –, die vor der deutschen Armee flüchteten. Und das alles in einer Atmosphäre von unbeschreiblicher Panik und Konfusion.

Wenn sich das Gerücht einer Bombardierung verbreitete, drängten sich alle vor den Kellereingängen. Als Joan, durch Gott weiß was für ein Wunder, schließlich die Tickets und Pässe hatte, erfuhr er, dass der *Champlain* gerade untergegangen war. Sie waren dieser Katastrophe entkommen, und da sich ein Glück nie allein einstellt, waren ihre Taxis noch nicht wieder zurückgefahren. Diese Wagen dienten ihnen seit der Abfahrt aus Prades als ihr Zuhause. Sie lebten im Ganzen fast eine Woche in ihnen: einen Tag und eine Nacht auf der Hinfahrt, zwei Tage vor Ort und zwei weitere Tage auf der Rückfahrt, auf Straßen, die von Soldaten und Flüchtlingen überfüllt waren, »vom ganzen Elend der Welt«, wie Montserrat es formulierte.

»Sind Sie nicht ins Grand Hôtel zurückgekehrt?«

»Als wir spät am Abend ankamen, schaute der Besitzer gerade aus dem Fenster und weigerte sich, uns einzulassen. Unsere Zimmer waren angeblich belegt. Nicht einmal ein Bett für die Nacht? Nicht einmal ein einziges Bett.«

»Kein Bett für Pablo Casals?«

»Vor allem nicht für Pablo Casals und Joan Alavedra. Er befürchtete, dass die Deutschen ihm ans Leder wollten, wenn er Republikaner beherbergte. Er hat es nicht verschwiegen, das muss man ihm zugutehalten. Wenn er ein Megafon gehabt hätte, hätte er es bestimmt herausgeholt, um den Leuten zu verkünden, dass er keine Republikaner bei sich wollte.«

»Die Deutschen?«

»Wenn man sie so reden hört, könnte man meinen, die Deutschen kämen tatsächlich und würden jede Minute da sein. Wenn der Lärm nicht den Besitzer des Kiosks geweckt hätte, hätte Pablo Casals die Nacht auf dem Gehsteig verbracht.«

»Sie haben im Kiosk geschlafen?«

»Wundert Sie das? Dieser anständige Mann hat uns seine Tür geöffnet und am nächsten Tag eine Wohnung für uns gefunden. Es ist kein Luxus, wie Sie sehen«, sagte sie lachend. »Aber es kommt von Herzen.«

Als ich mich gestärkt hatte, öffnete sich die Tür, es war Pau. Er sah mitgenommen aus und hatte Ränder unter den Augen. Kam das von der Reise, der Sorge um die Zukunft? Ohne Zweifel. Die Errichtung eines Regimes in Frankreich, das den Nazis ergeben war, rückte die Befreiung Spaniens und Kataloniens in eine weit entfernte Zukunft, zu weit, als dass er sie erleben würde.

»Maria!«, rief er aus, als er mich erblickte. »Warum hat man mir nicht Bescheid gesagt?«

»Du hast geschlafen, und sie hat gegessen«, erwiderte Montserrat Alavedra streng.

»Was für eine gute Nachricht! Endlich ein Licht in unserem Dunkel.«

»Das sagen ausgerechnet Sie«, entgegnete ich und runzelte die Stirn, »und Sie sind abgereist, ohne mich zu informieren. Wenn dieses Schiff nicht untergegangen wäre ...«

»Ah, Sie wissen Bescheid«, sagte er etwas leiser. »Ja, das ist wahr, entschuldigen Sie bitte. Alles ging so schnell!«

»Wir mussten weg«, sagte Montserrat, »sofort oder nie. Wir hatten nicht einmal Zeit, zu überlegen.«

»Das ist der Beweis!«, sagte Pau und versuchte zu lächeln.

»Wenn wir nachgedacht hätten, wären wir geblieben, und wir hätten uns all diese Strapazen erspart. Aber Sie sind gekommen, um zu spielen, nicht wahr? Wissen Sie, Sie werden es mir nicht glauben, aber ich habe mein Cello seit Ihrem letzten Besuch nicht angerührt. Ich habe es hiergelassen, stellen Sie sich das vor! Pablo Casals reist ohne sein Instrument! Wir mussten es also wirklich eilig haben.«

»Ich hätte es Ihnen nachgeschickt, Meister.«

»Oder Sie hätten es als Erinnerung an den alten Pau behalten, Sie kleine Schlawinerin. Gut, jetzt legen wir los. Wenn Sie zum Spielen gekommen sind ...«

Er nahm mich mit ins Wohnzimmer, zeigte mir unsere Instrumente, die auf einem Tisch aneinanderlehnten, machte jedoch keine Anstalten, sie aus ihren Kästen herauszuholen. Er fand gerade die Kraft zu sprechen.

»Ich habe eine Nachricht von Wanda Landowska erhalten«, sagte er und ließ sich in einen Sessel fallen. »Einen Brief aus Amerika. Gott sei gelobt, jetzt gibt es immerhin eine, die sie nicht bekommen werden.«

»In Amerika? Und ihre Schule?«

»Das ist alles zu Ende«, antwortete er und nickte traurig. »Aber ... haben Sie es vielleicht nicht richtig verstanden, als wir darüber gesprochen haben? Es gibt keine Schule mehr, Maria, kein Konzert. Ihre vielen Cembali und alten Instrumente, die zehntausend Bücher ihrer Bibliothek ... alles ist zum jetzigen Zeitpunkt in Deutschland, verstreut in Privatsammlungen von Würdenträgern der Nazis. Aber was auch immer mit den Büchern und Instrumenten geschehen ist, es ist ihr gelungen, sich selbst zu retten, und das ist das Wichtigste.«

»Sich zu retten? Warum sich zu retten?«

»Sie ist Jüdin, Maria. Sie ist Jüdin, und die Deutschen haben ihre Stimmen einem Mann gegeben, der sich geschworen hat, die Juden auszurotten. Ich erinnere Sie daran, dass die Wehrmacht in Paris ist.«

»Sie ist Jüdin?«

»Sie wussten das nicht? Wohlgemerkt: Ich auch nicht. Ich nehme an, dass ich es hätte wissen müssen. Jemand muss es mir gesagt haben, vielleicht sie selber, oder aber ich hätte es merken müssen, vielleicht an der Art ihres Verhaltens. Ich habe keine Erinnerung, keine Wahrnehmung für diese Dinge. Aber Monsieur Hitler hat sie. In diesem Punkt kann man ihm vertrauen. Er erkennt einen Juden auf zwei Kilometer Entfernung und hat beschlossen, sie auszulöschen. Die Juden, die Kommunisten, die Republikaner ... auf geht's, weg damit, alle sollen sie verschwinden.«

Als ich aus Paus Mund von der Flucht Wanda Landowskas nach Amerika erfuhr, ermaß ich wirklich, was der Krieg bedeutete. Martha hatte mir von der Abreise der Wehrpflichtigen aus Villefranche berichtet, der Priester von der Kapitulation Belgiens, Monsieur Puech vom Einmarsch der Deutschen in Paris, und all das hatte für mich den Anschein gehabt, weit weg zu sein. Mit Wanda Landowska war es etwas anderes. Papa hatte unablässig von ihr gesprochen, Pau sich immer bei ihr aufgehalten, wenn er in Paris war, de Falla hatte für sie komponiert ... sie war alles andere als weit weg, und sie wurde wegen ihrer Herkunft verfolgt, trotz ihrer Genialität und allem, was sie für die Musik getan hatte. Und das war skandalös.

Montserrat schlug vor, hinauszugehen und einen Spaziergang im Viertel zu machen. Pau musste täglich mindestens eine Stunde laufen, eine Anordnung seiner Ärzte, und er war seit seiner Rückkehr aus Bordeaux quasi nicht an der frischen Luft gewesen. Er wollte nicht. Das letzte Mal, als er durch die Straßen von Prades gegangen war, waren ihm die Menschen, die er kannte und die sonst immer für eine kleine Plauderei auf ihn zugekommen waren, aus dem Weg gegangen oder hatten ihren Blick abgewandt.

»Wenn ich zu Hause bleibe, brauchen sie nicht so häufig den Gehsteig zu wechseln. Ein kleiner Dienst, den ich ihnen damit erweise.«

Er ließ sich dennoch überzeugen und nahm uns mit zu den Bergen am anderen Ende der Stadt. Die Leute gingen tatsächlich in ihr Haus oder kehrten um, wenn sie uns von Weitem sahen, und so begegneten wir niemandem in diesem Viertel, in dem Pau zu Beginn seines Aufenthalts jeden gegrüßt und viele Hände geschüttelt hatte. Und dabei waren sie Katalanen wie wir, mit derselben Sprache und einer gemeinsamen Geschichte.

Paus Sorge übertrug sich schließlich auch auf mich. Er, ich, die Alavedras, wir waren alle in derselben Lage: Fremde, Verdächtige, offenkundige Republikaner in einem vom Faschismus erfassten Land, und Francos Armee war nur wenige Kilometer entfernt ... Was Pau betraf, so kamen ihm seine Bekanntheit und die Furcht vor dem Protestgeschrei, das seine Verhaftung in der ganzen Welt auslösen würde, zugute. Ich, ich hatte gar nichts, nicht einmal einen Personalausweis. Monsieur und Madame Puech hatten mich im Rathaus angemeldet, doch ich wusste sehr wohl, wie es liefe, wenn ich kontrolliert würde und man sie zur Rechenschaft zöge: Sie würden mich verleugnen.

Als ich nun sah, wie sich die Leute aus dem Staub machten, sobald sie uns erkannten, hakte ich mich bei Madame Alavedra unter und begann die Straße zu beobachten, soweit ich sie überblicken konnte. Bestimmt würde jemand im Rathaus anrufen und melden, dass er uns gesehen hatte. Jenes Viertel, diese Straße, drei offenkundige Republikaner: ein alter Mann, eine Frau, ein junges Mädchen. Begleitet von zwei Kindern. Ein schwarzer Wagen würde auftauchen und uns alle mitnehmen.

»Sie haben Angst, das ist durchaus verständlich«, sagte Pau, als wolle er sie entschuldigen. »Was für ein schöner Tag!«, sagte er noch auf dem Rückweg. »Und wie schade, dass Sie nicht bleiben können, Maria. Wann geht Ihr Zug noch mal? Wollen Sie, dass ich Puig oder Dr. Durand bitte, Sie später am Abend hinaufzufahren? Übrigens«, fuhr er fort, ohne mir Zeit für eine Antwort zu lassen, »ich frage mich, warum Sie an einem Samstagabend zurückfahren. Sie arbeiten doch sonntags nicht, oder? Der Sonntag ist der Tag des Herrn. Sogar der Schöpfer hat sich an diesem Tag ausgeruht. Sie müssen es wirklich schaffen, dass Sie demnächst den Samstagabend mit uns zusammen verbringen.«

»Das ist bereits geschehen«, erwiderte ich.

»Was wollen Sie damit sagen?«

»Wenn Sie mich beherbergen können, bleibe ich bis morgen.«

»Wirklich? Ah! Was für eine gute Nachricht!«, rief er aus. »Das werden wir feiern.«

Er wirkte wieder sehr jung und hatte es eilig, gemeinsam mit mir eine weitere Suite von Bach, Granados oder sonst jemandem zu spielen.

»Der gute alte Bach!«, sagte er.

Er vergaß dabei, dass er selbst vierundsechzig Jahre alt war.

In diesem Augenblick tauchte die Silhouette eines schwarzen Wagens auf, fuhr langsam an uns heran und kam auf unserer Höhe zum Stehen. Die Scheibe wurde heruntergekurbelt ... es war Durand.

»Wenn man vom Teufel spricht ...«, rief Pau vor Erleichterung seufzend aus.

»Warum? Haben Sie wieder schlecht über mich geredet?«

»Ich habe gesagt, dass Sie morgen sicher einen Kranken in der Nähe von Villefranche besuchen müssen und Maria auf dem Weg dorthin irgendwo absetzen können.«

»Warum nicht?«, erwiderte er und schaute mich an. »Morgen Nachmittag, passt Ihnen das?«

So fuhr ich das Tal der Têt in seinem schönen Ford T wieder hinauf und lernte Bernard Durand kennen. Denn es gab den Arzt Durand, und es gab Bernard Durand. Es war dasselbe Äußere, dasselbe geheimnisvolle Lächeln, aber es waren zwei Männer, zwei verschiedene Tätigkeiten, man könnte fast sagen, zwei Berufe. Der Arzt empfing die Arbeiter der Eisenbahngesellschaft in seiner Praxis neben dem Bahnhof, und Bernard redete über Politik und verteilte Päckchen in den Flüchtlingslagern. Er fuhr auf einer kleinen kurvigen Straße, die über das Vorgebirge verlief, von Prades nach Villefranche, hielt immer wieder an und sprach mit den Bauern, betrat ein Haus, dessen Bewohner vor Gesundheit strotzten, ging ins *Café Ria* ... Er schien alle zu kennen, und alle schienen ihn zu kennen ... und zu mögen. Da er weder seine Sympathie für die spanische Republik verheimlichte noch seine Zurückhaltung gegenüber dem Marschall, sagte ich mir, dass alle diese Leute vielleicht seiner Meinung waren, wenigstens einige von ihnen, und dass de Gaulle auf dem französischen Land Anhänger hatte.

»Ich werde Sie am Bahnhof absetzen«, sagte er, als wir auf die Nationalstraße fuhren. »Sie werden in der Toilette warten und erst wieder herauskommen, wenn der Zug aus Prades eingefahren ist. Es muss nicht sein, dass man uns in Villefranche zusammen sieht.«

»Wir tun doch nichts Schlimmes. Ich habe Pablo Casals besucht, Sie ...«

»Ja, ich bin auf dem Weg und mache einen kleinen Abstecher, um Sie nach Hause zu bringen, nichts Normaleres als das, stimmt's?«

»Ja, und?«

»Nun, wir leben in einer Zeit, die nicht normal ist. Und wir sind gezwungen, das zu berücksichtigen. Es ist eine Frage von Leben oder Tod.«

René Levêque

Die ganze Zeit, die ich bei den Levêques verbracht habe, bewahre ich in berührender Erinnerung. Wir standen bei Tagesanbruch auf, ich, um gegen sieben Uhr in die Bäckerei zu gehen, Agnès, um den ersten Kunden im *Vauban* Kaffee zu servieren. Der Duft von Marmelade und frischem Kaffee empfing uns an der Schwelle zur Küche und auch schon auf der Treppe, wenn wir aus den Schlafzimmern herunterkamen. Schalen aus weißer Keramik, Licht, das durch das Fenster flutete, welches auf den Platz hinausging. Die Blätter der Akazien bildeten eine Art grünen Teppich, der zwischen unseren Fenstern und dem regelmäßigen Mauerwerk der gegenüberliegenden Kirche ausgebreitet war. Die Fenster und Dachvorsprünge traten langsam aus dem Schatten, dann wurden sie plötzlich hell beleuchtet, als das Sonnenlicht über die Wohnhäuser zur Porte de France hin glitt.

Monsieur Levêque erschien morgens als Erster und setzte sich an unseren Tisch.

»Was machst du?«, fragte Agnès unwirsch und schroff, wie sie mit ihm zu reden pflegte.

»Meine Güte, ich schaue euch an.«

»Einfach so?«

»Einfach so.«

»Aha!«

»Was ist los? Tue ich das sonst etwa nicht?«
»Sonst bist du um diese Zeit unterwegs.«
»Stimmt«, sagte er und hob seine Tasse mit nachdenklicher Miene. »Ich weiß nicht, was in mich gefahren ist. Ich wollte euch beide einfach sehen, ehe ich losfahre.«
»Sind wir so schön?«, erwiderte sie und setzte sich in Pose.
Aber ja, er fand uns schön. Er hätte nicht die Dreistigkeit besessen, es uns zu sagen, doch da man ihn danach fragte … Wir erinnerten ihn an die jungen Mädchen in seinem Dorf, in der Gegend von Mostaganem. Seine Eltern hatten ein kleines ebenerdiges Haus, ganz hübsch anzusehen mit seinen dicht mit Geranien bepflanzten Blumenkästen, und was er davon in seinen Erinnerungen bewahrte, waren Sommerabende vor diesem strohgedeckten Haus mit seinen Schwestern, seinen Cousinen, ihren Freunden. Er erinnerte sich auch an ein Foto, das erste in der Geschichte der Familie und das erste in der Geschichte des Dorfes, dessen Namen er nicht nannte.
»Wie oft«, sagte Agnès und warf ihm einen herausfordernden Blick zu, »wie oft hast du uns schon von diesem Foto erzählt.«
»Ach so!«

René Levêque war ein Mann … wie soll man es sagen? Viel beschäftigt? Aktiv? Einer, der hart arbeitete? Die Worte haben heute nicht mehr die Bedeutung, die sie damals hatten. Zu jener Zeit arbeiteten alle Leute vom Sonnenaufgang bis zum Sonnenuntergang und manchmal weit darüber hinaus. Männer und Frauen. Tätigkeiten, die heute für mühsam oder gar für unmöglich gehalten werden, waren damals vollkommen üblich. Es gab keine Arbeitslosen, keine Untätigen. Auch in Tarragona nicht, aber in Villefranche musste man 1940 außerdem noch die Männer ersetzen. Diejenigen, die nicht im Krieg waren, die

Arbeiter der Eisenbahngesellschaft, der Minen, des Elektrizitätswerkes ... sie verließen das Dorf sehr früh, im Sommer um fünf Uhr, im Winter um sechs oder sieben Uhr, zu Fuß oder mit dem Fahrrad, und wenn sie wieder zurückkamen, gingen sie in die Gärten, um die schweren Arbeiten zu verrichten, die die Frauen und Kinder nicht gemeistert hatten. Denn die Frauen und Kinder arbeiteten auch. Eine Scheibe Brot mit Marmelade bei der Rückkehr aus der Schule, ein großes Glas Wasser – und los! In den Wald, den Garten, oder zum Waschen. Außer den Alten und Gebrechlichen, die auf der Bank an der Place du Génie in der Sonne saßen und den anderen nachschauten, waren alle am Arbeiten. Und es gab immer etwas zu tun. Wenn jemand einmal nichts zu tun hatte, wurde er sofort eingespannt. Mach mir dieses Rohr frei, schlage mir dieses Holz und hilf mir diesen Sack zu tragen, der zu schwer für mich ist.

Es gab beispielsweise auch keine städtischen Arbeiter wie heute, keine Techniker. Jeder pflegte seinen Bürgersteig, das Stück Straße vor seinem Haus. Wenn ein Wasserrohr brach oder verstopft war, nahm der Erste, der es bemerkte, seine Hacke und seine Schaufel und machte sich an die Arbeit. Entweder man unternahm etwas, oder man hatte eben kein Wasser oder musste hungers sterben. Gleichzeitig hatte die Arbeit aber auch nicht den verpflichtenden Charakter, den sie seitdem angenommen hat. Man stand bei Tagesanbruch auf, legte los und blieb dran, das war alles. Bis zum Einbruch der Dunkelheit und darüber hinaus, aber ohne sich viele Gedanken zu machen.

René Levêque arbeitete sicherlich härter als die meisten Bürger von Villefranche. Wahrscheinlich etwas, das von seiner militärischen Vergangenheit übrig geblieben war. Er stand im Winter wie im Sommer um halb fünf auf, empfing die Mitarbeiter der Brauerei um halb sechs, gab ihnen die entsprechenden

Instruktionen und machte sich um sechs Uhr mit seinem Laster, der am Abend zuvor mit Bier und Limonade beladen worden war, auf den Weg. Seine Kunden – Cafés, Restaurants, Gemischtwarenläden – hatten zu dieser Zeit geöffnet. Wenn entferntere Kunden beliefert werden sollten – in Bourg-Madame, Font-Romeu oder Saillagouse –, zögerte er nicht, nachts loszufahren, doch das war die Ausnahme, normalerweise hielt er sich an seine Zeiten: fünf Uhr – neunzehn Uhr.

»Ein richtiger Spahi«, bemerkte Agnès, als wir darüber sprachen. »Bitte einen Spahi nicht, seine Gewohnheiten zu ändern.«

Und nun hatte dieser Spahi seine Abfahrt verschoben, vielleicht zum ersten Mal, seit er nach Villefranche gezogen war, einfach nur, um uns zuzuschauen, wie wir unseren Kaffee in der Küche tranken.

Dann wurde ihre Tante in Perpignan wieder krank, Agnès fuhr hinunter, um sie zu pflegen, und René bestand darauf, dass ich blieb. Er hatte zugesagt, mich zu beherbergen, Agnès' Abwesenheit änderte nichts daran, und er würde sein Versprechen konsequent halten. Von da an behandelte er mich wirklich wie seine Tochter, offener als vorher. Warum? Das frage ich mich heute noch. Ich glaube, Agnès wollte bevorzugt sein, was seine Zuneigung anging, und hätte es nicht toleriert, wenn er uns gleichberechtigt behandelt hätte. Und das spürte er und ließ ihr diese kleine Laune durchgehen.

Renée legte sich zeitig schlafen, gleich nach dem Abendessen. Eine alte Gewohnheit. Am ersten Abend machte auch ich Anstalten, früh nach oben zu gehen, doch René bat mich, ihm Gesellschaft zu leisten, und auf diese Weise lernten wir uns ein bisschen kennen. Worüber redeten wir? Über seine Kindheit in Nordafrika, die Spahis, Spanien. Er hatte von unserer Republik eine sehr negative Vorstellung, die von brennenden Kirchen und den Festnahmen der Priester gezeichnet war. Als ich ihm von den Arbeiterhäusern, den Schulen, der Schulpflicht für alle erzählte, machte er große Augen. Wie viele Franzosen zu jener Zeit. Zwischen dem Bild, das sie sich von Spanien machten, und der Wirklichkeit der Republik lagen Welten.

Wir saßen nebeneinander, er in seinem Clubsessel mit den abgenutzten, glänzenden Armlehnen, ich in dem seiner Frau. Die Geräusche vom Platz drangen durch das offene Fenster zu uns herauf, durch welches man die massive Form des Glockenturms, das Blätterwerk der Akazien und die Berge im Hintergrund erkennen konnte. Wir befanden uns im Wohnzimmer von René Levêque und gewissermaßen auch auf dem Platz vor der Kirche in einem Dorf am Fuße des Canigou.

Am Anfang herrschte oft Stille. Er holte einen Zigarillo heraus, sog den Duft ein, drehte ihn vor seiner Nase zwischen den Fingern und entzündete ein Streichholz. Ich hörte das prasselnde Geräusch des Schwefels und beobachtete, wie sich die Farben der Flamme veränderten und der Tabak rot aufglomm.

Die Abende bei den Puechs waren lebendiger: Martha strickte, Félicie kommentierte ihre Erfolge, Émile die Artikel des *L'Indépendant*, und die Nachbarn kamen und gingen, unterhielten sich und spielten eine Partie Karten. Und dabei war das nichts gegen das rege Treiben, das ich in Tarragona erlebt hatte. So sind wir, die Spanier. Wir lieben es, wenn es laut zugeht. Wenn jemand in Gesellschaft anderer dasitzt und nichts sagt, glauben wir, er sei krank oder verstimmt. Das Schweigen von René Levêque störte mich, und am Anfang versuchte ich, die Stille zu füllen: Worte, die nichts sagten, dies und das. Dann nahm ich in diesem Schweigen eine ganz andere Lebhaftigkeit wahr, die mir zunächst entgangen war: der pfeffrige Duft des

Zigarillos, das zufriedene Grummeln der kleinen Hündin Bella, das Knarren des Holzfußbodens, die Geräusche vom Platz her ... Ein ganzes Leben eröffnete sich mir, dadurch, dass keine Unterhaltung stattfand.

René Levêque lockte mich sofort auf das Gebiet des Spanienkriegs. Was hatte es mit dieser Republik auf sich, die sich von einem Putsch einiger faschistischer Offiziere niederschlagen ließ?

»Ein ungleicher Kampf«, entgegnete ich. »Franco hatte die Unterstützung der deutschen Luftwaffe und der italienischen Panzer. Waffen erhielt er mehr als genug. Der Gegner der Republik war nicht Franco, es waren Deutschland und Italien.«

»Du vergisst die Internationalen Brigaden.«

»Also Sie auch«, sagte ich lächelnd. »Für einen Soldaten ...«

»Was, für einen Soldaten?«

»Was waren die Internationalen Brigaden denn? Vier- oder fünftausend Mann mit dreißig verschiedenen Nationalitäten. Idealisten. Ohne Anweisungen, ohne Waffen, ohne Kampferfahrung. Glauben Sie wirklich, dass uns das viel geholfen hat? Franco erhielt Flugzeuge, Panzer, Kanonen, Ausbilder. Die besten der Welt. Die Legion Condor ließ ihre Bomben nicht zufällig fallen, das können Sie mir glauben.«

Über die Republik sind wir ganz allmählich bis zu meiner Kindheit in Tarragona zurückgegangen, und er zeigte sofort ein großes Interesse für alles, was Mama betraf. Wie war sie? Schien sie glücklich zu sein? Welche frühesten Erinnerungen hatte ich an sie? Was waren meine ersten Erinnerungen? Ich dachte nach und erzählte ihm von einem Sonntagmorgen. Ein offenes Fenster, der Gesang eines Vogels, vielleicht der eines Kanarienvogels. Ich stehe in einem schönen weißen Kleid auf einem Stuhl, und Mama rückt die roten Schleifen in meinen

Zöpfen zurecht. – Dasselbe Zimmer, ungefähr zur selben Zeit: Teresa und ich haben den Schokoladenvorrat geplündert, und Mama überrascht uns dabei. Sie tadelt uns, dann lacht sie laut auf und sucht auf unseren mit Schokolade verschmierten Gesichtern ein Fleckchen Haut für einen Kuss. – Etwas später, mein achter Geburtstag. Ein riesengroßes Geschenk, versteckt unter einer Decke, die Mama mit einer einzigen Handbewegung hochhebt: Es ist ein Klavier.

René hing förmlich an meinen Lippen. Er lauschte meinen unbedeutenden Geschichten und war sehr weit weg von Villefranche. Er war in Tarragona, an einem Sonntag vor der Messe in der Küche über einer Schreinerwerkstatt, und er sah mit all seinen Sinnen eine Mutter vor sich, die eine Schleife in die Haare eines kleinen Mädchens band.

Eine seltsame Situation: Ein Soldat im Ruhestand nahm auf Bitten seiner Tochter ein Mädchen bei sich auf, hielt es in seinem Salon zurück und fragte es über eine Person aus, die er gar nicht hatte kennen können. Ich antwortete ihm, so gut ich konnte, und letztlich empfand ich es gar nicht als seltsam oder schmerzhaft. Im Gegenteil, es war mir eine Freude und erfüllte mich mit dem Gefühl, mich auf einen Weg zu begeben, dessen Anfang ich seit Langem gesucht hatte.

Die Ereignisse der letzten Tage – die Ohrfeige Monsieur Puechs, Agnès' Einladung, ihre Abreise nach Perpignan –, sie bekamen auf einmal einen Sinn, sie reihten sich aneinander, um mich durch die Fragen von René Levêque auf den Weg zu meinen frühesten Erinnerungen zu führen.

Es gab diesen ersten Abend, und es gab die folgenden. Madame Levêque küsste uns, wünschte uns eine gute Nacht, und wir, René und ich, gingen auf die Reise nach Mostaganem, Marokko, Tarragona. Ich erzählte von Begebenheiten, derer er nicht überdrüssig wurde und von denen er alle Einzelheiten wissen wollte. Mein erster Schultag, der Rückweg nach Hause abends nach dem Unterricht, mein Eintritt ins Konservatorium. Die Bombardierung von Tarragona und die Flucht nach Perthus fesselten ihn. Tatsächlich hatte ich an jenem Tag nicht wirklich eine Wahl gehabt. Ich hatte unsere Koffer auf den Wagen eines Nachbarn geworfen, die Hand meiner Schwester ergriffen und die Kolonne der Fliehenden eingeholt, das war alles. Was hätte ich sonst tun sollen? Jedenfalls wäre ich nicht dort geblieben und hätte darauf gewartet, dass die Nationalisten auf uns schossen. Doch er sah den Heldenmut, ich spürte diese Bewunderung, die er mir entgegenbrachte, und das verwandelte mich.

Als ich ihn am nächsten Morgen verließ, um meinen Platz hinter dem Ladentisch der Bäckerei einzunehmen, war ich nicht mehr dieselbe. Émile Puech beeindruckte mich nicht mehr, ebenso wie die Gendarmen. Ein Mädchen, das den Schneid hatte, seine Schwester an der Hand zu nehmen und sie bis nach Perthus zu bringen!

Schmuggel

Monsieur Puech spürte es. Er sah, wie ich an Sicherheit gewann, nahm an, dass René Levêque einen Anteil daran hatte, und empörte sich darüber. Und er machte keinen Hehl daraus. Bald wusste ich auch, warum.

»Ich brauche dich«, sagte er mir eines Tages vertraulich.

Und er erzählte mir von den geflüchteten belgischen Soldaten in der Region, die versuchten, eine Route aufzubauen, über die man die Pyrenäen überqueren konnte. Franco hatte entschieden, in diesem Konflikt neutral zu bleiben, und die Konsulate von Großbritannien, den Vereinigten Staaten, Mexiko und in den großen spanischen Städten waren ebenso Zufluchtsorte für die Besiegten geworden wie die spanischen und portugiesischen Häfen und Flughäfen Tore zur Freiheit. Man musste nur noch nach Spanien gelangen. Monsieur Puech hatte sofort den Vorteil gesehen, den er aus seinem Schmugglernetz ziehen konnte. Gold ging nicht mehr? Nun, es würden Belgier, Engländer, Polen vorbeikommen, alles, was zahlen konnte.

»Warum erklären Sie mir das alles?«

»Ich brauche dich«, wiederholte er. »Über die Grenze gehen kann jeder, danach wird es spannend. Ich biete die ganze Reise an. Bis Barcelona. Bis zur Tür des Konsulats. Ein Angebot. Alles inbegriffen. Und wer kümmert sich um die zweite Etappe? Du«, sagte er und zeigte mit dem Finger auf meine Brust. »Verstehst du?«, sprach er weiter, »meine Schleuser sind Holzfäller, Bauern, Wilderer. Gerade gut genug, um über einen Bach zu springen und einen Weg im Wald zu bahnen. Raue Leute, die alles haben, um meinen Kunden Angst einzujagen. Aber du ... Du sprichst Englisch, Spanisch, Katalanisch. Du spielst Geige! Zwischen deiner Geige und den Macheten meiner Männer werden wir die besten Strecken haben, du wirst sehen. Ich werde einen hohen Preis fordern, und du wirst deinen Anteil erhalten, da kannst du ganz beruhigt sein. Also, bist du einverstanden?«

»Ich weiß nicht. Ich muss darüber nachdenken.«

»Sie muss darüber nachdenken! Sieh an! Ich werde dir einen guten Rat geben: Denk schnell darüber nach, lass mir nicht zu viel Zeit, sonst sage ich den Gendarmen, dass du von zu Hause abgehauen bist.«

René Levêque nahm einen Zug an seiner Zigarre, als ich ihm von dieser kleinen Unterhaltung berichtete. Er schwieg einen Moment lang in seiner blauen Rauchwolke, dann räusperte er sich und gab mir eindeutig zu verstehen: Bei diesem Abenteuer konnte ich alles verlieren! Alles verlieren? Ja, alles verlieren. Wenn ich mich erwischen lassen würde, bedeutete das Gefängnis, Folter und wahrscheinlich den Tod. Wenn nicht, wäre ich Monsieur Puech ausgeliefert, der mich jederzeit verraten konnte, ich würde also unter seiner Fuchtel stehen. In beiden Fällen würde ich das Geld niemals sehen.

»Es wäre für mich eine Gelegenheit, nach Afrika oder England zu kommen.«

»Nach England? Was hast du denn in England zu suchen?«

»Ich könnte mich für den Widerstand gegen den Faschismus anwerben lassen.«

»Gegen den Faschismus? Was hat der Faschismus dir getan?«
»Monsieur Levêque ...«
»Ja?«
»Sie kennen meine Geschichte. Meine Schwester, meine Eltern ... sie sind nicht von allein gestorben.«
»Entschuldigung, es tut mir leid«, sagte er brummig.
Die Asche am Ende seiner Zigarre glühte wieder rot auf, und er nahm mehrere Züge, als wollte er seine Betretenheit hinter dem Schleier des Rauchs verbergen.
»Es ist merkwürdig«, sagte ich wie zu mir selbst. »Man könnte meinen, dass die Franzosen es nicht verstehen wollen.«
»Was willst du damit sagen?«
»Ich will damit sagen ... Was denken Sie über Hitler?«, fuhr ich nach einigem Zögern fort. »Sehen Sie ihn als Kanzler des Dritten Reiches, als Nachfolger Wilhelms II.? Die Deutschen von 1914 und die von 1939, ist das für Sie ein und dasselbe? Wohlgemerkt, man kann es verstehen: Bis jetzt haben Sie nur mit der Wehrmacht zu tun gehabt. Die Disziplin, das Ehrgefühl ... Wir in Spanien hatten da noch ganz andere Faschisten: die spanischen Nationalisten, die Nazis der Legion Condor, die Elitetruppen Mussolinis ... Und ich kann Ihnen sagen, da war man weit entfernt von so etwas wie Ehrgefühl.«

Er starrte mich an, als weigerte er sich zu glauben, dass ein einfaches Dienstmädchen, ein junges Mädchen von siebzehn oder achtzehn Jahren eine eigene Meinung über eine Frage der internationalen Politik haben könnte.

Was ist in dich gefahren?, fragte ich mich meinerseits, doch da war diese Verärgerung, die jedes Mal in mir aufstieg, wenn der Krieg in Spanien im Gespräch oder in meinen Gedanken auftauchte. Die Franzosen konnten die Gräueltaten der nationalistischen Truppen nicht ignorieren: Die Zeitungen hatten davon berichtet, die Parlamentarier hatten in der Nationalversammlung ausgesagt, zudem hatten die Katalanen die Briefe und Berichte ihrer spanischen Verwandten ... und dennoch weigerten sie sich, eine Wahrheit zuzugeben, die ihnen ins Auge stechen musste. Oder aber sie verhielten sich, als existierte diese Wahrheit nicht, als sei von 1936 bis 1939 in Spanien nichts Außergewöhnliches geschehen.

»Jedenfalls«, sagte René und streichelte mechanisch seine Hündin, »gibt es denn etwas, das du tun kannst?«

»Ich kann nach England gehen und mich engagieren.«

»Dich engagieren? Willst du damit sagen ... in der englischen Armee? Eine Frau?«

»Sie hatten bei den Spahis keine Frauen, das will ich gerne glauben«, sagte ich lächelnd. »Ich habe gesehen, wozu Frauen fähig sind. Als Krankenschwestern, als Sanitäter, wenn es um die Verständigung ging, sogar als Soldatinnen. Und dann gibt es ja nicht nur England, das Freie Frankreich rekrutiert ebenso.«

In diesem Augenblick richtete Bella ihren Kopf auf. Sie fixierte das Fenster und begann zu knurren, dann begleitete sie ihren Herrn, als er sich erhob, um es zu schließen. An einem schönen Sommerabend das Fenster schließen – warum denn das?

»Pass auf dich auf, Marie«, murmelte er und nahm wieder Platz. »Wir sind im Krieg, vergiss das nicht: Die Mauern haben Ohren. Wer sagt dir, dass es da nicht jemanden gibt, der uns von unten auf dem Platz zuhört?«

»Unter dem Fenster?«

»Lach nicht«, erwiderte er barsch. »Hör, was ich dir sage. Wir sind im Krieg, verstehst du mich? In Zeiten des Krieges ist alles erlaubt. Wenn du dich erwischen lässt – adieu Marie!«

»Ich frage mich«, sprach er dann leise weiter, »ob der Krieg gegen Deutschland sich nicht hier abspielt, mit Granaten in der Hand und selbst gemachten Bomben. Und da, ja, warum eigentlich nicht die Frauen ...«

»Was soll ich denn nur mit den Überführungen tun? Ich habe nicht wirklich eine Wahl, glauben Sie mir das? Wenn ich ablehne, zeigt mich Émile bei der Gendarmerie an, und ich muss zurück an die Grenze.«

»Glauben Sie das nicht. Die französischen Gesetze ...«

»Ja, ich weiß: das Asylrecht, die freie Wahl der Flüchtlinge ...«

Seine Finger verkrampften sich auf dem im Lauf der Jahre glänzend gewordenen Holz der Armlehnen, und ich dachte, dass ich zu weit gegangen war. Wer war ich denn, dass ich die Meinung eines angesehenen Mannes anzweifelte, des Präsidenten der Sonderdelegation, der mich überdies immer nur mit Güte behandelt hatte? Aber es war zu spät, um einen Rückzieher zu machen.

»Letzte Woche hat die Polizei einen Zug im Bahnhof von Bordeaux gestoppt und die Türen mit Schlössern verriegelt. Einen ganzen Zug mit spanischen Flüchtlingen. Es gab Proteste, zerbrochene Scheiben, Radau auf dem Bahnsteig. Niemand hat auch nur einen Finger gerührt, wie man hier so schön sagt. Weder die Leute noch die Eisenbahner, niemand. Also, das Asylrecht und die freie Wahl, wissen Sie ...«

»Und ... woher weißt du das alles, die Geschichte von dem Zug im Bahnhof von Bordeaux?«

»Von Kameraden aus der Zeit in Argelès. Wir schreiben uns.«

»Ihr schreibt euch? Unter Spaniern?«

»Die Mädchen im Zug ... Sie waren Freiwillige, die in einem Waisenhaus im Bordelais arbeiten wollten. Als sie sahen, dass die Türen verschlossen waren, begriffen sie, dass es gar kein

Waisenhaus gab, dass sich die Türen der Waggons erst auf der anderen Seite der Pyrenäen wieder öffnen würden, vor dem Tor eines Gefängnisses, das heißt, vor dem Erschießungskommando. Sie konnten gar nichts tun. Ein ganzer Zug von Opponenten außer Rand und Band. Also ich hier ganz allein, ohne Schutz ...«

An diesem Punkt unserer Unterhaltung trat eine lange Stille ein. Die Scheinwerfer eines Autos erhellten für einen Moment die Wände und die Decke und ließen den Schatten eines Fensterkreuzes darübergleiten, dann den eines weiteren, ehe es mit brummendem Motor in Richtung der Porte d'Espagne verschwand. Nicht ein Wort, nicht ein Ton von René Levêque. Nur die Bewegungen des absteigenden Rauchs und das gelegentliche Knistern am Ende seiner Zigarre. Kein Wort, aber ich brauchte keine Worte, um zu erahnen, was im Kopf und im Herzen von René Levêque vor sich ging. Er wurde gewahr, dass das kleine sanfte und brave Dienstmädchen, das er seit mehreren Wochen beherbergte und zu kennen glaubte, Freunde unter den Opponenten und eine eigene politische Meinung hatte. Er hatte herausgefunden, dass sie den Plan verfolgte, nach England zu gelangen und sich bei den Truppen des Freien Frankreichs zu engagieren.

»Ohne Schutz, sagst du«, murmelte er schließlich. »Du willst es nicht hören, aber es gibt das Gesetz.«

»Das Gesetz schützt mich, schon möglich, aber es ist nicht mehr gültig. Im Übrigen wissen Sie es. Sie wollen es nicht anerkennen, aber in Ihrem tiefsten Inneren wissen Sie es. Jeder macht, was er will, vor allem die hohen Tiere wie Émile Puech.«

»Du hast nicht unrecht«, räumte er widerwillig ein.

»Warum macht er das, Ihrer Meinung nach, Belgier schleusen?«

»Wegen des Geldes.«

»Wegen des Geldes? Er hat so viel, dass er nicht weiß, was er damit tun soll. Außerdem ist jeder Belgier, der hinübergeht, ein Rekrut gegen seinen Freund Pétain, glauben Sie nicht?«

»Zunächst einmal – Geld stinkt nicht, Marie, vergiss das nicht. Und dann, wer sagt dir, dass diese Belgier wohlbehalten ankommen? Wer sagt dir, dass er sie nicht den Falangisten ausliefert, um etwas mehr Geld zu erhalten?«

Ich war ein wenig überrascht, als ich am nächsten Morgen die Rue Saint-Jean hinunterging und die Gestalt von Désiré Combes vor der Ladentür erkannte. Ein alter, eleganter Herr, sehr gepflegtes Aussehen, Hauptbuchhalter der Eisenbahngesellschaft. Er hatte mich Madame Puech gegenüber am Weihnachtstag gelobt und mir häufig seine Sympathie gezeigt.

»Durand will Sie sehen«, murmelte er in seinen Bart. »Heute Vormittag. Ein Befehl.«

»Monsieur Puech wird mir nicht erlauben wegzugehen. Seit ich nicht mehr bei ihnen wohne, lässt er mir nichts mehr durchgehen.«

»Es scheint wichtig zu sein. Wollen Sie, dass ich mit Émile spreche? Ein guter Kunde wie ich ...«

»Danke, Désiré. Ich werde das schon hinkriegen.«

Durand begann mit seiner Sprechstunde um neun Uhr. Zehn Minuten vor neun ging ich ohne zu fragen aus dem Laden und rannte über den Wehrgang bis zum Pont Saint-Pierre. Dann der Übergang bei den Gleisen, der Weg der Eisenbahner ... Mit Agnès war ich an dem Tag, als ich Gérard begegnete, auch so gelaufen und mit ihm Hand in Hand auf dem Rückweg. Ich dachte oft daran, mehrere Male am Tag, aber den Weg zu gehen und mir dabei die Einzelheiten unseres Gesprächs wieder in Erinnerung zu rufen, das war etwas anderes. Ich zögerte an der Sperre der Eisenbahngleise, und Madame Favier stand da und fragte mich, ob alles in Ordnung wäre, ob ich mich nicht wohlfühlte.

»Nein, nein, es ist alles in Ordnung«, sagte ich müde lächelnd.

Doch die Bäume und die Pfosten der Oberleitung drehten sich um mich, und ich musste mich an der Schranke festhalten, um das Gleichgewicht nicht zu verlieren.

Gérard! Wo war er in diesem Augenblick? Wann würde er wieder zurückkommen? Wie viele Tage, wie viele Monate waren es noch bis zu einem Wiedersehen?

Der Frühling war vorübergegangen, der Sommer schritt voran, und er war nicht da, um gemeinsam mit mir den Anblick der Berge, die Düfte in den Gärten, die wunderbare Symphonie der Gebirgsbäche und Vögel zu genießen. Ich hatte seine Abwesenheit in jedem Stadium des Erwachens der Natur bedauert, bei jeder Knospe, jeder neuen Blume, aber ich hatte Vernunft angenommen. Ein wenig Geduld, sagte ich mir. Jetzt fühlte ich, wie sehr er mir fehlte.

Durand stieg genau in dem Moment aus seinem Auto, als ich gerade auf den Vorplatz des Bahnhofs gestürmt kam. Vor den Augen von ungefähr einem Dutzend Patienten, die dicht aneinandergedrängt auf den Bänken des Wartezimmers saßen, empfing er mich unverzüglich.

Er zog die Tür hinter uns zu und beugte sich zu mir: »Eine Nachricht von Pau.«

»Schreibt er nicht mehr?«

»Schreiben? Wo denken Sie hin? Das ist zu gefährlich, viel zu gefährlich. Er rät Ihnen, zu verschwinden. Er fleht Sie sogar an ...«

»Verschwinden? Wie das: verschwinden?«

Er erklärte mir, dass der Waffenstillstand im ganzen Gebiet, im Süden wie im Norden der Demarkationslinie, eine regelrechte Jagd auf spanische Flüchtlinge ausgelöst hatte. Ein Befehl des Führers. In der sogenannten freien Zone hatte der Innenminister eine Spezialeinheit aufgestellt, die das Land durchstreifte und sehr gut informiert zu sein schien. Das bedeutete das Ende der Komplizenschaft mit den örtlichen Polizisten und Gendarmen. Die Beamten wurden in den Häusern der Flüchtlinge vorstellig und nahmen sie unter Waffengewalt mit. Auf einem Laster bis zum nächsten Bahnhof, ein Sonderzug nach Hendaye oder Portbou, und schließlich endete es in den Kerkern von Franco.

Es gab einige, die geflüchtet waren, doch zu welchem Preis! Die Menschen sprangen von fahrenden Zügen, brachen die Türen bei einem Halt in den Bahnhöfen auf, rissen die Holzböden der Waggons auf, um sich auf den Bahndamm fallen zu lassen. Sie wollten lieber sterben als den nationalistischen Folterern ausgeliefert zu werden. Pau war über das alles informiert, und er hatte Angst um mich.

»Er übertreibt«, sagte Durand. »Eine Künstlerin! Schülerin von Pablo Casals! Nationalist oder nicht, Spanien wird Sie aufnehmen.«

»Was schlagen Sie vor? Dass ich mich den Mördern meiner Eltern in die Arme werfe? Dass ich mich ihnen zu Füßen werfe und unter ihrem Banner Karriere mache? Dass ich ihnen helfe, damit Spanien das Bild einer kultivierten und brüderlichen Nation abgibt?«

»Ich wollte es Ihnen einfach nur sagen«, entgegnete er verlegen.

Er schaute mich forschend an, vielleicht sogar etwas erstaunt, und ich sagte mir, dass es wohl wie am Abend zuvor im Blick

René Levêques ein Schimmer von Ungläubigkeit sein musste. Die Leute hatten sich eine Vorstellung von der Angestellten der Puechs gemacht, nun wurde ihnen deutlich, dass die Realität nicht mit der Vorstellung übereinstimmte, und sie waren verwirrt.

»Was werden Sie tun? Pau macht sich große Sorgen um Sie, wissen Sie.«

»Ist das wahr?«

»Natürlich. Ich musste ihm versprechen, Ihnen zu helfen. Ich kann Ihnen falsche Papiere beschaffen. Wollen Sie das?«

»Ja, Monsieur Durand«, sagte ich lachend. »Beschaffen Sie mir bitte in aller Form Papiere auf den Namen von Marie Dupond, geboren in Frankreich, von französischen Eltern. Und wenn Sie schon dabei sind, geben Sie mir eine richtig weiße Haut und blonde Haare. Und einen Pariser Akzent, vergessen Sie das nicht, ein Pariser Akzent ist sehr wichtig.«

»Leise. Sprechen Sie nicht so laut, Sie Ärmste.«

»Nicht so laut? Ach ja, leiser, Sie haben recht«, sagte ich und lachte laut auf.

»Aber wir müssen doch etwas tun, Sie können nicht weiter einfach warten, bis die Polizei Sie aufsammelt.«

»Vorläufig werde ich hinauf zur Bäckerei gehen und meinen Dienst wieder aufnehmen, ehe mein Chef mich aufsammelt.«

Im Dorf weiß man alles, hatte Madame Puech gesagt. Daran musste ich denken, als ich die Seitenblicke beobachtete, die mir die Arbeiter der Eisenbahngesellschaft im Wartezimmer von Dr. Durand zuwarfen.

Monsieur Puech hatte von meiner Abwesenheit nichts bemerkt, und an jenem Tag war ich nicht beunruhigt. Ich dachte ebenso wenig an die Warnung von Pau wie an das Schicksal all dieser

Spanier, die Pétain auf so entgegenkommende Weise an seinen Freund Franco zurückschickte.

Am selben Abend redete ich mit René Levêque darüber, und er war meiner Meinung: Vorerst betrafen die Razzien nur die großen Städte, und Émile Puech würde notfalls im Gegensatz zu dem, was er vorgab, seine Beziehungen spielen lassen, um mich zu behalten. Das Beste war immer noch, meine Arbeit zu tun, so gut ich konnte, mich unentbehrlich zu machen, meine Freundschaft und Sympathie mit den Dorfbewohnern zu pflegen. Sie würden mich an dem wahrscheinlich in weiter Ferne liegenden Tag zu verteidigen wissen, wenn die Polizei des Marschalls in der Bäckerei auftauchen würde.

Er räusperte sich, und ich bemerkte, wie sich seine Finger auf der Armlehne seines Sessels verkrampften.

»Unter diesen Bedingungen ... wäre es besser, du würdest bei den Puechs übernachten«, sagte er plötzlich. »Die Leute könnten tratschen. Man sollte Verleumdungen keine Angriffsfläche bieten.«

»Habe ich etwas getan, das Ihnen missfallen hat?«

»Glaub das nur nicht, Marie«, sagte er mit tonloser Stimme. »Du weißt gar nicht, welche Freude du uns machst.«

»Wie war es bei Ihnen in Mostaganem?«, fragte ich übergangslos.

»In Mostaganem? Woher weißt du ...?«

»Von Ihnen. Am Weihnachtstag, erinnern Sie sich nicht mehr? Ich kam mit Agnès zusammen an, und auf einmal haben Sie von Algerien erzählt.«

»Das ist wahr.«

Er öffnete langsam seine kleine Schachtel, holte einen Zigarillo heraus und ließ mehrere Male den Deckel herunterfallen, wie um den Tabak zusammenzudrücken.

»Im Großen und Ganzen ist es für mich so gewesen wie für dich in Tarragona. Ich hatte meinen Vater, meine Mutter, unser schönes Haus, und von einem Tag auf den anderen war alles vorbei. In meinem Fall keine Bombardierung, ich bin fortgegangen. Ich habe die Straße nach Marokko genommen, habe die erste Kaserne betreten, und das Blatt hat sich gewendet.«

»Ihre Eltern ... Haben Sie nicht versucht, sie wiederzusehen?«

»Sie sind in dem Jahr meiner Abreise gestorben. Ein Autounfall.«

Stille. Das Zischen eines Streichholzes, das Knistern des Tabaks in der Flamme.

»Ich hatte eine Verlobte. Eine Spanierin wie du. Was die Urkunden betrifft, eine Französin, aber ihre Eltern stammten aus Katalonien, wie die meisten Siedler des Westens. So ist das in Algerien, die Italiener und Malteser im Osten, die Spanier im Westen. Logisch. Oran, das ist Spanien: die Siesta am Nachmittag, und dann sind bis mitten in der Nacht alle Menschen auf den Straßen.«

»Was ist aus ihr geworden?«

»Ich habe nicht die leiseste Ahnung.«

Er erhob sich, ging zum Fenster und schaute mit auf dem Rücken gekreuzten Armen geistesabwesend auf den Platz.

»Sie schlich sich nachts aus dem Haus, um mich zu treffen. Wenn ihr Vater es gewusst hätte, hätte er sie getötet. In Spanien verstand man bei so etwas keinen Spaß, du musst es ja schließlich wissen.«

»Weiß Agnès davon?«

»Weder Agnès noch sonst irgendjemand. Wozu auch? Das ist eine alte Geschichte.«

»Warum erzählen Sie mir das alles?«

Er zuckte mit den Schultern und drehte sich langsam zu mir um.

»Bei der Beerdigung meiner Eltern habe ich meinen Bruder gefragt. Sie ist zu ihrer Herkunftsfamilie nach Katalonien gegangen. Kurz nach meiner Abreise. Das Blatt hat sich gewendet, sage ich dir, für sie wie für mich. Sie wird einen Katalanen geheiratet und viele Kinder bekommen haben.«

»Vielleicht ist sie tot. Der Krieg hat so viele Leben gefordert.«

In diesem Augenblick wurde die Tür geöffnet, und Madame Levêque erschien in einem Nachthemd, das ihr bis zu den Füßen reichte.

»Schlaft ihr denn nicht?«

Ich stand auf, um ihren Sessel freizumachen. Es stimmte, diese Unterhaltungen mit ihrem Mann im Sessel seiner Ehefrau waren nicht normal. Was würde sie denken?

»Bleib sitzen. Ich gehe wieder hoch. Ich habe mich nur gefragt, wo René ist.«

Am nächsten Morgen stand ich ein bisschen früher auf. So hatte ich Zeit, meine wenigen Sachen zu packen und einen letzten Kaffee mit Monsieur Levêque zu trinken. Er wartete getreulich in der Küche auf mich. Auch Bella schien traurig zu sein, als würde sie ahnen, dass es mit den ruhigen Abenden nun ein Ende hatte.

Er zog mich im Augenblick des Abschieds an sich und drückte mich einen Moment lang an seine Brust, dann löste er sich plötzlich und ging wortlos davon.

Zwei Gendarmen der Brigade waren aus Prades heraufgekommen und durchquerten die Porte de France an jenem Morgen gegen zehn Uhr. Sie ließen ihre Pferde auf der Place du Génie, nahmen zu Fuß die Rue Saint-Jean und stießen die Tür der

Bäckerei auf. Pau hatte recht, sagte ich mir, als ich sie eintreten sah. Dann dachte ich sofort an die Hintertür. Wenn sie nur zu zweit waren, wenn sie keinen Wachmann am Wehrgang aufgestellt hatten, vorausgesetzt, Arlette und die Kunden hielten sie einige Minuten im Laden auf ...

»Monsieur Émile Puech?«, fragte der Größere mit lauter Stimme.

»Ich werde ihn holen«, sagte ich, ohne zu zögern.

Große Ruhe erfüllte mich. Ich hatte mir niemals im Einzelnen vorgestellt, wie dieser Tag ablaufen würde, an dem die Gendarmen kommen würden, um mich zu holen, und dennoch wusste ich ganz genau, was zu tun war. Ich betrat die Backstube und schob die beiden Riegel vor.

»Die Gendarmerie«, sagte ich zu Monsieur Puech mit lauter Stimme, wie um den Lärm seiner Arbeit zu übertönen. »Sie fragen nach Ihnen.«

Während ich dies sagte, durchquerte ich die Backstube, öffnete die Außentür und warf einen Blick nach rechts und links. Kein Mensch. Der Weg war frei.

»Was tust du? Wo gehst du einfach so hin?«, murmelte er.

»Nach Algerien. Ich werde Ihnen schreiben.«

Ich trat auf den Weg hinaus, stieß die erste Tür auf der rechten Seite auf und ging zu unseren Nachbarn hinein, Madame und Monsieur Favier. Wunderbare Menschen. Seit drei Generationen Arbeiter der Eisenbahngesellschaft, und immer aufrichtig. Monsieur Favier schloss die Türen zu, und seine Frau machte die Zwischenwand in ihrer Speisekammer frei und stellte einen Stuhl und einige Vorräte in die Nische, die zu diesem Zweck hergerichtet war. Wenn jemand unvorhergesehen käme, bräuchte ich nur da hineinzuschlüpfen, völlig unbemerkt.

»Nach Algerien!«, rief sie aus, als sie den Namen meines neuen Exils vernahm. »Hast du dort Familie?«

»Ja, in der Nähe von Mostaganem.«

Ich hatte es so dahingesagt, ohne nachzudenken, und gleichzeitig erschien mir diese Geschichte einer Familie in Algerien ganz natürlich. Wenn es darum ging, wie ich es anstellen würde, dorthin zu kommen, kein Problem: René Levêque würde mich zwischen seinen Limonadenregalen verstecken, mich bei einem Schmuggler absetzen, und ich würde Spanien ohne Schwierigkeiten mit Peseten und falschen Papieren durchqueren, die er mir beschaffen würde. Papiere auf den Namen Jeanne Calvet, geboren in Mostaganem, auf dem Weg nach Hause. Alicante, Melilla, den Zug von Rabat nach Tunis bis nach Mosta, und da bräuchte ich nur nach Michel Levêque zu fragen, Renés Bruder. In meinem Kopf war alles arrangiert.

Madame Favier ging am frühen Nachmittag hinaus, um Neuigkeiten zu erfahren. Falscher Alarm! Die Gendarmen waren nicht meinetwegen erschienen, sondern um Émile Puech eine Vorladung zum Unterpräfekten zu übergeben. Der Unterpräfekt hatte ihn am späten Vormittag empfangen und ihm seine Ernennung zum Präsidenten der Sonderdelegation von Villefranche bekanntgegeben, als Ersatz für Monsieur Levêque, welcher der Sympathien mit der spanischen Republik verdächtigt wurde.

»Sie sind verrückt«, hatte er ausgerufen. »Wie soll ich einen Bäckereibetrieb, eine Familie und eine Gemeinde von der Bedeutung Villefranches unter einen Hut bringen?«

»Und einen grenzüberschreitenden Handel«, hatte der Unterpräfekt hinzugefügt.

»Was erzählen Sie da?«

»Eine Hand wäscht die andere. Sie übernehmen den Vorsitz, und wir schließen die Augen, was Ihre Grenzübergänge betrifft.«

Doch es war mehr nötig, um Émile Puech zu beeindrucken. Er hatte es abgelehnt zu unterzeichnen, und der Unterpräfekt hatte die Amtsenthebung von René Levêque ausgesetzt, bis er weitere Anweisungen erhielt. Provisorisch, präzisierte Madame Favier.

Ich nahm meinen Platz im Laden genau um sechzehn Uhr wieder ein, und am Abend schlief ich in meinem Bett.

Die Episode bei der Unterpräfektur und meine Rückkehr zu den Puechs spielten sich am 11. Juli ab, am Tag von Pétains Amtseinführung und seiner Bitte um spanische Vermittlung in den geheimen Verhandlungen mit Deutschland.

Am nächsten Tag beim Mittagessen zeichnete sich plötzlich ein siegreiches Lächeln auf Émile Puechs Gesicht ab, der in die Zeitung vertieft war.

»Hört euch das an«, rief er aus. »Die erste Botschaft Pétains als französischer Staatschef. An seinen Freund Franco adressiert: ›Im Namen der letzten großen Freude meines Lebens, meines Aufenthalts in Spanien, wollte ich, dass es dieses Land sei und Sie, Oberbefehlshaber Franco, das reinste Schwert dieser Welt, die bei Hitler intervenieren.‹«

Er tat so, als wäre er in die Lektüre versunken, schaute mich jedoch aus den Augenwinkeln an.

»Was sagst du dazu, Spanierin?«, fragte er, da ich wie ein Eisblock verharrte.

Was ich dazu sagte? Natürlich konnte ich fragen, ob das Schwert in dem Blut Hunderttausender Spanier gereinigt worden war, die Franco auf dem Gewissen hatte; ob sich Frankreich wirklich rühmen sollte, von einem vierundachtzigjährigen Alten, dem persönlichen Freund eines Mörders und offenkundigen Folterers, geführt zu werden; ob ›die große Freude‹ des Marschalls auf das Spektakel eines Bürgerkriegs und brudermörderischen Gemetzels zurückzuführen war, das während der vierzehn oder fünfzehn Monate seines Mandats als Botschafter in Burgos unter seinen Augen stattgefunden hatte. Doch wozu eigentlich? Émile hätte sich erhoben, um mir eine Backpfeife zu geben, und bei diesem Spiel würde es mir nicht immer gelingen, zu entwischen. Ich entschied mich, zu schweigen. Das war von nun an meine Antwort auf seine Provokationen. Doch er hatte meinen Rückzug zu den Levêques nicht akzeptiert, er wollte kämpfen. Er ließ die Zeitung fallen, legte seine Hände flach auf den Tisch, und ich sah sehr wohl, dass er im Begriff war aufzuspringen, um mir den Weg zur Treppe zu versperren.

»Du könntest mir eine Antwort geben, oder? Immerhin ist es dein Land.«

Und in diesem Moment geschah es: »Kannst du die Kleine nicht in Ruhe lassen?«, sagte eine Stimme.

Es war Marthas Stimme! Émile blieb einen Augenblick sprachlos, dann stand er auf, drehte uns den Rücken zu und ging grummelnd aus dem Zimmer.

Das Jakobsfest

Die Feiern zu Ehren des heiligen Jakob, des Patrons von Villefranche, wurden traditionell mit einem großen Ball am Abend des 24. Juli eröffnet, vor dem feierlichen Hochamt und den Festlichkeiten am 25. Das Bürgermeisteramt sagte den Ball und das Morgenständchen ab. Befehl der Präfektur! Frankreich war besiegt und besetzt, es war nicht der richtige Zeitpunkt für Vergnügungen. Die religiösen Zeremonien waren natürlich erlaubt, und der Priester beschloss, ihnen einen besonderen Glanz zu verleihen. Die irdischen Reiche wankten; jetzt war genau der Augenblick, um das Reich der Himmel zu zelebrieren, die Zuflucht der Betrübten, die Quelle der Hoffnung und des Trosts. Vom Bischof erhielt er die Erlaubnis, die weltlichen Feierlichkeiten durch einen Pilgerzug hin zu Notre-Dame-de-Vie zu ersetzen. Eine alte Tradition. Seit ihrer ersten Durchführung an einem Ostermontag in den 1920iger-Jahren zog sie ganze Menschenmassen an. Die Prozession hatte im April bereits zum üblichen Datum stattgefunden, doch nichts und niemand, nicht einmal die Präfektur verhinderte, dass sie im Juli wiederholt wurde. Zur außergewöhnlichen Tragödie und außergewöhnlichem Trost!

Agnès tauchte eine Woche vor dem großen Tag wieder auf. Sie hatte während der ganzen Zeit kein Lebenszeichen von sich gegeben, nicht einmal ihren Eltern, doch die Menschen in ihrem Umfeld hatten sich daran gewöhnt, sie einfach verschwinden und wieder erscheinen zu sehen, ohne dass sie jemandem Bescheid gab, und niemand wunderte sich mehr darüber. Ich schon.

Als ich sie in der Kirche auf uns zukommen sah und sie ihren Platz im Chor einnahm, als sei nichts gewesen, glaubte ich meinen Augen nicht zu trauen. Einen Augenblick lang war ich verwirrt und verharrte regungslos, und ich spürte, wie sehr sie mir gefehlt hatte.

In ihrem Fall war das nicht so. Für sie war es, als hätten wir uns am Abend zuvor oder sogar vor einer Stunde zuletzt gesehen. Sie freute sich, mich zu treffen, mit mir zu reden, aber nur so wie am Tag ihrer Abreise und an allen anderen Abenden, als ich bei ihr übernachtete, nicht mehr und nicht weniger.

»Hast du Neuigkeiten?«, fragte ich, als wir nach der Probe aus der Kirche gingen.

»Neuigkeiten?«

»Von den Fliegern, Agnès. Wovon sollte ich sonst reden? Nachrichten von den Fliegern. Du hast sie mir doch vorgestellt«, ergänzte ich, durch ihr Schweigen gereizt. »Ich hatte den Eindruck, dass du sie gut kennst. Sehr gut sogar.«

»Oh ...«

»Was ist aus ihnen geworden?«

Die Mauern der Kirche, die Steinplatten des Gehsteigs, die Fassaden der Wohnhäuser auf der anderen Seite des Platzes strahlten die vom Tag angestaute Hitze ab und glichen die scheinbare Kühle aus, die sich mit der Nacht einstellte. Ein warmer Sommer, der wärmste, den die Alten jemals erlebt hatten, wenn man sie reden hörte.

»Sei still«, flüsterte sie mir zu und nahm mich am Arm. »Nicht hier.«

Die Präfektur hatte die öffentliche Beleuchtung im Rahmen von Beschränkungsmaßnahmen verboten, und so lag der Platz im Dunkeln. Trotzdem erkannte ich im Schummerlicht der Lampions des *Café Vauban* die Umrisse von einem halben Dutzend Phantomen, die schweigend unter den Akazien umhergingen. Die Kirche blieb während unserer Proben immer geöffnet. Einige Bürger von Villefranche kamen herein, teils wegen uns und unserer Lieder, teils wegen der Kühle, oder ganz einfach um zu beten, denn die Sorge und das Unglück ließen die Frömmigkeit wieder aufleben. Diese Leute waren kurz vor uns hinausgegangen, sie unterhielten sich auf dem Platz, hatten ein feines Gehör und waren sehr wachsam. In dieser Nachbarschaft von den Fliegern und ihrem plötzlichen Verschwinden zu sprechen, hieße, sich eines Überraschungsbesuchs in der Morgendämmerung des nächsten Tages auszusetzen.

Wie hatte ich daran nicht denken können? Auf einmal fühlte ich mich dumm.

Agnès behielt immer einen kühlen Kopf. Sie nahm mich am Ellenbogen und führte mich über eine Gasse am Ende des Platzes zur Rue Saint-Jean, dann zur Porte d'Espagne und dem Vorplatz, wo wir uns im vorangegangenen Winter so oft getroffen hatten. Dort zog sie mich an die Ufermauer der Têt und setzte sich direkt auf den Boden, den Rücken an die lauwarmen Steine gelehnt. Damit das Rauschen des Flusses unsere Stimmen übertönte? Um frühzeitig die Gestalt eines eventuellen Passanten zu erkennen?

Ein Rest von Helligkeit beleuchtete den Himmel über den Bergspitzen auf der Seite der Cerdagne, und die Formen zeichneten sich klar ab.

»Sie sind mitten in der Nacht aufgebrochen«, sagte sie, als ich neben ihr Platz genommen hatte. »Frag mich nicht, warum, ich weiß nichts darüber. Ich weiß nur, dass es nicht vorgesehen war. Ihr Chef ist gekommen, hat alle geweckt, und sie sind in die Lastwagen gestiegen.«

»Warst du dort?«

»Ja«, murmelte sie seufzend und legte ihren Kopf auf meine Schulter.

»Und Étienne? Hast du ihn wiedergesehen?«

»Und du?«, fragte sie anstelle einer Antwort. »Mit Gérard?«

Mit Gérard? Ich hatte mir hundert Mal den Moment vorgestellt, in dem ich Agnès endlich von dem Platz erzählen würde, den Gérard in meinem Herzen eingenommen hatte, von der Verwirrung, die mich ergriff, wenn ich nur seinen Namen hörte. Jetzt war dieser Augenblick da, und die im Laufe der Tage wieder und wieder formulierten Sätze und auch die Situation selber kamen mir dumm vor. Was wusste ich denn eigentlich von Gérard? Wie viel Zeit hatten wir miteinander gehabt? Gerade mal ein paar Stunden. Und ich hatte auf diese wenigen Augenblicke schwindelerregende Perspektiven gegründet. Der Mann war verschwunden, ohne Abschied zu nehmen, wahrscheinlich hielt er sich sehr weit weg von Villefranche auf, in England, wer wusste das schon, aber sein Bild begleitete mich überallhin, erfüllte alle meine Gedanken. Ich redete unablässig mit ihm, fragte ihn bei allem Möglichen nach seiner Meinung. Und er antwortete mir, beriet mich, lächelte mir zu und beugte sein schönes Gesicht zu mir herunter.

Seit meiner Rückkehr zu den Puechs hielt ich mich nicht mehr in ihrer Küche auf. Ich ging in mein Zimmer hinauf und verbrachte den Abend in trauter Zweisamkeit mit ihm, meinem Geliebten. Ich entkleidete mich langsam und stellte mich dabei vor den Spiegel, um meinen Handbewegungen zu folgen, ich schlüpfte unter die Leintücher und verbrachte Stunden damit, mir unsere Unterhaltung am Flussufer in Erinnerung zu rufen, den Aufstieg zurück nach Villefranche, den Kuss auf dem Rundweg, und mir vorzustellen, was passieren würde, wenn er wirklich da wäre. Er würde mich am Hals küssen, mir Liebesworte ins Ohr flüstern, meine Lippen in der Nacht suchen, die uns langsam einhüllen würde.

Das war es, was ich wollte, was ich dringend Agnès anvertrauen musste. Doch irgendetwas in mir hinderte mich daran. Würde sie nicht laut auflachen, mein Geständnis überall herumerzählen und sich über mich lustig machen?

»Wie findest du ihn?«, fragte sie weiter.

»Und du?«, sagte ich schulterzuckend. »Wo warst du?«

»Bei meiner Tante in Perpignan, das weißt du doch, was ist mit dir los?«

»Du hast mir gefehlt.«

So war es mit Agnès. Sie verschwand oder schmollte tagelang, und plötzlich war sie da, wir redeten miteinander, als hätten wir uns erst kurz zuvor gesehen, und erlebten Momente großer Verbundenheit.

»Was hast du die ganze Zeit gemacht?«

»Nichts«, antwortete sie und wandte sich ab.

»Willst du es mir nicht sagen?«

»Und du, du erzählst mir dann sicher auch, was mit Gérard passiert ist, oder?«

»Willst du das denn?«

»Nein. Das ist deine Geschichte.«

»Ich liebe ihn.«

Stille, ein Lachen in die Nacht hinein, dann Agnès' Stimme voll zurückgehaltener Wut.

»Du liebst ihn! Was weißt du denn schon davon? Du begegnest zufällig einem Kerl, er bringt dich nach Hause, und du liebst ihn!«

»Ich weiß, es hört sich dumm an ...«

»Es *ist* dumm, Marie. Es ist dumm. Dumm, albern, paranoid ...«

»Paranoid? Was bedeutet das, paranoid? Und im Übrigen sind mir deine schönen Worte egal. Warum ärgerst du dich? Ausnahmsweise erzähle ich dir mal von mir! Ja, ich liebe diesen ›Kerl‹, wie du sagst. Und es ist das erste Mal, dass mir so etwas passiert, stell dir vor, das erste Mal. Wozu ist eine Freundin gut, wenn ich ihr so etwas nicht erzählen kann, etwas, das mir wichtig ist. Wozu, kannst du mir das sagen? Weißt du, ich habe auf dich gewartet. Ich habe die ganze Zeit gefragt, ob dich jemand gesehen hat. Ich bin jeden Abend den ganzen Weg bis zu dir nach Hause gelaufen, in der Hoffnung, du seist zurückgekommen. Mein Herz hat mir auf dem Weg bis zum Hals geschlagen. Ich habe mir gesagt: Sie wird da sein, ich werde es ihr sagen können. Ich musste reden, verstehst du? Mit dir. Nur mit dir. Was mir widerfahren ist, ist zu viel für mich allein, und du bist die Einzige, mit der ich reden kann, meine einzige Freundin. Und nun, wo du da bist und ich dich endlich habe, ist alles, was du tust, mir ins Gesicht zu lachen. So bist du, so bist du von Anfang an zu mir gewesen.«

Ich war aufgestanden, während ich gesprochen hatte, und jetzt stürzte ich auf die Vorstadt zu, hin zu der faszinierenden Leere mit den Felsen auf dem Grund, unter der Fahrbahnplatte des Pont Saint-François.

»Marie! Warte! Ich brauche dich doch auch«, rief sie atemlos und packte mich.

Sie hatte mich am Handgelenk ergriffen und rang nach Atem.

»Entschuldigung«, sagte sie schließlich. »Entschuldigung.«

Stille trat ein, dann hub sie an: »Ich möchte dir sagen ...«
Sie schüttelte den Kopf und suchte nach Worten, während wir an der Mauer der Têt und der alten, mit rohen Marmorplatten besetzten Wehrbrüstung entlang zur Altstadt zurückgingen. Ein aschfahles Licht fiel vom Himmel in die Schneise des Flussbettes und ließ sie noch tiefer erscheinen.
»Freundschaft, Liebe ... mit mir läuft das nicht. Aber das sehen die Leute nicht, oder? Agnès Levêque! Immer so aktiv! So unternehmungslustig! Niemand merkt es! Doch! Maman. Und der Priester«, sprach sie weiter und hob den Kopf, »der, um etwas vor ihm zu verbergen ...«
Ein Lächeln erhellte ihr Gesicht, als sie vom Priester sprach, und wischte den melancholischen Ausdruck weg, der sich zuvor bei ihr eingestellt hatte und gar nicht zu ihr passte. Manchmal fiel Bitterkeit wie eine Maske auf Agnès' Gesicht, und eine Andeutung auf Villefranche, ihre Mutter oder den Priester genügte, um sie wieder fortzureißen.

Die folgenden Wochen zählen zu den verwirrendsten meines Aufenthalts in Villefranche. Gérard war verschwunden, Agnès mied mich oder sprach mit mir nur über Belanglosigkeiten, und die Hektik im Vorfeld der Feiern zu Ehren des heiligen Jakob erinnerte mich an die Feste in Tarragona. Mein Vater hatte mich mit fünf Jahren gleichzeitig im Chor unserer Gemeinde und in der Schule angemeldet. Von jenem Tag an und bis zu unserer überstürzten Flucht hatte ich niemals bei den Mittwochsproben, dem Hochamt und den sonntäglichen Abendmessen gefehlt, die Hochzeiten und Beerdigungen nicht mitgezählt. Es war mir zur Gewohnheit geworden und blieb stets eine Quelle der Freude. Der Geruch von Weihrauch unter dem Gewölbe unserer kleinen Kirche, die Melodien der Hymnen, die wohlwollende Autorität unseres Priesters ... Das Ritual der Messe beeindruckte mich sehr. Es fing schon zu Hause an, mit dem wöchentlichen Bad im Holzbottich, dem schönen, frisch gebügelten Kleid, den neuen Schleifen im Haar. Die Vorbereitungen für das Sankt-Jakobs-Fest waren also nichts Neues für mich. Sie riefen in mir die Erinnerung an die hektischen, fast berauschenden Tage wach, die bei uns den Feierlichkeiten zum 15. August vorangingen. Der Priester lief überall herum, die Kirche war mit Blumen geschmückt, die Ladenbesitzer sehr beschäftigt ... Der Pfarrer musste das ebenfalls kennen, die Jahre des Priesteramts hatten ihn bestens damit vertraut gemacht, und dennoch machte er sich Sorgen. Der Menschenandrang an den vorangegangenen Ostermontagen hatte ihn unvorbereitet getroffen. Die Kirche hatte nicht alle Pilger fassen können. Viele waren auf dem Platz zurückgeblieben und hatten das Vaterunser und das Ave Maria im Schmuddelwetter gesprochen.

»Die Kriegserklärung«, sagte er, als ich ihn nach dem Grund der Menschenmassen fragte, die zu diesem Anlass gekommen waren. »Die Verzweiflung, die Angst.«

»Die Angst, im April 1939?«

»Aber ja, Marie, erinnern Sie sich. Die Annexion der Tschechoslowakei, der Einmarsch der Italiener in Albanien, die Ereignisse in Spanien, ganz in unserer Nähe. Aber Sie haben recht, all das war schließlich nicht so schlimm für uns, auf jeden Fall weiter weg als die Niederlage. Die deutsche Besatzung, die Toten und Verletzten unter der Landbevölkerung, das ist etwas anderes. Vor allem die Schmach der Kapitulation«, fügte er halblaut hinzu. »Die Menschen wissen nicht mehr, welchem Heiligen sie sich verschreiben sollen.«

»Doch! Dem heiligen Jakob natürlich.«

»Nein! Unserer Heiligen Frau. Nicht unser heiliger Patron zieht sie an, sondern die Pilgerreise zu Notre-Dame-de-Vie. Sie können sich nicht vorstellen, welchen Platz die Heilige Jungfrau in der Frömmigkeit einnimmt. Wenn ich Gott oder sogar Jesus wäre, wäre ich darauf eifersüchtig.«

»Ich kann mir Sie als Gott sehr gut vorstellen«, sagte ich lachend. »Mit einem Bart und ein bisschen Bauch …«

»Im Grunde ist es verständlich«, nahm er den Faden seines Gedankens wieder auf. »Maria ist die Mutter von uns allen. Eine vollkommene Mutter, immer ganz Ohr, immer bereit, zu vergeben und Hilfe zu leisten.«

Die Eisenbahngesellschaft setzte Sonderzüge ein, die von Perpignan aus fuhren. Drei Züge hatten am Ostermontag nicht ausgereicht, deshalb planten sie vier ein und einen fünften als Reserve. Fünf Züge, das waren viele Menschen. Sehr viel mehr als die kleine Kirche von Villefranche fassen konnte.

»An diesem Tag herrscht so eine Leidenschaftlichkeit«, sagte der Priester zu mir. »Die Menschen nehmen sich an diesem Tag extra frei, sie kratzen ihre Ersparnisse zusammen, um sich in unserer kleinen Kirche zu versammeln. Wir müssen sie würdig empfangen und ihnen eine Zeremonie bieten, die ihrer Frömmigkeit angemessen ist.«

»Ich weiß, was Sie ihnen schuldig sind«, rief ich aus.

»Und?«

»Pau!«

»Pablo Casals?«

»Ja, Pablo Casals. Eine Suite von Bach oder Boccherini von seinen Händen … das sind unvergessliche Momente.«

»Aber die Pilger von Notre-Dame haben bis auf einige Ausnahmen nie von Bach oder Boccherini gehört. Die Musik, das sind für sie die alten traditionellen Ohrwürmer, vielleicht noch einige Melodien auf dem Akkordeon ...«

»Die Arbeiter von Barcelona kannten Mozart auch nicht. Ende der Zwanzigerjahre hat Pau den Gewerkschaften vorgeschlagen, sonntagvormittags Konzerte für Arbeiter zu geben. So etwas war noch nie da gewesen. Kannten die Besucher etwa Bach und Mozart, frage ich Sie? Natürlich nicht. Für sie bestand Musik in den alten traditionellen Liedern und einigen Melodien auf dem Akkordeon, wie Sie sagen. Nun, sie haben alle Säle gefüllt, die man ihnen anbot, bis zum Bürgerkrieg. Fast zehn Jahre lang.«

»Und Sie, Marie? Warum spielen Sie nicht selber? Das wäre noch viel einfacher. Und nicht weniger gut, dessen bin ich mir sicher.«

Das wäre längst nicht so gut, und ich hatte meine Meinung auch nicht geändert, ob es Pau, dem Priester Raynal und allen, die mich zu einer Rückkehr zur Musik ermutigten, gefallen würde oder nicht. Die Tage vergingen, und all die Ereignisse brachten mich im Gegenteil noch mehr davon ab. Irgendwann vielleicht, aber im Moment war mein Leben erfüllt von Gérard und Agnès, den Kunden der Bäckerei, all den Menschen, die mich in ihrem Leben, in ihrem Dorf aufgenommen hatten und die der Krieg ebenso bedrohte wie auch mich. Wir saßen im selben Boot, mit derselben Furcht vor dem nächsten Tag. Sie hätten es sicher nicht verstanden, wenn ich mich in einem solchen Augenblick von ihnen entfernte, und ich hatte auch ganz einfach keine Lust. Im Chor singen, gelegentlich Harmonium spielen, das ging. Vor allen Leuten Cello spielen, nein!

Selbstverständlich trug der Pfarrer mir auf, Pau von dieser Idee zu überzeugen, und das würde nicht einfach. Er hatte seine Besuche in den Lagern wieder aufgenommen, und der Anblick seiner Landsleute, die wie Tiere in abgeschlossenen Bereichen eingepfercht waren, umzäunt von Stacheldraht, betrübte ihn aufs Tiefste. Trotzdem begab er sich dorthin, so oft es ihm seine Gesundheit und die Benzinknappheit erlaubten, aber jedes Mal kam er völlig niedergeschlagen zurück.

Es gab auch allen Grund dazu. Von Durand, der uns als Verbindungsmann diente und ihn manchmal begleitete, erfuhr ich, dass sich die Situation der Flüchtlinge seit meinem Weggang aus Argelès nicht verbessert hatte. Sie waren nicht mehr ganz so zahlreich, doch die Einrichtungen, soweit man davon überhaupt sprechen konnte, gingen mit der Zeit kaputt: Die Dächer bekamen Löcher, die Wasserpumpen funktionierten nicht mehr, die Baracken brachen über ihren Bewohnern zusammen ...

Die Nachrichten aus Spanien waren ebenso alarmierend. Die Falangisten waren sich ihrer Rolle beim Triumph des Caudillo – des Führers – bewusst und regierten mit Terror. Sie hatten eine Art parallele Gerechtigkeit organisiert, mit der sie mehr oder weniger bekannte Republikaner festnahmen, richteten, hinrichteten, oft auch einfach nur persönliche Feinde der Falangisten, und das vor den Augen der Regierung. Diese Hinrichtungen kamen zu denen der Regierung noch hinzu: durchschnittlich zweihundert pro Tag in Madrid, hundertfünfzig in Barcelona, achtzig in Sevilla, bereits seit dem Sieg der Faschisten. Im Ganzen ergab das vielleicht zweihunderttausend politische Hinrichtungen. Ehemänner, Familienväter und manchmal auch -mütter. Tischler, Chauffeure, Landwirte, die Spanien brauchte, um seine wirtschaftliche Sanierung und das pure Überleben zu sichern. Doch sie hatten offen republikanische Überzeugungen bekundet, das genügte, um sie zu verurteilen.

Für viele war der Tod eine Erlösung. Die Wachleute in den

Gefängnissen legten eine unwahrscheinliche Grausamkeit an den Tag. Wenn sie nicht selber folterten, öffneten sie bürgerlichen Rächern die Türen, welche die Gefangenen vor ihren Augen und unter ihren Ermutigungen niederschlugen. Die Hingerichteten wurden auf die Schnelle begraben oder sogar verbrannt, um die Spuren der Folter zu verwischen. Pau wusste von all dem und litt unvorstellbar darunter.

Er ließ sich eine ganze Weile bitten, aber letztlich sagte er zu, in Villefranche am Tag des Pilgerzugs zu spielen.

Monsieur Puech lachte hämisch, als ich bei Tisch von Paus Zusage erzählte und von den zwei aufeinanderfolgenden Messen, bei denen ich im Chor mitsingen würde.

»An Sankt Jakob?«, fragte Madame Puech. »Sage insbesondere an diesem Tag nirgendwo zu, das rate ich dir. Und auch in der ganzen Woche nicht. In den Geschäften werden alle Leute gebraucht.«

»Der Priester rechnet mit mir.«

»Raynal weiß sehr genau, was es bedeutet«, fügte Monsieur Puech hinzu. »Die Händler brauchen ihr gesamtes Personal. An dem Tag selbst, am Vorabend und an den Tagen davor genauso. Du kannst ihm von mir ausrichten, dass er sich seine Musik, seinen Chor und den ganzen heiligen Kram sonst wo hinstecken kann.«

»Émile!«

»Wenn er so weitermacht, wird er sich noch daran erinnern, das Arschloch. Es wäre nicht das erste Mal, dass die Bürger von Villefranche ihren Priester aus dem Weg räumen, da soll er nur aufpassen. Schöne Grüße von Émile Puech, er weiß, was das heißt.«

»Die beste Woche des Jahres!«, murmelte Madame Puech mit zusammengebissenen Zähnen. »Das sind die Priester! Werben einem das Personal ab, ohne zu fragen, aber wenn es darum geht, die Hand aufzuhalten, dann sind sie da. Die Armen hier, die Kirche da ...«

Wie soll ich meine Enttäuschung beschreiben? Von dem Glücksgefühl, Pau einzuladen, fiel ich in die Verzweiflung, ihm in Villefranche keinen Empfang bereiten zu können, wie er es mir gegenüber bei jedem meiner Besuche in Prades tat.

Ich hob den Kopf und blickte im Verlauf des Abendessens mehrere Male zu Martha hinüber, doch sie wich mir aus. Sie schwieg und tat nichts, was ihre Einstellung zu dieser Sache verraten hätte. Genau besehen war es bereits seit meiner ersten Begegnung mit Pau so gewesen. Innerhalb von Monaten war es mir nicht gelungen, ihr zu entlocken, was sie über Pablo Casals und all das, was er für mich repräsentierte, dachte, und sei es auch nur ein einziges Wort.

Der Priester bestätigte, dass immer sehr viele Leute da waren, nicht nur in der Bäckerei, sondern in allen Geschäften von Villefranche, und auch nicht nur am Festtag selber, sondern in der ganzen Woche von Sankt Jakob. Ich würde nicht eine Minute für mich haben und hätte sowieso nicht die Kraft, zu singen oder zu spielen.

»Wie konnte es mir nur passieren, dass ich nicht daran gedacht habe?«, rief er aus.

»Vorsicht!«, sagte ich und imitierte Monsieur Puechs Stimme, »die Bürger von Villefranche werden Sie aus dem Weg räumen, wenn Sie weiter die Interessen der Händler vernachlässigen!«

»Ja, was das betrifft, kann man sich auf ihn verlassen, ich weiß sehr wohl, worauf er hinaus will. Wissen Sie Marie, der Bäcker ist eine wichtige Persönlichkeit in einem Dorf wie Villefranche. Niemand sieht es gern, wenn ihm Brot verweigert wird, vor allem nicht in Zeiten wie diesen.«

»Weder in Villefranche noch in den Dörfern, die er beliefert.«

»Ich sehe, Sie haben verstanden.«

»Na ja, es steht ja alles zum Besten«, sagte ich mit einem Anflug von Bitterkeit. »Maria Soraya verzichtet, Pablo Casals springt für sie ein, und Sie verlieren bei diesem Tausch nichts.«

Notre-Dame-de-Vie

Dann war der große Tag da, und der Menschenandrang übertraf alles, was ich mir hatte vorstellen können. Die Stammkunden standen bereits vor der Ladenöffnungszeit vor der Tür, die Invasion der Pilger ab acht Uhr. Eine dichte Menschenmenge in der Rue Saint-Jean, ein unglaubliches Menschengewühl in unserer Bäckerei. Das hatte nichts mehr mit der üblichen Stoßzeit zu tun, wenn die Angestellten des Bahnhofs mittags mit den Schülern zusammentrafen. Wenn man Désiré glauben wollte, sollte man bei der Suche nach einem Vergleich vielmehr an die großen jährlichen oder wöchentlichen Märkte des Ancien Régime denken.

Martha war zu jung, um das Ancien Régime gekannt zu haben, doch von den letzten großen Märkten sprach sie mit einer posthumen Bewunderung: die Ankunft der Tiere im Morgengrauen auf dem Viehmarkt, das Feilschen, von Mittag an die großen Holzfeuer, über denen Würste und Koteletts in Düften von Thymian und Rosmarin gegrillt wurden, die Händler, die von Feuer zu Feuer gingen und ihre Kräuter, Oliven und Turteltauben anboten. Das war eine gute Zeit, seufzte sie, doch wusste sie nicht mehr so genau, woher ihr diese Bilder kamen: von ihren eigenen Erinnerungen oder von den Erzählungen ihrer Eltern?

Was die Märkte betraf, so erinnerte sich in Wirklichkeit keiner mehr daran, nicht einmal die Alten. Der Priester zitierte mit Nachdruck eine Urkunde, in der König Jakob I. den Einwohnern von Villefranche das Recht gewährte, auf dem Kirchplatz einen Markt mit zweiundzwanzig Tischen abzuhalten, von denen sechs für den Verkauf von Bock- und Ziegenfleisch reserviert waren, andere für Fisch, kaltes oder gesalzenes Fleisch, für die Lederhandwerker, die ›assaonadors‹, aber dieser Brauch war verloren gegangen. Nur der Pilgerzug war geblieben.

Der Ofen bullerte unablässig seit dem Vorabend, aber Arlette und ich waren ›wie die schönsten Mädchen der Welt‹: Wir gaben nur das, was wir hatten. Um neun Uhr hatten wir mehr Brot verkauft als bei Ladenschluss an einem normalen Tag, und ich konnte mich kaum mehr auf den Beinen halten. Um elf Uhr stellte ich mich bereits so ungeschickt an, dass Arlette die Geduld verlor und mich wegschickte. Das ließ ich mir nicht zweimal sagen. Ich hängte die große weiße Schürze, die Félicie für diesen Anlass aus den Tiefen ihres Schrankes geholt hatte, an den Kleiderhaken, taumelte zur Tür und fand mich, ohne zu wissen wie, auf dem Kirchplatz wieder.

Agnès hatte versprochen, nach der letzten Messe und dem Abzug der Pilger auf mich zu warten. In der Tat harrte sie an unserem seit meiner Ankunft in Villefranche und dem Beginn unserer Freundschaft üblichen Treffpunkt aus, auf der Steinbank, die auf der linken Seite des Eingangs an der Kirchenmauer entlang verlief.

»Endlich!«, sagte ich und ließ mich neben ihr nieder.

Ich legte den Kopf an ihre Schulter, schloss die Augen ... und schlief auf der Stelle ein.

»Was ist nur mit mir los?«, sagte ich, als ich wieder zu mir kam.

»Du arbeitest zu viel, das ist mit dir los«, hörte ich Agnès' Stimme dicht bei mir.

»Die Prozession!«, rief ich aus und sprang auf die Füße. »Notre-Dame-de-Vie!«

Aufgrund meiner Müdigkeit hatte ich den Tisch im *Vauban* gar nicht bemerkt, an dem Pau mit seinen Freunden auf mich wartete. Er hatte in beiden aufeinanderfolgenden Messen gespielt, würde bei der Abendandacht spielen und in der Zeit, die dazwischenlag, auf dem Pilgerweg seine körperliche Verfassung einzuschätzen versuchen.

Als mein Blick endlich an ihnen hängen blieb, brachen sie alle in Gelächter aus, und ich erkannte sie. In der Erinnerung, die ich an diesen Augenblick bewahre, höre ich es noch immer: Ich öffne die Augen, erkenne Agnès' Stimme, und ich sehe sie vor mir, wie sie unter den Sonnenschirmen lauthals auflachen.

Einen Moment später erhob sich eine Gestalt vom Tisch, Madame Alavedra ging auf mich zu und legte mir ein mit ihrem Parfum, einer Art Eau de Cologne, getränktes Taschentuch, das sie immer bei sich hatte, auf die Schläfe.

»Nun, Maria!«, rief Pau aus, als ich zu ihnen kam, »Sie scheinen genauso erschöpft zu sein wie ich!«

»Es ist nichts.«

»Wenn es nach mir geht, bleiben wir hier und warten auf die anderen, wie zwei Alte, die wir sind.«

»Willst du?«, fragte Agnès und beugte sich zu mir. »Wir essen dann bei mir. Oder hier unter den Sonnenschirmen. Was möchtest du gern?«

Sie wetteiferten miteinander in ihrer Freundlichkeit, doch ich hatte mir geschworen, gemeinsam mit ihnen den Weg zur heiligen Stätte zu gehen, und vor allem wollte ich nicht, dass sie meinetwegen darauf verzichteten.

»Es wird schon gehen«, sagte ich und stand auf.

Ich betrat das Café, ließ mir ein großes Glas Wasser geben und zog aus meinem Leinensack, den ich schräg umgehängt hatte, einen schönen weißen Pfirsich, den Arlette am Morgen für mich im Garten ihrer Schwester gepflückt hatte. Eine Seltenheit! Wir hatten Kirschen und Erdbeeren, bald würden wir Äpfel, Birnen und Quitten haben, aber keine Pfirsiche oder Aprikosen. Diese Bäume wuchsen nicht auf der Höhe von Villefranche, und mit dem Transport von Früchten war es noch nicht so weit. Mit Ausnahme von Kartoffeln aus der Cerdagne aßen wir nur das, was vor Ort in den Gärten wuchs.

Agnès übernahm die Leitung unseres Vorhabens und entschied, die Têt auf dem Pont Saint-Pierre zu überqueren, wahrscheinlich, um unseren Besuchern die Freude zu machen, diese Perle der Architektur zu bewundern. Ich mochte diese Orte sehr (und tue es immer noch), blieb oft dort stehen, und dennoch ließ Pau sie mich auf eine unerwartete Weise sehen, oder besser gesagt hören.

»Die *Pastorale!*«, sagte er und blieb mit erhobenem Finger auf der Mitte der Brücke stehen.

Und ich erinnerte mich an seine Interpretation der *Szene am Bach* im zweiten Satz von Beethovens Sechster Sinfonie im Juli 1936.

Wer von uns, der dieses Glück gehabt hatte, hätte nicht das Bild dieses Friedensapostels in Erinnerung behalten, der mit geschlossenen Augen sein Instrument wiegte wie eine Mutter ihr Kind? Wer hätte nicht bei dem melodiösen Wohlklang leise mitgeschwungen, den er ihm entlockte und der in gewisser Weise mit der Strömung verbunden war, die auch den Komponisten inspiriert hatte?

Ich hatte damals sogleich den Unterschied gegenüber der üblichen trockenen und energischen Akzentuierung dieser Passage bemerkt.

Unsere Blicke begegneten sich und wir wussten, dass wir an dasselbe dachten, an denselben Zauber des Bachs von Beethoven unter Pablo Casals Bogen.

»Ah! Beethoven!«, sagte er und hakte sich bei mir unter.

Er hatte die Augen geschlossen und wiegte sich sanft von vorne nach hinten. Wie im Konzert, in dem Augenblick, als er diesen Satz begann.

»Wissen Sie, Maria, was Schumann über Beethoven oder vielmehr über seinen Namen gesagt hat?«

Und da ich kopfschüttelnd verneinte, fuhr er fort: »›Der profunde Klang dieser drei Silben birgt einen Widerhall der Ewigkeit.‹ Das sagte der große, gewaltige Schumann von seinem Meister Beethoven. Er hatte recht, finden Sie nicht?«

Ich sprach die drei Silben aus und war mit Pablo Casals und Robert Schumann einig: Die Klangfülle des Namens verkündete die Ewigkeit des Werks.

»Ich hätte Ihnen beinahe Ihr Cello mitgebracht«, sagte er ein wenig später. »Es war noch genau ein Platz im Wagen übrig. Wissen Sie«, sprach er weiter, da ich nicht antwortete, »es hat geweint, als es sah, dass wir ohne es wegfuhren. Es hätte die Reise gerne zusammen mit meinem Cello gemacht und unter Ihren Fingern seine Saiten entrostet; es hat mich beauftragt, Ihnen das zu sagen. Sie fehlen ihm, Maria. Und uns auch.«

»Danke, Meister«, sagte ich lächelnd.

»Sie haben Ihre Meinung nicht geändert?«

»Ich bin noch nicht so weit«, sagte ich kopfschüttelnd.

»Eines Tages vielleicht«, sang er halblaut vor sich hin und begleitete die Melodie mit einer Handbewegung.

»Eines Tages vielleicht«, antwortete ich voller Rührung, die die einfache Erwähnung meiner Rückkehr zur Musik in mir ausgelöst hatte.

Am Rand der Vorstadt angekommen, ging ich wieder zu ihm, und Schulter an Schulter erklommen wir den Pfad zu Notre-Dame-de-Vie hinauf. Er ging mit seinen Kräften sparsam um und hielt seine Atmung unter Kontrolle. In den wenigen Pausen, die wir einlegten, sprach er mir nur von dem ganzen Glück, das ihm die Natur in Momenten wie diesen schenkte. Sehr einfache Worte, kurze Sätze, aber er sagte sie mit einer solchen Überzeugung und einem so eindringlichen Blick, dass man sofort sein Gefühl teilte.

Diese wenigen Worte sangen in mir von Pause zu Pause weiter, und da war sein Lächeln, als ein Windhauch sein Gesicht streichelte, sein erhobener Finger beim Gesang einer Lerche, seine Nase in einer Thymianpflanze im Vorbeigehen.

»Ein Juwel in seiner Schatulle!«, sagte er, als die Zitadelle von Villefranche in einer Wegbiegung weit unten auftauchte.

Es war in der Tat ein prächtiger Anblick. Die Fluchten der zwei großen Straßen in der Verlängerung der Tore, die roten Ziegel der Dächer auf den Häusern, die grauen Schieferplatten der öffentlichen Gebäude, alles in dem Gürtel der Stadtmauer eingeschlossen! Das sich dahinschlängelnde Band der Nationalstraße im Süden der Stadt, die eher geradlinige Spur der Eisenbahnlinie weiter nördlich, das Flussbett der Têt, das die Mauern der Festung umspülte. Die verschachtelten Massen des Fort Libéria auf der Höhe im Süden. Das alles lag in einem perlgrauen, immer wechselnden Licht, das von der Wolkendecke ausstrahlte.

»Ich verstehe, dass Sie nur ab und zu nach Prades kommen.

Es fällt Ihnen schwer, diese kleine Märchenwelt zu verlassen, nicht wahr? Vor allem ins Tal hinunterzufahren, um die Kritik eines alten Griesgrams zu ertragen.«

Ich antwortete nicht, doch es erfüllte mich ein Gefühl von Stolz auf mein Dorf, das mich angenommen hatte, derselbe Stolz, wie ich ihn damals auch für Tarragona oder Barcelona empfunden hatte. Ohne es zu merken, hatte ich diese Mauern, ihre Geschichte, ihre Einwohner lieb gewonnen, und Paus Bemerkung brachte durch ihre sanfte Ironie diese Bindung zutage. Ich hatte mich nicht wirklich entschieden, mich hier niederzulassen, es war eher das Werk des Schicksals, aber das Schicksal hatte es ausnahmsweise gut gemacht: Wer von den Tausenden geflüchteter Katalanen in Frankreich hatte das Glück gehabt, in einer Stadt des Sonnenkönigs zu landen, gegründet im 12. Jahrhundert, von Vauban persönlich angelegt und auf wunderbare Weise trotz der Spuren, die der Zahn der Zeit hinterlässt, gut erhalten? Der Empfang der Bürger von Villefranche schrieb mich in diese angesehene Linie ein. Ich teilte mit ihnen die Früchte von zehn, zwölf oder auch fünfzehn Generationen achtsamer Pflege.

Ich empfand tiefe Dankbarkeit für dieses Schicksal, sofern es nicht die Vorsehung oder der gute Stern gewesen war, der meinen Weg zunächst mit dem von Madame Puech und ein wenig später mit dem von Pau gekreuzt hatte. Denn Pau hatte seinen Teil zu diesem Glück beigetragen. Er hatte mir mein Selbstvertrauen wiedergegeben und zeigte mir nun mit wenigen, fast zufällig dahingeworfenen Worten die Schönheit des Ortes, in dem ich lebte. Er hatte diese Gabe, immer die Sonnenseite der Dinge wahrzunehmen und sie dann seinen Mitmenschen zu offenbaren.

Ein atemberaubender Anblick erwartete uns auf der Hochebene, der Anblick einer riesigen Menschenmenge im Gebet, die einstimmig in unserer Sprache, dem Katalanischen, die vom Priester gesprochenen Worte wiederholte, in dem blendenden Licht, das von einem hartnäckigen Nebel ausging, den die Sonne nicht zu vertreiben vermochte. Einem Pfad folgend, der hinter den Gläubigen entlangführte, geleitete uns Agnès zu einem Unterschlupf im Felsen oberhalb der Kapelle und auf eine kleine Plattform, welche uns die Sicht auf die gesamte Landschaft und die Besucher eröffnete. Als wir dort ankamen, stimmte der Priester gerade das Ave Maria an. Wir nahmen es im Chor auf, mit einer Inbrunst, die mich an die Messen meiner Kindheit erinnerte. Dann erbat er für uns den Segen von ›Unserer Lieben Frau‹ und forderte uns auf, unseren Glauben und unsere Hoffnung in sie zu setzen.

»Die Zeiten sind hart«, sagte er. »Wir leben in einem Abschnitt der Geschichte, in dem Gott sich von den Menschen abzuwenden und sie zu verlassen scheint. Das Heil wird dennoch von Ihm kommen. Wenn der Feind uns bis ans Meer zurückgedrängt haben wird, wird Er die Wasser strömen lassen wie ehemals dem auserwählten Volk und uns den Weg seiner Herrschaft zeigen.«

Es folgte ein Augenblick der Andacht, dann fingen die Menschen an, sich einer nach dem anderen zu bewegen, und das Rumoren der Gespräche übertönte den Gesang der Lerchen. Jeder suchte sich einen Platz, öffnete seine Tasche und holte Proviant heraus.

Ich setzte mich zu den Katalanen und überließ es Madame Alavedra, Brot und Käse aus meiner Tasche zu nehmen und es mit ihrer eigenen Ration zu verteilen. Ich hatte keine Kraft mehr. Wenn ich gekonnt hätte und nicht hätte befürchten müssen, dass ich damit meine Pflicht vernachlässigte, Pau und seinen Freunden einen schönen Empfang zu bereiten, hätte ich mich an Ort und Stelle, wo ich war, hingelegt und geschlafen. Ich, die ich Mahlzeiten unter freiem Himmel so sehr liebte, konnte gerade einmal ein paar Oliven herunterbringen, die Agnès mir anbot. Aber sie gab mir auch ein wenig kühlen, mit Wasser verdünnten Weißwein zu trinken, der mich wieder zu Kräften kommen ließ.

»Sie sind unvernünftig«, hörte ich in diesem Moment eine Stimme direkt hinter mir sagen.

Es war Durand, Dr. Durand. Ich hatte ihn in meinem Zustand der Erschöpfung nicht kommen sehen, aber er war es, es war seine Stimme, ich hätte sie unter Tausenden wiedererkannt.

»Sie sollten besser in Ihrem Bett sein.«

»Rühren Sie sich nicht«, sprach er dann leiser weiter. »Vor allem drehen Sie sich nicht um, schauen Sie mich nicht an, man darf nicht auf uns aufmerksam werden. Ich habe eine Nachricht für Sie«, murmelte er. »Von Gérard Dieudonné.«

»Gérard?«

»Er würde Sie gerne treffen. Unauffällig natürlich. Er wird Ihnen ein Zeichen geben.«

Mich treffen? Unauffällig? Was waren das für Rätsel?

»Gérard ist in England«, sagte ich und versuchte, meine Ruhe wiederzufinden. »Sie haben ihn nicht gesehen, oder? Das ist doch gar nicht möglich, was reden Sie da?«

»Geben Sie mir Ihre Tasche«, erwiderte er lapidar.

Ohne die Antwort abzuwarten, ließ er den Riemen von meiner Schulter gleiten, nahm die Tasche, öffnete sie, und ich sah, dass er ein graues Stück Papier aus seinem Ärmel zog und hineinlegte. Währenddessen sprach er unablässig über meine Gesundheit.

»Sie essen wie ein Spatz«, sagte er lauter. »In Ihrem Alter, in Ihrem Zustand ...«

»Lesen Sie es und schlucken Sie es hinunter«, fügte er leise hinzu.

»Sie müssen essen«, fuhr er mit seiner professionellen Absicht fort. »Und trinken. Vor allem trinken ... Zerknüllen und hinunterschlucken, das ist das Sicherste«, murmelte er in einem Ton, den er normalerweise angenommen hätte, um mir eine Dosierung zu erläutern.

Wie gesagt hatte ich mich mit den Katalanen aus Prades auf einem kleinen Felsvorsprung am Bergabhang oberhalb der Kapelle und der anderen Pilger niedergelassen. Durand und ich befanden uns am Rand dieser Gruppe, und niemand schenkte uns Aufmerksamkeit.

Niemand? Doch! Mein Blick begegnete dem von Agnès, als ich über die Köpfe hinwegschaute. Hatte sie mein Getuschel mit Durand verfolgt? War sie eingeweiht?

Einige Sekunden später suchte ich ihr Gesicht von Neuem, fand jedoch nur die Lichtreflexe in ihrem Haar wieder. Sie saß bei den anderen, hatte sich unter sie gemischt, wandte mir den Rücken zu, und ich konnte nicht umhin zu bemerken, wie sehr sie sich von den anderen abhob. Wie auch immer Ort und Umstände waren, Agnès blieb niemals unbemerkt. Was sie auch sagte oder tat, immer stach sie aus ihrer Umgebung hervor, immer glänzte sie. Für mich gab dies Anlass zu einem gewissen Stolz. Zu Stolz und Verwunderung: Was hatte ich getan, um die Freundschaft dieses Sterns zu verdienen?

Dann entdeckte ich das runde Gesicht und den Strohhut von Pau. Er hob im selben Moment den Kopf, unsere Blicke begegneten sich, und er lächelte mich an und machte mir mit der Hand ein kleines Zeichen der Freundschaft, so diskret, dass niemand um ihn herum darauf aufmerksam wurde. Ich lächelte und winkte zurück und musste mich beherrschen, damit ich nicht meinem Bedürfnis nachgab, aufzustehen, mir einen Weg zu ihm zu bahnen und mich in seine Arme zu werfen. Ich fühlte mich auf einmal so wohl und so glücklich, ungeachtet meiner lähmenden Schwäche.

Und Gérard?, fragte ich mich dann. Was hätte er an diesem Tag über Agnès Levêque und Pablo Casals gedacht, über die Fee des Conflent und den legendären Musiker?

Der Gedanke an Gérard erinnerte mich an den Brief auf grauem Papier. Ich faltete ihn vorsichtig auseinander, ohne ihn aus der Tasche zu holen, und tat so, als schaute ich woanders hin. Eine Zeile, eine einzige, stand auf diesem Papier: »Ich denke an Sie. Bis bald. Gérard.«

Mademoiselle de Brévent

Den ganzen Sommer über sah ich Pau nicht wieder. Die Züge nach Prades fuhren seltener, und die Rückfahrt war unsicher. Und ich fürchtete die Vorwürfe des Meisters: »Die Bach-Suiten aufzugeben, um hinter einem alten Ladentisch Geld herauszugeben, was soll ich denn davon halten?« Dennoch fuhr ich Anfang August kurz nach der Wallfahrt zu Notre-Dame-de-Vie zu ihm. Madame Alavedra empfing mich zwischen Tür und Angel.
»Pau ist krank«, sagte sie, »er geht nicht aus dem Haus. Und er empfängt auch niemanden«, fügte sie betreten hinzu.
»Nicht einmal seine kleine Maria?«
»Nein«, erwiderte sie und starrte auf die Spitzen ihrer Pantoffeln, »niemanden ... Niemanden«, wiederholte sie nachdrücklich und wischte sich mit dem Zipfel ihrer Schürze eine Träne weg.
»Geht das schon lange so?«
»Niemanden«, wiederholte sie nur.
Das war vor ihrem Umzug in die Villa Colette. Sie wohnten noch in der Route Nationale, er und die ganze Familie Alavedra. Wovon lebten sie? Von Paus Goldgrube, die er in den Jahren seines Ruhms angesammelt hatte? Ich hatte 1940 nicht die leiseste Ahnung, wie hoch die Gage eines Musikers oder Dirigenten sein mochte, und nichts deutete darauf hin, dass er seine Ersparnisse bei seiner Abreise aus Spanien hatte mitnehmen

können. Die Amerikaner boten ihm zweihundert-, vielleicht dreihunderttausend Dollar, aber wofür? Für ein, zwei, zehn Konzerte? Und wie viele Francs oder Peseten waren ein Dollar, wie viele Kilo Brot? Und was für ein Brot? All das überforderte mich. Auf jeden Fall hatte Pau das Angebot der Amerikaner ausgeschlagen. Er hatte entschieden, am Fuße des Canigou unter seinen Landsleuten zu leben und ihre Not zu teilen. Prades und El Vendrell, sein Geburtsdorf, lagen auf verschiedenen Seiten des Canigou, aber immer war es der Canigou, er konnte ihn morgens und abends grüßen. Für ihn war das alle Dollars der Welt wert.

Pau war nicht zu erreichen, und von Gérard hatte ich keine Neuigkeiten. Ich hatte seine Botschaft hinuntergeschluckt, wie Durand es mir gesagt hatte, und ich fragte mich, ob ich diesen Brief jemals in den Händen gehalten oder ob meine Fantasie mir nicht einen Streich gespielt hatte. An jenem Tag war ich so erschöpft gewesen ... ich wagte auch nicht, mit dem Überbringer darüber zu sprechen: Wie hätte ich dagestanden, wenn dieser Brief tatsächlich nur in meinem Kopf existiert hatte?

Auf jeden Fall war ich auch ohne Pau und ohne Gérard genug beschäftigt. Seit dem Frühling stand ich morgens um fünf Uhr auf, manchmal auch früher, um Martha beim Gießen zu helfen. Sie hatte Zugang zu dem Kanal, der oberhalb ihres Gartens verlief, und war zweimal in der Woche dran. An diesen Tagen musste man das Fallventil unseres Anschlusses hochheben, hier eine Abflussrinne sperren, dort eine andere öffnen und so weiter, bis die ganze Erde gut feucht war. Auch an den Arbeiten am Kanal musste man sich beteiligen, aber das war eine andere Geschichte! Eine Männerarbeit, für die man sogar kräftige Männer brauchte, aber da keine Männer da waren, hatten wir keine andere Wahl, wir mussten hingehen, egal bei welchem Wetter.

Natürlich waren Schaufel und Hacke mit Cellobogen und Federhalter nicht zu vergleichen. Trotzdem zählten diese Augenblicke in der Morgenfrische im Garten zu den glücklichsten meines Lebens. Ich traf mich mit Martha in der Küche vor einer dampfenden Schale, die sie bereitstellte, sobald sie meine Schritte auf der Treppe vernahm. Eine Scheibe Brot und Kaffee in dieser vom Schein des Ofens erleuchteten Küche, der Duft nach frischem Brot beim Durchqueren der Backstube, und bald befanden wir uns auf dem Wehrgang. Der Pont Saint-Pierre im noch grauen Licht des frühen Morgens, die Têt mit ihren Wassern am Fuße der Stadtmauer, die Bollwerke, die Burgwarten, die Linie der Eisenbahn in Richtung der Berge, und dann waren wir da, genau vor der Vorstadt.

Wir waren niemals allein. Man konnte sich sogar fragen, ob nicht das halbe Dorf zu dieser frühen Stunde schon auf den Beinen war. Wir begegneten Émile und seinem Lehrling, den Angestellten der Eisenbahngesellschaft, die herunterkamen und ihren Posten einnahmen, den Arbeitern der Gießerei und des Kraftwerks, die in Richtung Mont-Louis gingen, den Frauen und Alten, die wie wir auf dem Weg zu ihrem Garten waren. Auf diese Weise kamen schon einige Menschen zusammen. Doch wir sprachen nicht miteinander, nicht zu dieser Zeit. Guten Tag, auf Wiedersehen, wenn überhaupt! Die Sprache gehörte den Vögeln, dem Fluss, dem Windhauch in den Hochwäldern, dem glucksenden Wasser in den Abflussrinnen.

Später sah man vom Garten aus, wie die ersten Sonnenstrahlen den Bergkamm über dem Fort Libéria trafen und danach langsam den Berghang hinabglitten. Schließlich fanden sie Eingang ins Tal, und dann fielen sie auf uns arme Sterbliche, über unsere Erde gebeugt. Und sie weckten die Blumen, die Insekten, die Blätter auf. Kurz nach dem Glockenschlag um halb sieben nahm ich dann den von Martha vorbereiteten Korb und ging wieder zurück, um den Laden zu öffnen.

Ab Ende August tauchte in den Gesprächen immer häufiger der Name des Generals de Gaulle auf. Ich hatte einen ganz persönlichen Grund, mich dafür zu interessieren: Die deutsche Luftwaffe und die Royal Air Force lieferten sich über dem Himmel von England einen Kampf, den die Zeitungen als entscheidend bezeichneten; Gérard nahm wahrscheinlich daran teil, denn er war fortgegangen, um dem Ruf dieses Generals zu folgen.

Was wusste man hinter der Stadtmauer von Villefranche über das Oberhaupt des Freien Frankreichs? Was die von der Zensur zugelassenen Zeitungen schrieben, war nur Schlechtes, viel Schlechtes. Er war der Verräter des Vaterlandes, der Überläufer, derjenige, der die französische Flotte in Mers-el-Kébir versenkt hatte. Pétain, der große nationale Held, hatte ein Kopfgeld auf ihn ausgesetzt, das sagte alles.

Die Presse, das war für mich *L'Indépendant*. Der Inhaber der Bahnhofswirtschaft brachte morgens um Viertel vor sechs ein Exemplar mit, wenn er seine Brote für den Tag holte. Monsieur Puech überflog sie gegen sechs Uhr, während er seinen ersten Kaffee in der Küche schlürfte, ich meinerseits blätterte sie gegen Viertel vor sieben beim Frühstück durch, und während des Mittagessens bekamen wir noch einige Artikel vorgelesen, zumindest ausgewählte Artikel. Die Auswahl traf natürlich der Hausherr. Dazu gehörten Artikel über die militärischen Ereignisse, manchmal auch das politische Tagesgeschehen. Schließlich las er uns abends noch eher lustige oder beschauliche Artikel aus dem Lokalteil vor. Ich wusste also wie jeder in Frankreich, dass Charles de Gaulle ein Oberst der Artillerie oder vielleicht der Panzertruppe war, das war nicht so genau bekannt, dass er in den Jahren um 1930 etwas über die Reform der Armee geschrieben hatte, während der deutschen Offensive 1940 ›tapfer‹ gekämpft hatte, und als er im Juni 1940 auf eine Mission nach London geschickt worden war, hatte er sich mit Churchill verbündet. Monsieur Puech stand stets auf der Seite der Rechtmäßigkeit, er war für Pétain, also war er gegen de Gaulle, zumindest das hatte ich begriffen.

Es gab die Zeitungen und das Radio. Wir verbrachten Stunden mit dem Ohr am Bezug des Lautsprechers in der Küche des Pfarrhauses. Justine, die Schwester des Priesters, passte hinter der Eingangstür auf, doch die Angst, entdeckt zu werden, bereitete uns Bauchschmerzen. Wie oft sind wir zusammengefahren, wenn ein Möbelstück knackte oder eine Maus vorbeikam! Und doch sind wir auf diese Weise Gaullisten geworden, indem wir durch das Pfeifen des Radios hindurch mitverfolgten, wie es bei der Luftschlacht um England zu einem plötzlichen Umschwung kam.

Waren unsere Flieger dabei? Wir wussten es nicht, und gleichzeitig zweifelten wir nicht daran.

Agnès erzählte mir über Étienne auch nicht mehr als über ihre anderen Flirts. Was war zwischen ihnen geschehen? Hatte sie vielleicht die ganze Zeit in Perpignan mit ihm verbracht, während ich bei ihr zu Hause wohnte? Sie sprach nicht darüber, und ich hätte es nie gewagt, sie über ein so gefährliches Thema auszufragen. Wir spürten beide die Gefahr, die die Flieger für unsere Freundschaft darstellten, und unsere Freundschaft war uns wichtig. Mehr als die Jungs. Mehr als die Liebe? Ja, denn die Liebe war eine noch weit entfernte Angelegenheit, die ich noch nicht einmal recht erkannt hatte.

Wenn man ein einziges Wort wählen sollte, um den Sommer und den Herbstanfang des Jahres 1940 zu charakterisieren, würde ich sagen: Verwirrung. Niemand wusste genau, was im Vordergrund der Schauplätze ablief, also wusste man auch nicht, was der nächste Tag bringen würde, in militärischer wie in politischer Hinsicht. Seit dem Ergebnis des Blitzkriegs erwartete man beim Schlafengehen, am nächsten Morgen durch das Feuer von Hitlers Panzern geweckt zu werden, ebenso wie von denen Francos, und warum nicht auch von den Panzern Mussolinis? Nachts hätten sie sich auf dem Platz vor der Porte de France postiert und auf uns gezielt. Auf welche Hindernisse wären sie bei ihrem Vormarsch aus Lyon, Nizza oder Barcelona gestoßen? Auf kein einziges. Wir standen unter dem Schutz eines Marschalls, eines nationalen Helden, glorifiziert durch das Ansehen, das der Sieg von 1918 ihm verschafft hatte, doch dieser Held war vierundachtzig Jahre alt, und dieser Marschall hatte keine Armee! Die Engländer leisteten heldenhaft Widerstand, aber dafür musste London mörderische Bombardierungen erdulden, und die deutschen U-Boote dezimierten die englische Flotte immer mehr, wobei neben der militärischen auch die zivile Schifffahrt betroffen war. Es gab diesen de Gaulle, den Churchill wie einen Regierungschef und Repräsentanten Frankreichs behandelte, doch er war weit weg, ohne die entsprechenden Mittel, ohne Unterstützung, nicht einmal ansatzweise legitimiert.

Was mich anging, war alles viel einfacher. Der Marschall oder zumindest die Interessen, die dazu geführt hatten, dass er eingesetzt wurde, und unter deren Einfluss er stand, priesen die Umkehr zu den traditionellen Werten: Familie, Vaterland, Religion, und sie verbargen nicht ihre Absicht, alle Parasiten aus dem Land zu entfernen, die die Zufälle der Geschichte hineingeworfen hatten und die Reinheit des französischen Bluts befleckten: die Juden, die Fremden ... Als Spanierin und Republikanerin, zumindest als mutmaßliche, hatte man es doppelt auf mich abgesehen. Das war nicht schwer zu verstehen, und die Puechs sorgten dafür, dass ich immer wieder daran erinnert wurde: Von mir wurde erwartet, dass ich arbeitete und schwieg, basta. Eine politische Meinung, welche auch immer, wäre schlecht angekommen, um nicht zu sagen: indiskutabel gewesen.

Also schwieg ich, doch konnte mich niemand hindern, Augen und Ohren aufzusperren, die Ansichten der einen mit denen der anderen zu vergleichen. Der Priester stellte einen Bezug zwischen dem tragischen Schicksal Deutschlands und dem von Medea her, die ihre eigenen Kinder verschlungen hatte. Von Zeit zu Zeit wetterte er mit Akzenten, die mich an Richard Wagner erinnerten, die deutsche Nation gebe sich einem antiquierten Bedürfnis nach universeller Hegemonie hin, stürze mit der Waffe in der Hand auf die Straßen und opfere ihre Söhne zu Tausenden. Besser gesagt: zu Millionen, präzisierte er mit einer ausholenden Handbewegung, als würde nicht nur Deutschland, sondern die Gesamtheit der germanischen Völker auf dem Altar geopfert. Er sah Hitler nicht als Prophet, sondern als primitiven Stimmungsmacher eines angeborenen Triebes und de Gaulle und Churchill als Hindernisse dieses Verhängnisses. Es gebe Generationen, sagte er, die in Friedenszeiten geboren werden und sterben, andere müssten der Geschichte die Stirn bieten und Schicksalsschläge erleiden. Wir gehörten zu der zweiten Kategorie, zu unserem Leidwesen.

René Levêque ging nicht so weit: Er achtete von Berufs wegen die militärischen Erfolge der Deutschen und hielt an seiner Treue zum Marschall fest, für ihn zwei vollkommen vereinbare Positionen. Monsieur Puech wetterte gegen die Roten und schnitt aus der Zeitung alle Meldungen aus, die die Volksfront für die Niederlage verantwortlich machten.

Agnès mied merkwürdigerweise das Thema, sogar mir gegenüber. Martha schwieg in der Öffentlichkeit, sogar bei uns zu Hause, aber im Garten, wenn wir allein waren, konnte es vorkommen, dass sie zu Luciennes Haus hinaufschaute und ihrem Groll gegen die Feiglinge freien Lauf ließ, die nicht imstande waren, ein Gewehr zu nehmen und das Vaterland zu verteidigen. Das Ausweichmanöver von Charles hatte sie schockiert, der Tod seines ›Ersatzmannes‹ empört. Sie gehörte nicht zu denen, die revoltierten und ihr Unverständnis laut herausschrien, aber wenn Charles auf die schlechte Idee gekommen wäre, hinauszugehen und dort vorbeizukommen, ich glaube wirklich, sie hätte ihn erschlagen.

Er musste es wissen. Wenn nicht von ihr selbst, dann zumindest von seiner Mutter. Nicht nur, dass er sich nicht zeigte, es war niemals die Rede von ihm, nicht einmal als ›Verstorbener‹. So war es, und gleichzeitig war es seltsam.

Wir blieben auf dem Pont Saint-François stehen, erkannten das Fenster seines Zimmers in Luciennes Haus ... und taten so, als ob er nicht dort wäre. Auf dem Friedhof gingen wir ohne anzuhalten an dem Grab vorbei, dessen Inschrift lautete: *Charles Puech. 1918–1940. Gestorben für das Vaterland.*

Mir war Charles ziemlich egal, da ich ihn nicht kannte, aber Lucienne fehlte mir. Manchmal kam sie sonntags noch vorbei, doch ich vermisste es, in ihrer Küche die Rezepte vorzulesen und mich mit ihr über das Grollen, die Geschwindigkeit oder den Wasserstand der Têt zu unterhalten.

Gegen Ende August ereignete sich ein Vorfall, der mein Misstrauen der Politik gegenüber noch verstärkte. Mademoiselle de

Brévent hatte mir nach der Sache mit dem Harmonium angeboten, das Kriegsbeil zu begraben, und war wieder in die Bäckerei gekommen. Eine Frau mit festen Gewohnheiten. Sie stand beim ersten Morgenrot auf, kleidete sich gewagt, und um halb acht trat sie durch die Ladentür. Ganz pünktlich. Sie kam wegen des Brots, aber gleichzeitig frönte sie auch ihrer Lieblingsbeschäftigung: der Kritik an der Presse, »verkauft an die Interessen der Vichy-Leute«. Das war gewagt, doch sie machte unaufhörlich weiter, trotz oder vielleicht wegen der Zurechtweisungen ihres Bruders, eines geheimen, aber überzeugten Pétain-Anhängers, wie man sagte. Eine Vergeltung für die Schikanen, die sie durch ihn erdulden musste? Wahrscheinlich.

An jenem Morgen verkündete *L'Indépendant* einen »entscheidenden« Sieg der deutschen Luftwaffe: so viele abgeschossene englische Flugzeuge, so viele strategische Objekte ausgelöscht, so viele absolut irreparable Schäden. Alles nur Bluff, unserer Analystin zufolge. Ich hatte das Pech, ihr recht zu geben, genau in dem Moment, als Monsieur Puech die Tür der Backstube öffnete.

»Was mischst du dich da ein?«

»Sie sind derjenige, der sich einmischt«, entgegnete Mademoiselle schlagfertig. »Sie können dieses Mädchen doch nicht daran hindern, eine Meinung zu haben. Wir leben in einer Demokratie, soviel ich weiß. Unter der Knute des Besatzers, aber in einer Demokratie.«

»Dieses Mädchen, wie Sie sagen, ist da, um Brot zu verkaufen, nicht um Politik zu machen. Mit Verlaub.«

»Nun, Brot zu verkaufen und eine Meinung zu äußern sind keine unvereinbaren Beschäftigungen.«

»Mademoiselle de Brévent, bitte verstehen Sie mich ...«, begann Monsieur Puech in seinem liebenswürdigsten Ton.

»Verstehen Sie mich, verstehen Sie mich ... Ich verstehe vor allem eine Sache, lieber Monsieur, und zwar, dass Sie 1789 vergessen. Sie glauben unter dem Ancien Régime zu leben. Sie halten sich wohl für Ludwig XIV. Wenn man mir sagen würde, dass Sie das Recht auf die erste Nacht praktizieren, würde mich das nicht sehr wundern.«

»Sie ...«

»Aber ... lassen Sie mich zu Ende reden? Ich habe Ihnen noch etwas zu sagen, lieber Monsieur: Mein Bruder schickt mich zu Ihnen, weil er Ihr Brot dem der Konkurrenz vorzieht, ein Punkt für Sie; ich lasse ihm diese Laune wegen des Lächelns und der Liebenswürdigkeit Ihrer Angestellten durchgehen, zwei Punkte; doch kann sich das schnell ändern, lassen Sie sich das gesagt sein.«

Auf diese Worte hin nahm sie ihr Brot, ging hinaus ... und vergaß sogleich den ganzen Vorfall, das hätte ich schwören können.

Nicht so Monsieur Puech.

»Siehst du, in welche Schwulitäten du uns bringst?«, rief er aus und drehte sich zu mir um. »Keine Politik bei mir, wie oft muss man dir das noch sagen? Aber ich weiß, woher das kommt, all das. Es kommt von deinem Freund Raynal. Er steckt dir unten seinen Schwanz hinein, der Drecksrkerl, und oben die schlechten Ideen.«

»Monsieur Puech!«, riefen Madame Jeanjean und Madame Llacer, die immer um zwanzig vor acht kamen, wie mit einer Stimme aus.

Doch Monsieur Puech hörte nicht.

»Wann bist du nach Hause gekommen?«, schrie er. »Mitten in der Nacht, was? Und wo warst du? Bei ihm, hast dich befummeln lassen, was? Gib's zu, du Schlampe.«

Während er redete, war er auf mich zugegangen, und nun beugte er sich zu mir über den Ladentisch.

»Gib's zu«, sagte er und gab mir mit viel Schwung eine Backpfeife. »Gib's zu! Gib's zu!«, schrie er und unterstrich seine Ausrufe mit ebenso vielen Backpfeifen.

»Er wird sie umbringen. Man muss etwas tun!«

Madame Jeanjean war die Erste, die reagierte. Sie lief zur Tür, stellte sich auf die Schwelle und rief um Hilfe. Schaulustige kamen herbei, aber sie blieben tatenlos stehen und wussten nicht, was sie tun konnten.

Die Hilfe kam von Madame Llacer. Eine Landsmännin. Sie arbeitete als Putzfrau im *Vauban*, und wir hatten einige Male über Barcelona gesprochen, als ich bei den Levêques übernachtete. Eine Frau mit Kraft. Sie umfasste Monsieur Puech, und so kräftig er auch war, schlug er vergeblich um sich.

»Ich bin um elf Uhr heimgekommen«, sagte ich, gestärkt durch diesen Schutz. »Die BBC war gut zu empfangen. Sie haben Neuigkeiten über die Luftschlacht durchgegeben. Wirkliche Neuigkeiten. Die haben nichts zu tun mit der Propaganda des *L'Indépendant*.«

»Die BBC, ja! Die BBC!«

»Geh hinaus«, sagte Madame Llacer und sah mich an. »Geh hinaus und warte draußen auf mich.«

»Genau, geh hinaus und lass dich von deinem Priester besteigen. Das kannst du wenigstens.«

»Émile!«, rief Madame Puech oben von der Treppe herab.

»Herr Jesus!«, fiel Madame Jeanjean ein und bekreuzigte sich.

Madame Llacer nahm mich mit zu sich nach Hause. Sie setzte mich an den Küchentisch, goss ein wenig lauwarmes Wasser in eine kleine Emailleschüssel und säuberte die Wunden auf meiner Wange und an den Mundwinkeln. Sie verband meine Blutergüsse und führte mich in das Zimmer ihrer Tochter. Das Beste wäre, wenn ich mich ausruhte und zu schlafen versuchte.

Madame Puech kam kurz nach zwölf Uhr. Sie entschuldigte sich und bat mich, meinen Platz in der Höhle des Löwen wieder einzunehmen. Ehrlich gesagt, ich hatte keine Wahl. Ich stand unter der behördlich angeordneten Vormundschaft von Monsieur und Madame Puech, ich hing von ihnen ab, was meinen Lebensunterhalt anging, und die Arbeit in der Bäckerei war mein Daseinsgrund, mein Broterwerb, meine Funktion in dem Mikrokosmos von Villefranche.

War ich bei ihnen glücklich? Nein. Hatte ich Angst? Ja, große Angst sogar, vor allem, wenn Martha nicht da war. Ich hatte die Inspektion Madame Puechs am Abend nach meiner ersten Lieferfahrt mit Émile nicht vergessen, und was ihn anging, ertappte ich ihn regelmäßig bei einem Seitenblick auf meinen Po oder meine Brust. Er sorgte dafür, dass er sich an mich schmiegen konnte, wenn wir uns auf der Treppe begegneten. In der Bäckerei drückte er mich gegen den Ladentisch, unter dem Vorwand, ein Brot aus dem Regal oder ein Geldstück aus der Kasse holen zu wollen. Abends verriegelte ich beide Schlösser meiner Zimmertür, doch was waren schon zwei kleine Riegel gegenüber der Schulter eines so kräftigen Mannes ...

Am nächsten Tag kehrte ich widerwillig und mit Angst im Bauch zurück, die mir vor allem nachts zu schaffen machte.

Im Laufe des Septembers und in den ersten Oktobertagen veränderte sich die Lage wahrlich: das Gesetz über den Status der Juden am 3. Oktober, die Rede von Pétain am 10. über die neue Ordnung und den Status der Frau, die Einführung der Rationierungskarten, erste Versorgungsengpässe.

Ich glaube, in jenem Moment geriet meine Vision von Villefranche ins Wanken. Die Tore der Stadt standen an derselben Stelle, die Brücken führten über die Têt und den Cady wie vorher, doch sie waren vom Strudel der Schlachten, der Massaker, der Deportationen erfasst worden, auf die sich von nun an die Tage des menschlichen Geschlechts zu beschränken schienen. Würden nicht die Mäuerchen, die Türme, der Fluss bald selber in der Katastrophe untergehen, die Europa traf und bald die ganze Welt erfassen würde? Der Krieg hatte so viele Tote gefordert! So viele Ruinen! So viel Leid! Das Dritte Reich schien nach Zerstörung zu dürsten. Die französische Armee in einem Monat zerschlagen, Hunderttausende Soldaten und vielleicht ebenso viele Zivilisten in wenigen Tagen getötet, Frankreich in zwei Hälften geteilt, der Norden besetzt, der Süden in den Händen einer Scheinregierung mit ihrem Standort in einer Geisterstadt ... das reichte, um den Verstand zu verlieren. Und zu der Litanei der französischen Katastrophen kamen für uns, die Spanier im Exil, unsere eigenen Unglücke hinzu: die gestürzte Republik, der Triumph des Faschismus, die Folterkammern als Orte der Gerichtshöfe, die Straßen in Katalonien, die Pau Casals Namen getragen hatten und nun umbenannt wurden ...

Als ich am Morgen meinen Dienst in der Bäckerei wieder aufnahm, sprachen die Kunden mit mir nicht mehr über den Regen, das schöne Wetter oder den Markt in Prades. Da sie wussten, dass ich einen Blick in die Zeitung geworfen hatte, fragten sie mich, ob die Deutschen nicht etwa die Demarkationslinie überschritten hatten, ob die Engländer durchhielten, ob London nicht ein Ruinenfeld war. Sie hielten mir ihre Rationierungsmarken hin, und ich wickelte die vorgegebene Menge Brot ein, die durch die Verordnung genau festgelegt war. Diese

Menge lag weit unter dem, was gebraucht wurde, die Qualität war extrem minderwertig im Vergleich zu dem, was man gekannt hatte, und man hatte keine Mittel, sein Brot selber zu backen: Es war kein Getreide, kein Öl und nur sehr wenig Salz auf dem Markt.

Das Mehl, das den Bäckereien von offizieller Stelle abgegeben wurde, brachte Monsieur Puech auf die Palme. Nachts aufzustehen und sich totzuarbeiten, um Brot herzustellen, das keines war, nein, das passte ihm nicht. Er ging stets um drei Uhr an die Arbeit, knetete und buk die pro Tag erlaubte Menge, gegen acht Uhr ging er hoch, legte sich hin und wurde nicht mehr gesehen.

Johann Sebastian Bach

Außer dem geheimnisvollen kleinen Brief von Bernard Durand hatte ich keine Nachrichten von Gérard. War er nach London gelangt? War er in den Luftkrieg über dem Ärmelkanal und England verwickelt, von dem gesagt wurde, dass er nicht nur über die Zukunft von Frankreich, sondern auch über das Schicksal der Welt und der gesamten Menschheit entscheiden würde?

Ich hatte nicht die geringste Ahnung. Kein Brief, keine Nachricht auf den Wellen der BBC.

Dennoch verbrachte ich meine Abende damit, Radio zu hören, und der Priester löste mich ab, falls ich verhindert war.

Wenn ich von dort wieder herauskam, mit brummendem Kopf von all dem Gehörten und vor allem dem Pfeifen der deutschen Störungsmanöver, fragte ich mich, ob ich jemals mit einem Flieger gesprochen hatte, ob der Kampf Englands und die Sendungen des Freien Frankreichs nicht erfunden waren. Der Ärmelkanal lag mehr als tausend Kilometer weit weg, und der Krieg berührte uns nicht unmittelbar. Dort oben im Norden ging wahrscheinlich etwas vor sich, die Zeitungen hatten die Fotos von zerstörten Wohnblöcken und aufgerissenen Straßen sicherlich nicht simuliert, doch das Rumoren der Schlachten, das Pfeifen der Bomben und Surren der Propeller drang nicht bis zu uns durch.

Eines schönen Morgens fuhr Monsieur Beaux, der über ein Transportunternehmen und zwei Laster verfügte, in die Cerdagne, um eine Lieferung Kartoffeln zu holen. Zu jener Zeit stellte die Kartoffel einen unentbehrlichen Nahrungsbestandteil dar und das Conflent war mangels anbaufähigen Bodens von der Cerdagne abhängig. Doch Monsieur Beaux kam ohne Ladung wieder zurück. Nicht ganz ohne Ladung. Es war ihm gelungen, spontan einige Raummeter Holz zu kaufen, damit seine Fahrt nicht ganz umsonst gewesen war, aber es gab dort nicht eine einzige Kartoffel mehr zu kaufen, alles war nach Deutschland oder in die Kasernen des besetzten Frankreichs gegangen.

Für uns fing der Krieg an jenem Tag an, mit dieser Geschichte der Kartoffeln. Es war einiges an Gemüse in den Gärten übrig, aber die Metzger schlachteten immer weniger, und eine Suppe oder ein Eintopf ohne Kartoffeln war ohnehin so eine Sache.

Wenig später war alles noch einfacher: Der Tankwart von Prades hatte kein Benzin mehr, und die Laster von Monsieur Beaux blieben im Hof stehen. Fahrräder gab es auch nicht mehr zu kaufen, keine Schokolade mehr, von Butter ganz zu schweigen. Es herrschte ein Mangel an Gerste und Hefe, worauf Monsieur Levêque seine Bierproduktion einstellte. Er ersetzte sie durch ›Bokcidre‹, eine Art Limonade mit Kohlensäure, mit der man sich zufriedengeben musste. Seine verschiedenen Sorten von Sirup bot er immer noch an, aber sie enthielten immer weniger Zucker, und auch die Farbe wurde zunehmend wässriger. Ende September untersagte ein Erlass den Verkauf von Bonbons und Zuckerstangen. Die Bäckerei verlor ihre besten Kunden, die Schüler.

Ungefähr zur selben Zeit untersagte der Befehlshaber der Besatzungsmacht den in die sogenannte ›freie Zone‹ evakuierten

Juden, in ihr Zuhause in der besetzten Zone zurückzukehren, und befahl eine allgemeine Erfassung dieser Bevölkerungsgruppe, all das, »um der Ungeduld der französischen Bürger Genüge zu tun«. Die jüdischen Familien mussten bei der Unterpräfektur ihres Bezirks vorstellig werden und sich ausweisen. Diejenigen, die ein Geschäft betreiben, mussten auf ihrem Ladenfenster die Aufschrift ›Jüdisches Unternehmen‹ anbringen. Die Läden wurden noch nicht geschlossen, aber die Kunden waren informiert, dass sie mit den ›Hauptverantwortlichen des Kriegszustandes‹ Handel trieben.

In den letzten Septembertagen wurde es von einem Tag auf den anderen merklich kühler. Der Himmel hing tief und bedrohlich. Dann riss die Bewölkung auf einmal mit einem Windstoß auf, und der Canigou tauchte mit glitzerndem Neuschnee über den Fetzen der Wolken auf, die an den letzten Tannen hingen. Mich überkam die Lust, diesen Anblick aus der Nähe zu genießen, wenn ich Monsieur Puech am folgenden Samstag bei seiner Lieferfahrt begleiten würde. Was er für ein Gesicht machte, als ich ihm davon erzählte! Und erst das Gesicht seiner Frau! Sogar Martha schaute mich ungläubig an, obwohl sie ihre Gefühle normalerweise geschickt verbarg. Was ist mit dir los?, schien sie zu fragen. Begibst du dich jetzt noch tiefer in die Höhle des Löwen?

Was riskierte ich in Wirklichkeit? Ich war über meine Naivität der ersten Lieferfahrten hinausgewachsen, und Monsieur Puech würde sich für einen nicht einmal angenehmen Augenblick nicht das halbe Conflent zum Feind machen.

Ich hatte die Berge weiß, grau, hellgrün und dunkelgrün gesehen, sie waren an jenem Tag noch grün, ein tiefes Grün getränkt von der Hitze des Sommers, das jedoch rote, rosa, gelbe, goldene und braune Färbungen anzunehmen begann. Schluss mit den einheitlichen, gleichmäßigen Farbtönen der bewaldeten Hänge. Von nun an zeigte sich jeder einzelne Baum, stellte sich in seiner Größe, Form und ganz eigenen Farbe zur Schau, als würde er sich ein letztes Mal präsentieren, ehe er in die Anonymität des Winters einging.

Das Auto hielt auf dem Dorfplatz von Fuilla, und die Kunden erinnerten sich an mich und lächelten mir zu. Sie schienen sich zu freuen, mich wiederzusehen, in ihrem lichtdurchfluteten Dorf.

»Ich werde immer gefragt, wie es dir geht«, sagte Monsieur Puech, als wir wieder abfuhren.

»Und was antworten Sie dann?«

»Ich sage, dass es dir gut geht. Was soll ich ihnen sonst sagen?«

»Sie hätten mir davon erzählen können.«

»Wovon?«

»Von den Leuten, die sich nach mir erkundigen.«

»Pah!«

»Ihnen ist das vielleicht egal, aber für mich ist es wichtig.«

Wir fuhren gerade die Serpentinen der Landstraße am Rand von Fuilla.

Er war so in die Unterhaltung vertieft, dass er darüber das Lenkrad vergaß. Wir bewegten uns im Schritttempo vorwärts, mit einem Rad am Straßenrand.

»He! Das ist kein Grund, uns in den Graben zu fahren!«

»Wichtig? Was redest du da von wichtig? Mir ist es ziemlich egal, was die Leute über mich denken, und ob sie mich sehen wollen oder nicht – was ändert das?«

»Das sagen Sie so, aber warum tut es Ihnen dann so weh, ihnen ein solches Brot zu verkaufen, diese ›Scheiße‹, wie Sie sagen? Warum, wenn nicht aus dem einen Grund, dass es Ihnen doch nicht so egal ist, wie sie über Sie sprechen?«

»Pah!«, erwiderte er noch einmal schulterzuckend.

Er fing sich wieder, drückte auf das Gaspedal, und die Landschaft zog von Neuem an uns vorbei.

Seine Haltung mir gegenüber hatte sich verändert. Die Sache mit Charles, der Krieg und die Rationierungen spielten sicher dabei eine Rolle, doch vor allem schätzte er meine Arbeit im Laden. Ein wichtiger Punkt für ihn. Er war Vater, Ehemann, Standesperson, Schwarzhändler ... aber zunächst und in erster Linie war er Bäcker. Das Brot war für ihn wichtiger als sein Sohn, seine Frau oder sein Geld. Es war sein Leben, sein Stolz, sein Daseinsgrund. Wenn man sah, welche Mühe er sich dabei gab! Und dennoch war das Produkt, wenn es nach ihm ging, nie schmackhaft, weich und aromatisch genug. Es fehlte ihm immer ein wenig von diesem oder jenem. Mehr als zwanzig Jahre lang mischte, knetete und buk dieser Mann nun, und das Brot überraschte ihn immer noch.

Die Verschlechterung des Mehls machte ihn wütend. Wie angewidert er dreinschaute, wenn er seinen Teig knetete! Kein Pfeifen mehr, keine anzüglichen Liedchen. Aus der Backstube drangen nur noch sein Murren und Protestrufe. Seine Hände waren bald von Ausschlägen bedeckt, die ihn dazu zwangen, Handschuhe zu tragen, und an jenen Tagen war er unerträglich. Er tröstete sich, indem er Brote buk, die halbwegs dem früheren gleichkamen, nur für den eigenen Verbrauch und den einiger auserlesener Freunde. »Halbwegs!«, betonte er. Aber selbst das zerriss ihm das Herz. Er wollte, dass alle seine Brote gut waren und seinen Ruf bis an die Grenze des Kantons trugen.

Ein märchenhafter Nachmittag voller Berge, Farben, großer Weiten und überdies erhellt von der Perspektive, nach der Heimkehr den Abend mit Martha im Kino zu verbringen. Für sie war es das erste Mal in ihrem Leben.

Wir hatten sogar zwei Vorführräume in Villefranche – eine Leistung für eine Gemeinde von knapp über tausend Einwohnern, nehme ich an, aber die Dörfer in der Umgebung waren in dieser Hinsicht nicht versorgt, und die Stadt erfüllte auf diese Weise in einem Bereich, von denen ihre Gründer selbstverständlich keine Vorstellung gehabt hatten, ihre geschichtliche Rolle als Hauptort des Conflent. Es gab den Gemeindesaal, der in einem alten Laden oberhalb der Rue Saint-Jean eingerichtet worden war, und es gab den sogenannten ›roten Saal‹ in einer Scheune direkt an der Stadtmauer an der Place du Génie. Diese Bezeichnung ging nicht auf die Färbung des Mauerwerks oder der Fassade zurück, sondern auf die ›politische Farbe‹ des Gründers und Betreibers, Georges Delmas, eines stadtbekannten Kommunisten.

In jener Woche hatten wir die Wahl zwischen der Verfilmung eines Werks von Bernanos im Gemeindesaal und *La charrette fantôme* von Julien Duvivier im roten Saal mit Pierre Fresnay und Louis Jouvet, die Martha von Fotos in der Wochenzeitung *L'Illustration* her kannte. Es wurde also *La charrette*.

Im Saal ging das Licht aus, das Surren des Projektors ertönte aus der Kabine, und eine Staffel von Bombern, die zum Abflug bereit waren, tauchte auf der Leinwand auf. Marthas Hand legte sich auf meinen Arm. Der Abflug in Reih und Glied, einige Sekunden in Gesellschaft dieser Flugzeuge am Himmel über dem Ärmelkanal, dann plötzlich ein Sturzflug nach unten auf das Ziel zu, begleitet vom Brummen der Motoren, dem Pfeifen der Bomben und dem Krachen der Tonspur. Marthas

Hand zitterte und schloss sich eng um mein Handgelenk. Eine Sequenz mit Feuer und Kugelregen, und wieder zurück an den vertrauten hellen Himmel vom Anfang. Martha seufzte, ihr Griff lockerte sich.

»Wir sind mit knapper Not davongekommen«, flüsterte sie mir ins Ohr.

Und ich sah, wie sie sich bekreuzigte.

Danach folgten Bilder von London in Ruinen, Leuchtspuren von Bomben in der Nacht. Wir sahen noch Dakar, wie es siegreich den Bomben des Freien Frankreichs widerstand, von der Royal Air Force zerstörte Villenviertel von Boulogne-sur-Mer, dann kam die Wiedereröffnung des Louvre im Beisein von Generalfeldmarschall von Rundstedt und prominenter französischer und deutscher Persönlichkeiten. Schließlich erschien ›unser Marschall‹ auf der Leinwand, wie jede oder zumindest fast jede Woche, für eine kleine Morallektion à la Pétain. Zur Wahrung der großen familiären Werte erteilte die Regierung verheirateten Frauen den Befehl, zu Hause zu bleiben. Die Behörden, die Verantwortlichen der Kommunen oder Departements, die Gesellschaften der Eisenbahner und der Schifffahrt erließen sofort eine Einstellungssperre für Frauen und trafen Vorkehrungen, um schnellstens ihre Arbeitnehmerinnen zu entlassen. Der Platz einer Frau, ob Mutter oder nicht, war im Haushalt unter der Autorität ihres Ehemannes. Martha blieb gelassen.

In den Kinosälen verhielten sich die Zuschauer üblicherweise nicht so still und aufmerksam wie heute. Man ging ins Kino, als wäre es ein Café, um sich zu unterhalten, zu rauchen, Scherze zu machen, und es wurde keine Gelegenheit ausgelassen, den Film und vor allem das Tagesgeschehen zu kommentieren.

Die Bilder, die den Erlass gegen Frauenarbeit illustrierten, zogen über die Leinwand, ohne eine Reaktion auszulösen. Und das im roten Saal, in einer roten Gemeinde, Hochburg der Gewerkschaft. Eine Gemeinde, in der man Frauen am Schalter im Bahnhof, in der Post und im Finanzamt sah, sogar verheiratete. Wenn diese Leute Angst hatten und sich orientierungslos fühlten, dann besagte das schon etwas. Ich war mir nicht ganz sicher, wenn ich ihnen im Laden oder auf der Straße zuhörte. Die Tragweite des Geschehens ermaß ich erst an jenem Abend, am Abend des ersten Kinobesuchs von Martha Soulas.

All das hätte mir eigentlich schon gereicht, aber es gab noch einen Dokumentarfilm über Bienen, eine Pause, *La charrette* natürlich, und Martha wollte nicht eine Sekunde des Programms verpassen.

Als wir danach hinausgingen, war sie ganz verwirrt. Diese Überfülle an Bildern war zu viel für sie gewesen. Doch sie bedankte sich bei mir mit außergewöhnlicher Wärme und ging so weit, mich auf die Wangen zu küssen, bevor sie hochging, um sich schlafen zu legen.

Ich habe von der Fahrt in die Berge und Marthas erstem Kinobesuch erzählt, doch werden diese Ereignisse in meiner Erinnerung von den Geschehnissen am darauf folgenden Tag in den Schatten gestellt. Ein musikalisches Ereignis: eine Aria von Bach nach der Abendandacht in der Kirche der Gemeinde. Sicher das erste Mal seit ihrer Weihe im 12. Jahrhundert! Und wer waren die Musiker? Die Tochter des Brauers und das Dienstmädchen des Bäckers!

Natürlich war es eine Idee von Agnès.

Wir hatten dieses Stück für Geige und Klavier transkribiert und drei- oder viermal geprobt, nur zum Vergnügen. Und sie hatte den Priester überzeugt, uns vor seinen Schäflein spielen zu lassen.

Eine noch unausgereifte Interpretation darzubieten, nein, ich fand nicht, dass es eine gute Idee war. Aber sie bestand darauf, ich wollte sie nicht verärgern, und schließlich wurde es sehr gut. Sie spielte vor Publikum immer besser als in der Probe. Die Feinarbeit langweilte sie, und die Anwesenheit der Zuhörer spornte sie nur noch an. Alles verlief also zum Besten. Johann Sebastian Bach hätte sich bestimmt ein- oder zweimal in seinem Grab umgedreht, aber die Gemeinde schien entzückt zu sein, und es gab einen Ansatz von Applaus, der jedoch von den wütenden Blicken des Priesters im Keim erstickt wurde. Er wurde von seinen Vorgesetzten streng beobachtet, und an einer Versetzung ins Gers oder in die Region um Constantine im Norden Algeriens lag ihm nicht sehr viel.

Nach der Messe musste er Besucher auf die Stadtmauer führen und schlug uns vor, ihn zu begleiten. Warum nicht? Agnès und ich hatten am Sonntagnachmittag nicht wirklich etwas vor. Die bis auf die letzte Minute ausgefüllten Kalender und dicht aneinander anschließenden Aktivitäten würden später kommen, nach dem Krieg.

Wir folgten der Besichtigungsgruppe und ließen uns am Schluss dieser treiben, sodass wir bald die Stadtmauer für uns allein hatten. Es war das erste Mal, dass ich nach jenem grauen Tag an Weihnachten wieder dort war, und ich erkannte den Ort kaum wieder. Von dort oben hatte man eine wunderbare Aussicht. Agnès hatte eine Schwäche für die Schluchten der Têt in Richtung Prades, von den Schießscharten aus gesehen, welche die Porte de France überragten. Ich zog den Blick zur Bergseite von der höchsten Plattform der Bastion du Dauphin vor: der Wehrgang, seine Brüstung aus dunkelroten Backsteinen, die etwas grobe Abdeckung der Ufermauer ... ein weiterer Blick nach rechts: Dort wälzte der Gebirgsbach sein graues Wasser am Fuß der Stadtmauer entlang, und darüber schimmerte das Dunkelgrün der Erlen und Haselnusssträucher am gegenüberliegenden Ufer. Von diesem höchsten Punkt aus gesehen, im dumpfen Grummeln der Bäche, die aus dem Gebirge herabstürzten, hatte die Stadt etwas Überwältigendes.

»Wir sollten vielleicht weitergehen«, sagte ich. »Sie könnten uns vergessen.«

»Ja, und?«

»Ja, und? Hast du Lust, die Nacht hier zu verbringen, im Dunkeln?«, entgegnete ich, und diese gruselige Vorstellung jagte mir einen Schauder über den Rücken.

»Warum nicht?«

Und auf einmal, aus einem ihrer unvorhersehbaren Impulse heraus, die sie manchmal überkamen und vielleicht auf irgendeine Provokation zurückgingen, setzte sie sich auf die Marmorbrüstung, drehte sich um die eigene Achse und lehnte sich an die Bastion, die Beine in der Luft, mit der Têt in der Tiefe.

»Komm!«, sagte sie und reichte mir die Hand. »Worauf wartest du? Hast du Angst, dass ich dich hinunterstoße? Komm!«, sagte sie noch einmal, so unwiderstehlich sanft, wie nur sie es konnte.

Ich zögerte noch einen Augenblick, wie immer in solchen Situationen, beeindruckt von der Tiefe, die sich unter unseren Füßen auftat. Dann nahm ich ihre Hand und fand mich an ihrer Seite wieder, die Beine in der Luft.

»Wir sollten öffentlich spielen«, sagte sie, nachdem sie eine Zeit lang nachgedacht hatte. »Zunächst bei Festen, sodass wir bekannt werden, und dann in Konzerten. Ich bin sicher, wir hätten Erfolg. Die katalanischen Schwestern! Ich sehe schon die Plakate.«

»Katalanisch vielleicht, aber Schwestern ...«
Doch Agnès hörte mir nicht zu.
»Die katalanischen Schwestern«, wiederholte sie, als wollte sie den Klang der beiden Worte in einer Pressemitteilung oder ihre Wirkung auf einem Plakat testen. »Die Schwestern«, sagte sie noch einmal halblaut und schaute mich seltsam an, wie jemand, der plötzlich die Lösung eines alten Rätsels gefunden hat.
»Was, die Schwestern?«
Irgendetwas entging mir in diesem Gespräch, aber kann man ruhig nachdenken, wenn man auf einer bröckeligen Mauer sitzt mit einem Kilometer Tiefe unter den Füßen?
»Die katalanischen Schwestern, niemand wird uns das abnehmen, man braucht uns ja nur anzuschauen.«
Sie musterte mich einen Moment lang, als wollte sie mich fragen, ob das mein letztes Wort wäre, ob ich meine Meinung nicht ändern würde, dann drehte sie sich auf ihrem Po, sprang auf die Füße und half mir, von dort wegzukommen.
»Das ist sowieso nicht von Bedeutung«, sagte sie, als wir wieder hinunterstiegen. »Von keinerlei Bedeutung«, wiederholte sie wie zu sich selbst, als sich am Ende des Wehrgangs die Gestalt des Priesters abzeichnete.
Er schritt vor dem Eingang auf und ab und schien besorgt zu sein.
»Wo wart ihr?«, fragte er, als er uns kommen sah. »Wir haben euch überall gesucht.«
»Uns gesucht? Aber warum?«, erwiderte Agnès. »Wir waren da.«
»Ihr wart da, natürlich, ihr wart da«, wiederholte er tonlos.
Er hatte sich bei Agnès untergehakt, und in dem Blick, mit dem er uns ansah, lag so etwas wie Benommenheit.

Machte er sich solche Sorgen um uns? Sein Gesicht war bleich, und ich fragte mich, ob er nicht der Ohnmacht nahe war.

»Die Stadtmauer ist gefährlich. Es gibt Mauerabschnitte, die nur darauf warten, zusammenzustürzen.«

Der Cady

Das Wetter, das bis dahin meist sehr sommerlich gewesen war, änderte sich in der Nacht von Dienstag auf Mittwoch ganz plötzlich. Der Wind drehte auf Süd und drückte eine Haube von schweren und bedrohlichen Wolken gegen die Berge. Feuchtigkeit und Wärme nahmen etappenweise zu, und die Natur verfiel in eine erdrückende Stille, die nur ab und zu durch den Schrei einer Amsel oder das Brummen eines Motors auf der Hauptstraße unterbrochen wurde.

Die ersten Tropfen fielen am Mittwochnachmittag. Sie waren warm und so dick, dass wir unsere Arbeit im Garten beenden konnten. Lauch musste eingepflanzt und ein Stück Erde für die Aussaat vorbereitet werden.

In der Nacht kamen in Abständen einige Regenschauer, aber von Tagesanbruch an war es etwas ganz anderes: Es regnete fast ununterbrochen, dicht wie ein Wasserfall. Die Schüler rannten mit ihren Ranzen auf dem Kopf, suchten Zuflucht in einer Toreinfahrt, liefen wieder weiter und setzten sich den Wasserströmen aus, die zwischen den Gehsteigen die Straße hinunterliefen. Durch den Lärm dieser Sintflut alarmiert, trat Monsieur Puech auf die Türschwelle des Ladens, schaute zum Himmel und beobachtete das Rieseln auf der Straße: Das Wasser schwappte über die Betonplatte, die über der Abflussrinne vor unserer Tür angebracht war. Er kam mit einem Sack Sägespäne zurück, die Arlette auf dem Straßenpflaster verteilte, und mit einem Brett, das er vor der Türschwelle befestigte und über das die Leute nun gehen mussten, um die Bäckerei zu betreten.

Gegen Mittag ging das Gerücht um, das Wasser habe am Ortsausgang in Richtung Cerdagne einen großen Abhang an der Nationalstraße mitgerissen, ebenso wie den Taubenschlag eines Bauernhofs. Schulkinder, die dort hinaufgegangen waren, um es sich anzusehen, wären beinahe weggespült worden.

»Die Têt steigt«, verkündete Désiré Combes, als er um zwanzig nach zwölf sein Brot holte.

Das war allerdings nichts Ungewöhnliches. An der Bahnhofsbrücke stieg das Wasser zwei oder drei Meter.

Kurz nach dem Glockenschlag um vierzehn Uhr erhob sich dann ein Grollen hinter der Stadtmauer auf der Seite der Porte de France. Wir schauten uns an, aber niemand hatte die geringste Ahnung, woher es kommen könnte. Monsieur Puech stand auf und lief hinaus, um der Sache nachzugehen, auf die Gefahr hin, völlig durchnässt zu werden. Wenige Minuten später war er zurück. Die Têt hatte ein ganzes Stück des rechten Ufers flussabwärts der Altstadt mitgerissen. Die Bäume, Äcker, die Werkstatt des Stellmachers und die des Schmieds ... alles war weg. Die Nationalstraße war von Sand, Kieselsteinen und großen quer liegenden Bäumen verschüttet und somit unpassierbar, und die Stützmauer, in ihrem Fundament gelockert und auf der Vorderseite von der Strömung angegriffen, würde nicht lange halten.

Wenig später überspülte der Cady seine beiden Brücken, die Brücke vor der Porte de France und die neue Brücke der Nationalstraße, die ein wenig höher lag, und drohte sie schlicht und einfach wegzureißen. Villefranche war von der Welt abgeschnitten.

Gegen sechzehn Uhr beruhigte sich das Wetter ein wenig. Grund genug für Martha und mich, dies auszunützen, unsere großen Wachstuchumhänge anzuziehen und hinauszugehen. Die Leute standen an ihren Fenstern oder auf der Schwelle ihrer Haustüren. Madame Favier rief uns zu, auf sie zu warten, und holte uns mit ihrem Regenschirm ein, den der Wind umdrehte. Die Gullys am Rand der Place du Génie waren verstopft, vor allem durch Äste, aber vielleicht hatte auch der Anstieg des Cady auf der anderen Seite der Stadtmauer dazu beigetragen. Der Wirbelwind vom Vormittag hatte den Platz überflutet und die Blätter von den Bäumen gefegt.

Es gelang uns, die Porte de France zu erreichen, indem wir oberhalb des Platzes an den Gitterstangen in der Verlängerung der Rue Saint-Jacques entlanggingen. Das dumpfe Donnern, das wir bei uns zu Hause selbst von der Küche aus durch die geschlossenen Fenster hindurch vernommen hatten, nahm an Lautstärke zu. In dem Resonanzkörper zwischen den Mauern und der Decke des Tors schwoll es plötzlich noch mehr an.

Martha blieb stehen und heftete ihren Blick auf mich. Sie zögerte.

War dieser Ausflug nicht verrückt? Würden wir unsere Neugier nicht bedauern?

»Wir gehen über die Rue Saint-Jacques und den kleinen Platz nach Hause zurück«, rief sie mir zu.

Sie reichte mir die Hand, und wir wateten mit kleinen, vorsichtigen Schritten zum Ausgang hin. Von der Abschirmung der Stadtmauer befreit, wurde das Donnern ohrenbetäubend laut. Je weiter wir vorankamen, desto stärker drückten Marthas Finger die meinen. Sie schlossen sich unvermittelt noch fester, als wir aus dem Tor heraustraten, und Martha stieß einen Schrei aus, der sich in dem Getöse verlor.

Ein schauerlicher Anblick. Die Berghänge waren von umgestürzten Bäumen und Erdrutschen zerfurcht, Wasserfälle und Bäche überall, und die braunen Wassermassen des Cady brausten schäumend bis zu den Höhen der Uferböschungen. Männer auf der Brücke vor dem Tor kamen und gingen, jeweils zu zweit von einem Regenschirm geschützt, dunkle Gestalten in Form von Pilzen mit vier Beinen.

Durch den dichten, unaufhaltsamen Regenvorhang hindurch erkannten wir René Levêque, Isidore, den Streckenwärter der Gemeinde, Monsieur Favier und die Brüder Alvarez. Was machten sie dort auf dieser Brücke, die jeden Augenblick nachgeben konnte? Sie beugten sich über die marmorne Brüstung, nahmen die neue Brücke ins Visier und schätzten ihre Chancen ein. Monsieur Levêque machte eine Handbewegung in unsere Richtung, und sie kamen auf uns zu. Sie sorgten sich vor allem um einen Esskastanienbaum, der stromaufwärts der alten Brücke im Bett des Cady gewachsen war. Seine Krone reichte bis über die Brüstung und würde den Weg versperren, wenn die Fluten ihn entwurzelten. Dann redeten sie über den Stellmacher. Die Têt hatte seine Werkstatt und die seines Schwagers Jean, des Hufschmieds, mitgerissen. Mauern, Dach, Baumaterial: Sie hatten alles verloren.

Ich hörte ihnen zu und fragte mich, ob das alles wirklich stimmte, ob sie nicht diese ganze Geschichte erfunden hatten, um uns Angst einzujagen und zum Besten zu halten. Ich war so oft an diesen Häusern vorbeigekommen, wenn ich zum Bahnhof hinuntergegangen oder wieder von dort zurückgekehrt war. Kinder hatten mir manchmal zugerufen, wenn sie mich erkannt hatten, und mir kleine Schiffe oder Autos gezeigt, die sie aus Holzabfällen von Edgar Cunoy, dem Stellmacher, gebaut hatten. Sie hatten ihm geholfen, ein Rad zu halten oder eine Kiste umzustellen, und er hatte ihnen sein Werkzeug ausgeliehen und ihnen sogar einige Ratschläge gegeben.

Nun sollte also Schluss sein mit den Hammerschlägen und dem rötlichen Schein der Schmiede? Wo würden die Kinder hingehen, um Spielzeug zu bauen? Wo die Reisenden, um ihre Fahrzeuge reparieren zu lassen?

Als wir nach Hause kamen, wurde der Regen wieder so stark wie am Vormittag. Er schlug auf die Dächer, ließ die Wasserflut in den Abflussrinnen ansteigen, die Straßen überschwemmen und hier und da sogar die Gehsteige. Die Ausgüsse der Dachrinnen entleerten sich mit einem unaufhörlichen Schwall von Wasser und Schaum auf den Boden, manche bis zur Mitte der Straßen hin, was deren Aussehen völlig veränderte.

Es war gerade einmal siebzehn Uhr, doch man sah kaum noch etwas, die Dunkelheit brach bereits herein. Ich drehte am Lichtschalter, und Martha ging und holte eine Kerze aus der Schublade der Kommode, um sie vor einem Bild der Muttergottes anzuzünden.

Als Monsieur Puech gegen ihren Willen hinausging, folgte sie ihm zunächst mit den Blicken durch das Fenster, dann nahm sie ihren Rosenkranz und betete vor der Madonna. Wenig später flackerte die Deckenlampe, leuchtete wieder einen Moment, flackerte noch einmal und ging schließlich endgültig aus. Das Elektrizitätswerk war nicht weit weg, weniger als einen Kilometer, es war durchaus möglich, dass der Fluss den Mast oder ebenso gut das ganze Werk mitgerissen hatte.

Es war stockdunkle Nacht, als Monsieur Puech wieder die Tür aufstieß. Félicie brachte ihm Handtücher und trockene Wäsche in die Backstube, holte eine Flasche Rum hinter einem Stapel Tischdecken hervor und bereitete ihm einen ›Stärkungstrunk‹. Er hatte die Têt über den Pont Saint-Pierre überquert und war auf den Eisenbahnschienen zum Bahnhof hinuntergegangen. Sonst war er immer so resolut, jetzt zitterte seine Stimme, und die Worte blieben ihm schier im Halse stecken. Er musste mehrere Male ansetzen, um uns den Anblick zu beschreiben, der sich ihm von der Bahnhofsbrücke Saint-Antoine aus eröffnet hatte.

Die Têt erstreckte sich von der Felswand am rechten Ufer bis zur ersten Bahnschiene. Eine kompakte braune Wassermasse, die sich in Wellen wie ein wildes Meer erhob und ganze Bäume, Karren, Kuh- und Pferdekadaver mit sich führte. Das alles sammelte sich an der Brücke, ehe es in einem trichterförmigen Strudel verschwand, der sich vor der Spitze des Bogens gebildet hatte. Flussaufwärts teilte sich die Flut um das ›Schloss‹ der Familie Keller herum und umgab es von allen Seiten. Das Wohnhaus glich einer Insel in einem Strom aus Schaum und Schlamm. Madame Keller und ihre Tochter zeigten sich manchmal an einem Fenster im zweiten Stock, gerade mal einen Meter über der Flut, doch man konnte nichts für sie tun, außer beten, dass das Wohnhaus standhielt.

»Die Lagerschuppen?«, fragte ich und dachte an die Flieger.

Es gab keine Schuppen mehr. Die Soldaten hatten sich rechtzeitig gerettet, würden jedoch bei ihrer Rückkehr nichts mehr vorfinden: Schuppen, Laster, Vorräte ... alles war fort.

»Herr Jesus!«, sagte Martha und bekreuzigte sich.

»Was wird aus uns werden?«, fragte Madame Puech.

»Wir können nichts tun«, beschloss Monsieur Puech. »Wir können nichts tun als dazubleiben und darauf zu warten, dass es vorübergeht. Es kann nicht endlos andauern. Der Regen muss doch eines Tages aufhören.«

Daraufhin rückte er näher zur Kerze der Madonna und vertiefte sich in eine Zeitung, die er bestimmt schon zwei- oder dreimal gelesen hatte und uns bald auswendig rezitieren konnte, vorausgesetzt, das Hochwasser hielt an. Doch der Wind fegte einen Vorhang aus Regen aus den Wasserrinnen gegen die Fenster, als wolle er ihm widersprechen.

»Das Leben geht weiter«, sagte er ein wenig später und ging zur Treppe, die zu den Schlafzimmern hinaufführte. »Wenn Villefranche morgen noch da ist, werden die Leute ihr Brot haben wollen. Aufregung macht hungrig.«

»Wie du redest!«

»Wenn du gesehen hättest, was ich gesehen habe, würdest du genauso reden. Wie dem auch sei, hol mir die Petroleumlampen heraus, damit ich später in der Backstube Licht habe.«

In dem Moment dachte ich an Agnès, an ihre Familie. Waren sie im *Vauban* in Sicherheit? Sogleich zog ich meine Wachstuchjacke an und ging auf die Treppe zu, um Erkundigungen einzuholen, doch Martha hielt mich zurück: »Man merkt, dass du '92 noch nicht da warst.«

»'92!«, lachte Monsieur Puech hämisch von der Treppe her. »Welches '92? 1792?«

»1792 gab es kein Hochwasser, was redest du da? 1772, ja, und auch 1777 und 1779, aber ich spreche hier von der Überschwemmung 1892.«

»Hör auf zu fantasieren, 1892 warst du doch noch gar nicht auf der Welt.«

Worauf wollte er hinaus? Er wusste sehr wohl, dass Martha in den Siebzigerjahren des vorangegangenen Jahrhunderts geboren war, aber er hatte dieses Bedürfnis, die Leute um sich herum zu verhöhnen und als Taugenichtse darzustellen.

»Ich war damals dreizehn Jahre alt«, sagte Martha schulterzuckend. Und dann nahm sie mich zur Seite: »Das Wasser fing genau an meinem Geburtstag zu steigen an, dem 8. November, das hat mich natürlich beeindruckt. 1898 begann die Überschwemmung am 18., dem Tag meiner Hochzeit, so etwas vergisst man auch nicht, mein Mann hat die Hochzeitsnacht damit verbracht, die Menschen auf der Seite der Vorstadt zu retten.«

Sie, die sonst immer so ruhig, fast schweigsam war, wurde plötzlich lebhaft. Das Wasser war an ihrem dreizehnten Geburtstag und dann wieder an ihrem Hochzeitstag gestiegen, und das stellte ein Zeichen dar: Ihr Schicksal war mit dem Fluss verbunden. Von dem Tag an, als sie das erkannte, hatte sie es sich in den Kopf gesetzt, sich über die Daten des Hochwassers zu erkundigen und die Zukunft von der Vergangenheit her anzulegen.

»1876, 1892, 1898, 1920 und jetzt 1940, ich kann noch so viel herumrechnen, das ergibt keinen Sinn«, sagte sie zu mir, als Émile um des lieben Friedens willen das Schlachtfeld verlassen hatte. »19. Oktober, 8. November, 19. November, 1. Februar und jetzt 19. Oktober, das hilft mir auch nicht weiter. Nicht einmal der Priester hatte eine Idee. Aber der Fluss spricht zu mir, dessen bin ich mir sicher, nur gelingt es mir nicht, ihn zu verstehen. Wenn du wüsstest, wie oft ich darüber nachgrüble. Ich verbringe ganze Nächte damit.«

Sie begann, mir ihre Rechnungen über die Hochwasserzyklen zu erklären, und ging bis 1732 zurück, aber ich war mit meinen Gedanken ganz woanders, ich machte mir Sorgen um Familie Levêque.

»Das *Vauban* liegt weiter oben«, sagte ich in einer Rechenpause. »Das Wasser wird nicht dorthin gelangen.«

»Es liegt weiter oben, na und? Glaubst du, dass sich die Têt fragt, wo oben und unten ist? Wenn es ihr einfällt, wird sie wie

1766 am Pont Saint-François überlaufen, sich ihren Weg bis zur Porte d'Espagne bahnen und die Straße hinunterstürzen, wenn du gerade da sein wirst. Was wirst du in dem Augenblick tun, Maria Soraya? Sag es mir.«

»Ich weiß es nicht. Ich würde zurückrennen, in ein Haus gehen ...«

»Du würdest zurück nach Hause rennen?«, wiederholte sie schulterzuckend. »Was glaubst du? Dass die Têt dich auf dem Weg absetzen wird, dir Auf Wiedersehen sagt und Grüße für zu Hause mitschickt? Sie wird dich umstürzen, ja, genau das wird sie tun. Sie wird dich wie ein Stück Holz bis zum Platz unter der Porte de France mit sich reißen und von dort, hopp! in den Cady spülen.«

Die Bilder vom Nachmittag kamen mir wieder in den Sinn, und das Szenario, wie der Fluss durch die Rue Saint-Jean von einer Tür zur anderen brauste, erschien mir ganz und gar plausibel. Wusste man, was man von einem Wasserlauf zu erwarten hatte, der in der Lage war, in wenigen Minuten eine Stellmacherwerkstatt, eine Schmiede und die Hälfte einer Straße fortzureißen? Der ein Schlösschen, das immer nur von einem schönen großen Park umgeben im Trocknen gelegen hatte, in eine Insel verwandelt hatte und es niederzureißen drohte?

Vom Park gingen meine Gedanken zu Gérard. Was tat er in diesem Moment? Wo war er?

›Bis bald‹, besagte seine Nachricht. Es war fast drei Monate her, dass Dr. Durand sie mir überbracht hatte, und ich konnte genug Französisch, um zu verstehen, dass drei Monate mehr als ›bis bald‹ waren. Für dieses Schweigen gab es eine Erklärung: Selbst wenn man der Propaganda in den Nachrichtenblättern der deutschen Besatzungsmacht Rechnung trug, konnte einem klar werden, dass die englischen Flieger starke Verluste erlitten hatten. Ich hatte gehofft und hoffte immer noch, dass Gérard davongekommen war. Und nun dieses Schweigen und die Härte der Natur an dem Ort, wo wir uns kennengelernt hatten ... Das unablässige Donnern des Flusses, das anhaltende Prasseln des Regens auf den Dächern und an den Fenstern, die Erinnerung an den Cady, wie er ganze Bäume in einer atemberaubenden Geschwindigkeit mit sich führte ... all das hatte etwas Unfassbares.

In der Verwirrung, in der wir uns befanden, sagte ich mir nun, dass der Regen, das Hochwasser, die Erdrutsche vielleicht Teil eines Plans wären. Die Götter hätten die Têt damit beauftragt, die wenigen Spuren von Gérard Dieudonné zu vertilgen, die er in meiner Umgebung hinterlassen hatte. Und die Têt gehorchte: Sie riss die Bäume aus, zerstörte die Alleen, schwemmte den Rollsplitt weg, gestaltete die Uferböschungen neu, die mich in meinem weiteren Leben an meine Begegnung mit Gérard hätten erinnern können.

»Um die Levêques brauchst du dir keine Sorgen zu machen«, sagte Martha unvermittelt. »Ich habe René vorhin vorbeigehen sehen, und Agnès ist in Prades bei ihren Cousins. In einem Haus auf der Höhe von Codalet, sie ist also keinerlei Gefahr ausgesetzt.«

»In Prades? Woher wissen Sie das?«

Es war schon etwas dran an der Sache – wie machten sie das nur alle, immer über alles auf dem Laufenden zu sein?

Doch sie hatte sich wieder in ihre Gebete vertieft und antwortete nicht.

Gegen zweiundzwanzig Uhr kam Émile aus dem Schlafzimmer herunter. »Ich gehe mal nachschauen, wie es aussieht«, sagte er und zog seinen noch feuchten Kapuzenmantel an.

»Ich komme mit Ihnen«, sagte ich, ohne nachzudenken.
»Wenn du willst«, entgegnete er ein wenig überrascht.
Martha sah so aus, als wollte sie widersprechen, doch ließ sie sogleich davon ab, griff seufzend nach einem Umhang und zog ihn mir über. Sie hob die Kapuze über meine Haare und segnete mich mit einem kleinen Kreuz, das sie mit ihrem Daumen mitten auf meiner Stirn zog. Sie konnte sich weder den Entscheidungen des Hausherrn noch den Anwandlungen eines jungen Mädchens widersetzen, aber sie dachte sich ihren Teil und ließ es uns merken.

Émile nahm die alte Lampe, die Félicie aus der Abstellkammer geholt hatte, und es gelang ihm, sie gleich beim ersten Versuch anzuzünden. Er setzte die Glashaube wieder darauf, und wir gingen hinaus.

Zunächst liefen wir nach links unsere Straße hinunter, doch bald wateten wir in immer tieferem Wasser und rutschten bei jedem Schritt auf der Schlammschicht aus, die sich über die Pflastersteine gelegt hatte. Monsieur Puech war ratlos. Schließlich drehte er um, ging die Rue Saint-Jean hinauf und wandte sich dann in Richtung des kleinen Platzes.

»Die Rue Saint-Jacques liegt ein wenig höher«, sagte er. Das waren seine ersten Worte, seitdem wir losgegangen waren.

Er versuchte zum Cady zu gelangen, musste jedoch unten an der Rue Saint-Jacques aufgeben: Die Place du Génie stand völlig unter Wasser.

Nach einigen Minuten des Zögerns vor diesem bewegten, plätschernden Wasser begaben wir uns schließlich zu René Levêque und Pierre Favier auf den Treppenabsatz des Postgebäudes, fünf oder sechs Stufen über der Straße. Der Präsident trug deutlich sichtbar eine Karbidlampe vor sich, die von einer Glasglocke und einem Drahtgestell geschützt wurde. Eine

Grubenlampe, erzählte er uns. Ein schönes Objekt, aber nicht so beeindruckend wie die kleine elektrische Lampe von Monsieur Favier. Die Eisenbahngesellschaft hatte ihn im Juni nach Paris geschickt, um das Mobiliar der Direktoren nach Bordeaux zu dem dortigen Sitz der Gesellschaft zu bringen. Die Regierung zog sich zurück, die Gesellschaft ebenso. Diese Herren waren plötzlich weg, die Büros verlassen, also bediente sich jeder. Federhalter, Schreibmaschinen, Aktentaschen aus Maroquin ... Favier hatte diese Lampe, genannt ›Taschenlampe‹, und zwei Wechselbatterien mitgenommen. Eine Neuheit. Sogar der Katalog der Manufaktur bot so etwas nicht an.

Die Taschenlampe erzeugte ein Strahlenbündel, das die Porte de France erreichte. Auf der Höhe des Tors stand mehr als ein Meter Wasser auf der Straße, und es stieg immer noch weiter. Die alte Brücke genau dahinter hielt, aber wie lange noch?

Plötzlich tauchte eine Gestalt im Lichtstrahl der Lampe auf. Émile Puech! Er war ohne etwas zu sagen hinuntergegangen, bewegte sich mit seiner kleinen Lampe vorwärts, und das Wasser reichte ihm bis über die Knie.

»Er ist verrückt. Was macht er da?«, rief Monsieur Favier aus.

Doch Émile war zu weit entfernt, um uns zu hören, und er hätte auf unsere Rufe sowieso nicht reagiert.

Auf einmal verschwand der leuchtende Punkt.

»Émile!«, schrie ich.

Einige Sekunden später erschien er wieder, und René, der sich schon aufgemacht hatte, ihm zu Hilfe zu kommen, kehrte wieder um und kam zu uns auf die Stufen zurück.

Wir blieben eine knappe Stunde stehen und überwachten von der Ecke des Postgebäudes aus den Anstieg des Wassers, vom Donnern des Flusses und dem Klappern eines Fensterladens begleitet, den der Wind an die Fassade schlug. Als die Mitternachtglocken läuteten, zündete Émile in der Türöffnung seine Lampe wieder an, und wir gingen über die Rue Saint-Jacques nach Hause.

Martha wartete vor ihrer Madonna auf uns. Sie bekreuzigte sich, als sie uns kommen sah, beugte die Knie vor der kleinen Statue und umarmte mich zum ersten Mal, seit wir uns kannten.

Émile war verlegen, Gefühlsausbrüche dieser Art waren nicht seine Sache, und ich wurde mir aufgrund Marthas Erregung der uns drohenden Gefahr erst wirklich bewusst. Ein Mensch, der die Chronik der Hochwasser seit 1732 kannte!

Was sie betraf, so setzte sie sich auf das Sofa und verkündete uns, dass sie dort bleiben und wachen würde.

Die Têt

In der Nacht wachte ich auf und hatte keine Ahnung, wie spät es war. Der Regen schlug gegen die Scheiben und hämmerte auf das Dach wie am Abend zuvor, nicht mehr und nicht weniger. Ich erinnerte mich an unseren Streifzug durch die Rue Saint-Jacques und an das Entsetzen in Émiles Blick, als er von der Porte de France zurückkehrte. War die Têt Marthas Gedanken gefolgt und hatte die Straßen von Villefranche heimgesucht? Das Haus hatte sich nicht bewegt, das war ja immerhin schon etwas Gutes.

Die Stromversorgung war noch nicht wiederhergestellt, davon überzeugte ich mich, indem ich den Arm ausstreckte und am Schalter drehte. Das Donnern des Flusses war auch nicht schwächer geworden.

Lange Zeit lauerte ich auf die Glocke des Rathausturms. Vielleicht war der Turm eingestürzt, von den Wassermassen auf der Straße unterspült. Ich stand voller Befürchtungen auf und wollte gerade meine Tür öffnen, als die Standuhr in der Küche fünf Uhr schlug. Ich musste nur noch hinuntergehen.

Martha war auf dem Sofa eingeschlummert, und es war das erste Mal, dass ich sie schlafend sah. Ein gelassenes, entspanntes Gesicht. Die Flut war für sie ein Déjà-vu, fast schon Routine. Ich griff nach einem Kerzenleuchter, zündete ihn am Kamin an und ging in die Backstube. Monsieur Puech war mitten in der

Arbeit. Der Lehrling hatte sich am Vorabend davongemacht, nachdem er erfahren hatte, dass bei der Straße nach Fuilla, die er jeden Morgen nahm, die Gefahr bestand, weggeschwemmt zu werden. Wenn schon durch Ertrinken sterben, dann lieber bei seiner Familie.

Ich weiß nicht genau, wie es zuging, aber plötzlich fand ich mich vor dem Backtrog wieder, die Hände im Mehl beim unsicheren Schein einer Petroleumlampe, die an einem Stützbalken ungefähr in der Mitte des Raums hing. Ich hatte immer nur Kuchenteig zubereitet, doch hatte ich meinem Chef so oft dabei zugesehen, seinen Gehilfen, manchmal auch Arlette, wie sie Wasser zum Mehl hinzufügten und den Teig durchkneteten, dass ich ziemlich schnell herausfand, worauf es dabei ankam.

»Hmmm!«, brummte Émile vor sich hin, als er einen Blick über meine Schulter warf.

Das war das aussagekräftigste Kompliment, das er jemals an mich gerichtet hat.

Wenig später wurde die Außentür der Backstube geöffnet, und es dauerte einen Augenblick, bis ich in dem schwachen Licht der Lampe den Priester erkannte. Mit nackten Füßen in den Holzschuhen, die Waden unbedeckt und die Soutane bis zum Gürtel hochgezogen. Das Telefon, das Radio, alles war von der Außenwelt abgeschnitten, doch die Kommunikation funktionierte trotzdem, nach althergebrachter Art: Der Priester von Vernet-les-Bains hatte ihm zwei seiner Gemeindemitglieder geschickt, um Hilfe anzufordern. Sie waren gegen achtzehn Uhr von dort oben aufgebrochen, in dem Moment, als der Cady die Brücke der Straße von Sahorre mitriss, und waren mitten in der Nacht kurz nach drei Uhr angekommen. Neun Stunden Wanderung zwischen umgestürzten Bäumen, Geröll und an den Hängen herausgerissenen oder vom Fluss angeschwemmten

Felsblöcken, für eine Strecke, für die man bei normalem Wetter nur zwei Stunden brauchte, knapp eine halbe Stunde mit dem Pferd oder der Kutsche. Der Priester hatte sie empfangen, versorgt und ihnen zugehört. Er hatte ihnen sein Schlafzimmer zur Verfügung gestellt, und jetzt kam er, um zu sehen, was man für die Menschen von Vernet tun konnte.

»Die zwei Männer haben den verlorenen Blick der Frontkämpfer im Ersten Weltkrieg bei der Rückkehr von einer Offensive«, sagte er. »Einen völlig abgestumpften, benommenen Blick.«

In Vernet herrschte Notstand. Weggeschwemmte Häuser, das Parkhotel in zwei Teile geteilt, der untere Bereich des Ortes überschwemmt … Das Wasser des Cady war gegen dreizehn Uhr gestiegen und dann noch einmal sehr schnell ab siebzehn Uhr. Die Boten waren kurze Zeit darauf losgegangen, doch gegen zwanzig Uhr, als sie erst drei oder vier Kilometer von ihrem Ausgangspunkt entfernt waren, hatte sich ein Grollen, vergleichbar einem lang anhaltenden Donnerschlag, im Tal erhoben und den ununterbrochenen Lärm des Flusses übertönt. Irgendetwas musste eingestürzt oder abgerutscht sein. Eine Brücke, ein Wohnhaus, ein Felsbrocken? Woher sollte man das wissen?

Zwanzig Minuten später war plötzlich der Wasserstand noch weiter gestiegen und hatte die Männer gezwungen, überstürzt die Straße zu verlassen, um im darübergelegenen Unterholz Zuflucht zu suchen.

»Wir müssen etwas tun«, schloss der Priester.

»Etwas tun! Und was?«, erwiderte Émile und fuhr fort, seine Brotlaibe zu formen.

»Als Erstes müssen wir ihnen Brot schicken. Die Bäcker werden dort oben nicht backen können.«

»Brot nach Vernet schicken! Ihr seid gut, ihr Pfarrer! Und welches Brot, frage ich Sie? Und wie?«

Dann sprach er etwas süßlich und mit einem Lächeln falscher Verbindlichkeit weiter: »Ah, aber entschuldigen Sie bitte, Herr Pfarrer, Sie haben recht, Émile Puech wird für Sie zwei oder drei Fuhren mehr backen, kein Problem. Dann wird er sein Auto herausholen, und im Nu wird er auf dem Dorfplatz von Vernet ankommen und seine hübschen, warmen Brote verteilen. Ist es das? Sehr gut«, fuhr er nun wieder aufbrausend fort. »Sie müssten mir nur sagen, mit welchem Wasser ich meinen Teig zubereiten soll, welcher Angestellte ihn kneten und in den Ofen schieben soll, welche Straße ich nehmen soll, um sie dorthin zu bringen ...«

»Aber ...«

»Es reicht! Wir haben anderes zu tun, als die Dummheiten der Pfarrer anzuhören.«

»Ihnen Brot schicken!«, wiederholte er, als der Priester weggegangen war. »Aber wo wird er sie herholen?«

Arlette erschien pünktlich einige Minuten vor sieben Uhr. Mit rosiger Gesichtsfarbe und ausgeruht. Das Hochwasser? Das Hochwasser änderte nichts an ihren Gewohnheiten. Sie hatte »wie ein Stein« geschlafen, ihren Kaffee getrunken und war nun da, wie jeden Morgen.

»Anscheinend gibt es größere Schäden in Vernet«, sagte sie, während sie ihre Schürze auf dem Rücken zuband.

Die Neuigkeiten verbreiteten sich schnell.

Kurz vor acht Uhr verließ ich die Backstube, um meinen Platz hinter dem Ladentisch einzunehmen, und Émile gab eine Art Brummen von sich. Das war zweifellos seine Art, mir zu danken.

»Ein Kilo pro Familie, nicht mehr«, rief er mir mürrisch zu. »Und für morgen verspreche ich nichts. Ich habe meine Wasserreservoirs geleert, wer weiß, ob ich sie bis heute Abend wieder füllen kann.«

»Was werden die Leute tun?«

»Sie werden Kartoffeln essen, mach dir um sie keine Sorgen.«

»Die Kartoffeln sind alle, und Sie wissen sehr wohl, dass wir auch lange keine mehr haben werden. Alles geht nach Deutschland.«

»Nun, dann werden sie Linsen und Bratäpfel essen, woher soll ich das wissen.«

»Sie backen!«, rief Désiré Combes aus, als er gegen acht Uhr durch die Ladentür kam.

»Die Leute müssen doch essen.«

»Und das Wasser?«

»Aus dem Reservoir momentan. Danach wird Monsieur Puech die Brunnen seines Schwiegervaters wieder in Betrieb nehmen.«

»Gut! Das Wasser sinkt ohnehin!«

Er kam von der Place du Génie. Der Cady überspülte noch das Pflaster bei der Porte de France und die Stadtmauer erhob sich aus einem See aus Schlamm, der sich bis zur Böschung der Nationalstraße auf dem anderen Ufer erstreckte und weiter in Richtung Vernet hinaufreichte, so weit man sehen konnte, doch der Platz selber war trocken.

»Na ja, trocken ... sozusagen!«

Denn es regnete immer noch genauso stark.

Ich erzählte ihm vom Besuch des Priesters, von der wagemutigen Unternehmung der Gemeindemitglieder aus Vernet, und er zog eine Verbindung zwischen dem Donnerschlag dort oben kurz nach zwanzig Uhr und dem Ansteigen des Wassers zwei Stunden später bei uns. Wenn sich die Wassermassen einen Meter pro Sekunde weiterbewegten, also dreitausendsechshundert Meter in der Stunde, brauchten sie etwa zwei Stunden für die sieben Kilometer, die uns von Vernet trennten. Eine einfache Rechnung, doch woher nahm er sein Wissen über die Geschwindigkeit des Wassers?

Ich hörte ihn von den Hochwassern der Vergangenheit erzählen, während ich meine Brote einräumte, und die geografische Lage von Villefranche erschien mir in einem neuen Licht. Eine Festung am Zusammenfluss zweier Gebirgsbäche, hatte der Priester gesagt, als er mir mein neues Dorf am Weihnachtstag vorstellte. Er hatte mir die Têt am Fuß des Vorwalls und den Cady vor der Stadtmauer gezeigt, und ich hatte die defensive Funktion der beiden Wasserläufe begriffen. Ich hatte mir dennoch nicht vorgestellt, dass die Altstadt eine unerreichbare Insel sein konnte. Ich hatte nicht geahnt, dass ihre Gründer sie auf dieser Bergspitze auf dem genauen Maß des stärksten Hochwassers angesiedelt hatten. Es war, als hätten Vauban und seine Vorgänger gewusst, dass eines Tages im Jahr 1940 eine junge Spanierin nachts auf die Place du Génie hinuntergehen würde und trockene Füße behalten wollte. Na ja, fast trockene ...

Die Tür öffnete sich, während er redete, und Mademoiselle de Brévent trat ein ... mit ihrem Bruder, dem Notar. Was für ein Ereignis! Désiré machte große Augen, stammelte etwas wie ›Guten Tag‹ und verneigte sich tief. Ich sah ihn an, ich sah die de Brévents an, und ich spürte, dass vieles nach dem Hochwasser nicht mehr ganz so sein würde wie vorher. Wir befanden uns auf dieser kleinen Insel, von allen Seiten eingeschlossen, wir hatten keinen Strom, kein Wasser, kein Telefon mehr. Bald auch kein Brot mehr. Wir hatten schon eine Stadt von Vauban in unserem gemeinsamen Kulturgut, von nun an würden wir auch die Erinnerung an die Flut von 1940 miteinander teilen. Zwischen den Herren Puech, Levêque, Favier und mir käme noch die Erinnerung an unseren nächtlichen Streifzug hinzu, an den Augenblick, als wir begriffen, dass der Cady die Rue Saint-Jacques heraufkam.

»Wenn der Cady Hotels von fünf oder sechs Stockwerken hinwegfegt«, sagte Monsieur de Brévent mit seinem starken Akzent, »wer sagt uns dann, dass die Têt nicht uns wegspülen wird? Einfach so, mit einem Ruck?«, und er machte eine abrupte Handbewegung.

Noch am Abend zuvor wäre dies ein unwahrscheinliches Szenario gewesen, aber Monsieur de Brévent sprach mit einer Autorität, die ihm seine Funktion und sein seltenes Erscheinen verliehen. Er sprach vor allem zu den Menschen, die das unter Wasser stehende Schloss, die fast vollständig angefüllte Schlucht des Cady und die überfluteten Brücken gesehen hatten.

Monsieur Levêque hatte am Tag zuvor die Schule mittags geschlossen und die Kinder nach Hause geschickt, »bis zu einem neuen Erlass«. Es konnte nicht darum gehen, wegen einer Grammatikregel oder einer Divisionsaufgabe sein Leben zu riskieren. Die Schüler aus Fuilla, Sahorre und Serdinya, die die Flut daran hinderte, nach Hause zurückzukehren, waren bei Verwandten oder Klassenkameraden untergebracht. Dennoch kamen sie, um Brot zu holen, aber später als gewöhnlich, und verstreut.

Nichts war mehr eilig. Man konnte länger schlafen, im Regen schlendern, sich auf den Brücken herumtreiben, in der

Hoffnung, dass man, wenn sie nachgeben würden, gerade noch genug Zeit hatte, davonzukommen. Heldenmut traf den Nerv der Zeit; die Flut bot denen, die der Krieg unbeachtet gelassen hatte, eine Gelegenheit, etwas nachzuholen, und den Kindern natürlich auch. Für sie war es weniger eine Frage des Muts als des ewigen Bedürfnisses, dem Schicksal zu trotzen und sich von den anderen zu unterscheiden.

Madame Puech kam gegen neun Uhr herunter und zitterte bei dem Gedanken, bei strömendem Regen das Haus zu verlassen, um bis zur Vorstadt hinaufzugehen.
»Ich werde es für Sie erledigen«, sagte ich.
Arlette schaute mich an, Émile schaute mich an, und ich betrachtete mich wie von außen mit einer Miene, als würde ich mich nicht wiedererkennen. Ich hatte auf einmal keine Angst mehr vor Charles, und auch ich brannte darauf, beim Kampf des Flusses und meines Dorfes dabei zu sein, und sei es auch nur für einen Moment. Ich wollte Villefranche unterstützen und für seinen Sieg beten. Ich wollte sehen, ob die Strömung die Brücke zerbersten und meinen Garten wegschwemmen würde.
Es hätte nicht viel gefehlt und ich hätte aufgegeben, noch ehe ich die Porte d'Espagne erreichte. Der Schirm schützte mich vor dem Regen, meine Holzschuhe vor den Wasserwogen, die auf der Straße dahinflossen, doch die Prophezeiung Marthas ging mir wie ein Ohrwurm nicht mehr aus dem Kopf: Die Têt wird sich ihren Weg bis zur Porte d'Espagne bahnen und die Straße hinunterstürzen. Anscheinend herrschten da aber geteilte Meinungen: Ich traf gerade einmal drei oder vier Menschen, und die Planken, die vor den Türen über den Schwellen angebracht worden waren, zeigten den erwarteten Wasserstand an.

Das Brausen des Flusses wurde am Tor mit einem Mal stärker, und ich zögerte wieder. Er war da, gleich hinter der Mauer, von wo aus Agnès und ich ihn so oft betrachtet hatten. Ich näherte mich, hielt meinen Schirm in der einen und den Korb in der anderen Hand. Ich brauchte mich nicht wie gewöhnlich nach vorn zu beugen, um ihn zu sehen. Er war da, sehr viel höher, und es war nicht mehr der ruhige Fluss meiner Erinnerungen. Es war ein ungestümer Gebirgsbach, der seine erdigen Wassermassen von einer Mauer zur anderen wälzte und ein Durcheinander von Bäumen, Stühlen, zerbrochenen Türen, eine Menge Schilf und Astwerk mit sich führte. All dies glitt unter dem nur wenig höheren Brückenbogen hindurch, tauchte in einen Strudel, der sich stromabwärts gebildet hatte, und kam bald hier, bald da wieder zum Vorschein. Zu meinen Füßen, auf dem rechten Ufer, prallte die Strömung mit aller Kraft an die Mauer und schüttelte die Bäume so lange, bis sie herausgerissen wurden.

Gegenüber … verschlug mir der Anblick des linken Ufers die Sprache. Die Flut überschwemmte die Mauer unseres Gartens völlig und drang in die Karotten- und Lauchbeete vor.

Und da entdeckte ich sie! Martha! Die Entfernung und die Regenwand verwischten ihre Züge, aber sie war es, es war ihr schwarzer Rock, ihr Wachsmantel, ihr geflochtener Weidenkorb. Sie hatte das Törchen geöffnet und schritt auf dem Pfad voran, als wolle sie dem Fluss einige Karotten und zwei oder drei Salatköpfe streitig machen.

»Das ist doch verrückt!«, hörte ich in diesem Augenblick eine Stimme neben mir sagen.

Ich wandte den Kopf und brauchte ein wenig Zeit, um die Informationen zu verarbeiten, die mir meine Augen vermittelten. Dabei musste ich mir vergegenwärtigen, was ganz offensichtlich war: Die Haare und der Bart waren gewachsen, doch er war es, es war Gérard.

»Das Wasser kann noch immer steigen. Sie darf dort nicht bleiben. Kommen Sie!«

Er hatte mich am Arm genommen und zog mich mit in Richtung Vorstadt, ohne Martha aus den Augen zu lassen.

»Martha! Martha!«, schrie ich, als wir auf ihrer Höhe waren. Meine Stimme verlor sich im Lärm, es bestand keinerlei Chance, dass sie bis zu ihr drang, und dennoch sah ich, wie sie sich aufrichtete, ihren Korb nahm und sich mit vorsichtigen Schritten in den oberen Teil des Gartens zurückzog. Sie blieb eine Weile mit dem Rücken an das Törchen gelehnt stehen, mit starrem Blick auf ihre Gemüsebeete, als würde sie die Chancen abschätzen, noch eine Handvoll zu retten. Dann hob sie den Kopf zur Brücke hin, erblickte mich und traf eine Entscheidung: Sie drehte sich um, ging durch das Törchen, schloss es hinter sich und begab sich auf den Weg in Richtung der Altstadt.

»Wir sollten besser nicht hierbleiben«, sagte Gérard. »Es könnte uns jemand sehen.«

Er zog mich zu dem überdachten Teil des leeren Schulhofs mit.

»Ich dachte, Sie wären in England.«

»Ich war dort. Aber der Kampf um England ist zu Ende. Wir haben ihn gewonnen, wissen Sie das nicht? Die deutschen Flugzeuge wagen sich nicht mehr über die französischen Küsten hinaus.«

»Wir hören BBC, mit dem Priester, Sie ...«

»Aber ja. Ich war dort. Es herrschte ein Mangel an Piloten, als ich ankam. Die Maschinen flogen ohne Unterlass. Gerade mal Zeit zu landen, aufzutanken und Munition aufzufüllen, und schon hoben sie wieder ab. Bis zu drei Besatzungen für einen Flieger.«

Er lachte, und ich fragte mich, ob über diese armen Flugzeuge, die rund um die Uhr fliegen mussten und von Hand zu Hand gingen, oder über mein Entsetzen.

»Sie ... Sie wollten dort nicht weitermachen? Vielleicht werden Sie noch gebraucht.«

»Frankreich braucht mich auch. Solange der Ausgang des Kampfes nicht entschieden war, bin ich geflogen, ohne mir Fragen zu stellen. Als die Angriffe in immer größeren Abständen kamen, habe ich um eine Versetzung nach Frankreich gebeten. Das war letzte Woche, sehen Sie, es ist nicht lange her. Der Sekretär von de Gaulle hat mich in Carlton Gardens empfangen, und am selben Abend bin ich in Dover an Bord gegangen. Am frühen Morgen wurden wir auf einen Fischkutter umgeschifft, und da bin ich.«

De Gaulle wollte antideutsche Gefühle anheizen und einen Guerillakrieg auslösen. Da die Partisanen des Freien Frankreichs nicht nach London vorstoßen konnten, würden sie in ihrem eigenen Land bewaffnete illegale Gruppen bilden, die die Einrichtungen des Feindes sabotieren und das patriotische Gefühl wachhalten sollten. Der innere Kampf. Er würde die ersten Protestler ausfindig machen und ihnen Waffen und Ausbilder schicken. Ob es eine Region, ein Departement gäbe, das er, Gérard Dieudonné, ein wenig kannte, sodass er dort diese Rolle übernehmen könnte? Er hatte darum gebeten, in die Ostpyrenäen versetzt zu werden, in die Region des Conflent.

»Conflent? Warum in das Conflent? Sie haben doch in zwei Wochen nicht viele Leute kennenlernen können.«

»Warum in das Conflent? Was meinen Sie?«

Was ich meinte? Konnte ich denn ahnen, was im Kopf eines Mannes, eines Fliegers, eines Helden im Kampf um England vor sich ging, das ihn dazu brachte, unsere Region als Schauplatz neuer Einsätze zu wählen?

»Wissen Sie, was das Leben in einem Cockpit bedeutet? Sie hocken da, auf ihrem Sitz eingeklemmt, den Steuerknüppel in den Händen, Kugelhagel um Sie herum, und Sie haben Angst. Zischende Kugeln, ganz weit unten der Boden, und nur eine sehr kleine Chance, da lebend herauszukommen. In diesen Momenten habe ich an Sie gedacht.«

Er zog mich an sich, wie beim ersten Mal im Park der Kellers. Der Fluss brauste unentwegt, nur wenige Schritte entfernt, vielleicht würde er die Brücke mitreißen, die Mauern von Villefranche unterspülen, aber auf einmal war mir das alles egal. Gérard war zurückgekommen, er war da und flüsterte »Marie« in mein Ohr, in der Düsternis dieser überdachten Pausenhalle. Alles andere war nicht von Bedeutung.

»Wo übernachten Sie?«

»Ich weiß es noch nicht. Mal hier, mal da. Auf jeden Fall werden Sie nicht wissen, wo ich bin. Wir müssen nur einen Treffpunkt haben, etwas Diskretes.«

Ich dachte an die Lagerschuppen der Talkfabrik, an die Werkstatt des Stellmachers, an die Hütte in Marthas Garten, aber es gab keinen Schuppen, keine Werkstatt mehr, und die Hütte würde nicht mehr lange halten, die Têt schwemmte alles weg.

»Die Grünanlage vor dem Bahnhof in Prades«, sagte ich auf gut Glück. »Samstagmittag. Der Zug aus Villefranche kommt zwölf Uhr vierzig an.«

»Sehr gut. Und Sie werden Durand hin und wieder in seiner Praxis bei der Eisenbahngesellschaft aufsuchen. Wenn er Ihnen Nachrichten von Bertrand Grignols überbringt, werden Sie es verstehen. Bertrand Grignols, der Lokomotivführer auf der Strecke nach Perpignan.«

»Lokomotivführer?«

»Ich musste etwas erfinden, eine Art Alibi. Wissen Sie«, fuhr er fort, da es mir die Sprache verschlagen hatte, »ein Flugzeug, eine Lokomotive, die haben beide ein Steuer und Bedienungshebel. Gehen Sie jetzt, man darf uns nicht zusammen sehen.«

Gehen? Aber wohin? Und warum? Musste ich Gérard und unseren Zufluchtsort auf dem Schulhof wirklich verlassen, um mich in den strömenden Regen zu begeben, auf eine Brücke, die einzustürzen drohte, zu einem Heim, das nicht einmal meines war? Konnten wir nicht dort bleiben, Arm in Arm?

»Los«, sagte er und stieß mich sanft in den Regen hinaus.

Ich schaute ihn an, ohne zu verstehen. Wer war dieser Mann, der mich an sich zog, mir versicherte, dass er nur an mich dachte, und mich im nächsten Moment wegstieß? Er reichte mir meinen Korb, und der Ablauf der Ereignisse fiel mir wieder ein. Das Brot! Charles' und Luciennes Brot!

»Behalten Sie es«, sagte ich. »Ich wette, dass Sie mindestens drei Tage nichts gegessen haben.«

Daraufhin spannte ich meinen Regenschirm auf und rannte bis zur Porte d'Espagne, ohne mich umzudrehen.

Die Tür der Bäckerei war verschlossen. ›Kein Brot‹ besagte eine Nachricht auf einem Stück Papier hinter der Fensterscheibe. Ich musste hinten herum zur Backstube gehen. Es waren nur wenige Meter mehr, doch war ich so erschöpft und fühlte mich so klamm, dass ich mich fragte, ob ich es schaffen würde.

Ich lehnte mich mit dem Rücken an die Tür, sobald ich sie von innen wieder zugemacht hatte, und ließ mich zu Boden gleiten. Sollte es weiterregnen und die Têt die Festungsmauer und die Altstadt wegspülen, es war mir egal. Ich hoffte nur, dass ich bleiben konnte, wo ich war, im gedämpften Licht und der milden Wärme der Backstube.

Das hieß, nicht mit Martha zu rechnen. Da sie mich von Lucienne nicht hatte zurückkommen sehen, wollte sie mir entgegengehen – und fand mich zusammengekauert vor der Tür. Sie zog mich hoch, setzte mich auf die Mehlsäcke, die sie zu einem Sessel formte, verschwand und kam ein wenig später mit einer Schüssel heißem Wasser, einem Handschuh aus Rosshaar und einem sauberen Nachthemd zurück. Sie zog mich mit den Gesten einer Großmutter aus, rieb mich wie ein Neugeborenes ab, und ich begann aufzuseufzen, zu gähnen und mich zu strecken.

»So«, murmelte sie. »Alles wird gut, mein Kleines. Mach dir keine Sorgen, mein Schäfchen. Was kann einem hübschen Ding wie dir geschehen, einem Schmuckstück, einem Engel des Himmels? Der liebe Gott ist für dich da. Er sieht dich, er kümmert sich um dich. Er kann diesem schönen Geschöpf, das er gemacht hat, nichts Böses wollen ...«

Sie trocknete mich mit einem herrlich warmen Handtuch ab, holte ein kleines Fläschchen aus der Tasche ihrer Schürze hervor, gab einige Tropfen in ihre Handfläche und rieb mich von Kopf bis Fuß mit dieser Essenz aus Lavendel und Sonne ein. Danach zog sie mir das Nachthemd über, stützte und begleitete mich bis zur Küche und half mir auf das Sofa, auf dem ich damals, als ich mich von der Lungenentzündung erholte, so viel Zeit verbracht hatte.

Monsieur Puech lag im Bett. Kein Holz mehr für den Ofen, kein Wasser mehr für den Teig, und er selbst hatte Fieber. Eine logische Folge seiner Ausflüge im Regen mit den Füßen im Matsch.

»Und Lucienne? Ist dort alles in Ordnung?«

»Es geht«, antwortete ich und wich ihrem Blick aus.
»Hast du den Korb bei ihnen gelassen?«
»Den Korb?«
»Den Korb mit dem Brot für Lucienne. Du hast ihn nicht zurückgebracht.«

Ich wachte gegen Abend auf, und was es an Neuigkeiten gab, war eher beruhigend. Die Têt führte immer noch genauso viel Wasser, doch es stieg nicht mehr, und der Regen hatte an Intensität verloren und hörte hin und wieder sogar ganz auf. Die Brücken hielten. Das wollte nichts besagen, es genügte ein Erdrutsch oder ein abermaliger Wassersturz irgendwo in den Bergen, um eine erneute Überschwemmung auszulösen, aber schließlich musste die Sintflut doch irgendwann aufhören.

Und Gérard? Wo war er? Hatte er einen Unterschlupf gefunden, eine Herberge? Dr. Durand würde einige Tage nicht von Prades zu uns hinauffahren, und es brauchte Wochen, vielleicht Monate, bis die Straße und die Eisenbahnlinie wiederhergestellt wären. Würde ich so lange ohne eine Nachricht von Bertrand Grignols bleiben? Würde er nicht auf die eine oder andere Art von sich hören lassen?

»Wer war das?«, fragte Martha in diesem Augenblick. »Wer war das, dieser Mann mit dir auf dem Pont Saint-François?«

»Martha«, sagte ich und schaute ihr tief in die Augen, »ich war allein auf dem Pont Saint-François.«

»Ach so!«, antwortete sie und hielt meinem Blick stand. »Wenn du es sagst ...«

Daraufhin nahm sie die Lampe und ging mir auf der Treppe zu den Schlafzimmern voran.

Bernard Durand

Der Regen schlug immer noch auf die Dächer, als ich die Augen öffnete, der Fluss brauste immer noch wütend, aber es war nichts im Vergleich zu dem Getöse am Vorabend und an den vorangegangenen Tagen.

Ich streckte den Arm aus, drückte den Griff herunter und stieß die Tür halb auf. Wie spät konnte es sein? Sicher noch nicht zwei Uhr morgens: Es war stockdunkle Nacht und das Haus ruhte aus, kein einziges Geräusch drang aus der Backstube herauf. Kurz darauf begann die Pendeluhr zu schlagen, und meine Verwunderung wuchs mit jedem Ton: zwei, drei, vier ... sieben Uhr!

»Du kannst dich wieder hinlegen«, sagte Martha, als sie mich herunterkommen sah. »Émile ist nicht aufgestanden.«

Sie hatte das Feuer entfacht und den Kaffee bereitet, wie sie es immer tat, doch damit hörte das Übliche auch schon auf, alles andere war völlig durcheinander: Die Straße lag im Dunkeln, die Lampen waren aus, der Laden leer ... Von Gérards Anwesenheit irgendwo dort draußen ganz zu schweigen.

»Die Sonne macht es anscheinend wie Émile, sie vergisst, aufzugehen. Vielleicht wird sie eines Tages ganz wegbleiben, wissen wir es?«

»Was tun wir?«

»Wir warten darauf, dass es vorübergeht, was willst du sonst tun? Wir haben kein Wasser, kein Holz, keinen Strom ... das ist jedenfalls klar.«

»Ich werde den Laden öffnen«, sagte ich und stellte meine Schale ab. »Wir haben kein Brot, aber die Leute werden trotzdem kommen, wir müssen sie empfangen.«

Désiré Combes wartete vor der Tür, in Fischerstiefeln und mit einer Art Überwurf, der ihm bis zu den Knien ging. Er grüßte mich und wies mit einer Kopfbewegung auf den Anschlag.

»Kein Brot?«

»Kein Brot. Aber es ist offen, Sie können eintreten. Ich lasse Sie gleich die Fensterläden öffnen.«

Die Bäckerei war nicht wiederzuerkennen, ohne das Brummen des Ofens und die vielen Brote auf dem Regal, ohne den üblichen Duft nach Mehl, Öl, Eichenholz für den Ofen ... und dem Parfum von Arlette natürlich. Es war kalt, feucht, finster. Wie in einem Keller, einem einfachen Kellerraum.

»Was ist mit Ihnen, Désiré?«, fragte ich und zündete mit einem Streichholz den Docht der Petroleumlampe an. »Sie sind seit einigen Tagen nicht mehr derselbe. Ist es das Wasser, das Ihnen zusetzt?«

Er zuckte mit den Schultern und schaute auf seine Stiefelspitzen. Es entstand eine betretene Stille, dann sagte er: »Es ist die Niederlage! Wenn ich mir die Bemerkung erlauben darf, dieses Hochwasser ist der Tropfen, der das Fass zum Überlaufen bringt.«

»Ein dicker Tropfen!«

»Ein dicker Tropfen, das muss ich zugeben, aber ein Tropfen im Vergleich zu der nationalen Demütigung. Frankreich in zwei Teile geteilt, die Regierung an das deutsche Militär verraten und verkauft, die so überaus mitfühlende Presse ... Kann man mit diesen Katastrophen leben? Wenn ich kein Christ wäre ... Aber Sie können das wohl nicht verstehen. Das patriotische Gefühl ...«

»Sie haben recht: Wir Spanier kennen keine patriotischen Gefühle. Nehmen Sie meinen Fall: Katalonien in den Händen der Franco-Anhänger, ich in meinem eigenen Land unerwünscht ...«

»Entschuldigen Sie bitte, ich weiß nicht mehr, was ich sage.«

»In der Tat, Sie wissen nicht mehr, was Sie sagen. Was ist mit Ihnen los? Es ist immerhin nicht alles verloren. Die Engländer haben die Luftschlacht gewonnen.«

»Ach ja? Woher wissen Sie das?«

»Na ja ...«, sagte ich vor mich hin stammelnd.

»Das ist nicht das, was die Zeitungen schreiben. *L'Indépendant* und sogar *L'Illustration* sprechen noch von Bombardierungen in London. Sie haben Fotos abgedruckt.«

»*L'Indépendant*, natürlich.«

»Ja, natürlich. Die Presse ist an die Deutschen verkauft worden, ich habe es Ihnen ja bereits gesagt. Ich habe Ihnen aber nicht gesagt ...«, murmelte er dann und beugte sich über den Ladentisch zu mir herüber, »... dass ich alle meine Abonnements gekündigt habe.«

»Ihre Abonnements?«

»Meine Zeitungsabonnements.«

»Ach!«

»Eine verblüffende Nachricht.«

»Und de Gaulle?«

»Ach, der, die Presse verpasst nichts: ›Der Ex-General de Gaulle‹, ›das dritte Frankreich‹, ›der Besiegte von Dakar‹ ...«

»Aber Sie, Désiré Combes, was denken Sie?«

»Man hört, dass er zum Widerstand gegen die Deutschen

aufruft«, sagte er noch leiser und warf besorgte Blicke um sich. »Er schickt Waffen und Ausbilder. In jedes Departement. Wenn Sie von etwas reden hören ...«

Wir waren allein im Laden, aber da war die Treppe, und möglicherweise hielt sich Monsieur Puech in der Küche auf. Ich legte einen Finger auf meine Lippen, ging hin und schloss geräuschlos die Glastür, die zur Wohnung führte. Ich hatte sie immer nur geöffnet gesehen, mit einem kleinen Haken an der Mauer befestigt.

»Sie sollten Monsieur Durand aufsuchen.«

»Durand?«

»Den Arzt Durand. Von der Eisenbahngesellschaft.«

In diesem Augenblick wurde die Ladentür geöffnet, und der Adlerblick von Mademoiselle de Brévent blieb an der geschlossenen Tür am Fuß der Treppe und an unserem konspirativen Gebaren hängen.

»Kein Brot? Nun, dann lassen Sie uns reden«, sagte sie in ihrem herrischen Ton. »Das wird uns die Nahrung ersetzen.«

Der Priester schaute auf seinem Rückweg von der Messe herein. Ein Laster des Rettungsdienstes war in der Nacht angekommen. Zehn Stunden hatte er von Perpignan nach Villefranche über Axat und Mont-Louis gebraucht. Er brachte Konservendosen und sechshundert Brote, genug, um das Dorf bis Montag zu versorgen, doch Monsieur Levêque hatte am frühen Morgen die Delegation versammelt und entschieden, dieses Manna für die Bewohner von Vernet zu reservieren. Er bat um zwanzig Freiwillige, entschlossene Männer. Sie würden diese sechs- oder siebenhundert Kilo untereinander verteilen und nach Vernet hinaufbringen. Zu Fuß selbstverständlich. Indem sie über die umgestürzten Bäume stiegen. Indem sie um die Erdrutsche, die

Felsblöcke und Schlammlawinen herumgingen ... Dafür waren zwanzig kräftige junge Männer nötig, und er fand sechs. Villefranche mit seinen über tausend erfassten Bewohnern konnte nicht mehr als sechs wirklich gesunde Männer aufstellen. Die anderen waren in Deutschland, oder aber sie versteckten sich wie Charles oder der Sohn von Delmas, der aus seinem Arbeitslager in Deutschland geflohen war und Frankreich nachts durchquert hatte, um sich in seiner Heimat zu verstecken.

Es regnete noch immer. Am späten Vormittag fingen die Têt und der Cady wieder zu steigen an. Um vierzehn Uhr waren es sechs Meter auf der Skala des Pont Saint-Antoine!

Schließlich heiterte sich das Wetter wieder auf, die Wasserstände sanken leicht, und die sechs Männer brachen gemeinsam mit René Levêque auf.

Im Laufe des Sonntagvormittags tauchten sie wieder auf, mit weit aufgerissenen Augen und Berichten, die einem die Haare zu Berge stehen ließen. Das Hochwasser hatte die alten Thermen verschont, das Hotel Ibrahim Pacha jedoch in zwei Teile geteilt und die Hälfte des Gebäudes mit seinen Gärten, Pavillons, Zufahrtsstraßen und Parkplätzen hinweggerafft. Auf der anderen Seite der Straße oder vielmehr dessen, was einmal die Landstraße gewesen war, waren der prachtvolle Thermalpark, die Flaniermeilen und die alte Brücke über den Cady ganz einfach nicht mehr da. Ein erschütternder Anblick!

Das friedliche, von Bäumen gesäumte Flussbett des Cady? Eine Wüste aus Steinen, Bauschutt und Felsen, so weit man sehen konnte. Die Landstraße, die anmutig über die drei Arme des Flusses führte? Fetzen aus Beton in einem Meer aus Steinen und Felsblöcken, dazwischen hier ein auf wunderbare Weise verschonter Telefonmast, dort das Wrack eines Autos oder Karrens. Die Straßen von Vernet? Überhäuft mit zyklopischen Blöcken, die manchmal bis zum ersten Stock der Häuser reichten. Das wunderbare Parkhotel, ein Bauwerk, das, aus solide aufeinandergesetzten Steinen errichtet, sicher auf seinen Fundamenten gestanden hatte, die Herberge so vieler illustrer Gäste, war auf seinen linken Flügel reduziert worden, dessen Dach jedoch kaputt und dessen Mauern durch den Anprall des Flusses stark beschädigt waren. Der rechte Flügel und das Hauptgebäude waren mitsamt der Anlage aus Bäumen, Wegen und schattigen Alleen vom Erdboden verschwunden. Zu diesen materiellen Schäden, von denen sich der Thermalort nicht mehr erholen würde, kamen leider auch menschliche Verluste: vier Tote, mehrere Vermisste und sechzig Familien ohne Unterkunft.

Der Regen hörte erst im Laufe des Sonntags vollständig auf. Am Nachmittag hatte Monsieur Favier die Idee, das Radio des Priesters mit den Batterien seiner berühmten ›Taschenlampe‹ zum Laufen zu bringen, und wir empfingen einige Neuigkeiten, ehe die Batterien leer waren. Jeder Fluss hatte eine ganze Liste von ›Errungenschaften‹: Die Têt hatte die Bahngleise in Joncet oberhalb von Villefranche fortgerissen, der Agli die Brücke von Rivesaltes, der Tech die Brücke, das Casino, ein Hotel und mehrere Häuser von Arles. In Amélie-les-Bains, Perpignan, Prats de Mollo ... war es ebenfalls zu enormen Zerstörungen gekommen.

Dennoch gab es an jenem Tag in der Rundfunkansprache von Laval, dem stellvertretenden Ministerpräsidenten des Marschalls, kein einziges Wort zu den Ereignissen. War er lediglich darüber informiert worden, dass die Ostpyrenäen unter Wasser standen?

Abends verkündete Radio Vichy zwischen zwei Mitteilungen

über Siege der deutschen Armee, dass die Ostpyrenäen von außergewöhnlichen Regenfällen betroffen waren. »Die Schäden sind beträchtlich«, meldete der Sprecher und kam sogleich wieder zum Terminplan des Marschalls zurück: die feierliche Messe um zehn Uhr, Mittagessen mit der Familie, Spaziergang am Nachmittag.

Émile verbrachte den Sonntag damit, die Brunnen seines Schwiegervaters freizulegen und zu reinigen, und Martha sammelte Holz und versuchte es mehr schlecht als recht zu trocknen. Am Montag öffnete ich um Punkt sieben Uhr die Bäckerei, und die Bewohner von Villefranche bekamen so viel Brot, wie sie wünschten. Die Têt zog sich feixend zurück und brachte allmählich das Ausmaß ihrer Arbeit zutage. Ein wahres Desaster! Die Brücken hatten gehalten, aber ihre Pfeiler waren ausgewaschen und drohten zusammenzustürzen. Der Fluss war über die Ufer seines Bettes getreten und hatte sich ein breiteres geschaffen. Die Straßen waren mit einem Teppich aus Schlamm und Kieselsteinen bedeckt.

Bei Radio Paris war immer wieder davon die Rede, es eröffne sich eine große Zukunft für Frankreich und für Europa. Da waren Hitler, Pétain, Franco, Radio Paris ... und es gab de Gaulle, Bernard Durand, Pablo Casals, die BBC. Es gab Gérard. Ich wusste nicht, wo er war, was er tat, worin genau diese Mission bestand, in die de Gaulle ihn eingeweiht hatte, aber er war da, nicht weit von hier, und ich würde ihn wiedersehen, dessen war ich mir wenigstens sicher.

Die Nationalstraße wurde am 23. Oktober wiederhergestellt, eine Woche nach Beginn der Naturkatastrophe, die Post nahm am 24. wieder ihren Betrieb auf, und die Bahngleise wurden am 25. instand gesetzt. Am Morgen des 25. informierte mich

Désiré, dass Dr. Durand seine Sprechstunde wieder eröffnet hatte und mich zu treffen wünschte. Im Auftrag von Pablo Casals. Er musste gegen dreizehn Uhr nach Villefranche kommen, um eine Kranke zu versorgen, und bat mich, ihn aufzusuchen.

»Um dreizehn Uhr bei Madame Favier«, wiederholte Désiré, als ich ihm meine Verwunderung mitgeteilt hatte. »Und hören Sie auf, immer tausend Fragen zu stellen. Tun Sie, um was man Sie bittet, basta.«

Das ähnelte Désiré überhaupt nicht, dieser autoritäre Anfall, und ich sagte mir, dass das Hochwasser anscheinend alles durcheinandergebracht hatte, die Charaktere der Menschen inbegriffen.

Ich tat, um was ich gebeten wurde. Um Punkt dreizehn Uhr verließ ich die Backstube und ging zu den Faviers. Die Tür stand halb offen, und Durand erwartete mich in der Küche. Allein. Er saß am Tisch vor einer Schale Kaffee und Schmalzbroten, die allerdings sicher nicht von allein dorthin gelangt waren. Die Faviers waren wahrscheinlich einige Sekunden zuvor noch da gewesen, aber sie hatten sich verflüchtigt, wer weiß, warum.

»Bitte«, sagte Durand und hielt mir eine Nachricht von Pau hin.

Ich setzte mich ihm gegenüber und nahm zur Kenntnis, was Pablo Casals mir so dringend mitteilen wollte. Er berichtete mir, dass Prades im Vergleich mit den Städten und Dörfern in den Bergen nicht so sehr gelitten hatte, dass sich aber die Bewohner langsam des Desasters bewusst wurden. Der Gemeinderat war mit einer Delegation zu ihm gekommen und hatte ihn gefragt, ob er bereit wäre, in den großen Städten des französischen Südens eine Reihe von Konzerten zugunsten der Opfer zu geben.

»Was halten Sie davon?«, fragte er mich. »Ich bin zu alt und zu müde, um mich allein in so ein Abenteuer zu stürzen, aber wenn Sie zustimmen würden, mich zu begleiten, in jeglicher Hinsicht ... Man muss doch etwas tun«, schloss er. »Man kann doch nicht einfach mit verschränkten Armen dasitzen.«

»Sie sollten einwilligen«, sagte Durand zwischen zwei Happen zu mir.

Einwilligen, meine Arbeit in der Bäckerei aufgeben, meine Freunde zurücklassen, um meine Tage in Zügen und auf Bühnen zu verbringen? Und warum? Sicherlich nicht meiner Gesundheit zuliebe. Was mussten sie sich alle, bis hin zum Arzt des Dorfes, in mein Leben einmischen, was mussten sie alle für mich organisieren?

»Wir haben mit Bertrand gesprochen.«

»Bertrand?«

»Bertrand Grignols. Sagen Sie mir nicht, dass Sie ihn nicht kennen«, setzte er mit einem vielsagenden Lächeln hinzu.

»Aber ...«

»Er hat Sie sehr ... sagen wir: sehr lobenswert erwähnt. Ich weiß nicht, was Sie ihm gesagt haben, aber Sie haben ihn ... wie soll ich es formulieren, Sie haben großen Eindruck auf ihn gemacht.«

»Haben Sie ihn gesehen? Wo ist er?«, fragte ich und erhob mich unvermittelt.

»Wo er sich aufhält, ist egal«, erwiderte er mit einer vagen Handbewegung. »Aber es geht ihm gut, seien Sie ganz beruhigt. Sehr gut sogar.«

»Kann ich ihn sehen?«

Durand nahm seine Schale, führte sie an die Lippen und nahm einen Schluck Kaffee.

»Er hat neulich mit Ihnen gesprochen, nicht wahr? Er hat Ihnen gesagt, dass er mit einem Auftrag aus England gekommen ist, oder?«

»Ja, so etwas in der Art. Aber wo ist er? Können Sie es mir denn nicht sagen? Warum all diese Geheimnisse?«

»Setzen Sie sich, Marie. Setzen Sie sich, hören Sie mir zu und bewahren Sie Ruhe. Ich bitte Sie. Es gibt keinen Grund, sich aufzuregen.«

Er wartete, bis ich mich wieder an den Tisch gesetzt hatte, schaute mir tief in die Augen und erklärte mir, dass de Gaulle Partisanen ›auf dem nationalen Territorium‹ hatte, dass diese Partisanen versuchten, die deutsche Besatzung zu zerrütten, und dass sie mich brauchten.

»Mich?«

»Ja, Sie«, wiederholte er angesichts meiner verdutzten Miene. »Wenn Sie Casals begleiten, nach Lyon, Montpellier, Marseille …, werden unsere Leute Sie aufsuchen und Ihnen Nachrichten überbringen. Sie haben ein gutes Gedächtnis, nicht wahr? Als Musikerin …«

»Nachrichten? Aber warum? Können Sie keine Briefe aufgeben wie alle?«

»Das heißt …«

»Und Gérard, was sagt er dazu? Wird er bei diesen Konzerten sein?«

»Sie wollten sagen … Bertrand? Ich will ehrlich sein. Diese Idee stammt von mir. Bertrand ist dagegen. Er will Sie nicht exponieren.«

»Mich exponieren? Was soll das heißen? Wollen Sie mich in ein Schaufenster setzen?«

»Wenn Sie sich aus dem einen oder anderen Grund erwischen lassen, als Folge eines Verrats zum Beispiel, und Sie geraten in die Hände der Polizei …«

»Ich weiß«, erwiderte ich, um ihn aus der Verlegenheit herauszuholen, in der ich ihn sah. »Ich war in Spanien während des Bürgerkriegs, stellen Sie sich vor.«
»Leihen Sie mir einen Stift?«, sagte ich dann und zeigte auf seine Tasche. Ich nahm die Verschlusskappe von dem schönen Federhalter des Dr. Durand ab, den ich so häufig Rezepte hatte schreiben sehen, faltete die Nachricht von Pau auf dem Tisch der Faviers auseinander und schrieb meine Antwort unter seinen Namenszug.
Diese Antwort begnügte sich mit drei Worten: »Ich komme. Marie.«

Chronologischer Überblick

1936

17. Juli: Erhebung der spanischen Generäle gegen die Republik. Beginn des Spanischen Bürgerkrieges.

1937

26. April: Zerstörung der baskischen Stadt Guernica durch Luftangriffe der deutschen Legion Condor.

1938

31. Mai: Bombardierung von Granollers, 25 km von Barcelona entfernt. 350 Tote, vor allem Frauen und Kinder.

25. Juli bis 16. November: Schlacht am Ebro, Offensive und Niederlage der Republikaner.

23. Dezember: Beginn der Katalonienoffensive durch die Truppen Francos.

1939

15. Januar: Einnahme von Tarragona durch die spanischen Nationalisten.

26. Januar: Einnahme Barcelonas durch die spanischen Nationalisten.

27. Februar: Frankreich und Großbritannien erkennen die Regierung Francos offiziell an.

2. März: Marschall Pétain zum außerordentlichen Botschafter Frankreichs in Spanien ernannt.

15./16. März: Nach dem Münchener Abkommen und der darauf folgenden Eingliederung des Sudetenlandes in das Deutsche Reich annektiert Deutschland die Tschechoslowakei.

1. April: Franco verkündet in Burgos das Ende des Spanischen Bürgerkrieges.

Mai: Pablo Casals trifft aus Paris kommend in Prades ein. Er bleibt dort siebzehn Jahre.

24. August: Unterzeichnung des deutsch-sowjetischen Nichtangriffspakts.

1. September: Einmarsch deutscher Truppen in Polen, Beginn des Zweiten Weltkrieges.

3. September: Frankreich und Großbritannien erklären Deutschland den Krieg.

26. September: Kapitulation Warschaus.

1940

Januar: In Frankreich werden kommunistische Abgeordnete offiziell ihres Amtes enthoben.

6. März: Konzert von Pablo Casals und André Peus in Perpignan zugunsten der Flüchtlinge.

9. April: Deutschland marschiert in Norwegen und Dänemark ein. Dänemark kapituliert noch am selben Abend.

10. Mai: Beginn des Westfeldzuges der deutschen Wehrmacht, Besetzung der neutralen Länder Niederlande, Belgien, Luxemburg.

12. Mai: Die deutsche Wehrmacht überschreitet die französische Grenze.

26. Mai bis 4. Juni: Schlacht von Dünkirchen. Die englische Marine evakuiert Soldaten aus Dünkirchen, 235.000 Engländer und 115.000 Franzosen.

28. Mai: Kapitulation Belgiens.

10. Juni: Kapitulation Norwegens. Italien tritt in den Krieg ein. Die französische Regierung verlässt Paris und geht nach Bordeaux.

14. Juni: Deutsche Truppen rücken in Paris ein.

18. Juni: Charles de Gaulle ruft von London aus zum Widerstand auf und bildet eine provisorische Exilregierung.

22. Juni: Waffenstillstand zwischen Deutschland und Frankreich. Der Krieg hat 100.000 Franzosen und 40.000 Deutschen das Leben gekostet. Als Rache für die als Demütigung empfundene Unterzeichnung des Waffenstillstands von 1918 in einem Eisenbahnwaggon bei Compiègne lässt Hitler den Waffenstillstand von 1940 im selben Waggon am selben Ort unterzeichnen. Aufteilung des französischen Staatsgebietes in eine besetzte und eine unbesetzte Zone. Zunehmende Nahrungsmittelknappheit und Rohstoffmangel durch die Besatzung bzw. Teilung Frankreichs.

23. Juni: Rundfunkansprache Pétains.

25. Juni: Der Waffenstillstand tritt in Kraft. Erneute Ansprache Pétains.

2. Juli: Die Regierung der südlichen, unbesetzten Zone richtet sich in Vichy ein.

3. Juli: In Mers-el-Kébir versenkt die Royal Navy Großbritanniens die französische Flotte. De Gaulle soll dies befürwortet haben.

10. Juli: Konstituierung der Nationalversammlung und Generalermächtigung Pétains im Grand Casino de Vichy.

11. Juli: Erste Botschaft von Pétain als französischer Regierungschef an Franco.

16. Juli: Einführung von Lebensmittelmarken in Frankreich.

25. Juli: Sankt-Jakobs-Fest in Villefranche.

12. August: Erste Großangriffe in der Luftschlacht um England.

27. September: Erste Verordnung des deutschen Militärbefehlshabers zum Status der Juden in Frankreich: Unter anderem mussten öffentliche Geschäfte, deren Inhaber jüdischen Glaubens waren, mit ›Jude‹ bezeichnet werden.

3. Oktober: Das Vichy-Regime verabschiedet das erste Judenstatut: Umzugs- und Berufsverbote, Beschränkung des Zugangs zu öffentlichen Plätzen. Wenig später erfolgten erste Maßnahmen für die Vorbereitung von Internierungslagern für Juden.

10. Oktober: Ansprache Pétains über die Neue Ordnung und das Gesetz zur Frauenarbeit.

12. Oktober: Offizielles Ende der Luftschlacht um England; die Angriffe werden erst Monate später eingestellt.

16. bis 19. Oktober: Sintflutartige Regenfälle in den Pyrenäen.

Danksagung

Mein Dank gilt all denen in Villefranche und anderswo, die sich die Mühe gemacht haben, auf meine endlosen, beharrlichen und manchmal indiskreten Fragen zu antworten. Dank an Huguette, Robert, Nathalie, Rose-Marie, Yves ... Dank vor allem an Jojo und Montsé, die diese Zeit erlebt haben und sich an sie erinnern, als wäre es gestern gewesen.

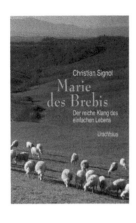

Christian Signol

Marie des Brebis
Der reiche Klang des einfachen Lebens

Aus dem Französischen von Corinna Tramm

192 Seiten, geb. mit Schutzumschlag

An einem Herbstabend des Jahres 1901 wird das Findelkind Marie von einem Hirten zu einer Bauernfamilie gebracht. Sie wird wie eine Tochter aufgenommen und großgezogen. Nahezu ihr gesamtes Leben verbringt sie als einfache Schafhirtin in der urwüchsigen Natur des Quercy, umgeben von warmherzigen Menschen, die ihr ein Grundvertrauen auf das Gute in der Welt vermitteln, das sie in allen Lebenslagen trägt. Diese lebensbejahende Haltung ermöglicht es ihr, am Ende ihres erfüllten Daseins heiter und dankbar auf ein dramatisches Jahrhundert zurückzuschauen.

»Das Buch kann ich nur jedem Menschen empfehlen, der mehr Wert auf inneren statt auf äußeren Reichtum legt.«

Amazon

URACHHAUS

Christian Signol

Die Kinder der Gerechten

Aus dem Französischen von Corinna Tramm

219 Seiten, geb. mit Schutzumschlag

Als der Bootsbauer Virgile und seine Frau Victoria im Mai 1941 gebeten werden, Flüchtlingen beim Weg über die Grenze zu helfen, verändert sich das Leben des kinderlosen Paares von einem Tag auf den anderen. Sie nehmen die zehnjährige Sarah und den gleichaltrigen Élie bei sich auf und verstecken sie – vor den Deutschen wie vor den kollaborierenden Landsleuten.

Mit der ihm eigenen Eindringlichkeit hat Christian Signol den einfachen Menschen im Kampf gegen das Übel des Zweiten Weltkriegs ein Denkmal gesetzt.

»Christian Signol hat die außerordentliche Gabe, die treffenden Worte zu finden, um die Herzen seiner Leser zu erreichen.«

Le Figaro

URACHHAUS